Classic Books

그린 맨션

옮긴이 신소희
1980년 生. 서울대 국어국문학과를 졸업하고, 현재 출판사에서 편집일을 하고 있다.

그린 맨션

초판 1쇄 인쇄	2003년 03월 23일
초판 1쇄 발행	2003년 03월 31일

지은이	윌리엄 헨리 허드슨
옮긴이	신소희
사 진	나인
펴낸이	민내훤
기획팀	이은희
마케팅	유현규
펴낸곳	도서출판 느낌표

등록번호 제19-0171호(2002. 1. 29)

주소 / 서울시 중구 인현동 2가 192-30 신성상가 716호

전화 / 972-9834 팩스 / 972-9835

e-mail / tofeel21@dreamwiz.com

ISBN 89-952857-5-3 03840

Classic Books

그린 맨션

윌리엄 헨리 허드슨 지음 ★ 신소희 옮김

느낌표

PROLOGUE

내가 예상했던 것보다 훨씬 오랜 시간이 지난 뒤에야 이 일이 완수되었다는 사실이 무척 유감스럽다. 몇 개월 안에 아벨의 진상을 낱낱이 발표하겠다고 밝힌 편지를 조지타운으로 보낸 이후로 이미 여러 달, 사실은 일 년 이상이 지났다. 여하튼 예고된 책이 출간될 때까지라도 신문지상의 논란이 멈추기를 바랐지만, 그렇게 되지 않았다. 기아나에서 멀리 떨어진 이 곳에서는 매주 얼마나 많은 억측들이 지방 신문에 인쇄되고 있는지 알 수 없으며, 그러한 억측 중에는 분명 아벨의 친구들이 읽기에는 무척 괴로운 내용들도 있을 것이다.

메인 스트리트에 있는 이 친숙한 집에서 한 번도 눈에 띈 적 없는 이 어둑어둑한 방에는 상아로 된 탁자가 유일한 가구다. 그 탁자 위에 있는 납골 단지의 표면은 꽃과 잎사귀, 가시, 그리고 그 전체를 둘러싼 뱀의 형상으로 장식되어 있다. 그리고 누구도 이해하거나 정확히 해석할 수 없는 짤막한 일곱 단어의 제명과 신비스러운 잿더미가 있는데, 이것이 한 사람의 일생 중에서 알려지지 않은 한 장(章)에 대하여 상상력을 발휘해 볼 수 있는 요소의 전부이다. 이제, 이야기의 끝에 가서는 로맨스가 피어나기를 희망해 보는 수밖에. 그러나 유난히 호기심이 많은 이들이 그의 인생에 흥미를 갖는 것은 당연한 일이다. 모두가 인식하고 있었고 또한 끌렸던 그의 독특하고 형용할 수 없는 매력뿐 아니라 숨겨진 장, 즉 그가 침묵을 지켰던 사막에서의 체류라는 미스터리를 가지고 있으니까. 친구들은 모호하게나마 그가 어떤 기묘한 경험을 했으며, 그것에 깊은 영향을 받아 인생 경로를 바꾸게 되었다는 사실을 짐작하고 있다. 하지만 나 혼자만이 진실을 알고 있기에, 어떻게 하여 내가 그와 깊은 우정을 맺고 친밀한 교제를 하게 되었는지에 대해 우선 가능한 한 짧게 밝혀 두어야겠다.

내가 공공 기관에 출두하기로 한 약속 때문에 조지타운에 갔던 1887년, 아벨은 이미 그 곳에서 잔뼈가 굵은 데다 수완 좋고 사교적이어서 꽤나 인기 있는 사람이었다. 그러나 그는 외국인, 더구나 베네수엘라 사람이었는데, 그들은 국경에서 늘 거칠게 굴어 우리 이주민들에게는 언제나 선천적인 적으로 여겨져 왔다. 들은 이야기로는, 당시로부터 약 12년 전 그는 아주 먼 내륙지방으로부터 조지타운에 다다랐다. 그는 혼자 도보로 대륙의 절반을 가로질러 해안지방까지 왔

으며, 땡전 한 푼 없는 젊은 이방인으로 처음 사람 앞에 나타났을 때
는 누더기 차림에다 열병과 온갖 고생에 시달려 피골이 상접한 상태
였다. 얼굴은 태양과 바람으로 인해 새까매져 있었으며, 친구도 없었
고, 영어도 거의 하지 못해 그의 생활은 무척 힘들었다. 그러나 그는
그럭저럭 생활을 꾸려 갔으며, 마침내 카라카스로에게 빼앗긴 재산을
되찾았으니 조국으로 돌아와 공화국 정부에서 직책을 맡아 달라는 부
탁의 편지를 받았다. 그러나 아직 젊은 아벨은 정치적 열정이나 포부
에서 이미 벗어나 있었으며, 조국에 대한 애정마저도 버린 듯했다. 어
쨌든 그는 있던 곳에 머무르기로 결정했고 – 그가 미소지으며 말하
길, 자신의 적들은 가장 친한 친구들이다! – 돌려 받은 재산으로 가장
먼저 한 일은 훗날 내 집이나 마찬가지가 된 메인 스트리트에 집을 산
것이었다.

　이쯤에서 내 친구의 정식 이름은 아벨 구에베즈 데 아르헨졸라이
지만, 조지타운에서의 초창기에 그는 단지 세례명만으로 불렸으며,
그 자신 또한 간단히 '아벨'로 불리길 원했음을 밝혀 두어야겠다.

　베네수엘라 사람인 그가 영국 이주민 사회에서 받고 있는 존경과
심지어 애정에 대한 궁금증은 그와 친교를 맺자마자 풀렸다. 모두가
그를 알았고 좋아했는데, 이는 그의 개인적인 매력, 친절한 성격, 그
리고 여성들을 즐겁게 해 주면서도 어떤 남자의 질투심 – 매우 젊고
예쁘며 경솔한 아내를 둔 늙은 다혈질 농장주조차 – 도 자극하지 않

는 여성에 대한 깍듯함, 어린아이들과 야생 생물 그리고 자연, 즉 만연된 물질적인 이해와 완전히 상업화된 사회에 대한 관심으로부터 멀리 떨어진 그 모든 것에 대한 애정 때문이었다. 정치, 스포츠, 수정 가격 같은 다른 남자들의 흥밋거리는 그의 관심 밖이었다. 남자들은 그런 흥밋거리에 얼마 동안 싫증을 느낄 때, 사무실과 클럽과 집에서 폭풍처럼 '한바탕 하고' 뭔가 기분전환을 원할 때 아벨을 찾아가 그의 세계, 자연과 영혼의 세계에 대한 얘기를 들으며 큰 위안을 얻었다.

모두들 아벨이 조지타운에 있는 것을 다행이라고 생각했다. 나에게도 정말 좋은 일이었음을 나는 곧 알게 되었다. 그런 곳에서 내 취미, 즉 내 삶에서 최고의 정열과 기쁨이 되었던 시에 대한 사랑을 공유할 사람을 만날 수 있으리라고는 전혀 기대하지 않았었다. 그러나 아벨이 바로 그런 사람이었다. 그가 스페인 문학에 대해서는 젖먹이 수준이고, 영국 문학을 읽은 것도 기껏해야 십 내지 십이 년 정도밖에 안 되었음에도 현대시에 대한 지식이 나와 비등하고 거기에 대한 애정도 뒤지지 않는다는 사실이 놀라웠다. 이 감정이 우리를 가까워지게 했고, 열대지방 출신이며 올리브색 피부의 예민한 히스패닉계 미국인과 추운 북쪽에서 온 냉정한 푸른 눈의 색슨인을 형제 이상으로 가까워지게 했으며, 정신적으로 하나가 되게 하였다. 수많은 낮 시간을 우리는 함께 지냈으며 '해가 지쳐 떨어질 때까지 이야기했고', 내가 거의 매일 방문했던 그의 아늑한 집에서 보낸 소중한 저녁들 또한 일일이 셀 수 없다. 나는 그와 같은 행복이 있으리라고 생각해 본 적이 없었고, 그 자신도 종종 똑같은 말을 했다. 이러한 친분의 결과로서 나는 그의 숨겨진 과거에 대해, 어떤 기묘한 경험이 그에게 깊은 영향을 미쳐 인생 전반을 바꾸어 놓았다는 것을 모호하게나마 알게 되었다. 그 뒤 이 사실은 잊혀지지 않았으며, 오히려 종종 뚜렷하게 내 마음속에 떠올랐다. 우리의 두서 없는 대화가 원주민, 혹은 그가 원주민들과 함께 살고 여행하면서 알게 된 그들의 성격과 언어에 이를 때면 그의 변화는 거의 보는 것조차 고통스러울 정도였다. 그의 이야기를 그토록 흥미진진하게 만들었던 모든 것들, 즉 발랄하고 주의 깊은 사고, 위트, 가벼운 애수에 젖은 쾌활함은 사라져 버렸다. 그의 외모조차 바뀌는 듯했으며, 그는 딱딱하게 굳어져서 건조하고 기계적인 어조로 책을 읽듯이 사실들을 나열하는 것이었다. 그런 모습을 보고 나는 슬펐지만, 내가 느낀 것에 대해 전혀 언급하지 않았으며, 수년간의 친교 후에 마침내 불화를 초래한 단 한 번의 말다툼만 아니었다면 끝까지 그러했을 것이다. 내 건강이 나빠지자 아벨은 무척 걱정했을 뿐 아니라 내가 아픈 것이 그를 괴롭히기라도 하는 것처럼 불안해하며, 내 스스로가 원한다면 얼마든지 건강해질 수 있다는 말까지 했다. 그렇게 심각하게 생각하진 않았지만, 어느 날 그가 사무실로 찾아와서 공격을 퍼부었을 때 그 어조에 나는 머리끝까지 화가 났다. 그는 내 건강이 악화된 원인이 게으름과 음주에 있다고 했다. 그의 말투는 비꼬면서도 비꼬지 않는 척했지만, 그럼에도 자신의 의도를 완전히 숨기지는 못했다. 나는 그의 비난에 상처받아, 너에게는 재미로라도 그런 말을 할 권리가 없다고 내뱉었다. 천만에, 라고 그는 심각하게 말했다. 나는 충분히 권리가 있네, 우리의 우정을 생각하면. 그런 문제를 일고도 가만히 있다면 나는 진정한 친구가 아닐 거야. 이 말에 나는 생각 없이, 그렇다면 내가 보기에 우리의 우정은 네가 생각하는 것만큼 완벽하지 못한 것 같다고 대꾸했다. 그리고 우정의 조건 가운데 하나는 서로가 서로에 대해 잘 알아야 한다는 것이다, 너는 나의 전생애와 마음을 활짝 펼쳐진 책처럼 읽을 수 있으나 나에게 너의 삶은 꼭 닫힌 책과도 같다고 말했다.

그의 얼굴은 어두워졌고, 잠시 생각에 잠겨 있다가 이내 일어서더니 냉정한 작별인사만 남기고 우리 사이의 습관이던 악수도 하지 않은 채 떠났다. 그가 떠난 후 나는 크나큰 상실감과 비참함을 느꼈지만, 여전히 지나치게 직설적인 그의 비판에 기분이 상해 있었다. 내심 그의 말이 옳다는 것을 알고 있었기에 더욱더. 그 날 밤 나는 침대에 누워 뜬눈으로 지새우며 잔인하게 말한 것을 후회했으며, 그에게 용서를 빌고 앞으로의 친교를 그의 처분에 맡기기로 결심했다. 그러나 그가 한 발 앞서 아침에, 내게 용서를 빌며 저녁에 함께 식사를 했으면 좋겠다는 내용의 편지를 보내왔다.

식탁에는 우리 단 둘뿐이었으며, 식사 때와 그 후 베란다에 앉아서 담배를 피우고 블랙 커피를 홀짝거리는 동안에도 우리는 기묘할 정도로 조용하고 엄숙하여, 흰옷을 입고 우리의 시중을 들던 하인 두 명(갈색 얼굴에 미묘한 눈매를 지닌 늙은 인도인 집사와 거의 검푸른 피부의 젊은 기아나 출신의 검둥이)은 여러 번이나 흘끔거리며 주인의 눈치를 살펴야 했다. 그들의 주인은 친구와 식사할 때면 더 온화한 분위기를 띠곤 했던 것이다. 내게는 그의 이러한 태도 변화가 놀랍지 않았다. 그를 본 순간부터 나는 그가 예의 굳게 닫혀 있는 책을 펼치기로 결심했다는 것을 알았다. 그가 이야기할 때가 된 것이다.

CHAPTER 1

    이제 자네나 나나 화를 가라앉혔고 서로에게 상처 입힌 것을 후회하고 있으니 지금껏 일어났던 일이 유감스럽진 않네. 자네가 그렇게 말할 만도 했지. 내가 겪은 야만인들 사이에서의 여행과 모험에 대해 전부 얘기하고 싶었던 적이 적어도 백 번은 될 거야. 하지만 그러지 못했던 이유 중 하나는 그 이야기가 우리의 우정에 불행한 결과를 초래할지 모른다는 두려움 때문이었지. 이 우정은 내게 너무도 소중하고 무엇보다도 지키고 싶은 것이니까. 하지만 나는 더 이상 그런 것에 대해 걱정하지 않기로 했네. 자네에게 나의 이야기를 어떻게 풀어나갈까 하는 것만을 생각할 거야. 내가 스물세 살이었을 때부터 시작하지. 나는 인생의 초반부에 정치의 중심부에 있었으며, 자유를 지키기 위해 어쩌면 목숨을 걸고 고국에서 도망쳐야 할지도 모를 정도로 위험에 처해 있었네.

　누군가 모든 국민은 그들에게 알맞은 정부(政府)를 가진다고 했지만, 베네수엘라 정부는 알맞을 뿐 아니라 가장 잘 어울리는 것이지. 우리는 그것을 공화정이라고 했는데, 실제로는 그렇지 않기 때문이기도 했지만 모든 것은 무언가 명칭을 가져야 했기 때문이었네. 좋은, 혹은 그럴싸한 명칭을 갖는 것은 매우 편리한 일이니까. 특히 돈을 빌려야 할 땐 더더욱 그렇지. 베네수엘라 국민들은 오십만 평방 마일에 걸쳐 분산되어 있고, 대부분 문맹의 농사꾼들, 혼혈인, 토착민들로 이루어져 있다네. 그들이 교육받은 지성인들로, 공공의 복지만을 열망했다면 정말로 공화국이 될 수도 있겠지. 그러나 실제 정부는 혁명 중 성장한 파벌이 들끓는 곳이라네. 국가의 경제적 상태와 국민들의 근성이 잘 어울렸다는 점에서는 매우 훌륭한 정부라고 할 수 있지. 게다가 상층 계급의 대표자인 교육받은 사람들이 너무 적은 나머지, 혈연이나 혼인관계로 자신이 속한 정당의 유력자들과 연결되지 않은 사람이 거의 없을 정도야. 그러니 여당, 즉 다른 파벌에 대한 음모와 반란을 묵인하는 것이 얼마나 쉽고도 당연한 일이 되어 버렸는지⋯⋯. 자연의 법칙이나 되는 것처럼 말일세. 반란이 실패할 경우 처벌은 받지만, 비도덕적인 것으로 여겨지지는 않네. 오히려 우리 중에서 최고의 지성과 덕을 갖춘 사람들이 그러한 모험에 앞장서곤 하지. 그러한 양태가 본질적으로 옳은지 그른지, 혹은 어떤 상황에서는 그르지만 어쩔 수 없을 때는 옳은 것인지 나로서는 단정할 수 없네. 내가 이렇게 지루한 서곡을 읊는 것은 단지, 흠 없는 평판을 지녔으며 직업군인도, 정치적 야심가도 아닌 데다 국내에서는 부유한 편이며 인기도 있고 사교적 쾌락과 책과 자연을 즐기는 젊은이였던 내가 고귀한 동기 — 나는 그렇게 믿었네 — 에 심취하여, 당시의 정부(政府)를 전복하고 더 나은 사람들, 즉 우리들 자신들로 대체하려던 친구들과 친족들의 음모에 지극히 당연하게 휩쓸렸다는 사실을 자네가 이해할 수 있도록 하려는 걸세.

　　우리의 모험이 실패한 것은 당국의 귀에 소문이 들어갔다는 소식을 듣고 우리가 거사를 서둘렀기 때문이었네. 당시 지도자들은 전국에 흩어져 있었고 몇몇은 외국에 있었지. 정당의 과격파 몇 명이 그때 카라카스에 있었는데, 체포되는 것이 두려웠는지 성급한 행동을 해 버린 거야. 대통령이 노상에서 공격을 받고 부상을 입었지. 하지만 공격자들은 붙잡혔고, 그 중 몇 명은 다음날 총살당하고 말았네. 그 소식을 들었을 때 나는 수도에서 멀리 떨어져 있었네. 자라라 시에서 십오 내지 이십 마일 거리인 과리코 주의 케브라다 온다 강가의 저택에서 그 곳의 소유주인 친구와 함께 머무르는 중이었지. 내 친구는 군의 장교였으며, 그 음모의 지도자였네. 그리고 나는 전쟁징권이 무척이나 증오하던 남자의 외아들이었고. 그러니 우리 둘 다 목숨을 건지려면 도망칠 수밖에 없었네. 그런 상황에서는 젊음의 혈기라는 구실로도 용서받기를 기대할 수 없었으니까.

우리가 맨 처음 내린 결정은 해안 지대로 달아나는 것이었지. 그러나 라 과이라, 아니면 배를 탈 수 있는 북부의 다른 항구까지 여행하는 것은 너무 위험한 일이었네. 우리는 오리노코 강을 거슬러 앙고스투라의 하류로 내려갔지. 숨을 돌릴 만한 비교적 안전한 – 어쨌든 그 당시에는 말일세 – 장소에 닿았을 때 나는 마음을 바꾸어 고국을 떠나지 않기로, 떠나려는 시도조차 않기로 했다네. 소년 시절부터 나는 우리 영토에 속하는 오리노코 남쪽, 장대한 미지의 지역에 매우 흥미를 갖고 있었지. 지도에도 표기되지 않은 무수한 강과 길이 없는 숲들, 유럽인과의 접촉으로 문명화되지 않아 고대로부터의 관습과 성격을 그대로 지닌 야만적인 거주자들에도. 원시적 황야를 방문하는 것은 나의 오랜 꿈이었고, 그러한 모험에 대비해서 나는 베네수엘라 북쪽 지방 인디오들의 방언을 한 개 이상 익혀 두기까지 했다네. 이제 거대한 강의 남쪽에 있었고 무제한의 시간이 수중에 있었기에, 나는 소망을 충족시키기로 결심했지. 친구는 해변으로 떠났지만, 나는 탐험을 준비하고 야만족과의 상거래 차 내륙을 여행한 사람들에게서 정보를 수집했네. 마침내 나는 상류로 돌아가서 기아나의 서부 내륙, 콜롬비아와 브라질을 가르는 아마존 유역을 관통하고 육 개월 후에 앙고스투라로 돌아오는 경로를 택했지. 기아나 당국은 카라카스에서의 동란에 거의 신경 쓰지 않았기 때문에 반독립적인 야만족 지역에서는 체포될 염려가 없었거든.

망명해 있던 도시를 떠나 기아나에서 보낸 처음의 대여섯 달은 적당히 모험적인 사람을 만족시킬 만큼 흥미진진했네. 앙고스투라에서 어느 상냥한 정부 직원이 제공한 여권에는 – 읽을 사람은 몇 안 되겠지만 – 내가 내륙을 탐험하는 목적은 토착 부족과 농산물, 그밖에 공화국에 이익이 될 정보들을 모으는 것이며, 당국은 나를 보호하고 원조해야 한다고 명시되어 있었지.

나는 오리노코를 따라 올라가며 가끔씩 우안 부근에 있는 작은 기독교인 정착지들과 인디오들의 마을을 방문하기도 했네. 그런 식으로 많은 것을 보고 배우면서 삼 개월 가량 걸려 메타 강에 도착했지. 그 동안 나는 일기를 쓰는 것으로 위안을 삼았고, 개인적 모험뿐 아니라 반(半)문명화되었으면서도 야만적인 그 지역과 사람들의 인상에 대해서도 기록했지. 일기의 양이 늘어가자 나는 언젠가 카라카스로 돌아가는 날이면 이 일기가 대중에게 유용하고 흥미로울 것이라고, 또 내게는 명성을 안겨 주리라고 생각하게 되었네. 그런 생각에 유쾌해지고 크게 고무되어 나는 사물을 더욱 치밀하게 관찰하고 표현을 가다듬기 시작했지. 그러나 그 일기는 그럴 운명을 타고나지 않았다네.

나는 메타 강 하구를 떠나, 과비아레 대하와 다른 강들이 오리노코로 흘러 들어가는 곳에 위치한 아타아포의 정착지로 향했네. 그러나 나는 그 곳에 닿지 못했어. 마나푸리의 작은 정착지에서 가벼운 열병에 걸렸기 때문이지. 여기서 내 방랑의 첫 반년이 막을 내렸고, 그 시기에 대해서는 더 이상 얘기할 것이 없다네.

열병에 시달리는 사람에게 마나푸리보다 더 비참한 장소를 상상하는 것은 불가능하지. 그 곳의 정착지는 초라한 헛간들과, 진흙 또는 엮은 나뭇가지로 만들어지고 야자잎으로 지붕을 이은 몇 채의 큰 건물들로 이루어져 있었어. 물과 진창 그리고 쉴새없이 울어대는 무수한 개구리들과 구름 떼 같은 모기들의 번식처인 숲이 그 주위를 에워싸고 있었고. 완벽한 건강 상태에 있는 사람에게도 그런 장소는 버거울 걸세. 여든 내지 아흔 명에 이르는 거주자들은 대부분 영락한 계급의 인디오들이었고 작은 교역장소에서 종종 만나곤 했지. 기아나의 야만족들은 술을 무척 좋아했지만 우리가 말하는 술꾼 같지는 않았는데, 그들의 발효주는 알코올 함량이 너무 적어 만취하려면 엄청난 양을 들이켜야 했기 때문이야. 그 곳 사람들은 더 강한 백인들의 독주를 선호했고, 그 결과 마나푸리처럼 작은 마을에서도 아메리카 비극의 마지막 장을 마치 무대 위 한 장면처럼 생생하게 볼 수 있었지. 분명 그 비극은 더욱 비장한 또 다른 비극으로 이어질 터였네. 그 고통스런 시기에 내 사고는 극도로 염세적이었지. 이따금, 가뭄에 콩 나듯 비가 반나절 정도 그칠 때면 잠시 어슬렁어슬렁 나갔다오는 것이 가능했네. 그러나 나는 대체로 움직이려 하지 않았고, 살려는 의욕도 없었으며, 오랜 시간이 걸려서야 접하게 되는 카라카스로부터의 뉴스에 전혀 신경 쓰지 않았다네. 두 달이 지난 뒤, 건강이 다소 나아진 느낌과 함께 삶과 일상사에 대한 흥미가 되살아나자 일기장에 마나푸리에서의 체재에 대해 간단히 적어 두어야겠다는 생각이 들더군. 나는 안전을 위해서 작은 소나무 상자에 일기장을 넣어 두었는데, 그 상자는 정착지에 오랫동안 살아온 베네수엘라 상인 판탈레온 – 돈 판타라고 불리고 있었지만 – 에게서 미리 빌려 둔 것이었어. 그는 반 다스는 족히 되는 인디오 아내를 공공연히 데리고 살았으며 부정직하고 탐욕스럽기로 유명했지만, 내게는 좋은 친구가 되어 주었지. 상자는 내가 묵고 있던, 다 쓰러져 가는 야자잎 지붕집의 헛간 구석에 있었네. 그러나 일기장은 수주일 동안 내린 비에 흥건히 젖은 나머지 펄프처럼 뭉개져 버렸지. 나는 욕을 퍼부으며 일기장을 바닥에 내팽개친 뒤, 신음하면서 침대에 몸을 던졌다네.

낙담해 있는 나를 찾아온 것은 항상 꾸준히 들러 주던 내 친구 판타였네. 그의 걱정스러운 물음에, 나는 흙바닥에 뒹굴고 있는 펄프 뭉치를 가리켰고, 그는 발로 그것을 뒤집어 보고는 폭소를 터뜨리며 걷어차 버렸지. 빗속에 기어 나온 무슨 미지의 파충류인 줄 알았다는 거야. 그는 내가 일기장 때문에 상심해 있는 것을 보고 놀란 눈치였네. 그리고 그것이 완전히 진실된 이야기였는지는 몰라도, 혹시 집에 있는 사람들이 읽을 만한 책을 쓰고 싶은 거라면 어떤 실제 경험보다 더 흥미진진한 거짓말을 수천 가지는 지어낼 수 있을 것이라고 말하더군. 그는 제안할 것이 있어서 찾아왔다고 했네. 자신은 이 곳에서 이십 년 간 살아왔고 이런 날씨에 익숙해진 터이지만, 내가 오래 살고 싶다면 더 이상 이 곳에 머물러서는 안 된다고 하더군. 즉시 다른 지방으로, 탁 트여 있고 건조한 산간 지대로 떠나야 한다며, "만일 그 곳에서 키니네가 필요하다면, 남서쪽에서 불어오는 바람 냄새를 맡아요. 숲에서부터 곧바로 당신 몸 속으로 들어오게 될 테니"라는 말로 끝을 맺었네. 내가 시무룩하게 지금 상태로는 마나푸리를 떠날 수 없다고 하니까, 그는 몇 사람의 인디오들이 지금 정착지에 머무르고 있다고 대답했지. 그들은 거래도 하고 자기네 부족의 일원인 그의 아내 – 그가 몇 년 전 그녀의 부친으로부터 산 – 도 볼 겸해서 온 것이었네. 그는 "그녀에게 치른 돈에 대해서는 지금까지도 후회하지 않아요. 좋은 아내지. 질투하지 않거든요"라고 덧붙이면서 은근히 다른 아내들을 헐뜯기까지 했네. 그 인디오들은 케네바타 산맥에서부터 먼 길을 온 마키리타레 부족 사람들이었네. 판타 자신뿐 아니라 그의 좋은 아내 역시 내 대신 그들에게 사례를 해 둘 것이며, 그들이 적절한 답례로써 나를 자기네들의 마을로 쉬엄쉬엄 데려가면 그 곳에서 나는 잘 대접받고 건강을 회복하게 되리라는 얘기였지. 곰곰이 생각해 보니 이 제의는 무척 구미가 당기는 것이어서, 나는 쾌히 승낙했을 뿐 아니라 다음날엔 일어나서 상당히 활기차게 여행 채비를 시작할 수 있었네.

여드레쯤 지나 나는 관대한 친구 판타에게 작별을 고했네. 그를 수 차례 만나고 나서, 나는 그가 나를 물어뜯기 위해서가 아니라 죽음에서 구해 주기 위해 나에게 뛰어오른 야수라고 생각했네. 잔인한 야수나 악인조차도 충동적으로 상냥하고 자비로워질 때가 있으며, 그동안 그들은 좀더 높은 힘에 복종하는 대리인처럼 천성과 반대로 행동한다는 사실을 누구나 알고 있지. 허약한 건강 상태로 여행하는 것은 끊임없는 고통이었고, 나와 동행한 인디오들의 참을성은 톡톡히 시험당했네. 그러나 그들은 나를 버리지 않았지. 육십오 리그 남짓 되었던 여정은 마침내 끝이 났네. 그리고 나는 출발 당시보다 여러 면에서 분명히 강해지고 좋아져 있었지. 그때부터 나는 매우 빨리 완쾌되어 갔네. 정말로 멀리 안데스 삼림 지대의 친코나 나무에서 불어오는 약의 효과가 있었는지는 모르지만, 공기가 원기를 돋우어 준 것은 사실이었네. 인디오들의 마을 위 편에 있는 구릉 지대를 따라 산책하거나 좀더 지나 정상까지 올라갈 수 있었을 때, 야생의 케네바타 산맥에서 바라보는 세상은 웅대하고 다양한 장관을 갖추고 있어 그야말로 마음까지 상쾌해지고 즐거워졌다네.

미키리타레 부족과 몇 주를 보내면서 느꼈던 건강이 회복되는 유쾌함은 한동안 나를 행복하게 해 주었네. 하지만 이런 기분은 회복기가 지나자 이내 사그라졌지. 완쾌되자마자 나는 내면으로부터 초조함이 치밀어 오르는 것을 느꼈다네. 그 곳 야만인들과의 단조로운 생활을 더 이상 참을 수 없었던 것이지. 오랫동안 무기력하게 지낸 것에 대한 반작용으로, 나는 얼마나 위험하든 상관없이 오직 행동을, 모험을, 새로운 경치와 새로운 얼굴과 새로운 방언을 열망하게 되었네. 마침내 나는 작은 정착지가 몇 군데 있는 카시키아레 강까지 계속 가다 보면, 당국으로부터 도움을 받아 리오네그로까지 갈 수 있으리라 판단했네. 당시에는 그 강을 따라 아마존 유역까지 가서 파라와 대서양 연안으로 내려가리라 생각했었지.

케네바타 지역을 떠나면서 나는 두 명의 인디오를 안내자 겸 길벗으로 삼았네. 그러나 그들과의 여행은 내가 가길 원했던 강까지의 반 정도 길을 가서 끝나고 말았어. 그들은 오리노코로 흘러드는 쿠누쿠마나의 지류인 추나파이 근방에 사는 몇몇 우호적인 야만인들에게 나를 맡기고 떠나 버렸지. 나는 여행하는 인디오의 무리가 그 곳에 도착하여 합류할 기회가 생기기를 기다릴 수밖에 없었네. 마나푸리에서 가져 온 장신구와 캘리코 천 등 얼마 안 되는 자본을 다 써 버려, 더이상 그 누구도 고용할 수 없었기 때문이라네. 그 당시 내가 가진 것이 어느 정도였는지 알 만할 거야. 한동안은 발에 샌들 하나만을 걸치고 다닐 정도였다네. 옷이라곤 단벌 양복과 플란넬 셔츠 한 장이 전부였는데, 셔츠를 빨아 말리는 동안에는 맨살을 내놓고 돌아다녔지. 다행히도 나는 앙고스투라에서 친구가 준 튼튼하고 볼품 있는 훌륭한 푸른색 외투를 하나 갖고 있었네. 그의 말로는, 나보다 더 오래 갈 것이라고 했는데 정말 그럴 뻔했지. 그 외투는 밤에는 덮개가 되었고, 여행 중 춥고 비가 올 때면 세상의 그 어떤 옷보다도 따뜻함과 편안함을 주었다네. 나는 넓은 가죽 벨트에 리볼버 권총과 금속 총알, 그리고 수사슴 뿔로 된 견고한 손잡이에 구 인치쯤 되는 둔중한 칼날이 달린 잘 드는 사냥칼을 차고 있었네. 외투 주머니에는 예쁜 은 부싯깃통과 성냥갑 – 나중에 다시 이야기하겠지만 – 그리고 한두 개의 자질구레한 물품들이 들어 있었지. 다른 도리가 없을 때까지는 아껴 두기로 마음먹은 것들이었네.

추나파이에서 지루하게 기다리는 동안 나는 마을 인디오들에게서 솔깃한 이야기를 듣고, 마침내 리오네그로로의 여행 계획을 포기하게 되었네. 그 인디오들은 대부분의 기아나 야만족들과 비슷한 목걸이를 하고 있었지. 그러나 한 사람만이 전혀 다른 목걸이를 하고 있어서, 내 호기심을 무척 자극했네. 고르지 않은 모양에 대략 사람의 엄지손톱만한 열세 개의 금판이 실로 연결되어 있더군. 양해를 구한 다음 잘 살펴보니, 그 조각들은 의심의 여지없이 야만인들이 판판하게 두드려 편 순금이었네. 그 목걸이에 대해 물어 보자 그들은 파라우아리의 인디오들로부터 얻은 것이라고 했고, 파라우아리는 오리노코의 서쪽에 있는 산간 지대라는 사실도 말해 주더군. 그들 말로는 그 곳의 모든 남녀들이 그런 목걸이를 하고 있다고 했네. 나는 그 이야기에 열광하여 밤낮으로 황금에 대한 생각뿐이었고 꿈까지 꿀 정도였지.

그리고 어떻게 하면 문명인들에게 알려지지 않은 그 부유한 지역으로 갈 수 있을까 궁리했네. 그 곳으로 데려가 달라고 부탁했지만 인디오들은 침울하게 고개를 저을 뿐이었네. 그들은 오리노코에서 상당히 멀리 떨어져 있었고, 파라우아리는 열흘에서 보름 정도 걸리는 여행길이었으며, 게다가 친족들도 살고 있지 않아 그들에겐 낯선 곳이었기 때문이지.

나는 온갖 난관과 지연에도 불구하고, 고통과 위험한 모험을 무릅쓰며 마침내 오리노코 상류에 도착했고 이내 강을 건넜네. 목숨을 나 자신의 손에 맡긴 채 미지의 험난한 고장을 지나 서쪽으로 향했고, 몇 안 되는 소지품 때문에 언제라도 손쉽게 살해당할지도 모르는 채로 인디오들의 마을에서 마을로 나아갔지. 기아나의 야만족들에 대해 좋게 말하기는 힘들지만, 그래도 이것만은 말해 두어야겠네. 그 기나긴 여행 동안 내가 그들의 처분에 맡겨졌을 때, 그들은 나를 해치지 않았을 뿐 아니라 마을 안의 잠자리를 제공해 주었고 먹을 것을 주었으며 길이 막혔을 때 기꺼이 도와 주었다네. 하지만 그들의 천성에 상냥한 구석이라든지 문명국가에서 찾을 수 있는 인간적이고도 관대한 본능이 있었다고 생각하지는 말게. 그것과는 거리가 머니까. 잠깐 얘기했듯이, 내가 그들의 처분 아래 있었던 그때에도 나는 그들을 맹수로 간주했지. 교활하거나 저급한 수준의 지능, 그리고 그것이 없다면 가장 조악한 공동체도 지속될 수 없었을, 혈족 혹은 부족 구성원들의 권리 존중이라는 도덕관념이나마 가졌다는 점에서 야수보다는 훨씬 낫겠지만. 그렇다면 나는 어떻게 이방인과의 평화도, 친절한 마음도 모르는 부족들 사이에서 해도 입지 않은 채 백인을 거의 혹은 전혀 본 적 없는 지역을 자유로이 여행할 수 있었을까?

이유는 간단하네. 내가 그들을 너무도 잘 알고 있었기 때문이지. 언제든 이용할 수 있는 그러한 지식이 없었다면, 그리고 새로운 방언을 익히는 특출한 재능이 경험을 통해 발달하여 마침내 거의 직관처럼 되지 않았다면, 마키리타레 부족을 떠난 후 나는 호된 값을 치렀을 걸세. 사실 두세 번 아슬아슬하게 위기를 넘긴 적도 있긴 했지만.

다시 본론으로 돌아가지. 나는 마침내 그 유명한 파라우아리 산맥을 보게 되었지만, 놀랍게도 그것은 단지 구릉에 지나지 않았고, 그다지 높지도 않았네. 하지만 그 때문에 실망하지는 않았지. 파라우아리의 풍경이 그리 볼 만하지 않다는 것이 오히려 금이 풍부하다는 사실을 증명하는 것이었으니까. 그렇지 않고서야 어떻게 그 이름과 보물에 대한 평판이 쿠누쿠마나처럼 먼 곳에 사는 이들에게까지 퍼졌겠는가? 그러나 금은 없었네. 칠 리그에 달하는 전지역을 샅샅이 뒤졌고, 마을을 방문해서 인디오들과 얘기를 나누며 캐물어 보았지만, 그들은 금목걸이는커녕 금이라고는 전혀 갖고 있지 않았네. 파라우아리에 금이 있다는 말을 들어 본 적도 없었고, 금이 있는 다른 곳도 알지 못했지.

거의 희망을 잃은 채 마지막으로 금에 대해 수소문하고 다녔던 마을은 서쪽 변경에서 일 리그쯤 떨어져 있었으며, 울퉁불퉁한 삼림지대와 초원, 많은 급류 사이에 있었지. 많은 급류 중 한 급류에 가까이 있는 빈약하고 띄엄띄엄 흩어진 나무들 사이에 쿠리카이라는 마을이 있었네. 열여덟 명의 사람들 모두가 사냥하지 않을 때면 큰 건물이나 거기 딸린 두 개의 작은 건물에서 지내고 있었지. 족장 혹은 추장의 이름은 루니였는데, 쉰 살쯤 되었으며 과묵하고 균형 잡힌 용모를 갖고 있는, 말하자면 '고귀한 야만인'이었고, 백인의 침입에 대해 불쾌해하지도 그렇다고 썩 기뻐하지도 않았네. 한동안 나는 그를 속이려고 들지 않았지. 그래 봤자 무슨 이득이 있겠는가? 그토록 오랫동안 써 왔고 효력이 있었던 얄팍한 가면조차도 그때는 거추장스럽게 느껴지더군. 나는 가면을 멀리 내던져 버리고 나 자신이 되어야 했네. 나의 야만족 추장만큼이나 묵묵하고 퉁명스럽게. 그가 어떤 사악한 꿍꿍이를 가지고 있든 내버려두자, 하고 싶은 대로 하도록 내버려두자. 실패가 처음으로 누군가의 얼굴을 응시할 때 그 얼굴은 너무도 어둡고 소름끼치기에, 어느 것도 그 사람을 더 이상 비참하게 하거나 고민에 빠뜨릴 수 없다네. 몇 주일 동안 나는 눈을 이글거리며 마을 하나하나, 험준한 바위 사이사이, 요란하게 흐르는 산 속의 시내마다 다 돌아다니며 나를 이 먼 곳까지 오게 한 번쩍이는 노란 조각들을 열심히 찾았지. 하지만 그 모든 아름다운 환상들, 내가 가질 수 있었던 모든 쾌락과 힘은 정오의 초원에 생기는 신기루처럼 사라져 버렸네.

하루 종일 비가 퍼붓던 그 절망적인 날, 나는 방안에 틀어박혀 우울한 심정으로 조용히 앉아, 조는 척하며 반쯤 감은 눈 사이로 역시 앉아 있거나 돌아다니는 다른 사람들을 그림자나 꿈속에서처럼 바라보고 있었지. 나는 그들에게 신경 쓰지 않았고, 종종 그들이 제공하는 식량에도 불구하고 그리 친근하게 굴고 싶지 않았네.

저녁이 되자 비가 그치더군. 나는 일어나서 가까운 시냇가로 잠시 산책을 나갔고, 돌 위에 앉아 샌들을 벗고 멍든 발을 차갑게 흐르는 물에 씻었네. 서쪽에서부터 하늘의 반은 비 온 뒤의 부드럽고 생생한 푸른색을 다시금 띠고 있었네. 그러나 나뭇잎들은 여전히 물기를 머금고 빛났으며, 축축한 나무줄기는 초록색 잎사귀 아래서 거의 거무스름하게 보였지. 그 흔치 않은 아름다운 장면에 감동하여 내 마음은 가벼워졌다네. 동쪽 멀리 파라우아리의 구릉들은 고른 햇빛을 가득 받으며 기묘한 장엄함으로 그 쪽을 향해 밀려 가는 잿빛 먹구름들과 대조를 이루고 있었네. 본 적 없는 그 신비한 아름다움에 나는 바로 그 구릉들이 나를 탈진시키고 상처 입혔으며 바보로 만들었다는 사실도 잊을 뻔했지. 구릉을 기준으로 북쪽과 남쪽으로는 드문드문 숲이 있었지만, 서쪽으로는 또 다른 광경이 눈앞에 펼쳐졌네. 시내를 둘러싼 초록색 띠 뒤 편으로 방둑 가까이 띄엄띄엄 자라난 관목들이 오르막을 이룬 갈색 초원으로 퍼져 나가, 길고 낮은 바위산들에까지 이르고 있었지. 그 뒤 편에는 큰 언덕, 아니 산 하나가 홀로 원뿔 모양을 이루며 꼭대기까지 숲에 덮인 채 서 있었네. 이 지역의 주요 지표가 되는 이타이오아 산이었지. 해가 봉우리 아래로 떨어지자, 초원 뒤로 서쪽 하늘 전체가 섬세한 장밋빛으로 변하여, 마치 장밋빛 연기가 멀리 불어 가는 바람에 날려 공중에 퍼진 것처럼 보이더군. 그 얇고 빛나는 베일을 통해, 아득히 높은 하늘이 푸르고 가볍게 비쳐 보였네. 새가 순회극단처럼 무리 지어 내 머리 위를 지났고, 한 무리 뒤로 또 한 무리, 새들은 꼬리를 물고 둥지로 날아가며 종소리처럼 맑게 짹짹거렸지. 감미롭게 떨어지는 그 음조에는 뭔가 영묘한 것이 있어서, 웅덩이에 떨어지며 지상의 물에 천상의 신선한 물을 섞는 빗방울처럼 내 마음을 조용히 파고들었네.

내 마음속의 혼탁한 호수에 무언가 성스러운 것이 내려온 게 분명했네. 날아가는 새들로부터, 이미 수평선 아래로 떨어진 주홍빛 원반으로부터, 그리고 어둑어둑한 구릉, 무한한 천공의 장밋빛과 푸른빛, 시야에 들어오는 모든 것들로부터 말일세. 나는 정화된 듯했고, 자연의 은밀한 순수와 영성을 이해한 것 같은 묘한 기분이 들더군. 무한히 멀리 있으며 우리 모두가 그것을 향해 움직이고 있는, 언젠가 천상의 비가 우리를 오점 하나 없이 깨끗이 씻어 줄 그때서야 알게 될 어떤 목적에 대한 선견지명이랄까. 방금 발견한 이 예상치 못한 평화가 그토록 찾아내려 했던 노란 금속보다 훨씬 가치 있는 것처럼 느껴졌네. 이제 내가 바라는 것은 적적하고 아름답고 평화로운, 그토록 독특한 기분을 느끼게, 그리고 축복된 환영을 볼 수 있게 해 준 그 장소에서 잠시 쉬어 가는 것이었지.

　이렇게 해서 기아나에서의 두 번째 시기가 끝났네. 첫 번째 시기는 고국에서 명성을 얻으려는, 심지어 유럽까지 넘보는 소설책 같은 희망으로 채워졌었지. 두 번째 시기의 시작은 알론소 피사로의 시절부터 오랫동안 이 지역에 숨겨진 금의 환상에 유인된 그 많은 사람들처럼 무제한의 부를 꿈꾸며 케네바타 산맥을 떠났을 때부터였네. 그러나 이 곳에 계속 있으려면 눈썹을 찌푸리고 방 한구석에 조용히 앉아 있는 루니의 비위를 맞추어야 했지만, 그는 그 어떤 근사한 아첨도 통하지 않는, 말로는 절대 구슬릴 수 없는 사람이었지. 단 하나 남은 귀중한 소지품, 돋을새김한 부싯깃 상자와 헤어질 때가 온 것이 분명했네.

　나는 건물로 돌아가서 나의 침울한 족장을 마주보고 불가의 통나무 위에 앉았네. 그는 담배를 피우고 있었는데, 내가 나간 이후로 전혀 움직이지 않은 것 같더군. 나 역시 담배를 말고서 부싯깃 상자, 그리고 상자에 두 가닥의 은사슬로 매달린 부싯돌과 쇠붙이를 꺼내 놓았지. 족장의 눈에 약간 생기가 돌아왔고, 그는 내 동삭을 주의 깊게 바라보더니 말없이 내 발치에 있던 이글거리는 석탄을 가리키더군. 나는 고개를 저은 뒤 쇠붙이를 부딪쳐 눈부신 불꽃을 튀겨 내었고, 부

싯깃에 불을 붙인 다음 담배로 옮겼지. 그러고 나서 나는 상자를 호주
머니에 도로 넣는 대신 사슬을 외투의 단춧구멍'으로 넘겨 가슴에 장
신구처럼 매달았네. 담배를 피운 뒤 가볍게 기침을 하고 루니를 응시
했을 때, 그 또한 내가 하려는 말을 들을 준비가 되어 있다는 뜻으로
가볍게 몸을 움직여 보이더군.

　나는 오랫동안, 적어도 삼십 분 이상 말을 했고 그 동안 그는 입
을 굳게 다물고 있었지. 내가 한 말은 주로 기아나에서의 여행에 대
한 것이었네. 대체로 내가 방문한 모든 고장들, 내가 만난 부족과 족
장, 추장들의 이름을 열거하는 것에 지나지 않았지만 말일세. 하지만
나는 끊임없이 말함으로써 생소한 방언에 대한 나의 무지를 감출 수
있었지. 기아나의 야만족들은 사람을 평가할 때 오래 버티는 능력을
본다네. 새를 바라보며 한 시간이고 두 시간이고 동상처럼 꼼짝 않고
서 있는다던지, 반나절 동안 조용히 앉아 있거나 누워 있는다던지,
부당하게 처한 고통을 눈 하나 깜짝 않고 참는 것이지. 그리고 말을
할 때면 물 흐르듯 쉴새없이 쏟아 부어야 하고, 숨을 돌리느라 멈추
거나 단어를 고르는 데 망설이지 말아야 한다네. 이 모든 것을 할 수
있는 사람은 남자로서의 자격을 가지며, 대등한 상대로서 존경받거
나 심지어 친구가 되어야 한다고 여겨지지. 내가 정말로 그에게 말하
고 싶었던 것은 거의 의미 없는 연설의 끝 부분 몇 마디에 전부 들어
있었다네. 즉 어디서든 나는 인디오들의 친구였으며, 다른 마을과 부

족의 우두머리들과 함께 살았듯이 이제는 족장의 친구가 되어 파라우아리에서 살기를 원한다는 것이었지. 다른 족장들이 그러했듯, 그역시 나를 이방인이나 백인이 아닌 친구, 형제, 인디오로서 여겨 줄것을 원한다고.

내가 말을 멈추자, 오랫동안 여러 개의 폐를 채우고 있던 바람이갑자기 빠져 나오듯이 방안에 가벼운 웅성거림이 일었네. 한편 루니는 여전히 움직이지 않은 채 낮은 신음소리를 내었지. 그때 나는 일어나서 은 장신구를 외투에서 끌러 루니에게 선사했네. 그는 그것을 받았지만, 이방인이 그 족속에게 기대했던 것만큼 그리 감사하는 태도는 아니더군. 그러나 나는 만족했으며 그에게 우호적인 인상을 주었다고 확신했네. 잠시 뒤 루니는 상자를 옆에 앉은 사람에게 건네 주었고, 그는 상자를 살펴본 뒤 세 번째 사람에게 넘겼으며, 그런 식으로상자는 빙 돌아 다시 루니에게 돌아왔지. 그러자 그는 술을 가져 오라고 명했네. 마침 집안에는 상당량의 카사바 술이 있었어. 아마도 여자들은 며칠간 술을 빚느라 분주했었겠지만, 이처럼 빨리 마셔 버리게되리라고는 생각하지 못했을 거야. 가득 찬 술독이 날라져 왔고, 루니는 정중하게 첫 잔을 들이켰지. 나도 마셨고, 그러자 다른 이들도 뒤를 따랐네. 여자들도 마셨지만, 남자들이 세 잔을 마실 때 한 잔을 마시는 정도였네. 대부분의 술은 루니와 내가 마셨는데, 우리 두 사람이그 술자리의 주인공으로 처신해야 했기 때문이지. 사람들의 혀가 풀리기 시작했네. 약한 술이라 알코올 함유량은 적었지만 그래도 알코올이 서서히 뇌로 올라가고 있었던 거지. 나는 그들처럼 볼록 배가 아니라서 그렇게 술과 고기를 한정 없이 삼킬 수는 없었지만, 이처럼 중요한 상황에서 족장의 경멸을 사고, 부리로 물을 까다롭게 여섯 모금 쪼는 것에 만족하는 작은 새에 비교되는 일은 없어야겠다고 결심했네. 그에게 내 힘을 보여 주고, 필요하다면 인사불성이 되도록 마시기로 했지. 마침내 나는 일어설 수 없을 정도가 되었네. 그러나 단련된 늙은 야만인도 그때쯤에는 취해 있었지. 고대인들도 '술 안에 진리가 있다'라고 말했는데, 이 경구는 포도주가 아니라 약한 카사바 술만 있을 때면 잘 들어맞는 얘기라네. 루니는 한때 백인을 만난 적이 있다고 말하더군. 그러나 그 백인은 나쁜 사람이었고, 그래서 백인은 모두 나쁜 사람이라고 생각했다는 거야. 다비드 왕조차도 더 섣불리 말하지 않았던가, 모든 사람은 거짓말쟁이라고. 그러나 지금은 그의 생각이 틀렸고, 내가 좋은 사람이라는 것을 알겠다고 하더군. 취할수록 그는 더욱 친근해졌네. 그는 내게 작고 특이한 부싯깃통을 선사했는데, 아르마딜로의 뿔 모양 꼬리를 파내어 나무 마개를 달은 것이었네. 내가 그에게 준 상자 대신이었지. 그는 또 풀로 짠 해먹을 주면서 즉석에서 그것을 매달아 내가 눕고 싶을 때면 언제든 누울 수 있도록 했다네. 그는 나를 위해서라면 무엇이든 해 줄 것 같았네. 그리고 마침내, 수많은 술잔들이 더 비워지고 세 번째인가 네 번째 술독이 날라져 왔을 때, 그는 가슴속의 음침하고 위험한 비밀을 털어놓았지. 그는 오래전 잔혹하게 살해된 사람들을 위해 눈물을 흘렸다네. 사실 기아나의 숲 속에는 '눈물 없는 사람'이 없지만. 그의 아버지를 죽인 트리피카의 아들 마나가가 여전히 이 땅 위에 버젓이 살아 있기 때문이었다네. 그러나 마나가와 그의 친족들은 루니를 경계할지어다! 그는 예전에도 그들로 하여금 피를 쏟게 했고, 그들의 시체로 여우와 짐승들을 먹였으며, 마나가와 그 친족들이 파라우아리로부터 이틀 거리에 있는 우리타이의 다섯 언덕에 사는 한 그는 결코 편히 쉬지 않을 것이기에! 자신의 숙적에 대해 얘기하면서 그는 일종의 광란 상태에 빠져 가슴을 치고 이를 갈았으며, 급기야는 창을 움켜쥐고 그 끝을 흙바닥 깊이 꽂아 넣은 뒤 그것을 비틀어 뽑았다가 꽂아 넣기를 쉴새없이 반복하면서, 마나가 아니 마나가의 친족 중 한 명이라도 만나게 되면 남녀노소를 가리지 않고 이렇게 해 주겠다고 말하더군. 그리고 그는 휘청거리며 문 밖으로 나가 창을 휘둘렀고, 북서쪽을 바라보며 어디 한 번 또 자기 부족들을 난자하고 집에 불을 질러 보라고 마나가에게 외쳤네. "와 보라지! 마나가 따위 오라고 해!"

　나는 휘청거리며 뒤따라 나와서 소리쳤지. "나는 당신의 친구요, 형제입니다. 내겐 창도 화살도 없지만 이것이, 이것이 있습니다!" 그러고 나서 나는 곧바로 권총을 꺼내어 휘둘렀네. "마나가는 어디 있습니까?" 나는 말을 이었지. "우리타이의 언덕들은 어디 있습니까?"

그는 남동쪽에 낮게 뜬 별을 가리켰네. "그렇다면," 나는 외쳤지. "이 총알이 친족들과 함께 불가에 앉아 있는 마나가를 찾아내어 쓰러뜨리고 땅에 피를 쏟게 할 것입니다!" 그 말과 함께 나는 그가 가리킨 방향으로 권총을 쏘았다네. 여자들과 아이들은 공포에 질려 소리질렀고, 내 옆에 있던 루니는 격렬한 기쁨과 열광을 주체 못하고 돌아서서 나를 껴안았지. 나체의 야만인 남자에게 안긴 것은 처음이자 마지막이었으며, 까다롭게 따질 상황은 아니었지만 그의 땀투성이 몸에 안기는 것은 그리 유쾌한 경험은 아니었다네.

이러한 폭발에 이어 다시 여러 잔의 술이 비워졌네. 그리고 마침내 더 이상 버틸 수 없게 된 나는 비틀비틀 해먹으로 갔지만 안에 들어갈 수가 없었고, 우정이 넘쳐 나를 도와 주러 왔던 루니와 함께 바닥에 쓰러져 뒹굴고 말았지. 결국 다른 사람들이 나를 들어올려 흔들거리는 침대에 밀어 넣자, 나는 즉시 꿈도 꾸지 않은 깊은 잠에 빠져들었고, 다음날 아침해가 높이 뜰 때까지 눈을 뜨지 못했네.

CHAPTER 2

다행히도 카사바 술은 극도로 느리고 손이 많이 가는 과정을 거쳐 제조되는 것이라네. 술을 빚는 것은 여자들의 일로서, 가장 먼저 원료(카사바로 만든 빵)를 오직 어금니만을 사용해서 짓이겨 펄프 상태로 만들지. 그러고 나서 그것을 걸러 내어 나무통에 담아 두고 발효시키는 거야. 이 고분고분한 노예들의 부지런함은 대단했네. 그러나 그렇게 열심히 일해도 지나치게 마시는 것을 좋아하는 그들의 우두머리를 만족시킬 수 있는 때는 아주 드물었지. 그러니까 내가 한몫 했던 그 행사는 무척이나 끈기 있게 씹고 묵묵히 발효시킨 결과였다네. 자라는 데 꽤 오랜 시간이 걸리는 섬세한 꽃처럼 말이지.

나는 일말의 불쾌한 감정과 한두 번에 걸친 자기 혐오의 발작을 극복하고 부족의 일원으로 자리를 굳혔고, 이제 더 이상 파라우아리의 그 무엇도 나를 괴롭힐 수 없을 거라고 확신했다네. 백수처럼 편안하고 여유자적하게 살며, 기분이 내킬 때는 사냥이나 낚시를 가는 무리에 끼고, 나머지 시간에는 동료들과 떨어져 한적한 장소에서 야성의 자연과 대화하며 나름대로 존재를 즐기면서 지내기로 했지.

우리의 작은 부족에는 루니를 제외하고 두 명의 노인이 있었는데, 내 생각에는 루니의 사촌들 같더군. 그들에게는 아내와 성인이 된 아이들이 있었네. 또 다른 가족은 루니의 조카인 피아케와 그의 남동생 쿠아코 – 이 남자에 대해서는 여러 번 얘기하게 될 걸세 – 그리고 여동생 울라바로 이루어져 있었지. 피아케에게는 아내와 두 아이가 있었네. 쿠아코는 미혼으로 열아홉 내지 스무 살쯤 되어 보였고, 울라바는 셋 중 가장 어렸지. 마지막으로, 어쩌면 처음에 말했어야 할지도 모르지만, 루니의 어머니 클라클라가 있었네. 아마도 어떤 새의 울음소리를 따서 그렇게 부르는 것 같았는데, 그 지역 사람들은 거의 혹은 절대 진짜 이름을 쓰지 않았다네. 진짜 이름은 가까운 친척들에게조차 반드시 비밀로 해야 했지. 아마도 세상에서 클라클라 자신만이 유일하게 그녀가 태어났을 때 부모가 지어 준 이름을 알고 있었을 거야. 그녀는 매우 늙었으며 네모진 체구에 햇볕에 건조시킨 낡은 가죽 같은 갈색 피부를 하고 있었지. 그녀의 얼굴은 무수한 주름들로 덮여 있었고 길고 거친 머리카락은 눈처럼 하얬지. 그러나 그녀는 믿을 수 없을 정도로 활동적이었으며, 부족의 어떤 여인보다도 많은 일을 하는 듯하더군. 더구나 하루 일과가 끝나고 아무도 할 일이 남아 있지 않은 그 시간에 클라클라는 밤일을 시작했다네. 다른 사람들이, 적어도 남자들이 잠들 때까지 얘기를 했던 거야. 그녀는 자동 기계 같았으며, 매일 저녁 정확히 문이 닫힌 뒤 모닥불이 켜지고 모두 해먹에 누웠을 때 입을 열어, 마지막 한 사람이 깊이 잠들 때 멈추는 기나긴 이야기를 풀어놓는 것이었네. 밤 늦게 누군가 신음하면서 깨어나면, 그녀는 일어나서 아까 멈춘 곳부터 다시 이야기의 실타래를 풀어 나갈 정도였지.

나는 클라클라 할멈을 보는 것이 무척 즐거웠네. 땔감이 모자라서 사그라드는 일이 없도록 불을 지켜보며 앉아 있는 그 올빼미 같은 모습은 아무리 봐도 질리지 않았지. 그녀는 냄비가 끓어오르지 않나 항상 지켜보면서도, 동시에 주위에 있는 다른 사람들의 움직임에 참견하면서 어느 순간 갑자기 길을 잃은 병아리를 도와 주거나 고집 센 아이를 내던질 여유를 갖고 있었다네.

의도한 것은 아니었겠지만 그녀가 어찌나 나를 즐겁게 해 주었던지, 내 쪽에서도 그녀를 즐겁게 해 주기 위해 무언가 해야 옳다는 생각이 들더군. 어느 날 나는 나무로 펜싱용 칼을 깎으면서 옛날 노래들의 몇 구절을 휘파람으로 불거나 흥얼거리고 있었네. 그러나 갑자기 그 늙은 여인이 무척 즐거워하며 이따금씩 낄낄대거나 고개를 까닥거리며 손으로 박자를 맞추는 모습이 눈에 들어온 걸세. 분명 그녀는 원주민들이 지닌 것보다 우월한 음악양식을 분간할 수 있는 것 같았고, 나는 곧 펜싱용 칼은 잠시 내버려두고 기타를 만드는 데 착수했네. 그것은 무척 힘든 일이었지만, 생각보다 나 자신이 교묘한 솜씨를 갖고 있다는 사실을 알게 된 계기도 되었지. 나무를 알맞은 굵기로 깎아 내고 구부려서 나무 핀과 아교로 고정시키고, 암과 프렛과 줄감개를 달고, 고양이 내장으로 줄을 만드느라 – 다른 재료는 구할 수 없었으니까 – 한동안 분주했네. 완성된 악기는 조야하고 음조를 맞추기 힘들었지만, 그럼에도 줄을 뜯으며 경쾌한 음악을 연주하거나 노래를 부르노라면 기타 만들기가 대성공이라는 것을 느낄 수 있었지. 스스로의 연주에 무척 만족한 나머지 옛 스페인에서 만들어진 최고의 기타를 갖고 있는 것처럼 느껴질 정도였으니까. 나는 바닥을 뛰어다니고 발을 굴렀으며, 연주자의 손가락만큼이나 발을 빨리 놀려야 하는 백인들의 가장 활발한 춤을 가르쳐 주기도 했다네. 그러나 이러한 나의 모습을 부족의 어른들은 시종일관 이방인을 낙담시킬 만한 진중함으로 지켜볼 뿐이었네. 그들은 나를 바라보는 한 세트의 청동 성상 같았지. 그러나 내가 노래하고 발을 구르고 빙글빙글 돌 때면, 그들 내면에 있는 생기 넘치는 동물이 꿈지럭대는 것을 느낄 수 있었다네. 하지만 클라클라는 예외였으며, 반쯤은 깔깔거리고 반쯤은 끽끽거리며 웃음으로써 내게 아낌없는 격려를 보내주었지. 그녀는 두 번째 유아기에 이르렀든지, 아니면 적어도 젊은 기아나 야만족들이 열두 살쯤부터 어른들을 본떠서 쓰게 되며 가끔씩 아주 취했을 때를 제외하고는 평생 동안 벗지 않는 무감각한 가면을 내팽개친 것 같았네. 물론 젊은이들도 거리낌 없이 즐거움을 표시하곤 했지. 어른들이 있을 때면 자신의 감정을 드러내지 않도록 주의했지만 말일세. 그들 사이에서 나는 큰 인기를 누렸다네.

서서히 나는 펜싱 칼을 만드는 일로 돌아갔고, 그들에게 펜싱을 가르쳤지. 이따금 건장한 소년 두세 명에게 동시에 나를 공격하도록 했는데, 단지 내가 얼마나 손쉽게 그들의 무기를 빼앗고 목숨을 앗을 수 있는지를 보여 주기 위해서였네. 이 연습은 쿠아코의 흥미를 상당히 끌었지. 다른 소년들보다 어느 정도는 호기심이 많고 친절하며 좀 더 꾸밈없는 태도를 지니고 있었던 그는 나와 제일 친한 친구가 되었네. 쿠아코와의 펜싱은 매우 즐거웠지. 그는 칼을 손에 쥐고 자세를 취하자마자 내 지시사항을 모두 허공에 날려 버리고 본래의 야만적인 기세로 돌진하여 나를 공격했네. 하지만 내 일격에 그의 칼이 빙글빙글 돌며 수십 야드를 날아가는 순간, 그는 놀라서 꼼짝 않은 채 입만 딱 벌리고 그 쪽을 바라보는 것이었네.

그럭저럭 삼 주가 지났고, 어느 날 아침 나는 마을과 시내 서쪽에 있는 황량한 초원 지대를 건너 비록 낮지만 길고 험준한 봉우리까지 혼자 가 볼 생각을 했지. 마을에서 보면 그 쪽으로는 눈길을 끄는 것이 아무것도 없었네. 그러나 나는 거대하고 외떨어진 이타이오아의 언덕을, 그 너머 멀리 구름처럼 희미한 꼭대기들을 좀 제대로 보고 싶었다네. 땅은 시냇가에서부터 완만한 오르막을 이루고 있었고, 내가 올라갔던 가장 높은 봉우리는 출발점에서 두 마일 정도 높이였지. 그을린 갈색 평원에는 덤불과 머리카락처럼 바짝 마른 풀들이 띄엄띄엄 자라고 있을 뿐이었네.

정상에 이르러 뒤쪽 지역을 볼 수 있게 되었을 때, 건조한 땅은 저쪽으로 1.25마일 정도만 계속될 뿐이며 그 뒤로 숲이 이어져 있다는 사실을 알고 나는 상당히 실망했네. 장방형에 가까운 분지를 뒤덮은 오륙 평방 마일에 걸친 매력적인 삼림 지대가 이타이오아 북쪽 산자락으로부터 남쪽의 낮은 바위 구릉 지대로 퍼져 나가고 있더군. 길고 좁은 띠 모양을 한 숲이 분지로부터 문어발처럼 다양한 방향으로 뻗어 나가서, 한 쌍은 이타이오아의 비탈을 감싸 안았고, 좀더 넓은 한 줄기는 오른쪽에서부터 남쪽의 봉우리들 사이로 빠져 나와서는 골짜기를 따라가며 시야에서 사라지고 있었지. 서쪽과 남쪽과 북쪽으로는 멀리 산들이 아득하게 모습을 드러냈는데, 산맥에 속한 것이 아니라 몇 개씩 그룹을 이루거나 홀로 떨어져 있어 지평선에 모여든 푸른 구름처럼 보였네.

숲이 마을에서 그토록 가깝다는 사실이 기뻤고, 인디오 친구들이 왜 숲으로 나를 데려가 주기는커녕 그 쪽으로 가지도 않았는지 궁금하기도 했네. 나는 사냥에 적당한 무기를 가져 오지 않은 것만을 아쉬워하며 가벼운 마음으로 홀로 탐험에 나섰지. 봉우리로부터 초원을 건너는 길은 무난했는데, 시종일관 벌거벗은 바위투성이 땅이 내리막을 이루고 있었기 때문이야. 내가 있는 숲의 바깥쪽은 환히 열려 있었으며, 바위 사이 흙에서 자라는 관목들과 노란 콩 모양의 꽃이 띄엄띄엄 달린 가시덤불로 덮여 있었네. 숲의 울창한 부분에 이르자 훨씬 크고 다채로운 나무들이 나타났네. 그러고 나서는 다시 숲의 가장자리 같은 척박한 지대가 모습을 드러냈고, 바위들이 드러난 땅에서는 노란 꽃이 핀 가시덤불 외에는 아무것도 자라나 있지 않았지. 북쪽에서 남쪽으로 걸쳐진, 상당한 길이에 오십 내지 백 야드 너비의 이 척박한 띠를 통과하면 숲은 다시 빽빽해졌고, 나무들은 커졌으며, 그 아래로 무성한 덤불이 시야를 가리고 걸음을 가로막았네.

나는 이 야생의 천국에서 여러 시간을 보냈고, 기아나에서 종종 왔다갔다했던 크고 암울한 숲들에서보다 훨씬 큰 즐거움을 느꼈네. 나무들이 그렇게 장엄한 모습을 띠지는 않았지만, 훨씬 다양한 종의 식물들이 있었기 때문이지. 어디를 가더라도 나무 밑에 그늘진 곳이라곤 없었고, 아름다운 기생 식물들이 곳곳에 무성하여 빛과 공기가 넉넉하다는 사실을 알 수 있었네. 나무들이 가장 크게 자란 곳에서도 햇살은 잎사귀에 미묘한 초록빛 도는 금색으로 비끼어 스며들었고, 나무 아래의 널따란 공간을 부드럽고 은은한 빛과 희미한 청회색 그림자로 채우고 있었지. 똑바로 누워 위를 올려다보고 있노라면 일어나서 더 나아가기가 싫을 정도였네. 내 머리 위의 지붕은 얼마나 멋졌는지! 지붕이라고 말했지만, 가난한 시인들 역시 저 무한한 창공을 종종 그렇게 부르지 않았는가. 그러나 한껏 고양된 영혼에게는 그 하늘도, 모양과 색조를 바꾸며 떠다니는 구름도, 그리고 가혹한 정오의 뙤약볕을 쫓아 버리는 나뭇잎들도 시야를 가로막는 지붕과는 거리가 멀었다네. 내게 보이는 그 무성한 구름의 나라가 어찌나 드높이 있던지! 알려져 있듯이, 건축가들에게 긴 회랑을 만들어 공간감을 한껏 살리는 방법을 최초로 일러준 것은 자연이었다네. 그러나 빛을 차단하는 지붕은 위쪽에서도 같은 환상이 일어나는 것을 막아 주지. 이 곳에서 자연은 그 푸릇푸릇한 공기 중의 천개와 햇빛을 머금은 채 수없이 겹쳐진 구름에 의해 차단되어 범접할 수 없는 느낌을 주었네. 가장 높은 구름은 눈에 보이지 않을 정도였지만, 그래도 빛살은 스며들어 와 아래의 드넓은 공간을 환하게 밝혀 주었지. 저 높이에서부터 이어지는 공간들은 각자 독특한 빛과 그림자를 지니고 있었네. 그러한 공간들 중 한참 높이, 그러나 보이는 것보다는 가까운 어느 한 곳에선 부드러운 어둠이, 위 편 나뭇잎 틈새로 떨어지며 비추이는 것들마다 오묘한 광채를 더하는 황금빛 광선에 의해 꿰뚫리고 있었지. 잎사귀와 턱수염처럼 더부룩한 이끼와 뱀 같은 덩굴의 그림자를 던지면서 말일세. 트여 있는 공간 중에서도 시선에 걸리는 것이 전혀 없는 가장 훤한 부분에서, 광선은 은빛을 발하는 엉킨 실꾸리를 드러내 보였네. 커다란 나무거미의 집이었지. 상당히 높은 곳에 있으면서도 분명하게 눈에 보이는 이 거미줄들은, 수평선상의 공간감을 연출하기 위해 일정한 간격을 두고 기둥과 아치를 단조로이 되풀이하여 세우고 그 규칙에서 조금만 멀어져도 실패하고 마는 인간 예술가들을 떠올리게 했네. 그러나 자연은 계획 없이도 훌륭한 효과를 자아내었으며, 자연이 즐기는 무수히 다채로운 장식들은 나무와 나무가 연결되어 얽힌 아나콘다 같은 리아나 덩굴이나, 거대한 줄기들에서부터 공중의 거미줄과 날아가는 벌레의 날개가 일으키는 바람에 떠는 머리카락처럼 가느다란 섬유에 이르기까지, 오히려 아름다운 환상들을 증대시키는 것 같았네.

그렇게 나는 즐거운 생각들을 벗삼아 한가롭게 시간을 보냈고, 야만인이든 문명인이든 곁에 인간이 없다는 사실이 기뻤네. 원숭이들을 거슬리지 않고 그들의 수다에 귀기울이거나, 원숭이들이 생활의 자질구레한 일들에 몰두해 있는 것을 지켜보려면 혼자인 것이 훨씬 좋았거든. 원숭이들의 언어와 생김새, 동작들은 화려한 열대의 자연과 신비로 가득한 초록빛 구름 그리고 환상적인 창공과 조화를 이루고 있었지. 지상에서 한참 높이, 하늘과 땅의 중간에서 그들만의 경이로운 삶을 살아가는 사기꾼 천사들이랄까.

그 날 아침 나는 일주일간의 산책에서보다 훨씬 많은 원숭이들을 보았네. 다른 동물들도 보았지. 나를 보고 놀라서 몇 야드를 후다닥 달아나다가 이내 멈춰 서서는 내가 친구인지 적인지 모르겠다는 듯 뒤돌아보던 두 마리의 아쿠리가 특히 기억에 남는군. 새들도 이상하게 많았지. 이런 모습들에 문득, 이 곳은 내가 지금껏 본 것 중 가장 훌륭한 사냥터라는 생각이 떠올랐고, 마을의 인디오들이 이 곳에 오지 않는 것 같다는 생각에 놀라웠네.

오후에 마을로 돌아온 나는 그 날의 산책에 대해 열광적으로 이야기했으며, 내 영혼을 움직인 것들이 아니라 기아나 인디오들의 영혼을 움직일 만한 것들을 말해 주었네. 그들은 동물성 식량을 갈망했지만, 그들이 보기에 자연은 그들이 고기 없이 지내기를 바라는 듯했고, 충분한 고기를 획득하는 것은 상당히 어려운 일이었다네. 놀랍게도, 그들은 내 말에 당황한 표정을 지으며 고개를 저었지. 마침내 족장이 알려 주기를 내가 갔던 숲은 위험한 곳이라더군. 그들이 그 곳으로 사냥하러 갔다간 큰 부상을 입게 되리라는 것이었네. 그리고 그는 다시는 그 곳에 가지 말라는 충고로 끝을 맺었지.

그들의 표정과 늙은이의 모호한 이야기로 미루어 짐작컨대, 숲에 대한 공포는 미신이라는 느낌이 들더군. 호랑이나 큰 뱀이나 고립되어 살아가는 식인종 같은 위험한 생물이 그 곳에 있다면 그들은 그렇게 말해 주었을 테니까. 그러나 내가 질문을 퍼부었을 때 그들은 그저 그 곳에는 '나쁜 것'이 있다고, 그 곳에 동물이 풍부한 것은 목숨을 걸고 모험을 하려는 인디오가 아무도 없기 때문이라고 되풀이할 뿐이었지. 나는 그들이 좀더 분명히 설명해 주지 않으면 기필코 다시 갈 것이고, 그들이 두려워하는 그 위험에 처할지도 모른다고 대답해 주었네.

그들이 보기에는 무모하다고밖에 할 수 없는 나의 용기에 그들은 놀라는 눈치더군. 그러나 이미 내가 그들의 미신에 개의치 않으며, 그들의 이야기를 어린아이를 달래기 위해 꾸며낸 것으로 믿고 있다는 사실을 깨닫고 있었던 그들은 일단 더 이상은 설득하려 하지 않았지.

다음날 나는 문제의 숲으로 다시 갔고, 더욱더 매혹되었네. 미지와 신비로움이 발산하는 매력이었지. 그러나 처음에는 그들이 했던 경고가 자꾸 떠올라서 불안하고 조심스러운 마음도 있었네. 그들이 살아가면서 얼마나 많은 숲을 지나다녔을지, 우리에게 고향마을의 거리가 낯익듯 숲이 그들에게 얼마나 낯익을지를 생각해 보면, 마치 귀신 이야기에 사로잡힌 예민한 아이가 백주 대낮에도 불 꺼진 방을 두려워하듯 인디오들이 모든 숲들을 미신적으로 두려워한다는 사실은 거의 믿을 수 없는 일이었네. 하지만 그들이 숲을 두려워하는 것은 어두운 방에 있는 아이와 마찬가지로 그 곳에 혼자 있을 때뿐이었으며, 따라서 원래부터 사냥을 나갈 때는 항상 두세 명이나 여럿이 함께 갔지. 그렇다면 어째서 이처럼 유혹적인 수확을 제공하는 숲에 오는 것을 유독 꺼리는 것일까? 그러한 의문이 나를 매우 괴롭혔네. 동시에 나는 그런 의구심을 부끄러워하며 떨쳐 내려고 애썼지. 마침내 나는 지난번 왔을 때 그토록 오래 머물렀던 그 외딴 장소에 이르렀네.

그 곳에서 나는 새로운 것을 보았고, 이상한 경험을 했네. 내가 커다란 나무의 그늘에 앉아 있노라니, 태풍이 다가올 때의 바람소리에 비명과 외침이 섞인 듯한 혼란스러운 소리가 들려 오더군. 소리는 점점 가까워 왔고 마침내 다양한 종류의, 그러나 대체로 자그마한 새들이 떼로 나타나서는 나무 사이로 날아다니는 것이었네. 나무줄기와 굵은 가지 위에서 뛰어다니는가 하면, 잎사귀를 스치며 날아다니는 것들도 있었고, 계속 날고 있던 여러 마리도 공중을 맴돌며 이리 저리 돌진하기 시작했지. 그것들 모두 벌레를 찾거나 쫓아다니느라 동시에 왔다갔다하며 내 주위의 나무들을 몇 분만에 다 살펴보고는 이내 사라져 버렸네. 그러나 금방 본 것만으로 만족할 수 없었던 나는 벌떡 일어나서 새 떼를 쫓아가 계속 살펴보려고 했지. 경계심이나 인디오들이 말한 것에 대한 염려는 이제 완전히 잊어버린 채, 내 관심은 오로지 새의 군단에 쏠려 있었네. 그러나 새들이 쉬지 않고 날아가는 바람에 나는 금새 뒤처졌고, 곧 거대한 케이블처럼 지표를 따라 뻗으며 엉켜 있는 수풀, 덩굴, 큰 나무의 뿌리들이 길을 완전히 가로막아 버렸네. 나는 이 잎들의 미로에서 원래 위치로 돌아가는 길을 찾기에 앞서 땀을 식히기 위해 돌출된 나무뿌리에 앉았지. 계속된 동작과 혼란스러운 소리들의 폭풍이 지나간 뒤에 찾아온 숲의 고요는 매우 의미심장하게 느껴졌다네. 그러나 얼마 지나지 않아 새의 아름다운 노랫소리가 나지막하게 흘러나와 고요를 깨뜨렸네. 놀랄 정도로 순수하고 감정에 넘치는, 그때까지 들어 본 어떤 음악소리와도 다른 소리였지.

노랫소리는 무성하게 자란 널따란 담쟁이 잎들로부터 들려 오는 것 같았네. 나는 그 푸르른 은신처에서 눈을 떼지 않고 숨을 죽인 채 다시 노래가 들려 오기를 기다렸고, 이전에 이 노래를 들은 문명인이 있을지 궁금해졌네. 분명 그렇지 않았을 것이, 그랬다면 그 성스럽기 그지없는 곡조의 명성이 널리 퍼졌을 테니까. 나는 악기새 혹은 피리새로 유명한 리알레조와 그 새의 노래를 들은 사람들의 다양한 반응에 대해 생각했네. 그 지저귐을 아름답고 신비로운 악기의 소리로 듣는 사람이 있는가 하면, 명랑한 어린아이가 곱디고운 목소리로 노래하는 것이라고 생각한 사람도 있었네. 나는 기아나의 숲에서 종종 리알레조의 노래를 들었고 즐겁게 귀기울여 왔지만, 이 노래 혹은 악절은 그 노래와는 완전히 성질이 달랐지. 좀더 순수하고 유려하며 부드러웠고, 너무도 나지막하여 사십 야드만 더 떨어졌더라도 듣지 못했을 걸세. 그러나 가장 매력적인 것은 그 노래가 사람의 목소리와 비슷하다는 사실이었네. 비슷할 뿐 아니라, 정결하고 숭고하여 거의 천사의 목소리에 가까웠지. 상상해 보게, 그 곳에 앉아 온 감각을 집중시켰던 그 당시의 초조함, 그리고 노랫소리가 이어지지 않았을 때의 깊은 실망감을! 내키지 않았지만 나는 간신히 몸을 일으켜 느릿느릿 되돌아가기 시작했네. 그러나 삼십 야드 정도 나아갔을 때 바로 뒤에서 다시 그 달콤한 소리가 들려 왔고, 나는 얼른 돌아서서 가만히 기다렸지. 같은 소리였지만, 노래는 달랐네. 다른 악절이었지. 음조는 좀더 다채롭고 빨라져 마치 노래하는 이가 흥분한 것처럼 들리더군. 듣고 있노라니 심장에 피가 솟구쳤지. 신경은 기묘한 미증유의 기쁨에 스멀거렸고, 음악이 일으킨 열광은 신비스러운 느낌을 고조시켰네. 얼마 지나지 않아 다시 노래가 들려 왔는데, 전과 달리 빠르지 않고 부드러운 지저귐처럼 들리더군. 처음보다 더 나지막하고, 형언할 수 없이 달콤하고 부드러웠으며, 금새 속살거림으로 잦아들어 들리지 않게 되었지. 이 모든 일은 열두어 개의 단어로 이루어진 문장을 되풀이할 정도의 시간에 일어났네. 노래하는 이는 그렇게 안녕을 고한 것 같았지. 내가 헛되이 기다리며 귀기울여도 노래는 되풀이되지 않았으니까. 출발점으로 돌아간 뒤에도 나는 노래를 한 번 더 듣고 싶어서 한 시간이 넘게 앉아 기다렸다네!

　해가 서쪽으로 저물어 갈 때쯤에야 나는 숲을 떠났지만, 이미 내일 아침에 다시 와서 그토록 매혹적인 경험을 하게 된 장소를 찾아가겠다고 결심하고 있었지. 숲 안쪽에 있는 예의 척박한 지대를 건너, 왜소한 나무와 덤불들이 초원의 문턱에서 말라죽어 가는 탁 트인 경계에 이르기 바로 전 그 신비스러운 음악이 다시 들려 왔을 때, 내가 느낀 기쁨과 경이를 무어라 말할까! 노래는 바로 옆 덤불 숲에서 흘러나오는 듯했네. 그러나 그때쯤 나는 이 숲의 목소리가 복화술을 이용하여, 나로 하여금 정확한 위치를 파악하지 못하게 하고 있다는 사실을 깨달았지. 한 가지 분명한 것은 노래하는 이가 계속 나를 쫓아오고 있다는 것이었네. 나는 그 곳에 서서 노랫소리가 들려 올 때마다 몇 번이고 귀기울였고, 이제 노래는 희미해져 들을 수 없을 정도로 멀리 사라져 가는 것 같았네. 그러더니 갑자기, 마치 수줍고 작은 생물이 대담해지듯 몇 야드 앞에서 또렷하고 분명하게 노랫소리가 터져 나왔네. 그러나 멀든 가깝든 간에 노랫소리의 주인공은 여전히 보이지 않았고, 마침내 그 매혹적인 노래는 완전히 멎어 버리더군.

CHAPTER 3

두 번째로 숲에 갔을 때는 물론이고, 여러 번 숲을 찾아갈 때마다 언제나 그 소리는 들려 왔네. 이로 미루어 볼 때, 그 기묘하고 음악 같은 지저귐의 주인공이 언제나 동일하다는 내 생각이 틀림없다면, 새인지 혹은 다른 무엇인지 모를 그것은 결코 모습을 드러내지 않으면서도 항상 나를 지켜보고, 어딜 가든 따라다니고 있다는 얘기였지. 그러한 생각은 내 호기심을 더욱 북돋울 뿐이었네. 그것의 정체에 대해 곰곰이 생각해 본 결과, 나는 마침내 인디오 중 한 명을 꾀어 함께 숲에 가 보면 그 수수께끼에 대한 설명을 들을 수 있을지도 모른다는 결론을 내렸네.

항상 내 물건을 갖고 싶어서 안달인 인디오들과 함께 지내면서도 그때까지 지켜 오던 보물 가운데 스프링 장치로 열리는 예쁜 장식의 작은 금속제 성냥갑이 있었네. 그들이 그 성냥갑을 보는 시선은 나까지도 짐짓 그것이 가치 있는 물건처럼 느끼게 할 정도였지. 그 중에도 유독 쿠아코가 그 물건에 눈독을 들이고 있었다는 것을 기억하고, 나는 성냥갑을·미끼로 내걸고서 내가 즐겨 가는 사냥터에 같이 가 달라고 그를 꾀었네. 용감한 젊은 사냥꾼은 몇 번이고 내 말을 거절했지. 그러나 거절할 때마다 그는 대신 다른 일을 해 주거나 자기 물건과 교환하면 안 되겠느냐고 청하더군. 마침내 나는 함께 가 주겠다는 첫 번째 사람에게 무조건 성냥갑을 주겠다고 그에게 말했고, 그는 다른 용감한 누군가가 그 상을 얻어낼까 두려웠는지 마침내 용기를 내었지. 다음날 그는 산책 나가는 나를 배웅하다가 갑자기 함께 가겠다고 하더군. 그는 교활하게도 떠나기 전에 성냥갑을 받아 내려 했지만, 딱한 친구! 그의 꾀라는 것은 알량할 뿐이었네. 나는 그에게 우리가 가려는 숲에는 예전에 어디서도 본 적 없는 식물과 새들이 가득하며, 나는 그것들에 대해 이름은 물론이고 모든 것을 속속들이 알고 싶다고, 요구가 충족된 뒤에 성냥갑은 그의 것이 될 것이지만 그보다 빨리는 안 된다고 말했지. 마침내 우리는 출발했네. 그는 언제나처럼 화살총을 가지고 있었는데, 아마도 ㄱ 편이 작은 독화살을 쓰는 것보다 사냥감을 더 많이 잡을 수 있는 모양이더군. 숲에 도착하자마자 그가 불안해하는 것을 알 수 있었네. 그는 무슨 일이 있어도 숲이 울창한 곳에는 들어가지 않으려 했지. 탁 트인 밝은 곳에서도 그는 무언가 사나운 짐승이 도사리고 있지나 않을까 끊임없이 수풀과 그늘진 곳들을 흘끔거렸네. 그의 두려움은 순전히 미신에 불과하다고, 또한 내가 매일 산책했던 장소에 위험한 동물이 있을 리 없다고 확신하지 않았다면, 그의 행동은 나까지 불안하게 만들었을 거야. 내 계획은 이따금 특이한 나무나 관목, 덩굴을 가리키거나, 멀리서 새의 울음소리가 들리면 그 새의 이름을 물어 보거나 하면서 태연하게 이리저리 거닐다가, 내가 바란 대로 예의 신비로운 목소리가 들려 오면 그에 대한 설명을 듣는 것이었네. 그러나 두 시간이 넘게 돌아다녔는데도 평범한 새소리만 들려 올 뿐이었지. 그 동안 그는 내 곁에서 일 야드 이상 떨어지지 않았고, 아무것도 사냥하려고 하지 않았네. 마침내 숲 경계에 가까운 공터에 다다른 우리는 나무 아래에 앉았지. 그는 무척이나 내키지 않는 듯이 앉아, 지금까지보다 더 걱정스러운 표정으로 쉴새없이 눈을 굴리면서 무슨 소리가 들릴 때마다 귀를 쫑긋 세우는 것이었네. 그 공터는 여러 동물들과 특히 조류들이 즐겨 찾는 곳이었기에 상당히 많은 소리가 들려 왔지. 나는 그 중 몇 가지에 대해 내 동행자에게 물어 보았네. 수탉 울음소리만큼이나 귀에 익은 음색과 소리도 있었지. 앵무새의 외침, 큰부리새의 날카로운 울음, 멀리서 들려 오는 맘과 두라쿠아라의 울부짖음, 커다란 나무타기 원숭이들이 나무에서 나무로 옮겨 가며 내는 새된 웃음 같은 소리, 코팅가의 빠른 휘파람 소리, 피그미들이 금속 북을 두들길 때 나는 소리와 같은 도망가는 지빠귀들의 기이하고 오싹한 둥둥거림……. 그리고 좀더 애매한 다른 소리들도 있었네. 그 중 하나는 나무 꼭대기에서 내려와 나뭇잎 사이로 끊임없이 울려 퍼졌는데, 몇 초 간격을 두고 나지막이 반복되던 그 소리는 너무도 가늘고 애달프고 신비로워서 나는 어떤 죽은 새의 떠도는 영혼이 내는 소리라는 설명을 기대했을 정도였지. 그러나 아니었네. 그는 그저 '작은 새'의 소리일 뿐이라고 말하더군. 아마도 이름을 짓기 힘들 정도로 작은 새였나 보지. 옆에 있는 나무 잎사귀에서도 짤랑대는 지저귐이 몇 번 들려 왔는데, 작은 만돌린의 줄을 두세 개 마구잡이로 뜯었을 때 나는 소리 같았네. 그의 말로는 나무에 사는 작은 녹색 개구리들의 소리라더군. 아마도 그런 시시한 질문들을 받고 당황했을 나의 무례한 인디오 친구는 내가 숲 속의 고독 속에서 엮었던 아름다운 환상들을 그렇게 사그라뜨렸다네. 나는 종종 그 짤랑거리는 음악소리를 들으며, 이 곳은 요정 같은 음유시인인 원숭이 무리가 가득하지 않을까 생각했었거든. 재빨리 눈을 돌릴 수만 있다면, 언젠가는 그 음유시인들이 필경 녹색의 튜닉을 입고 흔들리는 높다란 가지에 가부좌를 틀고 앉아서 노란 리본으로 목에 매단 만돌린을 마구 켜는 모습을 볼 수 있을 거라고 말일세.

얼마 후 새 한 마리가 낮고 재빠르게, 멋진 꼬리를 부채처럼 썰지고 날아와서는 우리에게서 삼십 야드도 떨어지지 않은 위치에 툭 튀어나와 있는 가지에 앉았네. 밤[栗] 같은 붉은색의 긴 동체는 큰 비둘기만 했지. 왔다갔다 움직이면서 우리를 이쪽 눈으로 보았다 저쪽 눈으로 보았다 하는 품이 상당히 호기심을 느낀 듯했고, 그러는 내내 정확한 간격을 두고 긴 꼬리를 까닥거렸네.

"봐, 쿠아코." 나는 속삭였지. "자네가 잡을 만한 새가 있어."

그러나 그는 여전히 경계하는 태도로 머리를 저었네.

"그렇다면, 내게 대롱을 줘." 나는 웃으면서 말하고 손을 뻗쳤네. 그러나 그는 그것을 주지 않으려 했는데, 내가 무얼 쏜다 해도 단지 화살 낭비일 뿐이라는 사실을 알았기 때문이지.

내가 새를 죽이라고 끈질기게 부추기자, 그는 마치 누가 엿듣는 것이 두렵기라도 하듯 입술을 내 귓전에 대고 반쯤은 속삭이는 말투로 입을 열었네. "나는 여기선 아무것도 못 잡아. 저 새를 쐈다간 디디의 딸이 화살을 잡아채서 다시 내게로 던져 여기를 정확히 맞힐 거야." 그러면서 그는 심장 바로 위에 손을 대었지.

나는 다시 웃음을 터뜨리며 마음속으로 유쾌하게 중얼거렸네. 쿠아코도 결국 그렇게 시시한 친구는 아니로군. 적어도 상상력은 있으니까. 그러나 웃으면서도 나는 그의 말에 흥미를 느꼈고, 인디오들도 내가 궁금해하는 그 목소리를 들었지만 나와 마찬가지로 그에 대해 잘 모른다는 사실을 알았네. 알고 있는 그 어떤 동물 소리와도 달랐기에 그들의 미신적인 생각으로는 그것이 모든 숲과 시내와 산에 살고 있는 악령, 혹은 반인반수로 여겨졌던 것이지. 내 친구의 말로 미루어 보아, 이번 경우는 그들의 상상력이 새로운 형태로 발전하여 두려운 수령(水靈)의 딸에까지 이른 모양이었네. 음악적인 영혼을 가진 그 날 아다니는 숲의 동물이 그들의 날카롭고 숙련된 눈에 잡히지 않았다면, 나의 탐색 역시 성공하기 힘들겠다는 생각이 들더군.

나는 그에게 질문하기 시작했지만, 그는 이제 더더욱 말하기를 꺼렸고 아까보다 훨씬 겁먹고 있었네. 아무리 말을 걸어도 그는 침묵을 고수했고, 재빨리 경계의 몸짓을 하며 눈을 둥그렇게 뜨고 주위를 둘러보는 것이었네. 갑자기 그는 벌떡 일어나 공포를 못 견디겠다는 듯 전속력으로 달아나기 시작했지. 그의 두려움에 영향을 받은 나머지 나도 일어나서 최대한 빨리 좇아갔네. 그러나 그는 훨씬 앞서서 걸음아 날 살려라, 뛰어가고 있었지. 사십 야드도 나아가기 전에 발이 지면에 있는 다람쥐 덫에 걸려, 나는 땅 위에 벌렁 넘어지고 말았네. 갑작스럽고 심한 충격에 나는 잠시 정신을 잃다시피 했지만, 일어서서 주위를 둘러보니 쿠루피타든 뭐든 나를 잡아먹어 치우려고 그 자리에서 덤벼드는 끔찍스러운 괴물 따윈 볼 수 없었지. 결국 나는 돌아서서 조금 전 도망쳐 나온 장소에 다시 가 앉았네. 심지어 노래까지 흥얼거렸는데, 그 딱한 인디오와 달리 공포심을 완전히 극복했음을 보여 주기 위해서였지. 하지만 그런 경우 곧바로 안정을 회복할 수는 없는 법이라, 희미한 의구심은 여전히 한동안 남아서 나를 괴롭혔네. 거기 반시간쯤 앉아 멀리서 우는 새소리를 듣고 있으려니 서서히 이전의 자신감이 돌아왔고, 숲 속으로 좀더 깊이 들어가 보고 싶은 생각까지 들더군. 갑자기 – 너무 뜻밖이라 나는 튀어오를 뻔했네 – 지금까지 들었던 것보다 훨씬 가깝고 분명하게 그 신비스러운 노래가 들려왔네. 분명히 예전에 들었던 것과 같은 목소리였지. 그러나 그 날은 느낌이 달랐네. 지저귐은 훨씬 다급했고, 휴지부는 더 짧았으며, 평소의 부드러운 어조나 바람의 정령이 언어를 통해 한숨을 실어 내는 것처럼 들리던 그 낮은 속살거림은 온데간데없었지. 이제 그 목소리는 크고 다급하고 집요했으며, 여전히 음악적이었지만 평소와는 달리 감관에 고통스럽게 부딪혀 오는 날카롭고 쨍쨍한 분노의 울림이었네.

　나를 향해 분노를 터뜨리는, 인간이 아니면서도 지적인 그 존재가 너무도 강한 인상을 주어 이전의 공포가 다시 되살아났다네. 나는 일어나서 재빨리 걸으며 숲에서 빠져 나갈 길을 찾기 시작했네. 그 격렬한 목소리가 끊임없이 나를 질책하고 나와 함께 움직이는 것 같아 내 걸음은 더욱 빨라졌지. 그 소리가 다시 바뀐 것을 느끼자마자 나는 뛰기 시작했네. 이제 목소리는 끊어졌다 이어지곤 했고, 길거나 혹은 짧게 멈출 때마다 더더욱 미묘하고 달콤하게 들려 오는 것이었네. 다른 때보다 한결 애처롭고 피리소리처럼 구슬프게 말일세. 얘기하듯 지저귀는 그 부드러운 음색에 나는 그것이 이제 화가 풀렸고, 유순한 말투로 나의 쓸데없는 두려움을 달래며 함께 숲에 머물러 달라고 설득하고 있다는 느낌이 들더군. 침착함을 되찾고, 나는 새삼 즐거움을 느끼며 그 소리에 귀를 기울였네. 금방 느꼈던 공포의 반작용 때문에, 또한 목소리의 주인이 지성을 갖고 있는 것을 확신했기 때문에 그 목소리는 한층 더 아름답게 느껴졌지. 나는 세 번째로 같은 장소에 앉았고, 노래가 끊어질 때마다 그 목소리는 몇 마디 말을 건네 왔는데, 내가 있어서 만족스럽고 기뻐하는 듯했네. 그러나 얼마 뒤, 친근한 어조가 사라지면서 목소리는 다시 변했지. 그 소리는 멀리 움직여 상당히 먼 곳에서 되울려 오는 것 같았네. 그러면서 길게 간격을 두고 새로운 소리가 들려 왔는데, 나는 그것이 명령이나 간청을 뜻하는 게 아닐까 하는 생각이 들었지. 혹시 내가 따라오기를 바라는 걸까? 만일 따라간다면 그 결과는 즐거운 발견이 될까 아니면 두려운 위험이 될까? 내 호기심과 그 존재 – 나는 이제 그것을 새가 아니라 존재라고 부르고 있었네 – 가 나에게 우호적이라는 믿음이 소심함을 이겼고, 곧바로 나는 일어나서 무작정 숲 속을 향해 걷기 시작했지. 그것이 내가 따라오기를 바랐다는 것은 곧 분명해졌네. 왜냐하면 그 목소리는 이제 기쁜 듯한 새로운 음색을 띠었고, 내가 걸어가는 동안 곁에서 속살거렸으며, 때로는 너무도 가까이 들려 와서 나는 겁에 질린 가엾은 쿠아코가 그랬듯 주위의 그늘진 곳들을 유심히 들여다보지 않을 수 없었네.

그러는 동안 나는 또 다른 것을 느꼈네. 상상이나 환각인지 몰라도 분명 뭔가 발빠른 생물이 내 곁에서 땅을 디디며 걷고 있는 것 같앉지. 이따금씩 희미하게 발을 옮겨 놓는 소리가 들려 왔고, 잎사귀와 지면 가까이 드리워진 실 같은 덩굴식물 사이로 무언가 움직이면서 그것들을 건드려 흔들어 놓는 것이 느껴졌네. 별로 멀지 않은 어둑한 그늘 속에서 잿빛의 희미한 물체가 움직이는 것을 한두 번 언뜻 보기까지 했지.

이 영리한 존재의 움직임을 따라, 마침내 나는 덤불이 거의 없는 축축하고 까만 땅에 아주 커다란 나무들이 서 있는 장소에 이르렀지. 여기서 목소리는 뚝 그쳤네. 얼마 동안 참을성 있게 기다리며 귀를 기울인 뒤 나는 적이 걱정스러워져 주위를 둘러보았네. 해가 지려면 아직 두 시간쯤 남아 있었지만, 그 곳은 거대한 나무들의 그림자로 인해 어슴푸레했지. 게다가 어찌나 조용한지, 약간의 새소리만이 멀리서 들려 올 뿐이었네. 나는 그 목소리를 어느 정도는 이해할 수 있게 된 것에 으쓱해졌다네. 그것이 분노를 터뜨린 것은 분명 내가 겁먹고 인디오를 따라 도망쳤기 때문이었고, 다시 친근한 어조가 된 것은 나를 돌아오게 하려고 했던 거야! 그리고 마침내 내게 따라오라고 하더니만, 그늘과 완벽한 고요뿐인 이 곳까지 나를 이끈 뒤 이제는 말하지도 움직이지도 않는 것이지! 나는 바로 이 곳이 목적지였으며, 그 목소리가 일부러 나를 이끈 이 황량하고 고립된 은신처에 무언가 놀라운 모험이 기다리고 있으리라는 생각을 떨칠 수가 없었네.

내가 이런 생각에 잠겨 있는 동안에도 주위는 고요하기 그지없었네. 나는 앞쪽을 바라보며 귀를 쫑긋 세운 채 숨죽이고 기다렸고, 이제 긴장감이 고통스럽게까지 느껴지더군. 고통을 참을 수 없어 나는 마침내 돌아서서 숲의 경계로 돌아가려고 발을 내딛었지. 그때 바로 옆에서 은종처럼 맑은 목소리가 다시 한 번, 그러나 아주 잠깐 동안 들려 왔네.

나는 긴장감에 온몸이 굳은 채, 마치 명령에 복종하듯이 우뚝 멈춰 섰지. 실제로 그랬는지 아니면 상상일 뿐이었는지 모르지만, 시시각각 주위는 더욱 고요해졌고 어둠은 짙어져만 갔네. 막연한 두려움이 나를 덮치더군. 아름다운 모습이나 달콤한 목소리에 끌려 파멸한 사람들에 대한 고대의 전설들이 갑자기 공포스러울 정도로 선명하게 떠올랐지. 인디오들의 신앙 가운데 하나가 기억났는데, 사람을 잡아먹는 기형의 괴물이 인간의 목소리를 흉내내어 희생자를 어두운 숲속으로 꾀어 들인다는 것이었네. 때로는 괴로워하는 여인의 목소리를 흉내내거나, 기묘하고 아름다운 노래를 부르기도 한다더군. 발가락이 거꾸로 뒤집어진 거대한 발을 가진 괴물이 성큼성큼 다가오는 모습을, 그리고 거대한 녹색 이빨을 드러내고 흉측하게 으르렁대는 괴물의 아가리를 보게 될까 봐 두려워진 나는 뒤를 돌아볼 수조차 없을 정도였네. 그토록 황량하고 고립된 장소에서 그런 상상을 하게 되는 것은 끔찍한 일이었지. 야만인들이 상상하고 꾸며낸 헛소리에 지나지 않는다는 것을 알면서도 그러한 힘들에 짓눌리는 느낌이라니…….

그러나 그 같은 초자연적 존재가 없다면, 그리고 지극히 현실적이라는 것만 다를 뿐 이런 숲 속에서 홀로 무기도 없이 대적한다면 끔찍한 결과밖에 기대할 수 없는 다른 괴물들이 분명 있을 것이었네. 내 몸을 휘감아 뼈 정도는 가벼운 잔가지처럼 부러뜨릴 수 있는 거대한 뱀이 그늘 속에 도사리고 있다가 어두운 흙을 보호색 삼아 슬슬 다가올 수도 있었지. 아니면 재규어나 검은 호랑이가 덤불이나 나무줄기에 몸을 숨긴 채 접근해서는 불시에 덤벼들 수도 있었고. 더 끔찍한 것은 몸서리쳐지도록 끔찍한 사냥표범이었는데, 그것이 나타나면 숲 속의 모든 생물은 경악의 비명을 지르며 도망치든지, 아니면 꼼짝도 못하고 굳어 있다가 산산이 찢겨져 잡아먹히든지 둘 중 하나였네.

갑자기 나뭇잎 속에서 가볍게 부스럭거리는 소리가 들리자 나는 소스라치며 위를 쳐다보았네. 높은 곳에서 잎사귀 사이로 비껴 들어 희미해진 햇살이 창백하게 빛나고 있었고, 사람을 닮았지만 흑단처럼 새까만 피부에 무성한 붉은 턱수염이 달린 괴상한 얼굴이 나를 내려다보고 있더군. 다음 순간 그 얼굴은 사라졌네. 그것은 커다란 아라구아토, 혹은 짖는 원숭이라고 불리는 동물이었지. 그러나 나는 너무 당황한 나머지 나를 두렵게 한 것이 원숭이보다 더 끔찍한 다른 무엇이라는 생각을 떨쳐 버릴 수가 없었네. 다시금 나는 움직이려 했지만, 발을 떼어놓자마자 명확하고 날카로우며 단호한 목소리가 날아왔네! 이제는 의심의 여지가 없었지. 그 목소리는 내게 가만히 있으라고 명령하고 있었던 거야. 기다리고, 바라보며, 귀를 기울이라고! 그 목소리가 "이봐요! 가만히 있어요!"라고 외쳤더라도 이보다 더 분명하게 이해하진 못했을 걸세. 긴장감 때문에 내겐 도망칠 기운조차 남지 않았지. 무언가 끔찍한 일이 일어나려 한다는 것을 느꼈고, 그것은 나를 파괴하든지 아니면 나에게 걸려 있는 주문을 풀어 주든지 둘 중에 하나일 것이었네.

그렇게 땅에 뿌리 박힌 듯 서 있는 동안 내 이마에는 굵은 땀방울이 솟았네. 그런데 갑자기 가까이에서 외침소리가 들려 왔지. 처음에는 분명하고 맑은 소리였지만, 종국에는 절규하듯 높고 격렬하여 이 지상의 소리 같지가 않더군. 혈관 속의 피가 얼어붙는 듯했고, 내 입술에서는 신을 향한 절망적인 울부짖음이 새어 나왔네. 그러자 나의 긴 비명소리가 잦아들기도 전에 일련의 천둥 같은 소리들이 밀려왔지. 이 끔찍한 소리의 폭풍 속에서 나는 나뭇잎 한 장처럼 떨고 있었네. 나무에 달린 잎사귀들은 높이 바람이 지나간 것처럼 흔들렸으며, 발 아래의 땅조차 요동치는 것 같았지. 그 순간 내가 느낀 공포는 말로 표현할 수가 없다네. 귀에는 아무것도 들리지 않았고, 미쳐 버릴 것만 같은 그 순간에 나는 머리 위 가지에 앉아 입을 벌린 채 목과 가슴을 부풀리며 짖고 있는 기다란 이리구이토를 보았네.

나로 하여금 그토록 무서움에 떨게 한 것이 짖는 원숭이들의 연주회에 지나지 않았던 거야! 그러나 내가 느낀 극도의 공포가 그 상황에서는 이상한 것이 아니었지. 눈에 띄는 모든 것이 암울하고 적막한 데다 한참 동안이나 긴장과 온갖 상상에 시달렸으니 그만큼 흥분하고 기묘한 생각을 할 수밖에 없었던 거야. 보이지 않는 나의 안내자가 일부러 나를 여기로 이끌어 왔다는 추측은 정확히 맞았다고 할 수 있지. 그 목적이란 아라구아토 무리 한복판에 나를 데려다 놓고 그들이 부르는 전대미문의 노래를 처음으로 완벽하게 감상할 수 있게 해 주려는 것이었네. 나는 항상 멀리에서만 들어 왔으니 말일세. 그 곳엔 아라구아토가 떼를 지어 있었고, 아마도 수백만 마리는 될 듯하더군. 그 숲의 아라구아토가 모두 내 곁에 모여 있다고 해도 과언이 아니었지. 나는 그들의 합창이 만들어 내는 소리가 얼마나 장대하며 그 음색은 얼마나 기괴한지 어느 정도는 알게 되었고, 이 동물이 – '짖는 원숭이'라는 영어 이름은 당치 않아 – 아프리카 평원을 쩌렁쩌렁 울리게 했던 가장 거대한 사자에도 결코 뒤지지 않는다고 단언할 수 있네.

　삼사 분 간 계속된 포효 연주회가 끝난 뒤 얼마 동안 나는 그 곳에 머물렀지만, 그 목소리는 다시 들려 오지 않았네. 나는 숲의 경계로 되돌아가서 마을을 향해 걸음을 옮겼지.

CHAPTER 4

아마도 나는 다시금 숲의 그림자에서 완전히 벗어났을 때까지 그날 겪은 일에 대해 충분히 논리적으로 생각할 수 없었던 듯하네. 맑고 거침없는 햇빛 속에서 있는 그대로의 사물들을 대하자, 상상들은 정체가 탄로 난 사기꾼처럼 비웃음을 받으며 허겁지겁 도망쳐 갔지. 집을 향해 걸음을 옮기면서 나는 건조한 구릉 지대 중간에 멈춰 떠나온 곳을 응시했고, 그러자 방금 전의 모험이 어느 정도 익살맞게까지 여겨지더군. 나를 기대로 한껏 부풀게 한 상황이, 이제껏 듣도 보도 못했으며 고금의 모든 우화와 비극과도 비교할 수 없을 정도로 신비스러운 무언가의 서곡이라고 생각했던 그것이 결국 짖는 원숭이들의 연주회에 불과했다니! 그 연주회는 매우 장엄했으며 분명 자연의 최대 경이에 속하는 것이었지만, 그래도 결국……! 나는 돌 위에 주저앉아 마음껏 웃었다네.

해는 숲 뒤로 가라앉고 있었지만, 나무 꼭대기의 잎들 사이로 그 커다란 원반을 아직 엿볼 수 있었지. 가장 높이 있는 잎들은 반짝이는 녹색이었는데, 그것들은 마치 격렬하게 떨리는 섬광들로 부서져 떨어지는 초록빛 불꽃 같았네. 그러나 나무 아래쪽은 완전한 어둠 속에 묻혀 있었지.

나는 한결 가벼워진 마음으로 그 광경을 바라보았네. 그때쯤 되어서는 내가 겪은 기묘한 경험도 유쾌하게만 생각되었지. 나는 무사히 빠져 나왔고, 내 약한 모습을 본 사람은 아무도 없었으며, 그 신비스러운 존재는 여전히 나를 매혹시키고 있었네! 결말이 우스꽝스럽게 느껴질수록, 그 모든 일을 초래한 목소리 자체는 어느 때보다 더 경이롭게 여겨졌으니까.

나는 그 목소리가 지성을 가진 존재로부터 나온 것이라고 확신했네. 나는 꿈에서도 초자연적 존재를 인정하지 않을 만큼 유물론적 사고방식을 갖고 있었지만, 그래도 쿠아코가 디디의 딸에 대해서 한 말이 애초에 생각했던 것보다 더 많은 것을 담고 있을지도 모른다는 생각을 떨칠 수가 없었네. 인디오들은 그 신비로운 목소리에 대해 많은 것을 알고 있고 또한 무척이나 두려워하는 것이 분명했지. 그러나 그들은 야만족이었고, 그들이 어떻게 생각하든 나와는 상관없었네. 그들은 우월한 종족의 한 사람에게 우호적일 수도 있지만, 그와의 관계에 있어서 항상 비천하고 교활하게 굴며, 이것은 그들의 모든 언행에 깔려 있는 의심을 통해 어느 정도 드러나지. 백인이 정신적으로 그들과 같아진다는 것은 원주민이 백인에게 어린이처럼 완전히 마음을 여는 것과 마찬가지로 불가능하네. 그들의 대문 안에서 이방인이 무엇에 흥미를 보이더라도 그들은 침묵을 지키지. 그리고 그러한 침묵은 쉽사리 꾸며낸 거짓말이나 어리석은 척하는 표정에 가려져 있어서, 이방인은 궁금해 못 견디게 되는 거야. 그들은 내가 숲에 이끌리는 이유가 매우 괴상한 어떤 흥밋거리 때문이라는 것을 알고 있었고, 따라서 그들이 알고 있는 것을 내게 알려 주리라고는 기대할 수 없었네. 디디의 딸에 대해서 쿠아코가 한 말이나, 새에게 화살을 쏠 경우 그녀가 어떻게 할 것인지 같은 얘기는 흥분한 나머지 실수로 튀어나온 것이라고 생각되더군. 그들에게 물어 봤자 얻을 것은 전혀 없었고, 그 목소리가 얼마나 나를 끌어당기는지 얘기하더라도 마찬가지일 것이었네. 그러나 혼자 관찰하면서 분명히 알아낸 사실은, 두려워할 것이라곤 없다는 것이었지. 그 목소리의 주인은 매우 장난스럽고 짓궂은 데다 거칠고 기묘한 성질을 갖고 있었지만, 그 이상은 아니었으니까. 그리고 내게 우호적인 반면 인디오들을 좋아하지 않는다는 것이 확실했지. 왜냐하면 그 날, 내 동행인이 도망긴 후에야 말을 걸어 왔으니 말일세. 나에게 화가 난 듯했던 것은 아마도 내가 인디오와 함께 왔기 때문이었을 것이네.

그렇게 나는 그 날의 사건에 대해 결론을 내리면서 내 주인의 지붕 아래 도착했고, 새고기와 생선 스튜가 준비된 저녁식사를 하기 위해 친구들 사이에 앉았네. 친절한 여자 하나가 직접 만든 도자기에 담긴 스튜를 건네주면서 손짓으로, 손가락을 담그고 드시라고 청하더군.

쿠아코는 해먹에 누워 있었는데 담배를 피우는 것 같았지. 분명 책을 읽는 것은 아니었네. 내가 들어서자 그는 고개를 들어 내려다보았으며, 살아 있을 뿐 아니라 멀쩡하고 차분하기까지 한 나를 보고 놀라는 것 같았네. 내가 그의 표정을 보고 웃자 그는 어쩔 줄을 모르고 고개를 다시 떨구더군. 일이 분 뒤 나는 금속 성냥갑을 꺼내어 그의 가슴팍에 던졌네. 그는 그것을 움켜잡더니 일어나서 경악한 얼굴로 나를 멍하니 바라보았지. 자신의 행운을 믿을 수 없는 모양이더군. 계약한 대로 역할을 수행하지 못했으니, 원했던 보상을 받지 못하리라고 체념했던 거야. 그는 바닥으로 뛰어내려와 의기양양하게 성냥갑을 쳐들었으며, 기쁨 때문에 평소의 무뚝뚝한 표정은 온데간데없었지. 모두들 그 주위로 모여들어 성냥갑을 자기 손에 쥐고 구경하려 했네. 그 전에도 수십 번을 보았던 물건이지만, 이제 그것은 이방인이 아니라 쿠아코의 것이었고, 따라서 전보다 더욱 그들 자신의 것에 가까워졌기에 뭔가 다르게, 더욱 아름답게 보일 것이 분명했네. 금속에서는 더 눈부신 광택이 났고, 뚜껑 위의 멋진 에나멜 수탉은 파리에서 조각

된 것이었지만 이제는 기아나의 수탉 - 목을 울리는 고양이나 레몬 빛깔 카나리아가 그렇듯이, 그들로서는 잡아먹을 생각조차 하지 않는 - 과 똑같이, 진홍색 볏과 턱 밑살에서부터 번쩍이는 붉은색 삼 빗, 아치 모양의 암녹색 꼬리에 이르기까지 한결 용감하고 늠름해 보일 것이었네. 그러나 쿠아코는 그들이 성냥갑을 구경하고 감탄하게 하면서도 자기 손아귀에서 놓지는 않으려 했고, 자랑스레 선언하기를 그것은 그들이 만질 수 있는 것이 아니며 언제까지나 자신의, 이 쿠아코의 것이라고 하더군. 그는 나와 함께 사악한 숲에 간 대가로 그것을 얻어냈으며(이 얼마나 용감한 남자인가!), 그들은(소심한 겁쟁이들이 아닌가!) 그 곳에 차마 발도 들이지 못하리라고 단언했지. 이것이 그의 말을 그대로 옮긴 것은 아니지만, 그만큼 직설적으로 말하는 것을 보고 나는 무척 놀랐네.

소동이 가라앉자 죽 입을 다물고 있던 루니가 넌지시 말을 시작했는데, 아마 그 악명 높은 숲에서 내가 무엇을 보고 들었는지 알아낼 셈인 것 같더군. 나는 별로 신경 쓰지 않고 매우 많은 새와 원숭이들을 보았으며, 원숭이들이 너무도 온순해서 독화살 대롱이 있었다면 그 무기를 한 번도 써 본 적이 없는 나조차 한 마리 정도는 충분히 잡을 수 있었으리라고 대답했네.

원숭이들이 많고 온순하다는 말이 그들의 흥미를 자극한 듯했지. 그것이 새로운 사실은 아니었지만, 벌거벗은 갈색 피부도 고양이 눈도 아니며 올빼미처럼 소리 없이 움직일 줄도 모르는, 이 곳의 풍토에서 태어나지 않은 이방인인 나조차 가까이 다가가서 볼 수 있었다면 그야말로 온순함 그 자체가 아닌가! 내 말을 듣고도 루니는 단지 그 곳에 사냥하러 갈 수는 없다고만 말했으며, 아무것도 두렵지 않았냐고 묻더군.

"전혀요." 나는 가볍게 대답했네. "당신들이 두려워하는 것은 백인을 해치지 못합니다. 이것이 내게 해롭지 않듯이 말이지요." 그러고서 나는 새하얀 재를 조금 집어든 뒤 후욱 숨을 내쉬어 날려 보냈지. "그리고 다른 적에 대해서는 이것이 있지요"라고 덧붙이며 권총을 툭툭 쳤네. 용감한 연설이었고, 아라구아토 이야기를 한 직후였기에 더욱 그렇게 들렸다네. 하지만 그렇게 말하면서도 내심 다소 민망하기는 했지.

루니는 머리를 저으면서 그건 어떤 적들에게는 무기가 될 수 없다고 말하더군. 그걸로 스튜 냄비에 넣을 새나 원숭이를 잡을 수는 없다고 말일세. 맞는 말이긴 했지.

다음날 아침, 내 친구 쿠아코가 화살총을 들고 와서는 함께 나가자고 하더군. 그러자고 했지만, 그가 미신적인 공포를 극복하고 숲 속에 사냥감이 풍부하다는 내 말에 고무되어 그 곳에 함께 가려는 것이 아닐까 약간 불안했네. 전날 겪은 일로 안 그래도 나는 다음부터는 혼자서 가야겠다고 생각하던 참이었거든. 그러나 나는 그 딱한 청년을 지나치게 높이 평가했던 걸세. 그 끔찍한 미지의 숲에 다시 갈 생각은 그에게 전혀 없었던 거야. 우리는 전혀 다른 방향으로 갔고, 작은 새들이 조금 있을 뿐인 숲을 몇 시간이나 걸어갔지. 그때 내 동행인은 독화살 부는 법을 가르쳐 주겠다고 말하여 나를 두 번째로 놀라게 했네. 그렇다면 이것이 내가 성냥갑을 준 것에 대한 보답이로군! 나는 기꺼이 찬성했고, 다루기 부담스러운 길다란 무기를 받아 쥐고서는 친구의 소리 없는 움직임과 주의 깊고 날카로운 태도를 흉내내었으며, 인위적이고 사회적인 태생의 위치는 잊어버리고, 자신의 기술과 작은 독화살 묶음에 의존하여 생계를 꾸려 가는 일개 기아나의 야만인이라고 상상하려 애썼네. 나는 의지력으로 내 삶의 경험과 지식을 쏟아 버리고 ─ 적어도 할 수 있는 만큼은 ─ 잊혀진 콜럼버스 이전의 희미한 과거로부터 이 숲에서 살아왔을 상상 속의 죽은 선조들만을 생각했네. 그러한 상상에서 느낀 기쁨은 유치한 것이었지만, 덕분에 하루는 매우 빨리 지나갔지. 쿠아코는 참을성 있게 내 팔꿈치 옆에 딱 붙어 서서 이것저것 도와 주고 충고도 해 주었네. 나는 대롱을 통해 많은 화살을 쏘았지만, 한 마리의 새도 맞히지 못했지. 표적에서 벗어나 제멋대로 날아간 화살들은 내 예리한 친구가 떨어진 곳을 기억해 두었다가 회수해 온 몇 자루를 빼고는 영 종적을 감추었으니, 무엇을 맞혔는지 아무도 모를 일이었지. 하루 종일 사냥한 결과라고는 내가 아니라 쿠아코가 잡은 새 몇 마리와 높은 나무에 있는 오래된 둥지에 웅크리고 누워 있다가 쿠아코의 날카로운 눈에 걸린 작은 주머니쥐뿐이었네. 그 놈은 부주의하게도 뱀 같은 꼬리를 둥지 밖으로 달랑 늘어뜨려 놓았던 거야. 내가 낭비한 많은 화살들은 그에게 꽤나 심각한 손실이었지만, 그는 별로 신경 쓰지 않는지 아무 말도 하지 않았네.

다음날 놀랍게도 그는 두 번째 레슨을 자청했고, 우리는 다시 숲으로 갔지. 이번에 그는 커다란 화살 묶음을 갖고 왔지만, 그건 독이 없는 화살들 – 똑똑한 친구! – 이었기에 낭비하더라도 별 손실은 없을 것 같더군. 그 날은 어느 정도 발전이 있는 것 같았네. 어쨌든 내 선생은 머지 않아 내가 새를 쏠 수 있을 것이라고 말했지. 나는 미소를 지으며, 이십 야드 안쪽에 작은 남자 정도 크기의 새를 갖다 놓는다면 화살로 건드릴 수는 있을 것 같다고 했네.

이 말은 의외로 눈에 띄는 효과가 있었지. 그는 갑자기 걸음을 멈추고 사납게 나를 바라보더니 히죽히죽 웃다가 마침내 폭소를 터뜨리며 – 짖는 원숭이가 울부짖을 때와 그럭저럭 닮은 모습이었네 – 드러난 장딴지를 미친 듯이 두드려 댔던 거야. 웃음을 간신히 가라앉히고 나서 그는 작은 여자든 작은 남자든 마찬가지가 아니겠냐고 물었고, 긍정하는 대답을 듣자 다시금 어마어마한 폭소를 터뜨렸네.

계속 이런 식으로 나간다면 그를 구슬리기 쉽겠다고 생각한 나는 가벼운, 하지만 그토록 폭발적으로 그를 웃겼던 농담보다 못하지 않은 농담을 몇 마디 던졌네. 그러나 전혀 반응이 없더군. 두 번째로 과녁을 맞힐 수는 없었던 거지. 그는 멍하게 나를 바라보며, 무슨 말인지 이해하지 못한 채 멧돼지처럼 킁킁거리고는 다시 걸음을 옮길 뿐이었네. 그러나 그는 커다란 새를 맞힌다는 내 농담을 자꾸 들먹이면서, 너무 멋진 농담이라 싫증도 안 난다는 듯 계속해서 큰소리로 웃어 대는 거야.

셋째 날에도 우리는 새들을 잡으러, 잡지 못한다면 겁이라도 줄 생각으로 나갔지. 그러나 그가 좀더 큰 사냥감을 기대하며 멀리까지 가려 한다는 것을 알고 나는 정오가 되기 전에 혼자 마을로 돌아왔네. 독화살 쏘기 연습에 슬슬 싫증이 난 데다, 하루 종일 하는 연습을 날마다 하고 싶은 생각도 없었으니까. 더구나 내 숲 – 나는 어느새 그렇게 부르고 있었네 – 에 간 지 너무 오래되었다는 것이 자꾸 신경 쓰였지. 내가 사랑하게 되었고, 또한 하루라도 듣지 않으면 못 견디게 된 그 신비로운 노래가 그리웠던 거야.

CHAPTER 5

나는 서둘러 식사를 마치고 기대감에 부풀어 즐거운 마음으로 숲으로 출발했네. 이 얼마나 머무르기 즐거운 곳인가! 나를 끌어당기는 수수께끼로 인해 그 곳은 다른 어떤 숲보다도 야생적이고, 아름답고, 향기롭고, 감미롭게 느껴지던지! 그리고 만일 지구상의 땅뙈기 한 조각이 한 사람에게 속할 수 있는 것이라면 그 곳은 숲 안의 모든 생물들과 함께 진정 송두리째 나의 것이 아닌가. 그 곳의 귀중한 나무와 열매와 향기로운 수지들은 절대 밖으로 실려 나가지 않으리라. 그 곳의 야수들 역시 사람들의 사냥감이 되지 않으리라. 어느 질투심 많은 야만인이 나의 소유권을 침해하거나 그 곳이 자기 사냥터에 속한다고 우기지도 않으리라. 나는 초원을 지나가며 이러한 공상을 즐겼지. 그러나 나의 새로운 영토를 다시 한 번 내려다보기 위해 높은 봉우리에 이르렀을 때 그 상상은 고통에 가까운 격렬한 감정으로 변해서 가슴을 깊이 찔러 왔고, 내 눈에는 눈물이 솟구쳤네.

혼자였기에 감정을 숨기려고 애쓸 필요도 없었고, 위에서 내려다보고 있는 드넓은 하늘에게는 거리낄 것이 없었지. 이것이야말로 고독이 주는 최고의 감미로움일세. 그 안에서 우리는 자유로워지고, 어떤 관습에도 구속받지 않는다네. 나는 무릎을 꿇고 울퉁불퉁한 땅에 입맞춘 뒤, 눈을 들어 이 생명력 넘치는 숲을 선사해 준 나의 창조주에게 감사드렸네. 이 녹색의 집이야말로 내게 가장 큰 행복을 주는 곳이었으니!

감정이 고조되어 저절로 걸음이 빨라졌고, 정오가 조금 지난 시간에 숲에 도착했지. 그러나 반갑게 맞아 주는 친숙하고 달콤한 목소리는 들을 수 없었네. 하루 종일 나의 보이지 않는 동행인은 자취를 감추었고, 새의 지저귐 같은 익숙한 그 언어도 전혀 들려 오지 않았네. 하지만 그 날 나는 사소하지만 흥미로운 사건에 부닥쳤고, 산책하는 내내 나를 따라다녔던 목소리의 주인공과 연결 지어 생각할 수밖에 없었던 매우 이상하고 신비로운 소리를 듣게 되었지.

구름 한 점 없는 눈부시게 맑은 날이었지만, 숲의 경계 가까이 나무가 듬성듬성한 곳에 이르자 산들바람을 느낄 수 있었네. 나는 커다란 나뭇가지 아래에 앉아서 쉬기로 했지. 그 가지는 반쯤 부러졌지만 여전히 나무줄기에 붙은 채였고, 끝 부분의 잔가지들은 늘어져 땅에 닿아 있더군. 내가 앉은 바로 앞에는 크고 둥글며 윤기 나는 무성한 잎을 가진 식물이 낮고 널따랗게 자라나 있었지. 위쪽의 잎들은 둥글고 딱딱하며 완전히 평평한 모양이라 마치 작은 연단이나 둥근 테이블이 평지 위에 모여 있는 것 같았네. 나뭇잎들 사이로 높이가 일 피트 남짓 되는 곳에 가느다란 마른 줄기가 튀어나와 있었고, 그 꼭대기의 잔가지에는 찢어진 거미줄이 매달려 있었지. 한순간 마른 잎이 그느슨한 줄에 달라붙어 아래쪽의 연단모양 잎들 위로 작지만 뚜렷한 그림자를 던졌네. 잎사귀가 기류를 타고 떨리면서 흔들거리자, 그 까만 그림자도 쉴새없이 요동치며 밝은 녹색의 땅 위로 재빠르게 흘러다녔지. 내가 잎들과 춤추는 작은 그림자를 바라보며 무엇을 보고 있다는 것조차 거의 의식하지 못하고 있을 때, 갑자기 작고 납작한 몸에 다리가 짧은 거미가 조심조심 잎사귀 위로 기어가는 것이 눈에 들어왔네. 처음 눈길을 끈 것은 흐릿한 붉은색의 몸과 매끄럽고 까만 줄무늬였는데, 매우 아름답게 조화를 이루고 있더군. 잠시 뒤 나는 그것이 줄을 치고 숨어 있던 거미가 아니라 돌아다니는 사냥꾼이며, 고양이처럼 가만히 숨어 있다가 갑자기 뛰쳐나오거나 덤벼들어 먹이를 잡는 종류라는 것을 알았지. 이후 그 놈의 행동을 보면 알 수 있듯, 그 놈은 움직이는 그림자를 잎들 위로 이리저리 날아다니며 이동하는 파리로 착각한 거야. 그리하여 거미는 존재하지도 않는 파리를 함정에 빠뜨리기 위한 뛰어난 공격을 시작했는데, 흡사 이런 경우를 위해 특별히 짜낸 장면처럼 보였지. 곤충이 그토록 엉뚱한 행동을 하는 건 처음 봤으니까. 그림자가 지나갈 때마다 거미는 재빠르게 같은 방향으로 달려가 나뭇잎 아래에 숨었고, 먹이의 눈에 띄지 않게 접근하려고 줄곧 애썼네. 갑자기 그림자가 작은 원을 그리며 빙글빙글 돌자, 사냥꾼 쪽에서는 전술을 바꾸어 앞으로 튀어나왔지. 나는 이 기묘한 장면에 매우 깊은 인상을 받았고, 그림자가 잠시만 멈춰서 사냥꾼에게 기회를 주었으면 하는 생각이 들 정도였네. 그리고 마침내 내가 바란 대로 되었지. 그림자는 정지했고, 거미는 거의 움직이지도 않는 것처럼 슬슬 그림자를 향해 다가갔네. 그림자에 가까워져 갈수록 그 놈이 흥분하여 작은 줄무늬 몸을 떠는 것을 어렴풋이 볼 수 있었네. 그리고 모든 것이 끝났지. 사냥꾼은 화살처럼 날렵하고 곧게 파리, 아니 그림자 위로 몸을 던졌고 땅에 뒹굴면서 이빨과 다리로 먹이를 붙잡으려고 애쓰더군. 하지만 이내 자기 몸 아래에 아무것도 없다는 것을 알게 되자 그 놈은 상반신을 수직으로 곧추세우고 두리번거렸네. 도망친 파리를 찾는 듯했지만, 사실 단순히 놀라서 허둥대는 것뿐이었지. 그때까지 참았던 폭소를 마음껏 터뜨리려는 순간, 누군가 내 어깨 너머로 줄곧 거미의 사냥을 지켜보았고 나만큼 그 결말을 우습게 느낀 양, 바로 뒤에서 맑고 유쾌한 웃음이 까르르 터져 나왔네. 나는 흠칫 놀라 서둘러 돌아보았지만 아무도 없더군. 자세히 보니 방금 누군가의 몸이 숨어든 것처럼 무성하게 늘어진 잎사귀들이 세게 흔들리고 있었고, 다음 순간 잠잠해져 버렸네. 물론 그저 가벼운 바람에 흔들린 것일 수도 있지. 그러나 나는 분명 바로 옆에서 살아 있는 사람의 웃음소리, 아니면 적어도 감쪽같이 웃음소리를 흉내낼 수 있는 어떤 동물의 소리를 들었네. 나는 무언가를 찾아낼 수 있으리라 기대하며 주의 깊게 주변을 탐색했지만, 아무것도 찾지 못하고 다시 늘어진 가지 위에 앉았네. 그렇게 한참 동안 앉아 있었지. 처음에는 주위에 귀를 기울이고 있었지만 얼마 후에는 그 쾌활한 웃음소리의 정체가 무엇일까 생각에 빠졌고, 마침내 나 역시 그림자를 쫓던 거미처럼 무언가에 홀려서 듣지도 않은 소리를 들었다고 여긴 것이 아닐까 생각되더군.

　다음날 나는 다시 숲에 갔지만 한두 시간 산책하는 동안 아무것도 듣지 못하자, 전에 갔던 장소에만 머물러서는 소용이 없겠다는 생각이 들었네. 나는 남쪽으로 발길을 돌려 덤불 때문에 나아가기가 힘든 숲의 빽빽한 부분을 지나갔지. 길을 잃을 염려는 없었네. 해가 여전히 머리 위에 있었고, 나는 언제나 방향 감각이 예리했기에 출발점으로 돌아가는 것은 어렵지 않았으니까.

　이쪽저쪽으로 빠지지 않고 원하는 길로 죽 나아가기는 쉬운 일이 아니었지만, 그렇게 삼십 분 남짓 밀고 나가다 보니 훨씬 훤히 트인 장소에 이르렀네. 작은 나무들이 듬성듬성 있었고, 지면이 바위인 데다 꽤나 급한 경사를 이루고 있었지. 그러나 흙은 촉촉했고 양치류, 덤불, 담쟁이, 낮은 관목들이 무성하여 생생한 초록빛을 띠고 있었으며, 수풀과 키 큰 양치류 잎사귀 때문에 몇 야드 이상을 내다볼 수가 없을 정도였지. 이내 나지막하고 단조로운 소리가 귀에 들어왔고, 이십 내지 삼십 야드 정도를 나아가 보니 시냇물이 돌돌 소리를 내며 흐르고 있더군. 물을 본 순간 갑자기 목구멍이 뻑뻑하고 손바닥에 땀이 맺힌 것이 느껴졌네. 시원하게 목을 축일 생각으로 서둘러 발걸음을 옮기려 할 때, 별안간 돌돌 흐르는 부드러운 물소리 위로 다른 소리가 들려 왔네. 새가 노래하듯 낮게 지저귀는 소리였고, 그 소리는 계속해서 이어졌지. 낮은 소리임에도 나는 소스라치게 놀랐네. 새처럼 지저귀는 소리란 내게는 너무도 의미심장한 것이 되었으니까. 나는 멈춰서서 열심히 귀기울였네. 소리는 끊어졌고, 나는 기다리지 못하고 수수께끼 목소리의 주인공을 놀래키지 않기 위해 최대한 조용히 발을 떼어 놓았지. 살금살금 걸어가다 보니 뿌리에 관목의 깃털 같은 잎이 무성히 자란 녹심목(綠心木)이 나타났고, 그 바로 뒤는 좀더 트여 있어 위로부터 햇빛이 들어왔네. 좀 전에 봤던 시내가 그리로 흘러 들어오고 있었지만, 이십 야드 정도 떨어져 있어 소리만 들릴 뿐 물은 보이지 않았네. 그러나 또 다른 무언가가 있는 것을 나는 보았지. 즉시 나는 조심스럽게 옮기던 걸음을 멈추었고 우뚝 선 채로 앞에 보이는 광경을 응시하며, 내가 본 그것이 겁먹고 달아날까 봐 숨조차 제대로 쉴 수 없었다네.

　그것은 사람이었네. 소녀의 형상이 작은 나무의 뿌리께에 자란 양치류와 약초 사이의 이끼 위에 누워 있었지. 한쪽 팔은 목 뒤로 구부려 머리를 괴고, 다른 쪽 팔은 이리저리 흔들리는 잔가지 위에 앉아 있는 갈색의 작은 새를 향해 닿을 듯 말 듯 죽 뻗쳐 있었네. 그녀는 새와 즐겁게 놀고 있는 듯했고, 아마도 자기 손안으로 새를 꾀어 들이려고 하는 것 같더군. 그녀의 손이 새에게는 무척 유혹적이었는지, 그놈은 쉴새없이 뛰어올랐다 내려앉았다 하면서 재빨리 이리저리 도리질하고 날개와 꼬리를 촐싹거리며 그녀의 손가락 안으로 떨어질락 말락 하고 있었네. 내가 있는 곳에서는 그녀를 뚜렷이 볼 수 없었지만, 감히 움직일 생각조차 할 수 없었다네. 분명히 알 수 있었던 것은 그녀가 자그마하고, 사 피트 육 내지 칠 정도의 키에 날씬한 체구와 섬세하고 작은 손발을 갖고 있다는 사실이었지. 그녀는 맨발이었고, 걸친 것이라고는 무릎 아래에 닿는 가벼운 슈미즈 같은 옷뿐이었네. 옷은 회백색이었고 비단소재 특유의 희미한 광택이 났지. 그녀의 머리칼은 매우 아름다웠네. 숱이 많고 느슨하게 풀어져 있는데, 곱슬인 듯한 구불구불한 머리는 어깨와 팔 위로 구름처럼 드리워져 있더군. 머리색은 좀 어두운 편이었지만 정확한 빛깔을 알아보기는 힘들었으며, 피부 역시 갈색도 흰색도 아닌 모호한 색이었지. 어쨌든 그녀는 실제로 내 가까이 있었고, 그 모습은 안개 같은 흐릿함이 어려 다소 모호하고 아득하며 전체적으로 녹색이 도는 잿빛을 띠고 있었네. 그러한 색조는 초록빛 잎들을 통해 그녀 위로 떨어지는 햇빛 때문인 듯했지. 단 한 번, 잠깐 동안 그녀는 새에 손가락을 대려고 발꿈치를 들었으며, 그러자 광선이 곧바로 그녀의 머리와 팔에 떨어져 한순간 진주처럼 흰 팔이 드러났고 빛이 닿은 머리칼에 오묘한 무지개 빛 광택이 어른거렸네.

내가 그녀를 본 시간은 삼 초 정도밖에 안 되었다네. 갑자기 새가 놀랐는지 날카롭게 몇 번 짹짹거리고는 날아올라 사라지더군. 동시에 그녀는 돌아섰고 반짝이는 나뭇잎의 장막 사이로 나를 보았지. 그러나 그토록 불시에 나를 본 그녀는 그 새처럼 놀라진 않았어. 오직 커진 눈만이 경악한 표정을 담고 내 얼굴에 붙박이듯 고정되어 있었지. 그러고는 모양을 바꾸며 움직여 가면서도 가만히 있는 것 같은 안개 구름처럼 무릎을 펴고 일어서서 뒷걸음질치더군. 그러나 눈만은 여전히 이쪽을 향해, 내 눈을 바라보고 있었지. 너무나 은근하고 매끄러워 정말로 움직이는 것 같지도 않았지만, 정신을 차리고 보니 그녀는 어느새 신록 속으로 녹아 스며들듯이 사라져 버린 뒤였네. 방금 전에 그녀가 있었던 곳엔 다시 잎들이 드리워져 있었지. 아카시아 관목의 깃털 같은 잎새, 수생 식물의 것과 같은 널찍한 화살모양의 잎과 줄기, 가느다랗고 구부러진 양치류 등 모두가 조용했고, 그리로 지나간 누군가의 몸에 부대낀 적이라곤 없는 듯했네. 그녀는 가 버렸지만, 나는 여전히 그 자리에서 거의 몸을 반으로 꺾은 채로 멍하니 그녀가 사라진 곳을 응시하고 있었지. 너무도 기묘한 기분이었고, 찌르는 듯하면서도 모호한 감각이 나를 사로잡았네. 방금 전의 이미지가 너무도 생생했던 나머지 그녀가 아직도 눈앞에 있는 듯이 느껴졌다네. 아냐, 그녀는 거기 없었고, 있었던 적도 없었어. 그건 꿈이고 환각일 뿐이야. 세상에 그런 존재는 없고, 있을 수도 없어. 하지만 나는 소녀가 거기 있었다는 것을 잘 알고 있었네. 단순한 상상이 그토록 정묘한 형상을 불러일으킬 수는 없으니까.

몇 시간이나 그 장소에서 기다렸지만 그녀는 더 이상 나타나지 않았고, 익숙한 노랫소리도 전혀 들리지 않았기에 나는 마음속에 남은 이미지로 만족해야 했지. 나는 비로소 그 야생의 고독한 소녀야말로 숲 속에서 나를 따라다니곤 했던 신비로운 목소리의 주인공이라는 사실을 깨닫게 되었네. 마침내 시간이 늦어진 것을 깨달은 나는 시냇물로 목을 축인 뒤 느릿느릿 내키지 않은 걸음으로 숲에서 나와 집으로 향했지.

다음날 일찍 나는 즐거운 기대에 부풀어 숲으로 돌아갔고, 나무들 사이로 들어서자마자 부드럽게 속삭이는 음악소리를 들을 수 있었네. 전날 양치류 사이에 있던 소녀의 모습을 보기 전에 들은 것과 똑같은 소리였지. 이토록 일찍 나왔다니! 갑자기 나는 기운이 솟았고, 살금살금 어제의 공터를 향해 걸어가면서 눈에 띄지 않게 그녀를 다시 한 번 볼 수 있기를 바랐네. 그러나 아무도 없더군. 불안이 고개를 쳐들었지만 나는 곧 이상한 소리를 들었고, 쉬기 위해 바위 위에 앉았을 때도 그 소리는 언제나처럼 낮고 부드럽게, 그리고 매우 가깝고 분명하게 들려 왔네. 그 소리가 멈춘 뒤 그 곳에서는 더 이상 아무 소리도 들을 수 없었지만, 한 시간 뒤 다른 곳에 있던 내 귀에 예의 그 신비로운 소리가 다시 들려 왔네. 숲에 있는 동안 여러 번이나 계속해서 그 소리가 들려 왔지만, 아무도 보이지 않았고 목소리의 어조 또한 변함이 없더군.

날이 저물 무렵이 되어서야 나는 무척이나 허탈한 기분으로 탐색을 포기했지. 그때 갑자기, 그녀가 이렇듯 종잡을 수 없이 행동하는 이유는 깊은 숲 속의 가장 비밀스러운 은신처에 있는 자신의 모습을 나에게 들킨 사실에 화가 난 나머지 이런 식으로 앙갚음하고 있는 게 아닐까 하는 생각이 드는 거야.

다음날에도 변한 것이 없었네. 그녀는 여전히 거기 있었고 분명히 나를 따라다니고 있었지만 철저히 모습을 감춘 채였고, 어제와 같이 다시 한 번 자기를 찾아내 보라고 도전하는 것처럼 약올리는 목소리만 들려 오더군. 마침내 나는 울컥해서 얼마 동안 숲에 오지 않는 한이 있더라도 되갚아 주겠다고 다짐했지. 내 쪽에서 무관심한 태도를 보이면 그녀가 더 적극적으로 나올 거라고 생각했던 것이지.

다음날 나는 굳게 마음먹고, 캐슈넛 나무가 있는 먼 곳까지 사냥을 나가는 쿠아코와 다른 두 사람을 따라갔네. 그들은 잘 익은 캐슈넛 열매를 먹으러 새들이 모여들었으리라고 기대했지만, 열매는 설익은 채였기에 하나도 딸 수 없었고, 새도 몇 마리 못 잡았지. 쿠아코는 계속 내 곁에 있었고, 이따금씩 다른 일행 뒤로 처질 때면 나의 화살총 부는 솜씨를 칭찬했네. 언제나처럼 화살은 내가 부는 족족 빗나갔는데도 말일세.

"자네도 언젠가는 맞힐 수 있을 거야. 작은 여자만한 크기의 새를 말이야"라고 말한 그는 그 낡은 농담을 가지고 또 다시 폭소를 터뜨렸네. 그리고 은밀한 어조로 말하길, 내가 곧 나 자신의 화살총과 화살 여러 자루를 갖게 될 것이라고 하더군. 화살은 그가 만들 것이며, 눈썰미가 예리한 그의 삼촌 오타윙키가 대롱을 만들 것이라고 했네. 나는 전부 농담으로 받아들였지만, 그는 엄숙하게 정말이라고 단언했지.

다음날 아침 그는 내게 오늘은 그 악명 높은 숲에 가지 않느냐고 묻더군. 내가 안 간다고 하니 놀란 듯했고, 어찌나 실망한 표정이던지 나까지 놀라고 말았지. 그는 나보고 가라고 설득하려고까지 했네. 예전에는 그토록 가지 말라고 애걸하던 그 곳에 말일세. 내가 가지 않으리라는 것을 분명히 알자, 그는 나를 데리고 숲으로 사냥을 나갔지. 가끔씩 그는 슬금슬금 같은 화제로 돌아가서, 왜 내가 숲에 안 가는지 이해할 수 없다고, 이제 두려워지기 시작한 게 아니냐고 묻더군.

"아니, 두렵진 않아." 나는 대답했네. "하지만 나는 그 곳을 충분히 살펴보았고, 이제 싫증이 났어. 새와 짐승을 막론하고 숲 속의 모든 것을 보았고, 모든 소리를 들었으니까."

"그래, 들었겠지." 그는 잘 알고 있다는 듯 고개를 끄덕이며 말하더군. "그러나 자네는 이상한 것을 보지는 못했잖아. 자네 눈은 아직 귀만큼 날카롭지 않단 말이야."

나는 경멸하듯 웃고는 숲에 있는 이상한 것이라면 남김없이 보았고, 어느 기묘한 소녀까지도 보았다고 대꾸했지. 그러고서 그녀의 모습을 그대로 묘사했고, 마지막으로 백인이 소녀 하나를 두려워할 거라고 생각하느냐는 한 마디를 던졌네.

내 말에 그는 깜짝 놀란 눈치였네. 그러나 다음 순간 무척이나 신이 나서는 전날보다 더욱 은밀하고 관대한 어조로 내가 곧 부족에서 가장 중요한 인물이 될 것이며, 커다란 수훈을 세울 거라고 말하더군. 내가 그의 말을 웃어넘기자, 그는 기분이 상한 듯 이번에는 내 것이 될 미완성의 화살총에 대해 아주 진지하게 얘기하더군. 뭔가 엄청난 것에 대해 얘기하는 것처럼, 넓은 토지나 오리노코 북쪽 지방의 통치권이라도 선사하는 듯한 태도로 말일세. 얼마 뒤 그는 화살총이나 무수한 화살보다도 더욱 좋은 게 있다고 하더군. 자신의 여동생 울라바 얘기였네. 열여섯쯤 된 처녀였고, 수줍고 과묵하며 눈매가 부드러웠지만 다소 여위고 지저분했지. 못생기진 않았지만 딱히 미인도 아니었네. 그리고 그는 황야에서 구르던 그 구릿빛 피부의 어린 매춘부를 나와 혼인시키려고 생각하고 있었네! 나는 그의 멱살을 잡고 싶었지만 주먹을 불끈 쥐고 참으며, 무슨 권한으로 나이도 어리고 무력하며 스스로의 아내를 살 정도의 관록도 아직 갖추지 못한 그가 그렇게 자기 멋대로 여동생을 내줄 수 있냐고 물었지. 그는 어려울 게 없다고 대답하더군. 루니는 찬성할 테고, 오타윙키나 피아케, 그리고 다른 친척들도 마찬가지일 거라고. 그리고 마지막으로 이 지방의 모계 전통에 따라 울라바 자신의 동의가 필수조건이지만, 그녀 역시 나처럼 훌륭한 구혼자에게라면 기꺼이 그녀 자신을 내주리라는 것이었네. 무화과 잎처럼 땋은 변발, 멧돼지 이빨로 만든 목걸이 등등과 함께 말이지. 마침내 그는 자신의 제의를 더욱 솔깃하게 하기 위해, 내 경우는 남자임을 증명하고 혼인에 따르는 고난을 이겨낼 준비가 되어 있다는 것을 보여 주기 위해서 스스로 몸에 고문을 가하는 절차를 거칠 필요도 없다고 말하더군. 나는 "자네는 무척이나 관대하군"이라고 말한 뒤, 최대한 점잖은 어조로 "나에게는 어떤 고문이 좋다고 생각해?"라고 물어 보았네. 나처럼 용감한 사람에게는 "고문 따윈 필요 없지"라고 그는 아량 있게 대답하더군. 그러나 쿠아코 자신은 언젠가 스스로 가할 고문의 형태를 결정해 두고 있었지. 그는 커다란 자루를 준비해서 그 안에 불개미를 집어넣을 것이라고 했네. "많을수록 좋지!" 그는 몸을 구부려 두 손에 푸석푸석한 모래를 가득 채우며 자랑스럽게 외쳤네. 불개미를 자루에 넣은 다음, 그는 벌거벗은 채 그 안에 들어가서 목 주위로 자루를 단단히 동여매고 모든 구경꾼들 앞에서 무수한 독충이 살을 공격해 오는 끔찍한 고통을 신음 한 번, 찡그림 한 번 없이 참을 수 있다는 사실을 증명해야 하지. 하지만 이것이 그 딱한 친구가 스스로 생각해 낸 고문은 아니었네. 그것은 기아나의 부족들 사이에서 가장 흔한 자기고문 형태 중 하나였으니까. 그러나 고문을 묘사하는 동안 그의 무뚝뚝한 얼굴은 갑자기 놀라운 생생함과 잔인한 기쁨에 빛을 발했고, 한편 나로서는 역겨움과 공포만을 느꼈지. 이는 얼마나 기묘하게 뒤틀린 사악함이란 말인가! 적이 아니라 자신에게 고문을 가할 기대에서 생겨나는 기쁨이라니! 이 야만인들은 타인에겐 온화하고 유순하다네. 하지만 나는 그들의 유순함을 믿지 않았지. 그 것은 표면적이었고, 그들의 원시적이고 잔인한 본능을 일깨울 만한 것이 없을 때에 한정되어 있었으니까. 나는 이 모든 이야기들을 웃어 넘길 수도 있었지만, 기쁨에 넘치는 내 친구의 표정을 보니 경멸스러워졌고, 더 이상 그것에 대해 이야기하고 싶지 않아졌네.

그러나 그는 여전히 떠들어댔지. 평소에는 속담처럼 '포크로 입에서 말을 끄집어내야 하는' 그런 남자가 말일세. 그는 마을의 어느 누구도 내가 자해를 하는 모습을 볼 생각은 없다고 말하더군. 내가 그들 모두를 위해 한 가지 일만 해 준다면, 즉 극악한 마귀로부터 그들을 구해 준다면 더 이상 무엇도 요구되지 않을 것이라고.

나는 그에게 무슨 뜻이냐고 물었지. 그가 지금까지 한 말로 미루어 짐작컨대, 뭔가 매우 중요한 얘기를 꺼내려 하는 것 같았네. 물론

내 야만인 친구가 화살총과 상품 가치가 있는 처녀 여동생을 순수한 호의로 내주는 것이라고 믿었다면 큰 실수였겠지.

대답 대신 그는, 아직도 안 잊어버렸는지, 언젠가는 작은 여자만한 새를 쏠 수 있으리라고 했던 내 농담을 다시 들먹이더군. 그가 계속해서 숲에서 본 신비로운 소녀 정도의 크기라면 조금만 더 연습하면 성공할 만한 과녁이 아니냐고 물어 왔을 때 모든 것은 분명해졌네. 그것이 바로 내가 그들을 위해 치러야 할 과업이었던 거야. 들새처럼 감미롭게 노래하는 그 수줍고 불가해한 소녀가 바로 독화살로 죽여야 할 악마였던 걸세! 그래서 최근에 그가 내게 숲에 가라고 자꾸 보채었던 것이지. 그녀의 근거지와 습관에 점점 길들여지고, 그녀의 수줍음과 의심이 가시게 되면, 적당한 때 겨냥하여 틀림없이 독화살을 쏘아 맞힐 수 있도록 말일세! 방금 전 그가 고문에 대한 기대를 늘어 놓았을 때 느꼈던 역겨움은 지금 느끼는 것에 비하면 희미하고 순간적인 것에 지나지 않았네. 나는 분노가 솟구치는 것을 느끼며 그를 돌아보았고, 순간 손에 들고 있던 화살총을 그의 머리에 내리쳐 부수고 싶었지만, 그가 돌아서서 내 얼굴을 보았을 때의 놀란 표정에 주춤하여 그런 치명적인 실수는 피할 수 있었지. 단지 넘칠 듯한 혐오와 격분을 억제하려고 안간힘을 쓰며 바득바득 이를 갈 수밖에 없었네. 마침내 나는 화살총을 내던지고는 그에게 가져 가라고 말했네. 기아나의 모든 야만인들이 자기 여동생을 내준다 해도 다시는 그걸 만지고 싶지 않다며 말일세.

　그는 여전히 놀라서 아무 말도 못하고 나를 바라보았으며, 분별력을 되찾은 나는 방금 드러냈던 적의를 최대한 감추는 것이 최선이겠다고 생각했지. 나는 다소 냉소적으로, 새든 인간이든 내가 무언가를 화살로 쏠 수 있을 것 같으냐고 물었네. "천만에." 나는 어떻게든 감정을 분출하지 않곤 견딜 수 없을 것 같아 거의 외치다시피 했고, 그러고는 권총을 꺼내 들었지. "이것이 백인의 무기야. 그러나 백인은 남자들, 그를 죽이거나 상처 입히려 하는 남자들만을 죽일 뿐이지. 총이나 아니면 다른 어떤 무기로도 순수한 소녀들을 잔인하게 살해하진 않아."

　이후로 우리는 한동안 말없이 걸었네. 마침내 그는 입을 열어, 내가 숲에서 보았고 두렵지 않다고 말한 존재는 순수한 소녀가 아니라 디디의 딸, 바로 악마라고 하더군. 그리고 그녀가 그 숲에 사는 한 자신들은 그 곳에서 사냥할 수 없고, 그녀를 만날까 봐 노심초사하느라 다른 숲에서도 사냥하기 힘들다고 했네. 나는 그와의 대화에 너무도 환멸을 느껴 아무 대꾸도 하지 않았지. 마을 어귀의 시냇가에 이르렀을 때 나는 다른 사람들과 어울리기 전에 울화를 식히려고 옷을 벗어 던진 뒤 물 속으로 뛰어들었네.

CHAPTER 6

그 날 밤 나는 누워서 눈을 뜬 채 숲의 소녀에 대해 생각했고, 내가 그녀의 변덕스러운 행동에 얼마나 마음 상했는지 충분히 보여 주었으리라고, 나의 사랑스런 녹색의 집으로부터 떠나 있는 형벌을 자신에게 더 이상 부과할 필요는 없을 것 같다고 결론지었네. 그래서 다음날, 오전 내내 내리던 폭우가 그친 정오쯤 나는 숲으로 갔지. 머리 위로 하늘은 다시 맑게 개어 있었네. 하지만 무겁고 습한 공기는 적막하게 내려앉아 있었고, 서쪽 하늘에 암청색의 구름 덩어리가 오후 늦게 또 한 차례의 소나기를 예고하고 있었지. 그럼에도 나는 숲의 요정과 다시 만나게 될지도 모른다는 기대로 매우 흥분하여 이 불길한 전조에 신경 쓸 여유가 없었네.

첫 번째 숲 지대를 지나고 이어지는 건조한 바위 지대에 이르렀을 때, 가까운 곳의 땅바닥에서 선명한 색채가 반짝이는 것이 눈에 띄었네. 뱀이 건조한 땅 위로 기어가고 있었지. 그 놈을 보지 못하고 계속 갔다면 분명히 밟았거나 위험 거리에 들어가 버렸을 거야. 가까이에서 보니 산호뱀이더군. 아름다움과 독특함뿐 아니라 치명적이라는 평판을 가진 뱀이라네. 한 삼 피트쯤 되었고 매우 가늘었으며, 선명한 주홍색 몸에 넓은 흑옥색의 고리가 일정한 간격으로 둘러져 있었고, 그 까만 고리 혹은 띠 하나 하나의 중간에 좁고 노란 줄이 그어져 있었지. 대칭을 이루는 형태와 뚜렷한 색조의 대비 때문에 그 놈은 상상력 풍부한 예술가가 만든 인공의 뱀처럼 보였지만, 그 눈부신 따리 안에서는 강렬한 생명력이 솟아 나왔지. 표정 없는 눈 역시 살아 있는 보석처럼 보였고, 화살촉 모양의 위험한 대가리 끝에 있는 반짝이는 혀는 몇 야드 떨어져서 바라보고 있는 나를 향해 끊임없이 날름거리고 있더군.

"나는 당신을 매우 존중합니다, 뱀 선생." 나는 말했네, 아니 머릿속으로 생각했네. "하지만 군대의 어르신들에 따르면, 적일지도 모르는 자를 뒤에 남겨 놓고 떠나는 것은 위험한 짓이라고 하더군요. 그런 짓을 하는 자는 형편없는 전략가든지 아니면 천재겠지만, 나는 어느 쪽도 아닙니다."

나는 몇 걸음 물러서서 손바닥 크기만한 돌을 찾아 집어들고, 그 위험하게 생긴 대가리를 으스러뜨리기 위해 내던졌네. 그러나 돌은

그린 맨션

목표물을 약간 비켜 나가 울퉁불퉁한 땅에 떨어졌고, 단단한 돌에 부딪쳐 산산조각으로 흩어져 버렸네. 나는 다시 뒷걸음질쳤지만, 좀 전과는 달리 조급한 걸음이었네. 다른 돌을 집어들고 막 던지려 할 때, 날카롭고 쨍쨍한 비명이 근처의 수풀로부터 터져 나왔고, 그 소리에 뒤이어 숲의 소녀가 뛰쳐나왔지! 더 이상은 피하지도 수줍어하지도 않았고, 그늘진 숲 속에서 희미하게 보이는 것이 아니라 거리낌없이 도전하는 자세로 적도의 작렬하는 태양 아래 나타난 그녀의 모습은 비유할 길이 없을 정도로 눈부시고 다채로웠다네. 그녀의 모습을 보는 순간, 사나운 독사가 길을 가로막고 있을 때 누구나 느끼게 되는 공포와 혐오감도 즉시 사라져 버렸고, 이제 나는 민첩하고 여유 있는 걸음걸이로 물결치듯 다가오는 그녀를 보며 그 눈부심에 놀라고 찬탄할 뿐이었네. 아니, 뱀을 향해 다가오는 것이었는지도 모르지. 어느새 뱀은 우리 사이에 있었고, 그녀가 다가올수록 동작은 더욱 느릿해졌네. 그녀가 예전과 달리 갑자기 놀랍도록 대담해진 이유는 의심의 여지가 없었지. 그녀는 어느 수풀 속에 숨어서 내가 오는 것을 보고 있었고, 분명 지난번처럼 자신의 놀리는 목소리를 쫓아 헛되이 숲 속에서 춤추게 하려고 준비하고 있었는데, 갑자기 내가 뱀을 공격하자 분노를 이기지 못하고 뛰쳐나온 것이었네. 귀에 선 불분명한 발음의 언어와 따발총 같은 울림, 다급한 몸짓, 무엇보다도 그녀의 커다랗고 빛나는 눈과 화가 나서 달아오른 얼굴을 본 순간 그녀가 지금 어떤 감정

상태인지 분명히 알겠더군.

그 순간 내가 받은 인상을 개념이나 용어로 제시해야 한다면 먼저 '말벌 같은waspish'이라는 말이 떠오르지만, 같은 뜻의 스페인어인 '아비스빠다avispada'가 더 나을지도 모르겠네. 경멸적인 의미로 쓰이는 일은 절대 없기 때문에 전자와 정확히 동일한 의미라고 할 수는 없지만 말일세. 아니, 더 숙고해 보니 둘 다 부적절하게 느껴지는군. 하지만 성난 말벌의 이미지만큼 딱 들어맞는 묘사를 찾아낼 수가 없네. 나는 수백 번도 더 보았지만, 커다란 열대의 말벌이 성나서 이쪽으로 움직여 올 때 난다라기보다는 빛나는 커다란 날개를 파닥거리면서 크고 사납게 웅웅 소리를 내며 땅 위로 반쯤은 날고 반쯤은 달려오는 것 같다네. 그 날카롭지만 우아한 윤곽과 윤기 흐르는 표면은 필적할 생명체가 거의 없을 정도로 아름답고, 분노는 그러한 생김새에 너무나 잘 어울려 한결 광채를 더해 주지.

그녀의 독특한 아름다움과 정열적인 모습에 놀란 나머지, 그녀가 내게서 오 야드 정도 떨어진 곳에 멈추어 설 때까지 여전히 다가오고 있는 뱀조차 잊고 있었네. 다음 순간 뱀은 끔찍하게도 그녀의 맨발 곁에 있었지. 더 이상 다가오지는 않았지만, 여전히 공격하려는 듯 대가리를 치켜들고 있었네. 하지만 분노의 감정은 이미 사그라진 것 같더군. 뱀은 고개를 숙이고 좌우로 조금씩 흔들면서 서서히 수그리더니 마침내 소녀의 드러난 발등에 기대었네. 거기 멈춰서 꼼짝하지 않고 있는 그 치명적인 동물은 화려한 색의 비단 대님처럼 그녀의 다리에서 흘러내려 있었네. 분명한 것은 그녀가 뱀을 두려워하지 않는다는 사실, 또한 극악하고 소름끼치는 파충류조차 달랠 수 있는 놀라운 능력을 소유한, 세계 곳곳에서 전해져 오는 예외적 인간들 가운데 하나라는 사실이었네.

그녀 역시 내 시선을 좇아 자신의 발을 내려다보았지만 움직이지는 않았네. 그리고 다시 입을 열었을 때, 그녀의 목소리는 여전히 크고 날카로웠지만 그렇게 화난 어조는 아니었지.

"걱정 말아요, 해를 입히진 않을 테니까." 나는 인디오의 언어로 말했네.

그녀는 내 말을 알아듣지 못했고, 더욱 화가 난 어조로 계속 말할 뿐이었지.

나는 고개를 저으며 그녀가 하는 말을 못 알아듣겠다고 대답했네. 그리고 몸짓으로 이제 더 이상 그 동물을 공격하지 않을 것이라는 내용을 전하려 했지. 그녀는 분개한 표정으로 내가 완전히 잊어버린 채 아직 손에 쥐고 있던 돌을 가리키더군. 나는 즉시 그 돌을 던져 버렸고, 그러자마자 상황은 변하여 그녀의 얼굴에 미소가 부드럽게 번졌지.

약간 앞으로 나서서 다시 인디오의 언어로 그녀에게 말을 걸어보았네. 그러나 그녀는 내 말을 못 알아듣는 게 분명했고, 발치에 누운 뱀과 나를 번갈아 바라보며 서 있을 뿐이었네. 나는 다시금 손짓 발짓에 의지해야 했지. 뱀을 가리킨 다음 던져 버린 돌을 가리키며, 앞으로 그녀가 바라는 대로 독을 가진 파충류와도 친하게 지낼 테니 그녀 역시 그 동물을 대하듯 나를 친근히 여겨 주었으면 좋겠다는 소망을 전하려고 했던 거야. 내 말을 알아들었는지 아닌지 알 수 없었지만, 그녀는 다시 은신처로 돌아갈 생각은 없는 것 같았고, 이토록 갑작스럽게 나와 얼굴을 맞대게 된 것이 기쁜 듯 가만히 나를 바라보고 있더군. 그런 태도에 고무되어 나는 서서히 그녀에게 다가가 마침내는 바로 옆에 섰고, 지금껏 보았거나 상상한 그 누구와도 비교할 수 없이 아름다운 그 얼굴을 내려다보며 기쁨에 가슴이 터질 듯했지.

하지만 친구, 자네는 그녀가 얼마나 아름다웠는지 상상조차 못할 걸세. 슬프게도! 왜냐하면 나는 흔해빠지고 조잡한 것들을 채색할 때 쓰는 단어들만을 알 뿐, 그 모든 정묘한 세부들을 묘사하고 섬세한 광선과 음영, 눈부신 색채와 표정의 변화를 드러낼 방법을 모르기 때문이라네. 더구나 독특하거나 미증유의 존재들은 평범한 묘사로는 절대 아름답게 표현될 수가 없지. 가장 새로운 면모만이 지나치게 주의를 끌고 너무 두드러지게 묘사되는 나머지, 독특함이 주는 효과는 놓쳐 버리기 십상이 아닌가? 그건 바로 각 부분들의 완벽한 조화와 전체적인 균형이라네. 예를 들어 검은 눈의 열대지방 사람들이 처음으로 북유럽인들의 푸른 눈에 대해 들으면, 마음속에서 듣도 보도 못한 푸른색 눈이 지나치게 부각되어 흉하고 괴상하게 생각되기 마련이지. 눈과 나란히 조화를 이루는 살빛과 머리색에는 주의를 기울이지 못하는 거야.

그러니 말로 묘사된 그림보다는 그때 내가 느꼈던 감정 자체를 보여 주는 것이 더 나을 것 같군. 그 희귀한 아름다움을 처음으로 가까이에서 보았을 때 나는 기쁨에 떨며 마음속으로 외쳤다네. '오, 어째서 자연은 그토록 많은 형태와 무수한 인간들을 창조해 내고서도, 이 같은 존재를 세계에 단 하나만 허용했단 말인가?'

이런 생각을 하고 나서야 나는 그 생각이 어불성설이라는 것을 깨달았네. 하지만 이 오묘한 존재가 대륙의 한 구석에서 수천 세대에 걸쳐 살아왔으나 보잘것없이 쇠퇴하여 지금은 자취만 남은 종족의 일원임은 의심할 수가 없었지.

그녀의 몸매와 용모도 아주 섬세했지만, 가장 인상적이면서도 다른 모든 인간들과 확실히 구별되었던 점은 그녀 몸의 색채였네. 피부색은 설명하기가 거의 불가능한 것이, 기분이 조금이라도 바뀔 때마다 크게 변화했고 – 게다가 그녀는 다채롭고 변덕스런 성격을 갖고 있었지 – 햇빛을 받는 방향이나 밝기에 따라서도 그러했네.

나무 아래 있는 그녀를 멀리 떨어져서 보면 희끄무레하거나 창백한 잿빛이었네. 그리고 가까이에서 강한 햇빛을 받으며 보면 흰색이 아니라 설화석고처럼 반투명하고 안쪽에서 장밋빛이 살짝 비쳐 보였지. 직사광선을 받게 되면 그 장밋빛은 또렷해지고 마치 손가락을 강한 불빛 앞에 비춰 보았을 때처럼 반짝거렸네. 그러나 여전히 그늘에 가려진 부분들은 좀더 어렴풋한 흰색을 띠었고, 피부 아래는 흐리고 붉은 기가 도는 보랏빛에서부터 희미한 푸른빛까지 다채로운 색으로 비쳐 보였네. 피부와 눈의 색은 완벽하게 어울렸지. 화가 났을 때면 눈들은 불꽃처럼 타올랐네. 홍채는 유독 부드럽고 흐릿하며 이따금 꽃들에서 볼 수 있는 엷은 붉은빛을 띠었지. 그러나 가까이에서 들여다봤을 때만 그런 섬세한 색조를 식별할 수 있었고, 잿빛 눈들이 종종 그러하듯 커다란 동공과 짙게 그늘을 드리운 속눈썹 때문에 약간만 떨어져서 봐도 전체적으로 어두운 색을 띠었네. 하지만 붉은 꽃이라고 해서 빛과 열에 노출되고 생생한 녹색 잎사귀와 어우러진 모습을 상상하지는 말게. 반쯤 가려진 홍채의 색조, 촉촉하게 젖은 눈의 반짝임, 눈의 깊은 곳에서 나오는 격렬함, 영리하고 아름다운 그 영혼이 묻어나는 눈의 표정을 생각하라는 거야. 가장 다채로운 색을 띠는 것은 머리칼이었는데, 기막히게 곱고 윤기가 흐르는 데다 탄력도 있어 마치 양털이 머리와 어깨와 등뒤로 흘러내려 있는 것 같았네. 부풀부풀한 바깥쪽 머리칼은 반짝거리는 표면을 가진 구름처럼 보여, 그녀의 변화무쌍한 미모에 걸맞은 배경이자 왕관처럼 느껴졌지. 어둑한 곳에서 가까이 들여다보면 머리칼은 대체로 잿빛이었고, 부분 부분 자줏빛으로 그늘지곤 했네. 그러나 어두운 곳에서도 명주실처럼 흩날리는 머리칼들이 암영(暗影) 위로 창백하고 솜털 같은 후광을 드리웠다네. 몇 야드 떨어져서 보면 머리칼 전체가 흐릿하고 아득하게 느껴졌지. 햇빛을 받으면 머리색은 더욱 다채로워졌는데 짙은 색인가 하면 칠흑처럼 검거나, 아니면 어느새 밝고 모호한 색의 부드러운 머릿결 위로 어떤 새들의 매끄러운 깃털 같은 진줏빛 광채가 맴돌고 있기도 했네. 햇빛이 머리 위로 곧게 떨어질 때면 정오의 구름처럼 하얗게 보이기도 했지. 그 모습은 구름의 색이 바뀌듯 너무도 다양하고 영묘해서 다른 인간의 머리칼은 전부, 가장 아름다운 금발이나 은발이나 붉은 머리조차도 비교해 보면 무겁고 둔하고 생기 없이 느껴졌다네.

그러나 색채와 형태, 변화무쌍함보다도 매력적이었던 것은 영리한 표정이었네. 그녀의 얼굴은 상냥하게 보이면서도 동시에 끊임없이 눈과 귀를 곤두세우고 있는 듯한 경계심이 엿보였지. 휴식중일 때나 두려운 것들이 전혀 보이지 않을 때조차 야생동물이 드러내는, 그러나 지적이든 열성적이든 인간에게서는 거의 찾아보기 힘든 그런 경계심 말일세. 그녀는 숲 속에 사는 야성의 고독한 소녀로, 그 지방의 말로 얘기를 해도 알아듣지 못하더군. 그렇다면 어떻게 같은 환경에 사는 야생동물 이상의 내면성이나 영혼을 가졌으리라고 기대할 수 있겠는가? 그러나 그녀의 얼굴을 보면 지성을 가지고 있다는 사실을 의심할 수 없었네. 그러한 두 가지 상반되는 성질의 결합이란 보통 사람들에게는 생소하고 불가능하게 여겨지겠지만, 틀림없이 그것은 그녀의 가장 큰 매력이었네. 왜 자연은 일찍이 이와 같은 존재를 이루지 않았을까? 왜 다른 인간들의 경우에는 내면적 지성이 신체의 빛나는 아름다움을 흐리게 만드는 것일까? 그러나 누구도 감히 찾거나 찾으려 들지 않았던 그 존재가 바로 여기 있다는 것만으로도 나는 만족했다네. 생경한 야생의 광택을 뚫고 우리 종족 특유의 정신적인 빛을 발산하고 있는 존재가.

이런 생각들이 머릿속을 스쳐 가는 동안에도 나는 계속해서 그녀의 또록또록한 얼굴을 탐닉하며 서 있었네. 한편 그녀 쪽에서도 노골적인 호기심으로 내 눈을 마주 들여다보았을 뿐 아니라, 상대가 우호적이라는 것을 분명히 인식하고 기뻐하는 표정이었기에 나는 용기를 내어 좀더 가까이 다가섰지. 순간 그녀의 눈에 소스라치게 놀라는 표정이 스치더군. 그녀는 내 얼굴을 위아래로 훑어 보았고 입술을 떨다가 약간 구슬프게 몇 마디를 중얼거렸는데, 그 소리가 너무 나지막하여 뭔가 말하고 있다는 것만 간신히 알 수 있을 정도였지.

나는 그녀가 놀라서 내 눈에서 벗어나려 한다고 생각했다네. 무엇보다도 이렇게 잠깐만에 그녀가 다시 사라져 버리는 게 싫어서, 나는 무심코 그녀의 날씬한 몸에 팔을 둘러 붙들었고, 균형을 집기 위해 한 쪽 발을 내딛었지. 그 순간 나는 가벼운 타격과 동시에 타는 듯한 날카로운 아픔이 다리에 파고드는 것을 느꼈지. 불시에 닥친 너무도

그린 맨션

강한 고통에 나는 팔을 떨어뜨리고 동시에 처절한 비명을 지르며 한두 걸음 물러났네. 그러나 그녀는 달아나지 않고 그 자리에 있더군. 그녀의 눈은 내 움직임을 따라갔고, 다음 순간 자기 발치를 향했지. 그녀의 시선을 따라간 곳에서 독사를 보았을 때 내가 느낀 공포를 상상해 보게! 나는 그 놈을 완전히 잊어버린 나머지 예리한 통증에도 기억해 내지 못했던 거야! 그 놈은 그녀의 한쪽 발목에 꼬리를 돌돌 감고서 머리를 일 피트 정도 쳐들고 천천히 이러저리로 움직이고 있었고, 포크처럼 갈라진 날렵한 혀를 시종 날름거리고 있었네. 그때서야 나는 무슨 일이 일어난 것인지 알았고, 동시에 왜 그녀가 갑자기 놀란 표정을 떠올렸는지, 뭐라고 중얼거리며 아래를 향해 겁먹은 시선을 던졌는지 깨달았네. 그녀는 순전히 나의 안전을 염려했고, 또한 내게 경고를 해 준 것이었어! 하지만 이미 늦었어! 너무 늦었어! 움직이면서 발로 독사를 밟았거나 건드린 듯했고, 그러자 그 놈은 내 발목 바로 위를 물었던 거지. 얼마 뒤에야 나는 지금의 공포스러운 상황을 인식하게 되었네. '난 죽었군! 나는 죽고 말 거야! 오 맙소사, 나를 구해 줄 수 있는 게 없을까?' 나는 마음속으로 외치고 또 외쳤네.

그녀는 여전히 움직이지 않고 서 있더군. 그녀의 시선은 나와 뱀 사이를 왔다갔다했지. 뱀은 이리저리 움직이던 머리를 다시 낮추고는 그녀의 발목에서 꼬리를 풀더니 움직이기 시작했네. 처음에는 머리를 약간 든 채 천천히 움직이더니 점점 속도를 내어 마침내는 완전히 사라져 버렸지. 사라졌구나! 내 핏속에 자신의 독을 남기고. 아, 망할 놈의 파충류 같으니!

사라져 가는 뱀에게서 시선을 돌려 그녀의 얼굴을 보니, 걱정스러운 듯 묘하게 어두워져 있더군. 그녀는 시선을 떨구고 손바닥을 딱붙인 채 깍지를 꼈다 풀었다 하고 있었지. 좀 전과는 얼마나 다른 모습이던지! 눈부시던 얼굴이 어찌나 창백하고 흐릿하게 느껴지던지! 그러나 그녀가 걱정하는 것은 우리의 만남을 비극적으로 끝맺은 사건뿐만은 아닌 듯했네. 이제 서쪽 하늘에는 구름이 잔뜩 끼여 있었고, 햇빛을 몰아낸 무시무시한 수증기 더미가 하늘의 반을 덮고 있어 사방은 밤처럼 깜깜해져 버린 거야.

갑작스런 어둠에 이어 구릉에서부터 천둥소리가 길게 울리며 다가왔고, 나의 고통과 좌절감은 더해 갔네. 그 순간에는 죽음이 이루 말할 수 없이 끔찍하게 느껴졌지. 삶을 가치 있게 만들었던 모든 것들이 폐부 깊숙이 나를 파고들더군. 나의 자연에 대한 사랑, 소중히 품어 왔던 기쁨과 지식과 희망, 이 모든 것들이 번개처럼 뚜렷이 눈앞에 떠올랐지. 가장 괴로운 것은 고독 속에서 찾아낸 아름다운 존재, 눈부신 디디의 딸에게 이제 영원히 안녕을 고해야 한다는 사실이었네. 그녀가 나를 피하지 않게 된 바로 그때에 저주받은 죽음의 암흑 속으로 사라져야 하고, 그녀의 삶에 대한 수수께끼도 영원히 알지 못하게 되다니! 힘이 쭉 빠져 다리는 덜덜 떨렸고, 이마에서는 굵은 땀방울이

솟았으며, 그때서야 독이 이미 내 혈관에 신속하고 치명적으로 퍼졌으리라는 생각이 들더군.

나는 휘청거리며 한두 야드 걸어가 돌 위에 앉았네. 그 순간 갑자기 자연을 잘 아는 그녀가 내 목숨을 구할 해독제에 대해서 알지도 모른다는 희망이 어렴풋이 솟더군. 다리에 손을 대고 온갖 몸짓을 해 가면서 나는 다시 그녀에게 인디오의 말로 이야기했네.

"뱀이 나를 물었어요. 어떻게 하지요? 혹시 내 목숨을 구할 잎이나 뿌리를 모르나요? 도와 줘요! 도와 줘요!" 나는 절망하여 소리쳤네. 말은 몰라도 최소한 몸짓은 이해했을 텐데, 그녀는 여전히 움직이지 않고 서서 손가락을 꼬았다 풀었다 하며, 형언할 수 없이 비통하고 연민 어린 표정으로 나를 바라볼 뿐이었네.

아아! 그녀에게 애걸해 봤자 헛일이었지. 그녀는 무슨 일이 일어났는지 그 결과가 어떤 것인지 잘 알고 있었고 또 나를 가엾게 여겼지만, 도와 줄 능력은 없는 듯했네. 그러자 독이 완전히 퍼지기 전에 인디오들의 마을에 도착할 수 있다면, 뭔가 조치를 취할 수 있지 않을까 하는 생각이 떠오르더군. 아, 나는 왜 이리 귀중한 시간을 허비했단 말인가! 굵은 빗방울이 떨어지고 있었고 주위는 어두워져만 갔으며 천둥은 끊임없이 울어댔지. 나는 고통에 울부짖으며 발을 옮기기 시작했고, 막 달음질치려 할 때 눈부신 번갯불이 눈앞에서 번쩍하여 잠시 멈춰야 했네. 번개가 스러지자 나는 뒤돌아서 마지막으로 그녀를 한 번 더 보았지. 그녀의 얼굴은 죽은 사람처럼 창백했으며 머리는 한 밤중보다 더 검게 보이더군. 내 시선을 느끼자 그녀는 내게로 팔을 뻗고 낮게 흐느끼는 듯한 소리를 내었네. "다시는 못 보겠군요!" 나는 중얼거린 뒤 다시 고개를 돌려 미친 듯이 숲 속으로 뛰어들었지. 하지만 나는 당황한 나머지 길을 잘못 든 것 같았고, 몇 분만에 탁 트인 숲과 초원의 경계로 나오는 대신 시시각각 숲 속 깊은 곳으로 들어갈 뿐이었네. 나는 당황해서 멈춰 섰지만, 여전히 길을 맞게 가고 있다고 확신했지. 결국 백 야드를 더 간 후에도 숲 어귀가 나오지 않으면 왔던 길을 되짚어가기로 결심했지만, 그것도 쉬운 일이 아니었네. 곧 나는 무성한 수풀에 얽혀 꼼짝할 수 없게 되었고, 마침내 이 숲에서 처음으로 길을 잃어버렸음을 스스로에게 절망적으로 시인할 수밖에 없었지. 그것도 하필이면 이런 끔찍한 상황에서! 이따금씩 번갯불이 숲 안쪽으로 생생한 푸른 섬광을 던졌지만, 내가 구름 한 점 없는 한낮에도 뚫고 지나가기 어려운 장소에서 길을 잃었다는 사실이 더욱 분명해졌을 뿐이었네. 게다가 이제 금새 해가 떨어지고 칠흑 같은 어둠이 이어질 것이었지. 그러나 내가 할 수 있는 일이라고는 매순간 몸이 상처입고 찢기면서도 맹목적으로 걸음을 옮기고, 넘어지고 또 넘어져도 간신히 몸을 일으켜 다시 걷고, 쓰러진 나무들과 가지들의 높다란 무더기를 기다시피 넘어가고, 빗물이 고인 웅덩이나 급류에 온몸을 풍덩 빠뜨리는 것뿐이었네.

절망적이었지. 미친 듯 나아가 봤자 상황은 절망적일 뿐이었네. 탈진해서 숨을 헐떡이며 멈춰 설 때면 심장은 숨이 멎을 정도로 두근거렸고, 뱀에 물린 다리는 둔하고 끈질긴 고통으로 스멀거려 이제 남은 시간이 얼마 없다는 것을 알 수 있었지. 그리고 애초에 머뭇거린 탓으로 살아날 수 있는 유일한 기회를 놓쳤다는 것도.

얼마나 오랫동안 그 빽빽하고 어두운 숲을 빠져 나가려고 몸부림 쳤는지 모르겠네. 아마 두세 시간이었겠지만, 내게는 몇 시간이 아니라 몇 년 동안의 고통처럼 느껴졌어. 그러다가 갑자기 빽빽하던 덤불은 사라지고 나는 이내 평지 위를 걷고 있었네. 그러나 그 곳은 더 깜깜했지. 가장 어두운 한밤보다도 깜깜했네. 번개가 머리 위에 지붕처럼 빽빽하게 덮인 잎사귀 사이로 번쩍 내리치는 순간, 그 곳이 매우 기묘한 장소라는 걸 알 수 있었지. 나무들은 엄청나게 크고 멀찍이 떨어져 있었으며, 그 아래로는 숲에서 통행을 방해하곤 하던 덤불이 전혀 없었네. 그 순간 나는 한숨을 돌리고 달리기 시작했으며, 얼마 후엔 큰 나무들을 뒤로하고 관목과 수풀로 덮인 더 널따란 공터에 다다랐지. 잠시 동안 나는 마침내 숲의 경계에 도착했구나 하고 생각했다네. 그러나 금새 실망하고 말았지. 또 다시 빽빽한 덤불이 내 걸음을 방해했고, 마침내 공터로 나오자 눈앞에 절벽이 나타났으며, 그때 다시 한번 번갯불이 두꺼운 구름의 장벽을 뚫고 비추어 나는 주위를 둘러볼 수 있었네. 절벽 위에 서니 아래로 널따란 초원 지대가 보였고, 잠시 동안이나마 숲을 빠져 나왔다는 생각에 기쁘더군. 몇 걸음 더 나아가자 곧바로 절벽의 가장자리였고, 그 높이는 적어도 오십 피트는 되는 것 같았지. 그 절벽은 내게 생소했고, 따라서 이 곳은 내 목표였던 숲의 오른편이 아니라는 것을 알 수 있었네. 그러나 이제 내가 바라는 것은 단지 숲에서 벗어나 마을을 찾아내는 것뿐이었기에, 나는 내려갈 길을 찾아서 절벽을 죽 따라갔네. 틈새라곤 발견하지 못한 채 걷고 있는 사이 어느새 무성한 잡목 숲이 앞을 가로막고 있더군. 발걸음을 돌리려고 할 때, 나는 몇 야드 아래의 절벽 자락에 자라난 크고 날씬한 나무의 초록색 꼭대기를 보았고, 빠져 나갈 기회를 찾았다는 생각이 들었지. 곧바로 땅에 떨어져 버린다면 더욱 고통스럽고 질질 끌며 죽어갈 거라는 두려움에도 불구하고 나는 발아래 무성한 잎사귀들 속으로 몸을 던졌고, 떨어지면서 필사적으로 나무의 잔가지를 움켜잡았네. 순간 몸이 무언가에 매달린 것 같더군. 그러나 가지들은 내 무게를 이기지 못하고 차례로 부러져 갔고, 그 후로 아주 희미하게 떠오르는 기억은 내가 순식간에 떨어지면서 의식을 잃었다는 것뿐이라네.

CHAPTER 7

의식이 돌아오자마자, 나는 혼곤하게나마 내가 부상당해 움직일 수 없는 상태로 어딘가에 누워 있다는 것을 느낄 수 있었지. 비록 밤이었지만 끊임없이 떨어지는 눈부신 번갯불 때문에 눈을 꼭 감고 있어야 했네. 다친 온몸이 쑤셔 왔지만, 적어도 그 곳은 따뜻한 데다 물기도 없었지. 그리고 내 눈을 부시게 했던 것은 번개가 아니라 화톳불이었어. 서서히 주위의 물건들이 눈에 들어왔네. 내가 누워 있는 곳에서 몇 피트 떨어진 진흙바닥 위에 불이 타오르고 있었지. 그 앞에 있는 통나무 장작 위에 어떤 사람이 쭈그린 채 걸터앉아 있더군. 노인이었는데, 턱은 가슴에 파묻고 무릎을 껴안은 손은 깍지를 끼고 있었지. 내게는 그의 이마와 코의 일부분만이 보였네. 거칠고 뻣뻣한 회색 머리와 어두운 갈색 피부를 보니 인디오인 것 같더군. 내가 있는 곳은 양쪽 벽이 바닥에서 이 피트 밖에 올라오지 않은 널따란 오두막이었네. 그러나 오두막 안에는 해먹이 없었고 활이나 창도 없었으며 가죽도 전혀 없어, 내 아래에도 가죽 대신 골풀로 짠 돗자리가 깔려 있더군. 밖에서는 여전히 폭풍소리가 요란했네. 쏴쏴 첨벙첨벙 비 떨어지는 소리, 이따금 멀리서 들려 오는 천둥의 신음소리 그리고 바람소리도 들렸네. 바람은 나무 사이에서 흐느끼며 가끔씩 휙 새어 들어와 노인의 발에 하얀 재를 날리고, 노란 불꽃을 깃발처럼 나부끼게 했지. 이제 나는 폭풍우가 시작되었던 것, 숲 속의 소녀, 뱀에 물린 일, 숲에서 빠져 나가려고 안간힘을 썼던 것 그리고 마지막으로 벼랑에서 뛰어내린 것까지 기억할 수 있었네. 독사의 이빨에도, 그 후의 위험한 추락에도 죽지 않았다는 것이 기적처럼 느껴지더군. 그렇다면 이 끔찍한 폭풍과 어둠 속의 고립된 장소에서 정신을 잃고 누워 있는 나를 동료 인간이 구해 준 것이로구나! 물론 야만인이겠지만, 어쨌든 나를 죽음에서 구해 준 선한 사마리아인이 아닌가! 온몸이 쑤셨고, 통증이 더 심해질까 두려워 감히 움직일 수가 없었네. 게다가 머리도 깨질 듯이 아팠고. 그러나 좀 전과 같은 역경과 위험을 겪은 후라 이런 사소한 불편 따위는 아무것도 아닌 것처럼 느껴졌지. 내가 독사의 공격에서 회복되었거나 혹은 회복 중이라는 것, 내가 살아 있으며 죽지 않으리라는 것을 분명히 느낄 수 있었지. 그러자 내 마음은 감동으로 가득 찼고, 감사와 기쁨의 눈물이 솟구쳤네.

그럴 때면 인간은 자비로운 기분이 되어, 넘치는 행복을 주위 사람들에게 기꺼이 쏟아 부어 그들 또한 기쁘게 해 주고 싶어지지. 때문에 나는 내 목숨을 구해 준 장본인이라고 생각되는 내 앞의 노인에게 호기심과 연민을 느끼기 시작했네. 내 눈에 그는 누더기를 걸친 지독한 가난뱅이 늙은이였으며, 외로이 고립되어 무릎을 끌어안은 채 앉아 있는 그의 커다란 갈색 맨발은 주위에 흩어진 흰 재 때문에 더욱 검게 보였지! 내가 그에게 무엇을 해 줄 수 있을까? 그의 마음을 기쁘게 하려면 친절을 표현하는 어휘가 그토록 빈곤한 인디오의 언어로 어떻게 말해야 할까? 더 나은 말을 생각해 낼 수가 없어, 나는 무턱대고 큰 목소리로 외쳐 버렸네. "담배 피우시지요, 노인장! 왜 담배를 피우지 않나요? 담배가 얼마나 좋은데."

그는 놀라서 벌떡 일어서더니, 고개를 돌려 나를 응시하더군. 피부는 오래된 가죽처럼 갈색이었지만 턱수염과 콧수염이 있는 걸 보고, 그때서야 나는 그가 토종 인디오가 아니라는 것을 알게 되었네. 노인의 얼굴은 매우 특이해서, 마치 젊음과 늙음이 거기서 격전을 한바탕 벌인 것 같았지. 그의 이마는 매끄러웠지만, 중간을 죽 가로지르는 나란한 두 개의 주름이 이마를 세 부분으로 나누고 있었네. 활 모양의 눈썹은 잉크처럼 검고, 작고 까만 눈은 교활하게 빛나 흡사 야생의 육식동물을 떠올리게 하더군. 그런 부분들에서는 젊음이 고지를 점령하고 있었는데, 특히 눈은 유독 젊고 생생했지. 그러나 하관을 보면 나이를 속일 수 없어서 주름이 무척 많은 데다 콧수염과 턱수염은 엉겅퀴의 관모처럼 새하얗더군.

"아, 죽은 자가 다시 살아났군!" 그는 껄껄 웃으며 인디오 말로 외쳤네. 그러고는 스페인어로 덧붙이길, "하지만 당신이 가장 잘 아는 언어로 말해도 좋아요, 선생. 당신이 베네수엘라 사람이 아니라면 나를 올빼미라고 불러도 할 말 없소이다."

"그럼 노인장, 당신도?" 나는 말했네.

"아, 내가 옳았군요! 물론 선생, 나에 대해서는 얼굴에 쓰여 있지 않소. 설마 내가 이교도로 보이진 않겠지요? 나는 아프리카에서 온 흑인일 수도 있고, 영국인일 수도 있겠지만, 인디오는 절대 아니라오! 그러고 보니 방금 전에 선생께선 나에게 담배를 청하는 친절을 베풀어 주었지요. 하지만 선생, 가난한 소생은 담배가 없으니 어떻게 피울 수 있겠소?"

"담배가 없다고요? 기아나에서!"

"믿을 수 있겠소? 하지만 선생, 나를 탓하진 마시오. 다 자라 수확만 기다리던 작물들을 그 날 밤에 습격하여 망쳐 놓은 그 놈의 동물이 담배 대신 호박과 고구마를 가져 갔더라면 그 놈에게도 차라리 나았을 거요. 내가 퍼부은 저주가 효력이 있었다면 말이지만. 게다가 담배란 식물은 느리게 자란다오, 선생. 하루만에 수확할 수 있는 악마의 풀이 아니니까요. 그리고 숲 속에 있는 다른 잎들로 말하면, 나도 피

그린 맨션

우긴 합니다만 그런 걸로는 폐에 위안을 줄 수 없지요."

"내 담배쌈지가 가득 차 있어요." 나는 말했네. "외투 안에 있을 거예요, 잃어버리지 않았다면."

"이럴 수가!" 그가 외치더군. "얘 리마야, 물건들 중에 담배쌈지가 있더냐? 이리 주렴."

그때 나는 처음으로 오두막 안에 있던 다른 사람을 보았네. 젊고 날씬한 한 여자가 그늘에 살짝 가려진 채 화톳불 맞은편의 벽에 기대어 앉아 있더군. 그녀는 내 가죽벨트와 거기 달려 있던 권총집, 사냥칼, 그 외에도 주머니 안에 들어 있던 몇 가지 소지품들을 무릎 위에 얹어 놓고 있었지. 그녀가 집어들어 건네 준 쌈지를 노인은 놀랄 정도로 열렬하게 움켜잡았네.

"금방 돌려주마, 리마야." 그는 말했지. "우선 담배 한 개피 피우게 해다오, 그러고 나서 한 개비 더."

보아하니 그 선한 노인은 이미 내 소지품에 탐욕스런 눈길을 던지고 있었지만, 그의 손녀딸이 나를 위해 물건들을 지키고 있었던 듯했네. 하지만 어떻게 이 새침하고 시무룩한 소녀가 그로부터 물건들을 지킬 수 있었는지는 수수께끼였고, 그는 이제 완전히 담배 피우는 데 몰두하여 연기를 맹렬히 들이마신 뒤 십 내지 십오 초 정도 폐로 그 맛을 음미하다가, 이내 입과 코로 푸르스름한 연기구름을 만들고 있었네. 그의 얼굴은 희끄무레하게 흐려졌고, 그는 점점 쾌활하고 수다스러워져서는 내가 어찌 이 고립된 장소에 이르렀는지 캐물어대더군.
나는 그의 이웃에 사는 인디오 루니와 함께 지내고 있다고 말했네.

"하지만, 선생." 그가 말했지. "실례가 아니라면 말이지만, 어떻
게 당신처럼 고귀한 풍모를 지닌 베네수엘라 젊은이가 그 악마의 자
식들과 함께 살 수 있단 말이오?"

"그러고 보니 당신은 이웃들을 좋아하지 않는군요?"

"나는 그들을 안다오, 선생. 어떻게 좋아할 수 있겠소?" 그는 이
제 두 개피 혹은 세 개피째 담배를 말고 있었고, 나는 그가 필요량보
다 훨씬 많은 담배를 집어서 그 잉여분을 족족 자신이 걸친 누더기 속
어딘가에 있는 비밀 장소에 넣는 것을 알아차리지 않을 수 없었네.
"그들을 좋아하냐고요, 선생? 그들은 신의가 없고, 따라서 독실한 기
독교인이라면 그들을 혐오할 수 있지요. 그들은 강도요. 당신 면전에
서 당신의 것을 훔치면서도 부끄러움이라곤 전혀 없는 자들이지. 살
인마들이기도 하고. 용기만 있었다면 그들은 기꺼이 내 머리 위의 이
허름한 지붕을 불태우고 나와 이 가엾은 손녀아이를 죽였을 거요. 하
지만 그들 모두는 순전히 겁쟁이들이고, 내게 접근하거나 심지어 이
숲에 오는 것조차도 두려워하지요. 당신은 그들이 무엇을 두려워하는
지 알면 웃음을 터뜨릴 거요. 삼척 동자도 그걸 들으면 웃을 거야!"

그의 말이 무척이나 흥미를 돋우었기에 물어 보았네. "무엇을 두
려워하는데요?"

"맙소사 선생, 믿을 수 있겠소? 그들은 이 아이를 두려워한다오. 당신 앞에 앉아 있는 내 손녀 말이오. 열일곱 번째 여름을 지났을 뿐인 가엾고 순진한 소녀, 교리문답을 아는 기독교인인 데다 신께서 창조하신 어떤 하찮은 생물도 해치지 않는, 파리 한 마리조차 작다고 깔보지 않는 이 애를 말이오. 이보시오 선생, 이 애의 착한 마음씨 때문에 당신은 이 폭풍우 치는 밤에 바깥에 뒹구는 대신 여기서 안전하게 쉬고 있는 거라오."

"이 애라면, 이 소녀 말인가요?" 나는 놀라서 물었지. "설명해 주세요, 노인장. 어쩌다 나를 구하게 된 겁니까?"

"오늘, 선생은 스스로 부주의한 탓에 독사에게 물렸지요."

"그래요, 사실이에요. 하지만 어떻게 그 사건을 아시는지 모르겠군요. 그렇다면 어째서 나는 죽지 않았나요, 당신이 해독에 도움이 되는 어떤 조치를 나에게 취한 건가요?"

"천만예요. 물린 지 그렇게 오래 됐는데 무얼 할 수 있었겠소? 고립된 장소에서 뱀에게 물렸을 때 그의 목숨은 신의 손에 달린 거요. 그는 신의 뜻에 따라 죽거나 살 테지요. 아무것도 해 줄 수 없다오. 하지만 분명 선생은 숲에서 뱀에게 물렸을 때 내 불쌍한 손녀가 곁에 있었던 걸 기억하지요?"

"소녀가 하나 있었어요. 숲을 헤매기 전에 나는 이상한 소녀를 봤고 그녀의 말도 들었지요. 그러나 이 소녀는 아니었어요, 분명히!"

"다름 아닌 이 애라오." 그는 조심스럽게 새 담배를 말며 말했지.

"그건 불가능해요!" 나는 우겼네.

"이 애가 거기 없었다면 선생은 끝장났을 거요. 당신은 뱀에 물린 다음 숲이 가장 무성한 곳으로 뛰어들어가 한참 동안이나 정신 나간 사람처럼 왔다갔다하며 같은 곳을 빙빙 돌기만 했으니까. 하지만 이 애는 당신을 떠나지 않고, 계속해서 따라다녔다오. 당신이 손을 내밀었다면 닿았을 거요. 그리고 마침내 당신을 수호하는 어느 선한 천사가 당신의 돌진을 멈추게 하려고 했는지, 당신은 머리가 확 돌아 절벽 아래로 뛰어내리고는 정신을 잃었지. 당신이 땅에 떨어지자마자 이 애가 곁으로 다가갔소. 어떻게 이 애가 절벽을 내려올 수 있었는지는 묻지 마시오! 그녀는 당신을 절벽에 기대어 놓은 뒤 나를 부르러 왔소이다. 떨어진 장소가 가까워서 다행이었지. 문에서 오백 야드도 안 된다오. 나도 당신을 구하기 위해 기꺼이 이 애를 도와 주었소. 이 애는 그 종족들을 좋아하지도 않고, 그들은 또 여기 오지도 않으니 떨어진 사람은 분명 인디오가 아닐 거라고 생각했지요. 당신의 무게 때문에 만만한 일은 아니었지만, 우리는 그럭저럭 당신을 끌어 올 수 있었소."

그가 얘기하는 동안 소녀는 눈을 내리깔고 손을 무릎 위에 얹어 놓은 채 처음 보았을 때와 똑같은 무심한 태도로 계속 앉아 있더군. 숲에서 뱀을 보호하려 들었고 그 놈의 화를 잠재웠던 그 눈부신 존재를 떠올리면서, 나는 그의 말을 믿기 힘들었고 여전히 다소 의구심을 느꼈다네.

"리마. 그게 당신 이름이죠, 맞나요?" 나는 말했지. "이리 와서 내 앞에 서 줄 수 있겠어요, 당신을 가까이에서 볼 수 있게?"

"네." 그녀는 수줍게 대답한 뒤 무릎 위에 있던 것들을 내려놓고 일어서더니 노인 곁을 지나 내 앞에서 멈추었지만, 눈은 여전히 땅을 보고 있었네. 마치 겸손의 표상처럼.

그녀는 숲 속에서 본 소녀와 똑같이 생기긴 했지만, 이제는 닳아서 흐려진 면 원피스를 입고 있었고 뭉게구름 같던 머리칼은 두 갈래로 가지런히 땋아 등에 늘이고 있었네. 그녀의 얼굴은 예의 섬세한 윤곽을 드러냈지만, 두드러진 생명력이나 다채로운 색채와 표정은 흔적도 없이 사라져 버렸지. 조용히 수줍어하며 생기 없는 모습으로 서 있는 그녀를 바라보노라니 좀 전의 눈부신 모습이 가슴속에 생생하게 살아와 나는 그 대조에 놀라움을 금할 수 없었다네.

자네는 꽃들 사이의 허공에서 움직이며 춤추는 벌새의 빛깔이 각도에 따라 살아 있는 무지갯빛 보석처럼 변하는 모습을 본 적이 있나? 몸을 돌릴 때마다 광택이 흐르는 목깃이 초록빛과 황금빛의 불꽃처럼 반짝이고, 눈앞에서 조각조각 부서진 햇살이 깃에 떨어지는 족족 녹아들며, 그것이 또 다시 되풀이되는 모습을? 그 영묘한 형체와 변화무쌍한 광채, 날랜 움직임과 중간중간 공중에 정지해 있는 모습을 보노라면 요정인 양 어찌나 사랑스러운지, 언어로 묘사하는 것이 헛되게 느껴지지. 그럼, 그 요정 같은 생물이 희끄무레한 날개와 부채처럼 펼쳐진 꼬리를 갑자기 접고, 무지갯빛 광휘도 온데간데없이 사라져 마치 새장에 얌전히 앉아 있는 흔해빠지고 수수한 새처럼 잔가지에 올라앉아 있는 모습을 본 적이 있나? 숲에서 본 소녀의 모습과 연기 가득한 지붕 아래에서 화톳불 빛에 비춰 본 소녀의 모습은 그만큼이나 달랐다네.

한동안 그녀를 바라보다가 나는 말했지. "리마, 당신은 겉보기엔 매우 여리지만 퍽이나 힘이 센 모양이군요. 나를 조금만 일으켜 주겠어요?"

그녀는 한쪽 무릎을 구부리고 내 몸에 팔을 두르더니 일으켜 앉혀 주었네.

"고맙소, 리마. 아얏!" 나는 신음했지. "내 가엾은 몸뚱이에 안 부러지고 남은 뼈가 있기는 한 건가요?"

"모두 멀쩡하오." 노인은 외쳤고, 그와 함께 입에서 연기가 구름처럼 흘러나왔지. "내가 잘 살펴보았소. 다리랑 팔이랑 갈비뼈 모두. 선생이 가시덤불에 떨어진 덕에 납작하게 뭉개지는 걸 면한 게요. 하지만 멍들어서 여기저기 얼룩덜룩한 것은 사실이오. 당신 피부에는 가시에 긁힌 자국이 책에 쓰인 글씨보다 더 많다오."

"길다란 가시가 뇌를 파고든 것 같군요. 머리가 아픈 걸 보니. 내 이마를 만져 봐요, 리마. 매우 뜨겁고 메말라 있지 않나요?"

그녀는 내 말에 따라 서늘하고 작은 손을 살짝 이마에 대었지. "아니오, 선생님. 뜨거운 게 아니라 따뜻하고 축축해요." 그녀는 말했네.

"그렇다면 천만다행이에요!" 나는 말했지. "가엾어라! 그러고 보니 그 끔찍한 폭풍 속에서 줄곧 나를 쫓아 숲 속을 헤맸군요. 아, 내가 멍든 팔을 들어올릴 수만 있다면 너무도 큰 도움을 베풀어 준 당신의 손에 키스를 하겠지만……. 당신은 내 생명의 은인이에요, 사랑스런 리마. 그토록 무거운 빚을 갚으려면 어떻게 해야 할지……."

노인은 유쾌한 듯 쿡쿡 웃었지만, 그녀는 눈을 들지도 입을 열지도 않았네.

"말해 봐요, 사랑스런 아가씨. 나는 아직도 믿을 수가 없군요. 내가 죽이려고 했던 독사의 목숨을 구한 것이 정말로 당신인가요? 숲 속에서 발치에 기댄 뱀과 함께 내 곁에 서 있던 것이 당신이었어요?"

"네." 그녀는 부드럽게 대답했네.

"그러면 어느 날 숲 속에서 보았던, 땅에 누워 작은 새와 놀고 있던 것도 당신이에요?"

"네."

"그리고 숲 속에서 종종 나를 따라다녔고, 나를 부르면서도 항상 숨어서 모습을 드러내지 않았던 것도 당신이었고?"

"네."

"아, 그럴 수가!" 나는 경탄하여 외쳤고, 그러자 노인은 다시 쿡쿡거리더군.

"하지만 말해 주겠어요, 사랑스런 아가씨." 나는 말을 이었네. "당신은 한 번도 내게 스페인어로 말한 적이 없어요. 그럼 당신이 쓰곤 했던 그 기묘하고 음악적인 언어는 뭐지요?"

그녀는 이 질문에 수줍은 시선으로 나를 흘끗 쳐다보며 난감한 표정을 지었을 뿐, 대답하지 않았네.

"선생." 노인이 말했지. "그 질문에 대해서는 내 손녀는 대답할 수 없소이다. 하지만 선생, 대답하기 싫어서가 아니오. 내 입으로 말하긴 뭣하지만, 얘는 착실하고 고분고분한 아이니까. 하지만 내가 지금 당신에게 해 주는 말 이상의 대답은 없다오. 즉 모든 피조물은 사람이건 새이건 신이 부여한 목소리를 갖고 있고, 어떤 이들의 목소리는 음악적이지만 또 어떤 이들은 그렇지 않다는 거요."

"잘 알겠습니다, 노인장." 나는 혼자 중얼거렸지. "그 문제는 우선 덮어두기로 하지요. 하지만 내가 죽지 않고 살아 남게 된다면, 지나치게 단순한 당신의 대답에 만족한 채 있지는 않을 거예요." 그리고 나는 말했네. "리마, 지쳤겠군요. 여기 계속 서 있게 하다니 내가 어리석었어요."

그녀는 잠시 밝은 표정을 지었지만, 다시 고개를 숙이고 낮은 소리로 대답하더군. "저는 지치지 않았어요. 이제 뭔가 먹을 것 좀 갖다 드릴게요."

그녀는 민첩하게 불가로 가서는 구운 호박과 고구마를 흙그릇에 담아서 곧 가져 왔고, 내 곁에 무릎을 꿇고는 작은 나무 숟가락으로 솜씨 있게 먹여 주었네. 고기도, 인디오들이 즐겨 쓰는 매운 양념도 없다는 것에 아쉬워하기는커녕 음식에 소금간이 되어 있지 않다는 것조차 알아차리지 못한 채, 나는 음식을 먹여 주는 그녀의 아름답고 섬세한 얼굴을 보는 데만 정신이 팔려 있었지. 그녀의 숨결에서 느껴지는 독특한 향기가 그 어떤 진수성찬보다도 달게 느껴졌네. 그리고 숟가락을 내 입에 갖다 댈 때마다 잠시나마 그녀의 눈을 바라볼 수 있는 것 또한 기쁨이었지. 그녀의 눈은 잔을 들었을 때 자주색 안에서 루비 같은 광채가 반짝 빛나는 포도주처럼 짙은 색이었네. 그러나 그녀는 시종일관 묵묵히 소심하고 부자연스러운 태도를 고수하더군. 눈부시게 분노를 터뜨리며 신랄한 독설을 한바탕 쏟아내던 그녀의 모습을 떠올리면서, 나는 그녀의 변화와 그 양면적 모습에 그저 감탄할 뿐이었네. 내 식사가 끝나자, 그녀는 내가 있는 방에서 자신의 잠자리를 나누기 위해 쳐 놓은 짚자리를 들어올리고 조용히 사라졌네.

노인의 잠자리는 방 건너편에 있는 나무 단집 혹은 평상(平床) 같은 것이었지만, 그는 서둘러 자러 가는 대신 리마가 물러가자 불에 새 통나무를 집어넣고 또 다시 담뱃불을 붙였네. 그때쯤엔 그가 얼마나 담배를 피웠는지 헤아릴 수도 없을 정도였지. 그는 무척 수다스러워 졌고, 그때까지는 방에 있는 줄도 몰랐던 두 마리의 개를 곁으로 불러서 내게 보여 주더군. 그들의 이름은 나를 무척 유쾌하게 했네. 수지오와 골로소, 즉 더러움과 탐욕스러움이었지. 그 야수들은 거친 노란 털이 난 데다가 무뚝뚝하게 생겨서 썩 맘에 들진 않았지만, 그의 말에 따르면 일반적인 개들의 덕목을 모두 갖추고 있다더군. 그가 개에 대한 이야기를 계속 늘어놓는 사이 나는 스르르 잠이 들었네.

CHAPTER 8

아침이 되었지만 나는 온몸이 뻣뻣하고 욱신거려 움직일 수가 없었고, 다음날이 되어서야 가까스로 기어 나와 나무 그늘에 앉을 수 있었지. 나의 늙은 주인 누플로는 개들을 데리고 나갔고, 손녀에게 내 시중을 들라고 일러두었더군. 그녀는 내게 음식을 먹여 주고 마실 것을 주기 위해 두세 번 나타났지만, 여전히 지난밤 오두막에서 보았을 때처럼 아무 말 없이 딱딱한 태도였네.

오후 늦게 누플로 영감이 돌아왔지만, 어디에 갔다 왔는지는 말해 주지 않았네. 얼마 후 리마는 다시 나타났고, 언제나처럼 과묵한 태도에 빛 바랜 면 원피스를 입고 숱 많은 머리를 땋아 내린 차림이었지. 나의 호기심은 점점 더해졌고, 그녀의 내력에 대한 수수께끼를 파헤치고 말겠다는 결심을 했네. 그녀는 무슨 말에도 대답하지 않았지만, 이제 누플로가 돌아왔으니 싫증날 때까지 얘기를 나눌 수 있었지. 그는 여러 가지 얘기를 해 주었지만, 정작 내가 듣고 싶었던 것은 쏙 빼 버리더군. 그가 가장 즐기는 화제는 아마도 세상을 다스리는 신성한 정부 즉 '신의 정치'와 그것의 명백한 결함, 다시 말해 집행 과정에 끼여들게 되는 수많은 부작용인 듯했네. 노인은 고국에서 그의 계급에 있는 대부분의 사람들이 그렇듯 종교적이었지만, 하나님에서부터 달력에나 이름이 나오는 하찮은 성자에 이르기까지 천상의 권위를 마구잡이로 헐뜯는 데 탐닉하고 있었지.

"그런 것들은 말이오, 선생." 그는 이렇게 말하더군. "제대로 되어먹질 않았소. 나를 한 번 보시오. 내가 지은 죄 때문에 여기 황야에서 불쌍한 손녀와 함께 살고 있소마는……."

"그녀는 당신 손녀가 아니잖아요!" 나는 그가 놀라서 엉겁결에 사실을 말할지도 모른다는 생각에 갑자기 끼여들었지.

그러나 그는 대답하기 전에 뜸을 들이더군. "선생, 우리는 세상의 그 무엇도 확신할 수 없소. 절대적인 확실함이란 없다오. 그러니 언젠가 당신은 결혼할 것이고, 적절한 때가 되면 아내는 당신의 재산을 상속받고 가문을 번창시킬 아들을 낳아 주겠지요. 그렇다 해도, 선생. 이승에서는 그가 정말로 당신의 아들인지 알 길이 없을 서요."

"하던 말이나 계속해 보시죠." 나는 점잖게 대꾸했네.

"여기서 우리는 이 땅에 살도록 던져져서 불신자들로부터 제대로 보호받지도 못하고 있소. 이는 경악스러운 범죄이지만, 독실한 믿음을 지녔고 전능자의 충실한 백성인 자에게는 적절한 가르침을 주지요. 신이 업무를 돌보는 데 태만해지고 있으며 신망을 잃고 있다는 것을 겸허하게 지적할 수 있도록 말이오. 그렇다면 선생, 그러한 현상의 근저에는 무엇이 있겠소? 편애지요. 우리는 절대자가 모든 곳에 편재하면서 세계에서 일어나는 사소한 일들에 일일이 신경 쓸 수 없다는 것을 알고 있소. 물론 모든 일이 그의 소관이고, 따라서 그는 베네수엘라의 대통령이나 브라질의 황제처럼 인간들 – 원한다면 천사라고 해도 좋소 – 을 지명해서 자신의 의무를 수행하고 각자 맡은 구역을 지켜보게 해야 한다오. 그런데 기아나에는 적절한 인물이 지명되지 않은 것이 명백하오. 모든 악이 행해지지만 해결책은 없고, 기독교인도 불신자들 이상으로 신의 배려를 받지 못하고 있으니까. 이봐요, 선생. 나는 오리노코 근처 마을에 있는 어느 교회에서 돌로 만들어진 사람 두 배 크기의 미카엘 대천사상을 본 적이 있소. 그는, 악어처럼 생겼지만 박쥐 날개가 달렸고 머리와 목은 뱀처럼 생긴 괴물 위에 한 발을 올려놓고 그 놈에게 창을 찔러 넣고 있었지. 그런 사람이 이 지역을 다스리도록 보내져야 하오. 단호하고 굳건하며 손아귀에 힘이 있는 자 말이오. 아마도 미카엘 대천사는 다른 약한 자들이 이 곳을 다스리도록 보내지는 동안 – 이런 말을 해도 신께서 용서하실지 모르지만, 뇌물과 관련이 없긴 않을 거요 – 궁전 안을 왔다갔다하고 엄지손가락을 배배 꼬면서 자신이 지명받기를 기다리고 있을 테지요."

그는 이런 이야기를 몇 시간이나 늘어놓곤 했네. 그는 외딴 곳에서 살아가면서 이와 같은 고원한 문제를 사색해 왔고, 비통함을 토로하며 자신의 견해를 피력할 기회가 생긴 것에 기뻐했지. 처음엔 스페인어를 다시 듣는 것만으로도 기뻤고, 게다가 노인은 글을 잘 몰랐지만 말솜씨는 유창했다네. 이건 우리나라에서는 흔한 일로, 농민들의 민활한 지성과 시적 감정이 종종 배움의 결핍을 만회하기 때문이지. 그의 견해는 새로운 것은 아니었지만 흥미로운 것은 사실이었네. 하지만 얼마 후엔 그의 말을 듣는 것에 질려 버렸지. 그럼에도 나는 얌전히 귀를 기울이고 맞장구를 치며 그가 하고 싶은 말을 모조리 토로하도록 유도했네. 언젠가는 그가 사적인 얘기를 하게 되어 자신의 내력과 리마의 출생에 대해 얘기해 주지 않을까 하는 소망 때문이었지. 그러나 그 소망은 헛된 것이었네. 아무리 교묘하게 떠보아도 그는 힌트가 될 만한 말 한 마디 떨구지 않았으니까.

'맘대로 하라지.' 나는 생각했네. '하지만 노인장, 당신이 교활하다면 나 역시 교활하게, 그리고 끈질기게 굴 겁니다. 기다리는 자가 모든 것을 얻게 마련이니까.'

그는 서둘러서 나를 쫓아내려고 하지는 않았지. 오히려 인디오들과 지내느니 자신의 지붕 아래 있는 것이 안전하지 않겠느냐는 암시를 주었고, 고기를 주지 못하는 것에 대해 사과하기도 했네.

그린 맨션

"하지만 왜 고기가 없다는 거지요? 이 숲처럼 동물이 많고 온순한 곳을 본 적이 없는데요."

그가 대답하기 전에 리마가 샘에서 길어 온 물단지를 손에 들고 들어왔네. 그는 나를 힐끗 보며 손가락을 쳐들어 그런 얘기는 그녀가 있을 때 해서는 안 된다는 사실을 알리더군. 그러나 그녀가 나가자마자 그는 그 문제로 돌아갔지.

"선생." 그는 말했네. "뱀 때문에 겪은 고난을 잊었소? 그렇다면 내 손녀가 나에게 만일 살아 있는 생물에 손을 댄다면 단 하루도 같이 살지 않겠다고 말했다는 것쯤은 아셔야지. 선생, 우리에게는 하루하루가 사순절이오. 다만 생선이 없을 뿐이지. 우리에게는 옥수수와 호박과 카사바와 감자가 있고, 그걸로 충분하오. 저 애는 집안에선 거의 먹지 않소. 땅에서 거둔 그런 작물조차도. 숲 속을 돌아다니면서 여기저기서 모은 야생딸기와 수지가 좀더 입맛에 맞는다고 하더군요. 그리고 나는 말이오, 저 애를 정말로 사랑하기 때문에 저 애의 의견을 존중하여 어떤 짐승도 죽이지 않고 고기도 먹지 않소이다."

나는 그를 바라보며 믿을 수 없다는 미소를 지었네. "노인장, 그럼 당신의 개들은요?"

"내 개들 말이오? 선생, 그 놈들은 냄새가 아무리 강한 영양이 앞을 가로질러 가도 멈추거나 돌아보지 않는 녀석들이라오. 주인이 하는 대로 개도 따르기 마련이지. 베네수엘라에서도 입맛이 없을 때면

120

풀을 뜯어먹는 개들을 볼 수 있지 않소? 이 사나운 동물들도 스스로를 채식에 길들일 수 있다오."

그에게 거짓말하지 말라고 말할 수는 없었기에 - 그래 봤자 좋을 것이 없을 듯했으니까 - 나는 맞장구를 쳐 주었지. "분명 당신이 옳겠지요. 중국의 개들은 고기를 먹지 않는 대신 밥을 먹고, 그렇게 살이 찌면 주인에게 잡아먹힌다고 들었어요. 당신의 개들 중 한 마리를 먹고 싶은 마음은 없나요?"

그는 개들을 쳐다보며 차갑게 대답했네. "보시다시피 저 놈들은 비쩍 말랐소."

"마른 것보다는 냄새가 더 신경 쓰이는군요." 나는 대답했지. "이 놈들이 가까이 다가올 때 나는 냄새는 꽃향기가 아니라 오히려 카라카스의 응접실에서도 내 예민한 코에 거슬리던, 고기를 먹고사는 보통의 개들 냄새와 비슷하던데요. 목장에서 돌아오는 가축 떼의 냄새 같지는 않더군요."

"모든 동물은 그 종 특유의 냄새를 풍기는 법이라오." 그의 이 말은 반박할 수 없는 사실이라 나는 입을 다물어 버렸지.

편히게 걸어다닐 수 있을 정도로 사지에 힘이 회복되자 나는 숲으로 산책을 갔네. 분명 리마가 따라올 것이었고, 숲 속에서는 그녀도 집안에서의 부자연스럽고 수줍은 태도를 던져 버릴 거라고 생각했지.

바로 내가 기대했던 대로였네. 그녀는 말 그대로 항상 내 곁에,

최소한 부르면 들을 수 있는 거리에 있었고, 그녀의 태도 역시 내가 바란 대로 한결 자유롭고 거침없었지. 그러나 달라진 것은 거의 없다시피 했네. 그녀는 다시금, 헤매는 듯한 감미로운 목소리를 통해 알게 된 매혹적이고 종잡을 수 없으며 신비롭기만한 존재가 되어 있었으니까. 다른 점이라고는 음악적이고 자연스러운 그 노래를 듣기가 더 힘들어졌고, 그녀가 모습을 드러내기를 두려워하지 않는다는 것뿐이었네. 얼마 동안은 그것만으로도 행복할 수 있었지. 그보다 더 아름다운 존재, 아무리 바라봐도 항상 생생한 매력을 유지하는 그런 존재를 본 적이 없었으니까.

그러나 나는 그녀를 계속 곁에 둔다거나 바라본다는 것이 불가능하다는 사실을 알게 되었네. 그녀는 바람처럼 분방하게, 날아다니는 나비처럼 마음 내키는 대로 이리저리 오고 갔기에 한 시간에도 수십 번씩 모습을 감추곤 했으니까. 그녀로 하여금 얌전히 내 곁에서 걷게 하거나 앉아서 나와 얘기하게 하는 것은, 반짝 나타나 잠시 눈앞의 허공에 매달린 듯 움직이지 않다가 어느새 사라져 버리는 작고 맹렬한 벌새를 길들이는 것만큼이나 불가능해 보였네.

마침내 나는 그녀가 나를 이끌어 숲 속을 헤매 다니는 것을 제일 좋아한다는 것, 그녀의 새 같은 야성에도 불구하고 부드럽고 잘 감동하는 인간다운 성질을 가졌다는 것을 분명히 알게 되었네. 그래서 나는 사소하고 악의 없는 모종의 작전을 통해 그녀와 좀더 가까워지기로 마음먹었지. 아침에 함께 나서자마자 나는 특별한 이유도 없이 그녀를 몇 번이고 불렀고, 고통스럽거나 슬픔에 짓눌린 것처럼 가라앉은 태도를 취하기 시작했네. 마침내 마른 땅에 곱고 노란 모래가 깔려 있고, 나무뿌리가 걸터앉기 좋게 땅 위로 튀어나와 있는 장소를 발견한 나는 주저앉으며 더 이상 갈 수 없다고 말했네. 그녀는 계속 나를 끌고 나아가려고 했고, 내가 멈출 때마다 다시 모습을 드러내어 그 이상한 언어로 나를 꾸짖거나 달래는 것이었네. 그녀의 자질구레한 수단들도 이제 소용이 없었지. 나는 여전히 뺨을 손으로 받치고 앉은 채 발치의 모래밭에 시선을 고정시키고 그 작은 입자들이 태양 빛을 받아 다이아몬드 부스러기처럼 반짝거리는 모습을 바라보고 있었네. 그런 식으로 한 시간이 지났고, 그 동안 나는 내내 마음속으로 다짐했지. '이것은 우리 둘의 시합이야. 남자는 참을성 있고 의지력이 강하니 이겨야 해. 지금 내가 이긴다면 앞으로도 일이 쉬울 거야. 알아내기로 결심한 것들을 쉽게 알아낼 수 있을 테지. 그녀에게서 알아내야 해. 노인은 아무짝에도 쓸모 없다는 걸 알았으니까.'

그 동안 그녀는 계속 나타났다 사라졌다 했지만, 마침내 내가 움직이지 않을 작정이라는 것을 알고는 다가와서 내 곁에 섰네. 그녀의 얼굴을 흘끗 보니 상당히 걱정스런 표정이었지. 걱정스러우면서도 호기심이 어린 그런 표정.

"이리 와요, 리마." 나는 말했네. "잠시 나와 함께 있어요. 지금은 따라갈 수가 없군요."

그녀는 머뭇거리며 한두 걸음 다가오다가 다시 멈춰 서더군. 그러나 마침내 그녀는 느릿느릿 내키지 않는다는 듯 일 야드 앞까지 다가왔네. 그러자 나는 그녀의 얼굴을 더 잘 볼 수 있도록 앉아 있던 뿌리 위에서 일어나 거친 나무껍질 위에 팔을 짚었지.

"리마." 나는 나지막하고 달래는 목소리로 말을 꺼냈네. "여기 잠시 나와 함께 있으면서 얘기를 나눠 주겠어요? 나도 이해할 수 있게, 당신의 언어가 아니라 내 언어로. 내가 얘기하면 거기에 귀기울이고 대답해 줄 건가요?"

그녀는 입술을 움직였지만 아무 말도 흘러나오지 않았고, 느슨한 머리채를 흔들어 뒤로 넘기고는 발 밑의 반짝거리는 모래 속에서 작은 발가락을 꼼지락거리며 한두 번씩 수줍은 시선을 던지더군.

"리마, 내게 대답하지 않는군요." 나는 물고 늘어졌지. "'네' 라고 말하겠어요?"

"네."

"당신의 할아버지는 개들과 함께 나가면 하루 종일 어디서 지내는 거지요?"

그녀는 머리를 가볍게 흔들뿐 대답은 하지 않았네.

"당신은 어머니가 없나요, 리마? 어머니를 기억해요?"

"어머니! 어머니!" 그녀는 낮은 소리로, 그러나 갑자기 놀라운 생기를 담아 외쳤네. 내게 더 가까이 수그리며 그녀는 이렇게 속삭였지. "아, 어머니는 돌아가셨어요! 그녀의 몸은 땅속에서 먼지가 되었어요, 이것처럼요." 그녀는 고운 모래를 발로 휘저으며 말을 이었지. "어머니의 영혼은 저 위 별들과 천사가 있는 곳에 계시다고 할아버지는 말하세요. 하지만 그게 저랑 무슨 상관이죠? 나는 여기 있어요. 그렇지 않나요? 나는 어머니가 여기 계신 것처럼 얘기를 해요. 내가 본 모든 것들을 가리켜 보이며 생각한 모든 것을 말해 드리지요. 낮에 숲 속에서 우리는 함께 있어요. 그리고 밤에 누우면 나는 두 팔을 이렇게 가슴에 포개고 '어머니, 어머니, 이제 제 품안에 계시군요. 우리 함께 잠들어요'라고 말하지요. 가끔 이렇게 말할 때도 있지만요. '아, 왜 어머니는 아무리 얘기하고 얘기해도 대답해 주지 않으시는 거죠?' 어머니 … 어머니 … 어머니!"

그녀의 목소리는 갑자기 높아져서 비통한 울부짖음이 되었다가 이내 잦아들더니, 마지막의 '어머니' 한 마디는 들릴 듯 말 듯 나지막했네.

"아, 가엾은 리마! 돌아가신 어머니는 당신의 이야기를 들을 수도 또 대답할 수도 없어요. 내게 얘기를 해요, 리마. 나는 살아 있고 대답할 수 있어요."

그러나 갑작스레 걷힌 그녀의 마음을 가렸던 구름은 그 깊고 신비로운 심연 즉, 그토록 천진난만하고 격렬한 상상을 들여다보게 해 주고는 어느새 다시 드리워져 있더군. 그녀는 내 말에 대답하는 대신 다시 괴로운 표정을 지었지.

"여전히 입을 다물 건가요?" 나는 말했네. "그럼 내게 어머니 얘기를 해 줘요, 리마. 그녀를 언젠가 다시 만나게 되리라고 믿나요?"

"네, 내가 죽으면요. 신부님이 그렇게 말씀하셨어요."

"신부님?"

"네, 보아에서요. 알고 계신가요? 내가 어렸을 때 어머니는 거기서 돌아가셨죠. 그 곳은 매우 멀리 있어요! 그리고 강가에는 열세 채의 집이 있지요. 강가의 이쪽 편에요. 그리고 반대편에는 나무들, 나무들뿐이었죠."

그것은 중요한 이야기였네. 나는 이 이야기가 알고 싶었던 바로 그 문제와 연결되어 있으리라 생각하고 그녀가 언급한 마을에 대해 좀더 말해 달라고 졸랐지만, 더 이상은 들을 수가 없었어.

"모두 말씀드렸잖아요." 그녀는 대답했고, 자신이 말한 그 몇 마디가 전부임을 몰랐다는 것이 놀랍다는 표정을 지었네.

나는 다른 방향에서 파고들기로 결심하고 과감히 말했지. "말해 줘요, 당신은 성모 마리아상 앞에서 무릎 꿇고 무엇을 기도하는 건가요? 당신의 할아버지가 당신이 자는 작은 방에 성모상이 걸려 있다고 하더군요."

"아시잖아요!" 그녀의 대답은 차라리 격분에 가깝게 터져 나왔네. "모두 저기 있지요, 저기에 있다고요." 그녀는 오두막을 향해 손을 휘휘 저어 보였네. "여기 숲 속에서는 그 모든 것이 사라져요. 이렇게." 그녀는 갑자기 몸을 굽혀 손바닥에 노란 모래를 한 줌 올려놓더니, 손가락 사이로 흘려 보냈지.

그녀는 문 밖에 나서면, 성모상의 시야에서 벗어나면 자신이 배워온 모든 것을 잊어버릴 수 있다는 말을 그렇게 전하고 있는 것이었네. 잠시 사이를 두고 그녀는 덧붙였지. "오직 어머니만이 여기 계세요. 항상 나와 함께."

"아, 가엾은 리마!" 나는 말했네. "홀로 어머니도 없이, 늙은 할아버지뿐이라니! 그는 늙었어요. 그마저 죽어 당신 어머니가 계신 별들의 나라로 가 버리면 당신은 어떻게 할 거예요?"

그녀는 의심스럽게 나를 바라보더니 나지막하게 대답했네. "당신이 여기 있잖아요."

"하지만 내가 가 버린다면?"

그녀는 말이 없더군. 그녀를 괴롭히는 듯한 화제에 머물고 싶지 않아서 나는 서둘러 말을 이었네. "그래요, 나는 지금 여기 있지만 당신은 나와 함께 있어 주지도, 마음을 터 놓고 얘기하지도 않잖아요! 내가 당신과 함께 머무른다 해도 항상 이럴 건가요? 왜 당신은 집인에선 언제나 말없이 있고, 할아버지에게 냉랭하게 대하는 거지요? 왜 그리다른 거예요, 숲 속에 홀로 있을 때 그리도 생기 넘치고 새처럼 노래하는 당신의 모습과는? 리마, 말해 줘요! 당신에게 나는 할아버지보다 못한 존재인가요? 내가 당신과 얘기하지 않았으면 좋겠어요?"

그녀는 내 말에 기묘하게 상처 입은 표정을 지으며 이렇게 내뱉었네. "아, 당신은 할아버지와 달라요. 할아버지는 하루 종일 불가의 통나무 위에 앉아 있지요, 하루 종일 말이에요. 골로소와 수지오는 그 곁에 누워서 끝없이 잠만 자고 있어요. 아, 당신을 숲 속에서 보았을 때 나는 당신을 쫓아갔고, 말을 걸고 또 걸었지만 대답이 없었어요. 왜 내가 불렀을 때 오지 않았나요? 내게로 말이에요!" 그러고는 내 목소리를 흉내내어 외쳤네. "리마, 리마! 이리 와요! 이렇게 해요! 그렇게 말해 봐요! 리마! 리마! – 이건 아무것도, 아무것도 아니에요. 이건 당신이 아니라고요." 그녀는 내 입을 가리키더니, 자신의 말이 분명히 이해되지 않았을까 봐 염려되는 듯 갑자기 내 입술에 손가락을 갖다 대었네. "왜 내게 대답하지 않지요? 내게 말해 봐요. 내게 말을 해봐요, 이렇게!" 그녀는 나를 향해 좀더 몸을 돌리더니, 순식간에 전혀 다른 눈빛으로 바라보았네. 그녀의 눈은 일순간 어두운 표정 대신 정묘한 부드러움을 띠었으며, 입술에서는 처음에 나를 매혹시켰던 그 신비로운 소리가 연이어 흘러나왔지. 그것은 재빠르고 나지막한 새의 지저귐 같았지만, 어떤 새의 노래보다도 더 고귀하며 심금을 울리는 무언가를 지니고 있었네. 아, 어떤 감정과 상상력이, 나로서는 생소한 어떤 재기 넘치는 표현들이 그 달콤하고 불가해한 언어에 담겨 있을

지! 나는 그것을 알 수도, 그리고 그녀가 부를 때 그녀에게 가거나 응답할 수도 없겠네. 내게 그 소리는 언제나 인간의 것이 아닌 부드럽고 영적인 음악처럼 느껴질 것이었네. 말이 부재하는 언어, 말보다도 더 많은 것을 영혼에 전달하는 언어로서 말일세.

그녀의 신비스러운 말소리는 속삭이는 소리로 잦아들어, 마치 나무의 가장 높은 가지에 있는 무성한 잎사귀들로부터 떨어져 내려오는 어느 작은 새의 희미한 지저귐처럼 변했네. 동시에 그녀의 눈빛이 변했고, 그녀는 실망한 듯이 얼굴을 반쯤 돌리더군.

"리마." 새로운 생각이 떠올라 나는 마침내 입을 열었네. "내가 여기에 없는 것은 사실이에요." 나는 그녀가 했듯 내 입술을 만지며 말했지. "그리고 내 말들은 아무것도 아니라는 것도. 하지만 내 눈을 들여다봐요. 그러면 당신은 보게 될 거예요. 내 마음속에 있는 그 모든 것을 말이에요."

"아, 나는 무엇을 보게 될지 알고 있어요!" 그녀는 재빨리 말했네.

"그게 무엇인지 말해 주겠어요?"

"작고 검은 구슬이 당신의 눈 가운데에 있지요. 그 안에는 이것보다 크지 않은 내 모습이 보이겠지요." 그녀는 자신의 자그마한 약지손톱을 가리키며 말했네. "숲 속에는 웅덩이가 있고, 내려다보면 거기에 내 모습이 보여요. 그 쪽이 더 나아요. 딱 나만큼의 크기니까요. 까맣고 작디작은 파리 같은 모습이 아니지요." 이렇게 말한 뒤 그녀는 다소 오만하게 내 옆에서 물러나 햇빛 속으로 뛰어들었네. 그러고는 내게로 반쯤 돌아서 처음엔 내 얼굴을, 그 다음엔 위쪽을 바라보다가 갑자기 손을 들어 무언가를 가리켰네.

저 높이, 가장 큰 나무의 꼭대기만큼 높은 곳에 커다란 푸른 날개를 가진 나비가 여유로운 모습으로 공중을 가로지르고 있었네. 얼마 안 되어 나비는 나무들을 넘어 사라졌지. 그러자 그녀는 다시 내게 돌아서서 까르르 웃음소리를 흘리더군. 그녀가 그렇게 웃는 것은 처음이었지. 그녀는 외쳤네. "자, 이리 와요!"

나는 기꺼이 그녀를 따라갔네. 그리고 그 후로 두 시간 동안 우리는 함께 숲 속을 헤매었지. 정확히 말하면 그녀를 내가 따라간 거지. 그녀는 항상 가까이 있긴 했지만 어떻게 해서든 자꾸 내 시야를 빠져나갔으니까. 그녀는 이제 분명 즐겁고 장난스러운 기분인 듯했네. 그녀가 부르는 소리가 들려 올 때마다 나는 몇 번이고 무성하게 자라난 덤불을 들여다보거나 나무 뒤를 내다보았고, 그러면 그녀의 구슬 같은 웃음소리는 어느새 다른 곳에서 들려 오고 있었네. 마침내 숲의 한복판쯤에 다다르자, 그녀는 잡풀이라곤 전혀 없는 공터를 널따란 그늘로 뒤덮으며 홀로 우뚝 서 있는 거대한 모라 나무로 나를 이끌고 갔네. 그 곳에서 그녀는 갑자기 내 곁에서 사라져 버렸지. 한동안 귀를 기울이고 둘러보아도 소용이 없어 나는 커다란 나무줄기 옆에 걸터앉아 그녀를 기다리기로 했네. 그러자 바로, 나지막하게 속삭이는 소리가 매우 가까이에서 들려 오더군.

"리마! 리마!" 나는 외쳤지만, 내가 부르는 소리는 즉시 메아리처럼 되돌아왔네. 몇 번이고 불렀지만 내 말은 여전히 되돌아올 뿐이었고, 나는 그것이 정말로 메아리인지 아닌지 확신할 수가 없었지. 마침내 나는 부르는 것을 포기해 버렸네. 그러자 곧 낮은 지저귐이 다시 들려 왔고, 나는 리마가 내 가까이 어딘가에 있다는 것을 알 수 있었네.

"리마, 어디 있어요?" 나는 불렀네.

"리마, 어디 있어요?" 목소리가 대답했지.

"나무 뒤에 있군요."

"나무 뒤에 있군요."

"당신을 붙잡고 말 거예요, 리마." 그러자 이번에 그녀는 내 말을 따라하는 대신 대답했지. "아, 안 돼요."

나는 벌떡 일어나 나무를 돌아갔고, 그녀를 잡을 수 있다고 확신했네. 나무 둘레는 삼십오 내지 사십 피트 정도 되었지. 그러나 두세 바퀴 째 나무를 돌고 나서 다른 방향으로 돌아도 그녀의 모습은 보이시 않았고, 나는 마침내 도로 앉아 버렸네.

"리마! 리마!" 내가 앉자마자 짓궂은 목소리가 다시 들려 왔네. "어디 있어요, 리마? 리마, 당신을 붙잡고 말 거예요! 당신은 그녀를 붙잡았나요?"

"아니오, 붙잡지 못했어요. 여기엔 리마가 없군요. 그녀는 무지 개처럼, 태양 아래의 이슬처럼 사라졌어요. 나는 그녀를 잃어버렸답니다. 잠이나 자야겠어요." 그리고 나는 나무 아래 몸을 길게 뻗고 이 삼 분 조용히 누워 있었네. 그러자 작고 살랑대는 소리가 들려 왔고, 나는 두리번거리며 열심히 그녀를 찾았지. 하지만 그 소리는 머리 위에 있는 거대한 나무에서 내 몸 위로 우수수 쏟아지기 시작한 무성한 나뭇잎들에서 나는 것이었네.

"아, 이 작은 거미원숭이, 작은 초록색 나무 뱀 같으니. 여기 있었군요!" 그러나 녹색과 구릿빛의 잎들이 흐릿한 휘장처럼 늘어져 있는 그 장대한 공중누각에 그녀의 모습은 보이지 않았네. 하지만 어떻게 저기까지 갔을까? 저 거대한 줄기 위로는 원숭이조차 올라갈 수 없을 터였고, 넓적한 수평의 가지로부터 땅에 드리워진 덩굴 같은 것도 없는데. 그러나 얼마 뒤 더 멀리 내다보니 나무의 가장 길고 낮은 가지가 다른 나무들의 짤막한 가지들과 맞닿아 얽혀 있는 것을 알 수 있었네. 위를 올려다보고 있는 내게 그녀의 나지막하지만 발랄한 웃음소리가 들려 왔고, 이어서 수평으로 튀어나온 가지 위에 두 발을 딛고 달려가는 그녀의 모습이 보이더군. 공포에 질려 심장이 멎는 듯했지. 그녀는 땅에서 오륙십 피트는 되는 곳에 있었으니까. 다음 순간 그녀는 무성한 나뭇잎들 속으로 사라졌고, 약 십분 가량 모습을 보이지 않다가 다시 모라 나무줄기로 돌아와서는 갑자기 내 곁에 나타났네. 그녀는 밝고 흥분한 표정이었고, 피로하거나 초조한 기색은 전혀 없었지.

나는 그녀의 손을 잡았네. 섬세하고 날씬하며 벨벳처럼 부드럽고 따뜻한 감촉을 가진, 실제 사람의 손이었지. 이렇게 손을 붙잡고 있는 동안에는, 그녀가 숲의 장난스러운 정령이나 디디의 딸이 아니라 실제 사람인 것처럼 느껴졌네.

"내가 당신 손을 잡는 게 좋나요, 리마?"

"네." 그녀는 무심하게 대꾸하더군.

"지금 이것은 나인가요?"

"네." 이번에는 순수하게 나의 한 부분과 접촉하고 있다는 사실이 어느 정도 만족스러운 듯한 어조였네.

그녀와 그토록 가까이 있는 것은 그녀가 숲 속에서 항상 입고 있는 가볍고 매끄러운 옷을 살펴볼 기회가 되었지. 새틴처럼 부드러운 감촉에 꿰맨 자국이나 솔기도 보이지 않았으며, 애벌레의 고치처럼 온전한 한 조각으로 만들어진 통옷이더군. 그녀가 입고 있는 옷의 어깨 부분을 만져 보며 유심히 들여다보고 있는 나를 그녀는 눈에 짓궂은 웃음을 띤 채 바라보았네.

"비단인가요?" 그녀가 아무 말도 하지 않았기에 나는 계속 물었지. "이 옷이 어디서 났어요, 리마? 스스로 만든 거예요? 말해 줘요."

그녀는 말로 대답하지는 않았지만, 내 질문을 듣자 이전에 보지 못했던 표정을 짓더군. 부산하고 다채로운 모습은 사라지고, 그녀는 석고상처럼 미동도 없이 서 있었지. 머리털 한 올조차 떨리지 않았고, 크게 뜬 눈은 멍하니 앞을 응시할 뿐이었네. 나는 그녀의 눈을 들여다 보았지만, 그녀의 눈은 나를 보고 있으면서도 나를 보고 있지 않았네. 마치 맑게 빛나는 거울처럼 가시 세계를 남김없이 반영하면서도 결코 우리의 시선에 대답하지 않고, 우리를 그림 전체를 구성하는 수천 개의 세부 요소 중 하나로밖에 여기지 않는 새의 눈처럼 말이야. 갑자기 그녀는 손을 불쑥 뻗었고, 내가 깜짝 놀라 물러서자 재빨리 손을 거두 더니 내 앞에 손가락을 처들어 보였네. 손가락 끝에, 핀 대가리의 두 배 정도 크기인 작고 가느다란 거미 한 마리가 섬세하여 거의 보이지 도 않는 실 끝에 매달려 있더군.

"봐요!" 그녀는 내 얼굴에 또렷한 시선을 던지며 외쳤지.

그녀가 잡은 작은 거미는 달아나려고 몸부림치다가 아래로 떨어 져 갔지만, 땅바닥에 닿지는 않았네. 어깨를 약간 앞으로 수그리고, 그녀는 손가락 끝을 거의 닿은 것 같지도 않게 거미 위에 살짝 대고 서, 한참 동안 나방이 날개를 팔랑대듯 재빠르게 움직였네. 거미는 계 속 실을 뽑아내며 매달린 채 땅에서 일정한 거리를 올라갔다 내려갔 다 하기를 반복했지. 얼마가 지나자 그녀가 외쳤네. "떨어지렴, 작은 거미야." 그녀의 손가락이 멈추자, 자그마한 포로는 떨어져서 그늘진 곳으로 사라져 버리더군.

"모르시겠어요?" 그녀는 이렇게 말하며 자신의 어깨를 가리켰네. 바로 그녀의 손가락이 닿았던 부분에 둥글고 반짝이는 점이 생겨 마치 옷 위에 은화가 올려져 있는 것처럼 보이더군. 하지만 손가락으로 만져 보니 그것은 본래 옷의 한 부분인 것처럼 느껴졌고, 다만 금방 새로 만들어져 빛 바랜 바탕보다 더 희고 반짝거릴 뿐이었네.

그러니까 지금까지의 흥미롭고 아름다운 묘기는 본능인 양 민첩하고 기민하게 이루어졌음에도 불구하고, 그녀가 작은 거미의 가늘고 미세한 실로 어떻게 옷을 만들어 냈는지 내게 알려 주려고 했던 것이었지!

내가 놀라움과 경탄을 표현하기도 전에 그녀는 갑자기 소스라치며 이렇게 외쳤네. "어머!"

그 순간 작고 거무스름한 형체가 튀어나와 진한 색으로 빛나는 모라 나뭇잎 위로 흐린 선을 긋는 듯 가로질러 갔고, 어느새 멀리 밝은 녹색의 나뭇잎 위로 사라져 갔네. 그녀는 그 놈의 빠르고 구불구불한 움직임을 흉내내던 손을 내려뜨리며 말했지. "가 버렸군요. 아, 깜찍한 것!"

"뭐였지요?" 나는 새나 새를 닮은 나방, 아니면 벌일 거라고 생각하며 물었네.

"못 보셨나요? 그러면서 내게 눈을 들여다보라는 말을 했군요!"

"아, 당신은 마치 작은 사라윙키 다람쥐 같군요!" 나는 그녀의 허리에 팔을 둘러 조금 더 가까이 끌어당기며 말했네. "지금 내 눈을 들여다보고 내가 장님인지, 내 눈 안에 작디작은 파리 같은 리마의 모습 말고 다른 것은 없는지 한 번 봐요."

그녀는 머리를 젓고는 놀리듯 가볍게 웃었지만, 내 팔에서 빠져나가려고 하지는 않았네.

"내가 언제나 당신이 원하는 대로 했으면 좋겠어요, 리마? 숲 속에서 당신이 '오세요' 하면 쫓아가고, 당신을 붙잡기 위해 나무 주위를 빙빙 돌고, 당신이 나뭇잎을 던질 수 있도록 바닥에 눕고, 당신이 기뻐하면 나도 기뻐하면서?"

"물론이에요."

"그렇다면 우리 한 가지 약속을 하지요. 나는 당신을 기쁘게 하기 위해서 무엇이든 할 테니, 당신도 나를 기쁘게 하기 위해 무엇이든 하겠다고 약속해요."

"무슨 일인데요?"

"사소한 거예요. 나무를 빙빙 돌며 당신을 쫓아다니는 것에 비하면 아무것도 아니지요. 당신이 내 곁에 서서 혹은 앉아서 대화를 나누는 것만으로도 나는 만족해요. 그리고 이제부터 나를 이름으로 불러 줘요. 아벨이라고."

"그게 당신 이름인가요? 아, 진짜 이름은 아니겠지요! 아벨, 아벨, 그게 뭐예요? 아무 의미도 없잖아요. 나는 이십 개 내지 삼십 개의 다른 이름으로 당신을 불렀지만, 대답하지 않더군요."

"그랬어요? 하지만 사랑스런 아가씨, 모든 사람은 이름을 가지고 있어요. 사람들에게 불리는 단 하나의 이름이. 예를 들어 당신의 이름은 리마지요. 아닌가요?"

"리마! 그저 리마인가요? 아침에도, 저녁에도……. 이 곳에서 얼마간 지나고 나면 리마는 어디에 있지요? 당신은 어둡고 깜깜한 한밤중에 잠에서 깨어도 내가 그저 똑같이 보이겠군요. 그저 리마라니……. 아, 얼마나 이상한 일인지!"

"그럼 뭔가요, 귀여운 아가씨? 당신의 할아버지 누플로는 당신을 리마라고 부르잖아요."

"누플로라고요?" 그녀는 스스로에게 질문을 던지듯 중얼거렸지. "숲 속 어딘가에서 개 두 마리와 함께 살고 있는 노인을 말하는 건가요?" 그러더니 갑자기 화를 내며 덧붙이더군. "그러면서 나보고 당신에게 얘기를 하라고 하는군요!"

"리마, 당신에게 뭐라고 말해야 하는 거지요? 들어 봐요."

"싫어요, 싫어요." 그녀는 이렇게 외치며 재빨리 몸을 돌려 손가락으로 내 입술을 막았고, 순간 그녀의 눈은 유쾌하게 빛났네.

"내가 말하는 것을 듣고 당신이 그대로 해야 하는데……. 그럼 당신을 기쁘게 하려면 내가 어떻게 해야 하는지 당신 눈으로 말해 봐요. 나를 분명히 바라보는 당신의 눈을 보고 싶어요."

그녀는 나를 향해 좀더 고개를 돌리더니 약간 뒤로 젖혀 갸우뚱하게 하고는 내가 바랐던 것처럼 내 눈을 똑바로 응시하는 것이었네. 잠시 후 그녀의 시선은 멀리 뒤쪽에 서 있는 나무들을 향했지. 그러나 나는 그 아름다운 동공을 들여다볼 수 있었고, 그녀가 딱히 어느 것도 보고 있지 않다는 것을 알았네. 이제 그 모든 변화무쌍한 표정들 즉 호기심 많고, 앵돌아지고, 걱정스럽고, 수줍고, 장난스러운 모습들이 사라진 고요한 얼굴은 비밀스러운 표정을 떠올린 채 무언가 새로운 행복이나 꿈이 영혼을 건드린 것처럼 이상야릇한 빛을 발하고 있었지.

나는 속삭이듯 나직하게 물었네. "내 눈에서 무엇을 보았는지 말해 주겠어요, 리마?"

내 물음에 대답하듯 그녀는 무언가 음악적이고 불명료한 소리를 중얼거리더니, 내 얼굴을 의아한 표정으로 바라보았네. 그러나 그것은 잠깐이었으며, 그녀의 아름다운 눈은 다시 내리깐 속눈썹 아래 감춰졌지.

"들어 봐요, 리마." 나는 말했네. "우리가 좀 전에 본 것이 벌새였나요? 당신이 바로 그 벌새와 같아요. 그 놈은 그림자 안에 숨은 그림자처럼 어둡게 가려져 있다가 아주 잠깐 모습을 보이고는, 갑자기 사라져 버리지요. 아, 얼마나 맹랑한지! 그런가 하면 햇빛을 받으며 가만히 있을 때는 얼마나 아름다운지! 당신은 그 벌새보다 천 배는 더 아름다워요. 이봐요, 리마. 당신은 숲 속에 있는 아름다운 것들을 전부 합쳐 놓은 것과 같아요. 꽃과 새와 나비와 푸른 잎사귀, 양치류, 비단결 같은 털을 가진 높은 나무 위의 작은 원숭이, 그 모든 것과 그보다 수십 배 더한 아름다움을 나는 리마라는 여인에게서 본답니다. 내가 이해할 수 없는 말로 얘기하는 그녀의 목소리를 들을 때면, 나는 나뭇잎 사이로 속삭이는 바람소리, 돌돌 흘러가는 시냇물소리, 꽃들 사이에서 웅웅거리는 벌소리, 저 멀리 나무 그늘에서 노래하는 꾀꼬리소리를 듣지요. 나는 그 모든 것을, 그리고 더 많은 것을 리마의 목소리에서 들을 수 있어요. 이제 이해하겠어요? 당신에게 말하고 있는 것은 나인가요? 내가 당신의 부름에 대답했나요? 당신에게 다다른 건가요?"

그녀는 다시 나를 바라보았고, 그녀의 입술은 떨렸으며, 그녀의 눈은 무언가 말할 수 없는 고뇌로 흐려졌네. "그래요." 그녀는 속삭이듯 대답했고, 다시 말을 이었지. "아니, 그건 당신이 아니에요." 그리고 잠시 뒤 의심스럽게 "그게 당신인가요?"라고 말하더군.

그러나 그녀는 나의 대답을 기다리지 않았네. 다음 순간 그녀는 모라 나무를 돌아서 사라졌지. 그리고 아무리 불러도 다시 돌아오지 않았네.

CHAPTER 9

리마와 함께 숲 속의 모라 나무 아래에서 지낸 그 날 오후가 너무도 행복했기에, 나는 그녀와 좀더 산책하거나 이야기하고 싶었지. 그러나 종잡을 수 없는 작은 마녀는 이번엔 더더욱 나를 놀라게 했네. 그녀의 분방하고 꾸밈없는 발랄함이 이유도 없이 사라져 버린 거야. 내가 그늘진 숲에서 산책할 때면 그녀는 늘 거기 있었지만 더 이상 거룩하고 환상적인 존재도, 눈부신 천사도, 순진하고 정다운 어린아이도, 나와 숨바꼭질을 하던 영리한 원숭이도 아니었네. 그녀는 이제 수줍은 듯 조용히 나를 수행할 뿐이었고, 이따금씩 모습을 드러낼 때는 신비로운 처녀처럼 덤불 사이에 기대어 있었으며, 어느새 그녀를 바라보는 내 시선으로부터 안개처럼 사라져 버리곤 했지. 내가 부르는 소리에 그녀는 이제 예전처럼 노래로 대답하는 대신, 나를 버린 게 아니라고 일깨워 주듯 잠깐 모습을 드러내 보일 뿐이었네. 그리고 잠시 뒤 그녀의 흐릿한 잿빛 형상은 다시 나무 사이로 사라져 버렸지. 그녀의 신뢰가 두터워지고 나와 얘기하는 데 익숙해지게 되면 자신의 내력을 말해 주리라는 희망은 적어도 그때는 버려야 했네. 결국 누플로에게서 알아내든지, 모르는 채 지내는 수밖에 없는 셈이었지. 노인은 날마다 거의 하루 종일 개들을 데리고 나가 있었고, 돌아올 때는 견과류와 열매, 담배를 말기 위한 얇은 나무껍질을 가져 왔네. 가끔은 저녁이면 오두막 안에 피우는 아이마 나무의 수지 한 움큼 말고는 아무것도 가져 오지 않았지. 그녀의 이해할 수 없는 수줍음을 쫓아 버리려고 애쓰며 삼 일을 허비한 뒤, 나는 얼마 동안 그녀의 할아버지에게만 주의를 기울여서 가능하다면 그가 어디에 가서 무엇을 하며 지내는지 밝혀내야겠다고 결심했다네.

다음날 아침부터 리마 대신 누플로와의 새로운 숨바꼭질이 시작되었네. 그는 교활했고, 나 역시 그랬지. 나는 일찍 나가서 덤불 사이에 몸을 숨기고 오두막을 감시했네. 나보다 더욱 날카로운 리마의 눈에서 벗어날 수 있을지 의심스러웠지만, 별 걱정은 하지 않았지. 그녀는 노인과 사이가 그리 좋지 않았으니까 내 계획에 훼방을 놓지는 않을 것이었네. 숨어 있은 지 얼마 지나지 않아 그가 개 두 마리와 함께 나와서는 문가에서 좀 떨어져 있는 통나무에 걸터앉는 모습이 보이더군. 한동안 그는 담배를 피웠고, 마침내 일어나서 주위를 면밀히 둘러

보고는 숲 속으로 사라졌지. 나는 그가 숲 남쪽의 낮은 바위구릉 지대를 향해 가는 것을 알아챘고, 그 쪽 경계에서 그의 모습을 지켜볼 수 있으리라는 생각에 수풀에서 나와 최대한 빨리 나무 사이로 달려 그를 앞섰네. 숲이 활짝 열리는 곳에 이르자, 저 너머 사 분의 일 마일 정도 되는 황량한 평야가 숲과 구릉 지대를 갈라놓고 있는 것이 보였지. 노인이 그 곳을 지나리라 생각하고 나는 감시하기 위해 나무 위로 올라갔네. 얼마 후 그가 개 두 마리를 거느리고 나타났으며 재빨리 나무 사이로 걸어갔지만, 열린 평야로 나오지는 않더군. 아마도 그는 숲 가에 도착하자, 여전히 나무들 사이에 몸을 숨긴 채 방향을 바꾸어 서쪽으로 향한 것 같았네. 그가 사라진 지 오 분쯤 지나서 나는 나무에서 내려와 그를 쫓아갔지. 다시 나무들 사이로 그의 모습이 보였고, 이십 분 정도는 계속 그를 미행할 수 있었지. 잠시 뒤 구릉 지대를 가로질러 뻗친 널따랗고 빽빽한 숲 지대가 나타났고, 거기서 갑자기 그의 모습은 사라져 버렸네. 나는 여전히 그를 따라잡겠다는 희망을 갖고 나아갔지만, 덤불과 씨름하며 나아가길 얼마 후 숲은 더욱 울창해졌고 지나가기는 더욱 힘들어져 마침내 나는 포기해야 했네. 동쪽으로 돌아서 숲을 빠져 나가자 가파르고 험한 언덕자락이 나타났으며, 방금 전의 숲이 있는 골짜기가 그 부분의 오른쪽을 가로질러 가고 있었네. 순간 저 언덕에 올라가서 노인이 종적을 감춘 숲 지대를 살펴보는 게 좋겠다는 생각이 들더군. 언덕을 따라 얼마 정도 걸어가니 올라

갈 만한 곳이 있었지. 언덕 꼭대기는 주위의 평지로부터 삼백 피트 정도 되어서 올라가는 데 그리 오래 걸리지는 않았네. 언덕 위에 서니 시야가 확 트였고, 이제 아래의 숲 지대가 구릉들을 따라 오른쪽으로 뻗어 있으며 남쪽으로는 더욱 큰 숲으로 통하고 있는 것을 볼 수 있었네. '당신의 목적지는 저기로군.' 나는 생각했지. '여우 영감, 당신의 비밀이 들통날 염려는 없겠어요.'

아직 이른 오전이었고, 추적 뒤에 맛보는 산들바람이 부는 언덕 위의 공기는 한결 서늘하고 쾌적하게 느껴졌지. 나는 숲을 빠져 나오느라 다소 피곤해져 있었기에 그 곳에서 몇 시간을 때우기로 마음먹고 편안히 쉴 곳을 찾아다녔네. 금새 똑바로 솟은 바위덩어리의 서쪽으로 이끼가 두껍게 깔려 쉬기 좋은 그늘이 만들어진 게 눈에 띄었지. 거기서 바위에 어깨를 기대고 앉아 오늘은 홀로 자신의 숲에 있을 리마를 생각했네. 나는 약간 쓸쓸한 기분으로 내가 그녀를 그리워하는 만큼 그녀도 나를 그리워하기를 바랐네. 그러고는 결국 잠이 들었지.

깨어났을 때는 정오가 지나 있었고, 햇빛이 머리 위로 곧바로 내리쬐고 있더군. 다시 한 번 주위를 내려다보려고 일어서자, 흰 연기가 가는 고리를 이루며 아래 숲 지대의 한복판에서 피어오르는 것이 보였네. 나는 곧 누플로가 그 곳에서 불을 피우고 있다는 것을 알아차리고, 자신의 소굴에 숨어 있을 그를 놀려 주기로 마음먹었네. 언덕 아래로 내려오니 연기는 더 이상 보이지 않았지만, 나는 위에서 그 지점을 잘 봐두었기에, 나무들이 울창하게 모여 있는 숲 지대의 가장자리 부분에서 연기가 시작되고 있다는 것을 알아냈지. 반시간 동안 찾아다닌 끝에 나는 마침내 노인의 은신처를 발견했다네. 다가가니 먼저 나무들 사이 빈틈으로 피어오르는 연기가 눈에 들어왔고, 그 다음엔 작대기와 야자잎으로 지어진 작고 초라한 오두막이 보였네. 주의 깊게 다가가서 벽의 갈라진 틈으로 들여다보니 누플로 영감은 불 위에서 고기를 훈제하느라 정신이 없었고, 석탄 위에선 뼈가 구워지고 있더군. 그는 코아티문디 한 마리를 잡은 모양이었네. 길들여진 수코양이보다 약간 크고, 길다란 콧잔등과 동그랗게 말린 꼬리를 가진 동물이지. 개 한 마리가 짐승의 머리를 갉아먹고 있었고, 꼬리와 발은 예전에 잡아먹고 마루 위에 팽개쳐 놓은 다른 짐승의 뼈와 찌꺼기들에 섞여 뒹굴고 있었네. 죽 살펴본 뒤 나는 갑자기 오두막 입구에 고개를 들이밀었고, 그러자 개들이 일어나 으르렁거리는 바람에 누플로는 허둥지둥 손에 칼을 움켜쥐고 일어섰네.

"아하, 노인장." 나는 웃으며 외쳤지. "예의 채식 만찬 중이셨군요. 당신의 풀을 먹는 개들도 함께!"

그는 당황하고 미심쩍은 표정이었지만, 내가 그런 곳에서만 자라는 희귀한 푸른색 꽃을 찾아서 언덕 위에 올라갔다가 연기를 보고 무슨 일인지 알아보러 이리로 왔다고 설명하자, 마음을 놓고 내게 들어와서 함께 구운 고기를 먹자고 하더군.

나는 이미 배가 고픈 상태였고 다시 동물성 음식을 먹는 것이 기꺼웠네. 그러나 고기를 먹으면서 다소 메스꺼웠는데, 역겨운 맛과 냄새 때문이기도 했지만 바로 옆에서 악마같이 생긴 개들이 사납게 짐승의 머리와 발을 갉아먹고 있었기에 더욱 그러했지.

"아시겠지요." 늙은 위선자는 콧수염에서 기름기를 닦아내며 말했네. "그 애가 화를 내지 않게 하려면 이렇게 하는 수밖에 없었소. 내 손녀는 이상한 애라서 말이오. 선생도 이미 보셨겠지만……."

나는 중간에 끼여들었지. "그러고 보니 생각났는데, 내게 그녀의 내력을 상세히 말해 주셨으면 좋겠어요. 그녀는 당신 말대로 기묘한 데다 우리와 다른 언어와 능력을 가지고 있으니 다른 종족 출신인 게 분명해요."

"아니오, 아니오. 그녀의 능력은 우리와 별반 다를 게 없소. 더 뛰어날 뿐이지요. 전능자께서는 어떤 이에겐 다른 이보다 더 많이 주는 것을 즐기지요. 한 손에 있는 손가락이 각각 다르듯이 말입니다. 언젠가는 당신도 기타를 집어들기만 하면 그것이 말하게 할 수 있는 사람을 보게 되겠지만, 나 역시……."

나는 다시 끼여들었네. "잘 알았으니까 그녀의 태생과 내력에 대해 말해 주세요. 내가 듣고 싶은 건 그거예요."

"그렇지 않아도 선생, 지금 그 얘기를 하려던 참이었소. 그 애의 착한 어미 – 내 딸 말이요 – 가 일찍 죽고 나서 그 애는 내 손에 맡겨졌지요. 그런데 그 애가 태어나고 신부에게서 글자와 교리문답을 배웠던 곳은 건강에 썩 좋은 곳이 못 되었소. 사시사철 덥고 습했으니 사람이 아니라 개구리에게 더 알맞은 곳이었지요. 그 애는 유독 창백하고 허약했기 때문에 결국 아이를 위해서는 산간 지대의 건조한 기후에서 사는 것이 좋겠다는 생각을 하고 이 곳으로 데려왔소. 이 일에 대해서, 그리고 그 애에게 내가 해 준 모든 일에 대해서 이승에서의 보상은 전혀 바라지 않소만 내 딸이 살고 있는, 선생의 생각처럼 천국의 문턱쯤에 서성이는 게 아니라 안쪽에서 편히 쉬고 있을 그 곳에서는 다르겠지요. 왜냐하면 결국 지상의 장부에 표시된 오점 몇 가지에도 불구하고 종국에 정의를 구해야 할 곳은 천상의 정부(政府)니까요. 정말로 내 손녀의 내력은 이게 전부라오, 선생."

"아, 그랬군요." 나는 대답했네. "당신 이야기를 들으니 그녀가 어떻게 야생 새들을 손으로 잡을 수 있고, 독사가 맨발에 닿아도 전혀 해를 입지 않는지 잘 알겠네요."

"바로 당신이 말한 그대로라오." 늙은 위선자는 대답했네. "그 애는 숲 속에서 혼자 살아와서 신의 피조물들 외에는 놀이 상대도 동무도 없었소. 그리고 내가 듣기로는 야생동물들은 자신에게 우호적인 상대를 알아본다고 하더군요."

"당신은 손녀의 친구들에게 몹쓸 짓을 하는군요." 나는 코아티문디의 긴 꼬리를 걷어차면서 말했고, 그와 함께 그것을 먹은 것을 후회했지.

　그러자 그는 천지창조를 암시하듯 팔을 넓게 벌리면서 말했네. "선생, 당신은 우리가 단지 신께서 만드신 그대로일 뿐이란 걸 기억해야 할 거요. 만물이 창조될 때 그 모두에 관여한 자는 작은 새들이 살아갈 수 있도록 씨앗과 견과와 꽃의 꿀을 주었소. 그러나 우리는 그같이 섬세한 미각을 갖지 못했소. 그는 우리에게 좀더 거칠고 고기를 갈망하는 위장을 주었지요. 이해하시겠소? 하지만 친구, 이 일에 대해서는 절대 리마에게 말하지 마시오!"

　나는 비꼬듯 웃었지. "리마가, 그 꼬마 요정이 당신이 고기를 먹는다는 걸 모르고 있다고 믿을 정도로 내가 어리석게 보이나요? 리마는 숲 어디에든 있고 모든 것을 보지요. 내가 뱀을 죽이려고 손을 쳐들었을 때조차 그녀는 모습을 숨긴 채 보고 있었어요."

　"하지만 선생, 내 지레짐작을 용서하신다면, 당신은 말이 너무 많소. 그 애는 여기 오지 않고, 따라서 내가 고기를 먹는 것도 볼 수 없소이다. 그 애가 돌아다니며 노래하는 숲, 집과 정원, 그 애가 모든 피조물들 심지어 화려한 날개를 가진 작은 나비 한 마리의 연인 노릇까지 하는 그 모든 장소에서는 나는 전혀 사냥을 하지 않소. 내 개들도 짐승을 쫓지 않고. 그 놈들의 발에 짐승이 걸려 넘어지더라도 그 놈들은 코를 쳐들고는 아래를 보지 않은 채 가 버릴 거라고 내가 말했었지요. 숲에서는 한 가지 법칙, 즉 리마가 강요한 한 가지 법칙이 있지만, 그 곳 밖에서는 다른 법칙이 있소."

"그런 얘기를 해 주어서 기쁘군요." 나는 대답했네. "리마가 근처에서 모습을 드러내지 않은 채 개들과 매한가지로 고기를 포식하는 우리를 보고 있으리라는 생각에 무척이나 걱정했습니다."

그는 평소와 같이 재빨리 교활한 눈빛으로 나를 보았네.

"아, 당신도 그렇게 느꼈군요. 우리와 아주 잠깐 동안 함께 지내고서도! 그렇다면 생각해 보시오. 수지와 과일, 약간의 벌꿀로는 충분히 영양을 섭취할 수 없음에도 그 애의 기분이 상하지 않도록 하기 위해 멀리 나와서 몰래 사냥을 하고, 또 후다닥 먹어치워야 하는 나는 어떻겠는지 말이오."

분명 힘든 일이었겠지만, 나는 그를 전혀 동정하지 않았네. 사실은, 무척 솔직한 척하면서도 내게 진실을 말해 주지 않는 그에게 화가 날 뿐이었지. 그리고 내가 그의 역겨운 식사에 동참한 것에 대해서도 환멸을 느꼈네. 하지만 그런 생각을 드러내선 안 되었기에 나는 별 관심도 없는 얘기들을 잠시 더 나누다가, 대접받은 것에 대해 감사를 표한 뒤 연기 자욱한 은신처에 그를 홀로 남겨둔 채 나와 버렸네.

오두막으로 돌아가는 길에, 누플로의 악취 나는 소굴에서 식사한 흔적이 남았을지도 모른다는 걱정을 떨치지 못한 나는 길을 돌아, 숲 속에서 흘러나오는 물줄기가 합쳐져 만들어진 깊은 웅덩이에 들러 멱을 감았네. 나와서 몸을 말리고, 옷을 흔들고 두들기며 냄새를 뺀 뒤,

나는 저녁 때쯤 돌아갈 생각으로 숲 속에서 넓고 그늘진 장소를 찾아 풀 위에 벌렁 누웠지. 저녁 때까지는 달콤하고 따스한 공기가 나를 정화시켜 줄 테니까. 게다가 나를 대하는 리마의 태도에 충분히 앙갚음을 하지도 못했으니까. 그녀는 내가 무사한지 걱정할 것이고, 어쩌면 숲 속 여기저기 나를 찾아다닐지도 몰랐지. 그녀가 삼 일 동안이나 나를 비참하게 했으니 하루 정도 걱정을 끼치더라도 너무 심한 것은 아니라고 생각했네. 그리고 내가 그녀와의 교제 없이는 살 수 없다는 것을 알면 그녀도 덜 변덕스러워질 거라고.

그런 생각들을 하며 나는 따뜻한 땅에 누워 머리 위의 나뭇잎들을 쳐다보았네. 아래쪽 그늘진 부분은 새로 돋은 풀처럼 녹색을 띠었고, 밝은 햇살을 받아 반짝 빛나는 위쪽은 곤충들이 웅웅대는 소리로 가득했네. 내 모든 동작과 말과 생각은 리마에 대한 감정에서 비롯된 것이었네. 나는 자문했지. 왜 리마가 내게 그토록 중요한 것일까? 대답하기는 쉬웠네. 그토록 오묘한 존재는 창조된 적이 없었으니까. 진실로, 자연 전체에 편재해 있는 각각의 단편적인 아름다움과 음악과 우아한 움직임이 그녀 안에서 응축되고 하나로 조화를 이루고 있었지. 그녀는 어찌나 다채롭고, 눈부시고, 황홀한지! 인간이라면 그녀에 대해 끊임없이 놀라고 경탄하며 시시각각 더해지는 새로운 미와 매력을 발견하시 않을 수 없을 걸세. 게다가 그녀의 출생을 둘러싼 매혹적인 수수께끼도 내 호기심을 부단히 자극했지.

그것이 내가 스스로에게 던진 질문에 대한 손쉬운 대답이었네. 그러나 나는 또 다른 이유가, 전자보다 더욱 강력한 이유가 있다는 것을 알고 있었지. 그리고 나는 더 이상 그것을 억누를 수도, 그 빛나는 얼굴을 단순한 지적 호기심이라는 멋없는 가면 아래 감출 수도 없었지. 왜냐하면 나는 그녀를 사랑했으니까. 이전엔 결코 그래 본 적이 없을 만큼, 그리고 앞으로도 다른 사람을 그렇게 사랑할 수 없을 만큼 그녀를 사랑했으니까. 그녀만의 눈부심과 격렬함에 자극을 받아 고취된 이 열정에 비하면, 이전의 열정은 둔하고 시시하며 누구든 아는 감정, 낡고 닳아 빠졌으며 생각하기도 지루한 감정으로 느껴졌네.

이런 생각들을 하던 나는 저녁 새의 애처로운 삼 음절 울음소리를 듣고 정신이 들었지. 그 숲에는 쏙독새가 흔했네. 그때서야 해가 이미 졌고 숲에 황혼이 비쳐 들고 있음을 알아차렸지. 나는 일어서서 집을 향해 서둘러 걷기 시작했네. 나는 리마를 생각했고, 빨리 그녀를 보고싶어 못 견딜 지경이었지. 낯익은 좁은 오솔길을 따라 집 가까이 이르렀을 때, 나는 갑자기 그녀와 딱 맞닥뜨렸네. 분명 그녀는 내 발소리를 들었고, 내가 자신을 못 보고 지나가도록 길에서 비켜나는 대신 예전에 그랬듯 나를 보려고 뛰어나온 것이었네. 나는 새처럼 빠르고 가볍게 다가오는 그녀의 모습을 보고 그 변화에 무척 놀랐다네. 그녀는 내 손을 잡으려는 듯 앞으로 손을 내밀었고, 눈부신 입술은 따뜻한 미소로 벌어져 있었으며, 눈은 기쁨에 빛나고 있더군.

그녀에게 다가가 손을 잡는 순간 그녀의 표정이 싹 변하더니, 내 손길이 그녀의 따뜻한 피를 얼리기라도 한 것처럼 그녀는 다시 위축되어 떨기 시작했네. 그녀는 몇 피트 물러서서 눈을 내리깔았고, 어제와 같이 창백하고 슬픈 기색이 역력했지. 나는 헛되이 그녀를 다그치며 왜 갑자기 태도가 달라졌냐고, 분명 걱정이 있는 모양인데 무슨 일이냐고 물었네. 그녀의 입술은 뭔가 말하는 것처럼 떨렸지만 대답은 들리지 않았고, 그녀는 다가가려 할수록 뒤로 물러설 뿐이었지. 결국 그녀는 길에서 물러나 어둑어둑한 나뭇잎 속으로 자취를 감추었네.

　　나는 혼자서 계속 걸어가 문 밖에 앉아 있었고, 잠시 뒤 누플로 영감이 사냥에서 돌아왔네. 그가 집안으로 들어가 불을 지핀 뒤에야 리마가 언제나처럼 조용하고 쭈뼛쭈뼛한 모습으로 나타나더군.

CHAPTER 10

　다음날에도 리마는 여전히 알 수 없는 침묵을 고수했네. 나는 패배감을 뼈저리게 느끼며 다시 한 번 부재의 효과를 시험해 보기로 하고, 이번엔 좀더 오래 떠나 있기로 했지. 다음날 아침, 나는 누플로 영감처럼 몰래 일찍 나와서 그녀가 집을 나설 때까지 수풀 속에 숨어 있었네. 그리고는 그녀가 나서는 모습을 보고 마침내 숨어 있던 곳에서 나와, 초원을 건너 예전에 살던 마을로 돌아갔지. 놀랍게도 마을에 도착하니 아무도 보이지 않았네. 처음에는 악명 높은 숲에서 내가 실종되자 그들이 공포를 못 이겨 마을을 버리고 달아난 줄 알았지. 그러나 한 바퀴 둘러보니 아무래도 내 친구들은 단지 평소처럼 이웃 마을에 정기적인 방문을 간 모양이었네. 인디오들의 이웃 방문은 아주 확실하니까. 마을 사람 전원이 갈 뿐 아니라, 저장된 식량 전부와 조리기

구, 무기, 해먹, 심지어 애완동물까지 가져 간다네. 다행히도 이번엔 완전히 다 가져 가진 않았더군. 내 해먹이 있었고, 작은 냄비 하나와 카사바 빵, 자주색 감자가 약간, 그리고 옥수수 몇 자루도 있었네. 혹시 내가 돌아올까 봐 남겨둔 것 같더군. 게다가 떠난 지 별로 오래되지도 않은 듯, 화톳불의 재 밑에서는 아직도 잉걸불이 타오르고 있었네. 그들은 한 번 떠나면 오랫동안 머물러 있곤 했기 때문에, 이제 나는 넓고 휑뎅그렁한 집에서 홀로 있고 싶은 만큼 있을 수 있는 셈이었지. 식량이 매우 적긴 했지만, 그것에 대해서는 별 신경 쓰지 않고 그저 음악이나 즐기기로 했네. 기타를 찾아보았지만 헛수고였네. 기타 줄을 뜯으며 친구들을 즐겁게 해 줄 심산으로 인디오들이 들고 간 모양이더군. 지난 하루 이틀 간 나는 짬짬이 머릿속으로 옛 시에 맞추어 간단한 곡조를 짓고 있었네. 그리고 지금에서야 반주할 악기도 없이 나는 조용히 홀로 노래를 불러 보았지.

> 달보다 훨씬 눈부신
> 태양 같은 여인으로
> 당신은 세상에 태어났으니

노래를 끝낸 뒤 나는 불을 피우고 저녁식사로 옥수수 한 자루를 구운 다음, 말라서 딱딱해진 낟알을 힘들게 갉아먹으며 이토록 튼튼

한 어금니를 주신 신에게 감사했다네. 식사를 끝낸 뒤 예전처럼 구석에 해먹을 치고 내가 제일 좋아하는 비뚜름한 자세로 그 안에 드러누웠지. 손은 머리 뒤로 깍지끼고, 한쪽 무릎은 세우고, 다른 쪽 다리는 늘어뜨려 흔들며 나는 여유롭게 생각에 잠겼네. 정말 행복한 기분이었다네. 얼마나 이상한 일인가, 하고 나는 자화자찬을 곁들여 생각했지. 지적인 남성과 매력적인 여성들과의 유쾌한 사교, 책들에 익숙해 있던 내가 이런 곳에서 이처럼 완벽한 만족을 얻을 수 있다니! 그러나 그것은 너무 성급한 칭찬이었네. 마침내 주위의 완전한 적막함이 나를 짓누르기 시작한 거야. 숲과 달리 이 곳에서는 야조(野鳥)들을 친구 삼을 수도 없었고, 그 불명확한 울음소리로 고독에 의미와 매력을 부여할 수도 없었네. 숲 속의 녹색 나뭇잎이 속삭이는 소리나 바람에 살랑거리는 골풀은 인간에게 정신적이면서도 동정적인 무언가를 느끼게 하지만, 진흙벽이나 도자기들과는 소통할 수가 없었지. 고독이 너무도 예리하게 느껴져 나는 리마를 떠나온 것을 후회하기 시작했고, 그녀 몰래 저지른 일이기에 더욱 자책하게 되었네. 내가 해먹에 느슨하게 누워 있는 지금도 그녀는 나를 찾아 숲 속을 헤매며 혹시 내 발소리가 들릴까 귀를 곤두세우고, 구해 줄 사람도 없는 곳에서 내가 사고를 당하지나 않았을지 걱정하고 있겠지. 그런 그녀의 모습을 생각하는 것은 고통스러웠지만, 경고 한 마디 없이 사라진 내가 그녀에게 그와 같은 고통을 주었다고 생각하니 더욱 견디기 힘들어지더군. 나는 마루에서 벌떡 일어난 뒤 집을 뛰쳐나와 시냇가로 갔네. 그 곳은 좀 나았는데, 한낮의 가장 뜨거운 열기도 스러졌고 서쪽으로 기우는 해도 점점 크고 붉어져 오후 안개 속에서 빛을 잃어 가고 있었기 때문이라네.

나는 맑은 물에서 일이 야드 떨어져 있는 돌 위에 앉았지. 자연의 모습, 그리고 따스하고 생생한 햇빛과 대기가 정신에 스며들어 이 상황을 담담히, 심지어 희망적으로 맞설 수 있게 해 주더군. 나는 이런 생각을 하고 있었지. 며칠간 머릿속에 있던 계획이 이제 확실해졌는데, 그 사막이 나의 영원한 집이 되리라는 것이었네. 카라카스, 미 대륙의 작은 파리, 구 세계의 악덕과 권태로운 정치적 열정 그리고 매일매일의 공허한 쾌락으로 되돌아간다는 생각만 해도 참을 수 없더군. 나는 변했고, 그 변화는 너무도 거대하고 완전하여 예전의 인위적인 삶은 진정한 것이 아니었고 그렇게 될 수도 없다는 것, 내 가슴 깊이에 자리한 진정한 성격과는 맞지 않는다는 것을 분명히 보여 주고 있었네. 자네는 내가 나 자신을 속이고 있다고 말하겠지. 나 스스로 종종 그렇게 말했듯이 말일세. 어떤 면에서는 그렇지만 또 어떤 면에서는 그렇지 않기도 했네. 여기서 논하기엔 너무 복잡한 문제야. 하지만 바로 그때의 나는 후끈하고 지저분한 무도장의 공기와는 안녕을 고했다고 생각하며, 나를 새로이 고양시키는 아침 대기를 달콤하게 들이마셨지. 나에게도 다정한 친구들과 친지들이 있었다네. 그러나 한때

품었던 화려한 꿈을 버렸듯이 그들도 쉽게 잊을 수 있었지. 그리고 내가 사랑했던, 아마 그쪽에서도 나를 사랑한 여인까지도 말일세. 문명과 인위적 삶의 딸은 나와 같은 감정을 느낄 수도, 나처럼 자연으로 돌아올 수도 없을 것이었네. 왜냐하면 여자들은 좁은 범위 안에선 남자보다 더 유연하지만, 삶의 원천에 이르게 하는 좀더 포괄적인 적응성은 갖고 있지 못하고 또 영원히 그러할 테니까. 그래서 이편이 나와 그녀 모두에게 훨씬 나은 길이었지. 그녀는 오래도록 끈질기게 기다리고, 희망을 잃은 채 가슴앓이하고, 더 이상 나를 못 보게 된 것을 슬퍼하며 울고, 마침내는 시간에 의해 치유되어 오래된 세계에서 오래된 방식에 따라 다시 행복을 찾을 것이었네.

그렇게 앉아서, 슬프긴 했지만 상심하지는 않은 채 과거와 현재와 미래를 생각하고 있노라니, 갑자기 반 리그쯤 떨어진 어느 나무 꼭대기의 잎사귀에서 쨍그랑 쨍그랑 종소리가 공기 중에 울려 퍼졌네. 다시 한 번 쨍그랑 소리가 들려 왔고, 얼마 뒤 또 다시 반복되었으며, 순간 나는 야릇한 인상을 받았지. 종소리, 우리 마음속에서 기독교 신앙과 결합되어 널리 전파된 그 소리와 매우 닮았지만, 한편 너무나도 달랐기 때문이었네. 땅에서 캐낸 조잡한 금속으로 만든 종이 아니라 천상의 더욱 숭고한 재료로 만들어져 만질 수도, 볼 수도 없게 공중에 떠다니는 종이랄까. 어디에도 매달려 있지 않은 살아 있는 종이 거대한 창공과 티없이 순수한 자연, 장엄한 태양과 조화되어 울리면서, 드

높은 탑이나 종루에서 울리는 소리보다 한층 신비롭고 숭고한 메시지를 전하고 있었네.

아 신비로운 방울새여, 그대는 천상에서의 제비, 비둘기, 케찰, 지빠귀로구나! 잔인한 야만인과 마찬가지로 잔인한 백인들은 식량을 얻으려고 혹은 과학에 기여하기 위해 그대를 죽이지만, 그대는 사라지고 나서도 여전히 살아 남아서, 우리 뒤에 태어나 이 땅에 살아갈 순진무구하고 영적인 종족에게 그대의 메시지를 수천 년 동안, 아니 영원히 전하리라. 그대의 목소리가 나의 둔감하고 불순한 영혼조차 울릴진대, 우리의 정화된 자손들은 그대의 목소리에서 나로서는 알 수 없는 지고한 것들을, 탈인격적이며 만물을 포괄하여 내가 그의 안에 있고 그가 내 안에 있는 절대자의 존재를, 그리고 그의 살 중의 살과 혼 중의 혼을 알아듣게 되리라.

소리는 그쳤지만 나는 여전히 그 여운에 취하여 황홀경에 빠진 사람처럼 시내 건너편에 보이는 듬성듬성 한 관목 숲만을 멍하니 바라보고 있었는데, 그때 갑자기 내게로 다가오는 기괴한 인간의 모습이 눈에 띄었네. 나는 놀라움과 일말의 경계심을 느끼며 벌떡 일어섰고, 잠시 뒤 그것은 마른 나뭇단을 잔뜩 둘러메어 몸이 거의 둘로 굽어진 탓에 아직 나를 알아보지 못하고 있는 클라클라 할멈이라는 것을 알았네. 그녀는 느릿느릿 시냇가에 이르렀고, 물을 한 줄도 가로지른 징검다리를 밟으며 조심스레 건너왔지. 십 야드 앞까지 와서야 늙은 여인은 자기 앞에 가만히 움직이지 않고 서 있는 나를 보았네. 그녀가 겁에 질려 날카로운 비명을 지르며 몸을 쭉 펴는 바람에 나뭇단이 땅에 떨어졌고, 그녀는 어느새 달아나려고 몸을 돌리더군. 적어도 그녀의 의도는 달아나려는 것 같았지. 몸은 앞으로 쭉 뻗고, 머리와 팔은 전속력으로 도망치는 사람처럼 움직이고 있었지만 다리와 발은 마비되어 그 곳에 못 박히기라도 한 것처럼 보였으니까. 순간 나는 웃음을 터뜨렸지. 그러자 그녀는 목만을 뒤로 비틀고는, 어깨 너머 늙어 주름진 갈색 얼굴로 나를 바라보더군. 나는 다시 웃었고, 그러자 그녀는 다시 한 번 몸을 죽 펴고 나를 제대로 보려고 완전히 돌아섰지.

"이봐요, 클라클라." 나는 소리쳤네. "내가 귀신이 아니라 살아 있는 사람이라는 걸 모르겠어요? 말동무가 되어 주고 식사를 차려 줄 사람이라고는 아무도 남지 않은 줄 알았어요. 다른 사람들은 어디 있나요?"

"아, 어디 있냐고!" 그녀는 비극적으로 대답하더군. 그러고는 내게서 빙글 돌아서더니 그야말로 숙녀답지 못한 자세로 허리 뒤쪽을 거세게 두드리며 외쳤네. "여기가 아파서 말이야!"

그녀가 한동안 그렇게 내게서 등을 돌린 자세로 있었기 때문에 나는 다시 웃음을 터뜨리고는 설명해 달라고 부탁했지.

그녀는 느릿느릿 돌아서서 미심쩍은 듯 내게 다가왔고, 계속해서 나를 뚫어지게 바라보더군. 여전히 경계하듯 노려보면서 마침내 말하길, 모두들 멀리 다른 마을을 방문하러 갔고, 그녀도 함께 출발했었다더군. 얼마 못 가서 그녀는 등뒤에 통증이 덮쳐 오는 것을 느꼈고, 너무나 강하고 날카로운 아픔에 그녀는 즉시 그 자리에 멈춰 설 수밖에 없었다네. 얼마나 갑작스럽게 멈춰 섰는지 보여 주기 위해 그녀는 수고스럽게도 몸을 굽히며 바닥에 쿵 쓰러져 보이기까지 했지. 그러나 몸이 땅에 닿자마자 그녀는 가시방석에라도 앉은 것처럼 그 올빼미 같은 얼굴에 경악한 표정을 지으며 재빨리 일어섰네.

"우리는 당신이 죽은 줄 알았는데." 그녀는 말하면서도 여전히 내가 유령에 불과하다고 여기는 듯했네.

"아니에요, 여전히 살아 있어요." 나는 대답했지. "그러니까 통증 때문에 땅에 쓰러진 당신을 그들이 남겨 두고 갔다는 거로군요! 자, 신경 쓰지 말아요, 클라클라. 이제 우리 둘이서 함께 즐겁게 지내도록 해요."

그때쯤은 그녀도 더 이상 두려워하지 않았고 내가 돌아온 것을 무척 기뻐하고 있었지만, 내게 줄 고기가 없다는 것을 유감스러워했네. 그녀는 내 모험담과 그토록 오래 떠나 있었던 이유를 듣고 싶어했지. 그녀의 호기심을 충족시켜 줄 생각은 없었네. 적어도 진실을 말할 수는 없었어. 디디의 딸에 대한 그녀의 감정도 쿠아코의 그것과 마찬가지로 그저 야만적이고 잔인힐 뿐이있으니까. 그러나 무슨 말이는 해야 했기에, 나는 이교도에게 하는 거짓말은 천상의 기록에 남지 않는다는 스페인의 옛 속담에 기대어 독사에게 물렸었다고 얘기했네. 그 후에는 끔찍한 폭풍이 몰아쳐서 나를 질리게 했고, 밤이 되니 숲에서 빠져 나갈 수가 없었다고, 그리고 다음날에야 독사에게 물리면 죽는다는 것이 떠올랐으며 죽어 가는 모습을 친구들에게 보여 괴롭게 만들고 싶지 않았기에 숲 속 그 자리에 그대로 앉아 있기로 했고, 노래를 부르거나 담배를 피우며 자신을 위로했다고 했지. 그리고 여러 낮과 밤이 지난 다음 결국 죽지 않으리라는 것을 알게 되자 배가 고픈 것을 느끼고 일어나서 돌아왔다고 했네.

클라클라 할멈은 심각한 표정으로 귀를 기울였고, 몇 번이고 고개를 젓거나 끄덕이며 뭐라고 중얼거렸지. 마침내 그녀는 아무것도 나를 죽일 순 없을 거라고 결론내렸네. 그러나 내 이야기를 정말로 믿는지는 알 수 없는 일이었지.

나는 늙은 야만족 여주인과 즐거운 저녁을 보냈네. 그녀는 통증을 잊어버린 듯, 친구가 생겨 지긋지긋한 고독을 면하게 된 것에 기뻐하며 수다스러워졌고 다른 사람들이 있어서 위엄을 지켜야 했을 때보다 훨씬 잘 웃더군. 우리는 불가에 앉아서 갖고 있는 음식을 조리하고 떠들며 담배를 피웠네. 그리고 나는 그녀에게 스스로 작곡한 스페인 노래를 들려주었지.

보답의 의미로 그녀는 끽끽대는 날카로운 소리로 노래를 불러 주었고, 마침내 나는 일어나서 그녀가 좋아하는 폴카와 마주르카, 왈츠를 추며 휘파람과 노래로 박자를 맞추었네.

그 날 저녁 그녀는 여러 번이나 진지한 이야기를 꺼내면서, 내가 언제까지나 그들과 함께 살아야 한다고, 새를 쏘고 물고기를 잡는 법을 배우며 아내를 맞아야 한다고 말하더군. 그러면서 자신의 손녀 울라바를 언급했네. 그 애가 얼마나 착한지는 그렇다 하더라도 육체적 매력에 대해선 구태여 말할 필요가 없겠지, 언제나 다 드러내 놓고 있었으니까. 그녀가 이런 얘기를 꺼내려 할 때마다 나는 딱 잘라서, 내가 만약 결혼한다면 당신 말고는 아내로 맞을 생각이 없다고 맹세했네. 그녀는 자신이 늙었고 아이를 낳을 수 있는 시기가 지났다고 하더군. 머지 않아 카사바 빵을 만들 수도, 메마르고 늙은 허파로 불을 일으킬 수도, 사람들이 잠들도록 이야기를 해 줄 수도 없게 되리라고. 그러나 나는 당신은 여전히 젊고 아름다우며, 우리의 자식들은 숲 속의 새들보다 더 많을 거라고 우겨댔네. 나는 근처의 수풀로 가서 꽃이 만발한 시계초 덤불을 찾아내고 눈부신 주홍색 꽃을 몇 송이 꺾어 줄기, 잎과 함께 갖고 돌아와서는 화관을 만들어 늙은 여인의 머리에 씌워 주었네. 그러고는 소리치며 바둥대는 그녀를 끌어당겨 요란스럽게 왈츠를 추며 방 저쪽 끝까지 끌고 갔다가 다시 불 곁의 그녀의 자리로 돌아왔지. 그녀가 주저앉아 헐떡이며 이를 드러내고 웃는 동안, 나는 그녀 앞에 무릎을 꿇고 골럼버스가 바나를 선너가기 전, 메나가 읊은 섬세한 옛 노래를 다시 그에 어울리는 정열적인 몸짓을 곁들여 불렀네.

> 달보다 훨씬 눈부신
> 태양 같은 여인으로
> 당신은 세상에 태어났으니
> 그 뛰어난 품위
> 경쟁할 자 아무도 없었노라.
> 요람에 누워 있던 유년기부터
> 누렸던 그 명성과 아름다움
> 그리고 우아함은
> 당신의 행운의 재산이어라.

내내 다른 여인을 생각하면서! 아, 가엾은 클라클라 할멈, 노랫말의 의미도, 내 절망적인 환희의 이면에 숨겨진 비밀도 모른 채 거기 앉아 있던 당신의 모습이 아직도 눈에 선하군요. 올빼미처럼 하얗게 센 당신의 머리에 씌워진 진홍빛 시계초 화관, 연기에 그을린 벽과 서까래를 배경으로 불빛에 달아오른 얼굴은 오래 전임에도 지금까지 생생하고 슬프게 떠오른다오!

그리하여 우리는 매우 즐거운 저녁시간을 보냈지. 우리는 밤새 타도록 단단한 나무로 불을 지피고 각자의 해먹에 누웠지만 여전히 눈은 말똥말똥했네. 늙은 여인은 다시금 예전의 임무를 수행하게 된 것에 기쁘고 뿌듯했는지 내게로 와서 이야기를 시작했지. 하지만 나는 이따금씩 계속 이야기하라고 그녀를 부추기면서도, 어린 시절에 들어 지금쯤은 먼지가 되어 버린 지 오래일, 아니면 다른 흰머리의 할머니들에게 들었을 옛날 이야기에 전혀 귀기울이지 않았네. 내 머릿속은 한때 내가 사랑했던 여인, 멀리 베네수엘라에서 나를 기다리며 눈물짓고 희망을 잃은 채 시름에 잠겨 있을 여인을 생각하고 생각하고 또 생각했네. 그런가 하면 리마를 생각하기도 했네. 잠을 이루지 못한 채 밤의 숲 속에서 들려 오는 신비스러운 소리들에 귀를 기울이며 나의 발소리를 기다리고 또 기다릴 그녀를.

다음날 아침이 되자 며칠 동안 리마에게서 떠나 있으려던 내 결심은 흔들리기 시작하더군. 저녁이 되기도 전에 나는 자신의 열정에 대항하는 것을 포기했고, 게다가 내가 떠나오면서 그녀에게 매정하게 굴었으며 지금쯤 그녀의 마음은 고뇌에 갉아 먹히고 있으리라는 생각에 마침내 돌아갈 채비를 하기 시작했지. 늙은 여인은 의심스럽게 나의 움직임을 지켜보고 있다가 내가 집을 나서자마자 쫓아 달려나오며, 폭풍이 몰려오고 있고 멀리 나가긴 너무 늦었다, 밤에는 위험한 것들이 너무 많다고 외쳐댔지. 나는 손을 저어 작별을 고하고는 웃으면서 어떤 위험도 나를 해칠 수 없다는 사실을 잊었냐고 말했네. 그녀는 내가 나쁜 일을 당할까 봐 걱정했다기보다 홀로 남겨지는 것이 싫었던 거라고 생각되지만 말일세. 지적 수준이 매우 낮을지라도 '마음이란 것'을 갖고 있지 않은 흙으로 빚은 도자기에게 옛날 이야기를 해 주며 잠재울 수 없다는 사실 정도는 그녀도 알고 있었으니까.

봉우리에 닿을 때쯤엔 그녀의 예언이 정말로 옳았다는 것을 알았네. 주위 풍경이 불길하게 변하고 있었지. 둔중한 잿빛 수증기가 서쪽 하늘을 완전히 뒤덮었고, 그 아래로 숲 저 편의 하늘은 잉크처럼 검었으며, 해는 어둠 뒤로 완전히 자취를 감추었더군. 하지만 돌아가기에는 너무 늦어 버렸지. 나는 리마로부터 너무 오래 떠나 있었고, 숲 속의 밤에 갇혀 꼼짝달싹 못하게 되기 전에 비에 흠뻑 젖는 한이 있더라도 누플로의 오두막까지 갈 수 있기만을 바랄 뿐이었지.

한동안 나는 봉우리 위에 선 채 앞에 펼쳐진 어둑어둑한 풍경의 기이함에 넋을 잃고 있었네. 흐리고 단조로운 녹색의 길다란 띠 군데군데 늘씬한 야자수가 다른 나무들 위로 깃털 같은 수관을 쳐든 채 미동도 없이 서 있었는데, 그것은 밀려오는 어둠을 배경으로 참으로 기묘한 모습을 띠었지. 내리막길에 이르자 나는 폭풍이 시작되기 전에 목적지에 도착할 심산으로 다시 뛰기 시작했네. 숲에 거의 다 왔을 때 번개가 번쩍였고, 그 불빛은 약했지만 하늘 전체를 뒤덮었지. 한참 뒤 멀리서부터 우르릉 천둥이 몰아쳐 왔고, 몇 분이나 계속되다가 둔탁하게 울며 멀어져 갔네. 마치 자연의 여신이 극도의 절망과 영락에 빠진 나머지 스스로의 몸을 땅에 던져, 그 거대한 심장의 고동이 세계를 흔들며 인간의 귀에까지 전해 오는 듯했지. 더 이상 천둥은 치지 않았지만, 굵은 빗방울이 음울하게 가라앉은 대기를 뚫고 수직으로 맹렬히 쏟아지기 시작했네. 일 분도 안 되어 나는 뼛속까지 흠씬 젖었지. 그러나 잠시 동안은 비가 오히려 이득이 되었는데, 어둠 속에서 빛을 발하며 떨어지는 물방울이 어두운 주위를 잿빛으로 밝혀 주었거든. 그러나 비의 부드러운 광채는 얼마 가지 못했네. 숲에 들어온 지 이십 분도 채 안 되어 두 번째로 더욱 짙은 어둠이 내렸고, 동시에 더욱 강한 폭우가 쏟아지기 시작했네. 해는 완전히 저물었고, 이제 하늘 전체가 두꺼운 한 덩어리의 먹구름으로 덮여 있었지. 어둠이 짙어질수록 나는 더욱 초조해졌고 남쪽으로 발걸음을 돌려 나무가 좀더 듬성한 숲의 경계 가까이에 있으려 했지. 아마도 나는 비껴난 길로 잘못 들기 전부터 이미 혼란에 빠져 있었던 모양이야. 숲을 더 쉽게 찾기는커녕 나아가기 더 힘들어질 뿐이었으니까. 오래 지나지 않아 어둠이 너무도 짙어져 눈에서 오 피트 이상 떨어진 물체는 식별하기 힘들어졌지. 눈먼 사람처럼 더듬거리며 나아가던 나는 무성한 덤불에 얽혀 버렸고, 한참 동안 헛되이 덤불과 씨름하며 비틀비틀 움직이려고 애썼지만, 마침내 크게 절망하여 멈춰 섰다네. 방향 감각은 완전히 마비되어 버렸지. 밤과 먹구름과 비처럼 떨어지는 나뭇잎, 그리고 수풀과 덩굴에 마구 얽힌 나뭇가지의 그물 등이 이루는 짙은 암흑 속에 묻혀 버렸으니까. 나는 간신히 어느 골짜기, 혹은 무성한 식물들 사이에 뚫린

구멍이라고 할 수 있는 곳에 들어섰고, 그 곳은 똑바로 서서 빙빙 돌아도 걸리적대는 것이 없었네. 그러나 손을 뻗으면 덩굴과 덤불이 만져졌지. 이 장소에서 더 움직인다면 바보짓이라는 생각이 들더군. 하지만 비를 쫄딱 맞으며 축축한 땅 위에서 벌벌 떨고 있는 것도 얼마나 비참한 일이었는지. 그리고 그 끔찍한 어둠 속에서 빛을 내는 것이 있다면 자기 내면의 에너지로 번쩍이는 육식동물의 눈뿐이었겠지. 그러나 위험이나 심한 육체적 고통, 밤새 이렇게 지내야 한다는 좌절감보다도 내가 생각 없이 몰래 떠나 버린 것 때문에 리마가 얼마나 초조하고 괴로워하고 있을까 하는 생각에 더욱 가슴이 아팠네.

바로 그때, 나는 가까이에서 그녀 특유의 나지막한 지저귐을 들었고, 순간 심장에 따끔한 아픔을 느끼며 소스라쳤지. 분명 잘못 들은 것은 아니었네. 숲이 동물들의 소리와 새들의 감미로운 노랫소리로 넘쳐 난다고 해도, 그녀의 목소리는 즉시 다른 소리들과 구별될 테니까. 그 끔찍한 암흑 속에서 그 소리가 얼마나 신비로우며 또한 무한히 다정하게 느껴졌는지 자네는 모를걸세. 그 음악적이고 섬세한 억양, 구슬픈 음조는 갑자기 말할 수 없는 환희로 내 가슴을 꿰뚫었다네.

"리마! 리마!" 나는 외쳤지. "다시 말해 봐요. 당신이에요? 이리로 와 줘요."

다시 그 낮은 지저귐, 혹은 일련의 소리들이 몇 야드 떨어진 곳에서 들려 왔네. 나는 그녀가 스페인어로 답하지 않은 것에 신경 쓰지 않았지. 그녀는 내 곁에 있을 때만 스페인어를 썼고, 그것도 항상 내키지 않는 듯 보였으니까. 그러나 어느 정도 떨어진 곳에서 나를 부를 때면 그녀는 본능적으로 자신만의 신비로운 언어를 사용해 새가 짝을 부르는 것 같은 소리로 나를 부르는 것이었네. 나는 그녀가 자신을 따라오라고 말하고 있다는 것을 알았지만 움직이지 않았지.

"리마." 나는 다시 외쳤네. "이리로 와 줘요. 어디를 디뎌야 할지 모르겠어요. 당신이 곁에 와서 손을 잡아주지 않으면 움직일 수 없을 것 같아요."

대답이 없었고, 얼마 후 불안해진 나는 다시 그녀를 불렀네.

그러자 바로 곁에서 낮고 떨리는 목소리로 그녀가 대답하더군. "나 여기 있어요."

손을 내밀자 뭔가 부드럽고 촉촉한 것이 닿았네. 그것은 그녀의 가슴이었고, 손을 좀더 위로 올리니 축 늘어져 물이 뚝뚝 떨어지는 그녀의 머리칼이 만져지더군. 그녀가 떨고 있는 것을 보고, 나 때문에 오한이 들었구나 하는 생각이 들었지.

"리마, 가엾어라! 흠뻑 젖었잖아요! 이런 곳에서 당신과 만나게 되다니 정말 얄궂은 일이군요! 말해 봐요, 사랑스런 리마. 어떻게 나를 찾은 거예요?"

"나는 기다리고 …… 지켜보고 있었어요. 하루 종일. 당신이 조원을 건너오는 걸 보고, 숲에서 조금 거리를 두고 따라왔지요."

"그런데도 나는 당신에게 그토록 야멸차게 굴었군요! 아, 내 수호천사, 어둠 속의 등불이여. 당신에게 고통을 준 내 자신이 너무도 혐오스러워요! 말해 줘요, 내 사랑, 내가 돌아가서 당신과 함께 살았으면 좋겠나요?"

그녀는 대답하지 않더군. 그래서 나는 그녀의 팔을 따라 손가락을 미끄러뜨려 그녀의 손을 잡았네. 열병에 걸린 사람처럼 뜨거운 손이었지. 나는 그녀의 손을 들어 입술에 갖다 대었고, 그녀를 가까이 끌어당기려고 했지만, 그녀는 팔에서 빠져 나가 내 발치에 기대었네. 땅에 무릎을 대고 고개를 숙인 채 있는 그녀를 느낄 수 있었지. 허리를 굽혀 그녀의 몸에 팔을 두른 뒤 가슴에 끌어안자 그녀의 심장이 거칠게 뛰는 것이 느껴지더군. 나는 부드러운 말들로 대답해 달라고 간청했지만, 그녀는 단지 "이리 와요"라고 말하고는 내 품에서 몸을 빼더니 손을 잡고 덤불 밖으로 이끌었네.

오래지 않아 우리는 그렇게 깜깜하지 않은 오솔길 혹은 공터 같은 곳에 이르렀네. 그녀는 내 손을 놓고 재빨리 앞서갔고, 시종일관 그 흐릿한 잿빛 형체를 간신히 알아볼 수 있을 만큼의 거리를 유지했으며, 종종 자신이 잘 아는 저절로 생겨난 오솔길이나 공터를 따라 길을 돌아갔네. 그런 식으로 우리는 집이 보일 때까지 한 마디 말도 없이 걸었고, 들리는 것이라곤 쉴새없이 퍼붓는 빗소리와 이 곳 저 곳에서 시냇물이 콸콸 넘쳐 흐르는 소리뿐이었으며, 그것도 이미 귀에 익어 더 이상 들리는 것 같지도 않았지. 갑자기 우리는 한층 넓게 트인 빈터로 나왔고, 한 줄기 밝은 불빛이 반쯤 열린 누플로의 오두막 문안에서 새어 나오고 있는 것이 보였네. 그녀는 돌아서서 한 마디 던지더군. "여기서부터는 당신도 알겠지요." 그러고는 서둘러 걸어가는 바람에 나는 있는 힘을 다해 쫓아가야 했네.

CHAPTER 11

아침에 일어나 보니 날씨가 활짝 개어 있더군. 구름 한 점 없는 하늘은 습기가 없을 때만 가능한 순수하고 무한히 깊은 푸른빛을 띠고 있었지. 해는 아직 떠오르지 않았지만, 누플로 영감은 이미 무릎 꿇고 앉아 재 속에서 끌어낸 불씨를 입으로 불어 일으키는 중이었네. 그때 리마가 나타났지만 빠르고 가벼운 걸음으로 방을 가로질러서는 말 한 마디 없이, 심지어 내 얼굴을 한 번 흘끗 보지도 않고 밖으로 나가더군. 노인은 그녀가 나간 문을 얼마 동안 바라보다가 돌아서서는 전날 저녁의 내 모험에 대해 열심히 캐물어댔네. 나는 그녀가 숲에서 길을 잃고 덤불에 얽혀 꼼짝없이 갇혀 있던 나를 구해 준 얘기를 해주었지.

그는 무릎에 손을 문지르며 낄낄 웃더군. "행운인 줄 아시오, 선생." 그가 말했네. "내 손녀가 당신에게 얼마나 잘해 주었는지 잊지 마시오. 그녀가 아니었다면 당신은 아침도 되기 전에 죽었을 거요. 일단 그 애가 곁에 있는 한 해나 달이나 등불 같은 빛 따위는 전혀 필요 없고, 암흑 같은 밤에도 사막 한가운데 떨어진 사람들을 도와 준다는 자질구레한 도구들도 부럽지 않다오. 그들은 그런 것에 의지하라지!"

"그래요, 정말 다행이지요." 나는 대답했네. "순전히 내 잘못으로 당신의 가엾은 손녀가 그런 날씨를 겪게 한 것이 얼마나 후회스러운지 몰라요."

"아, 선생." 그는 명랑하게 외쳤네. "그런 걱정하지 마시오. 우리가 피해 숨는 비바람이나 뜨거운 햇볕은 그 애에게는 전혀 해를 끼치지 못하니까. 그 애는 추위를 타지도 더위를 먹지도 않고, 학질이 돌때조차 멀쩡하다오."

얼마간 더 이야기하다가 나는 그가 말하는 도중에 아주 조심스럽게 자리를 떠서, 리마와 얘기를 나눌 수 있지 않을까 하는 기대를 안고 산책을 나갔네.

내 바람은 이루어지지 않았지. 숲 속 어디에서도 그녀의 흐릿한 모습은 눈에 띄지 않았고, 그 감미로운 입술에서 흘러나와 나를 기쁘게 만드는 소리조차 한 마디도 들을 수 없었네. 정오에 집으로 돌아와 보니 나를 위한 식사가 마련되어 있어서, 내가 없는 동안 그녀가 잊지 않고 돌아와 식사를 차려 놓았다는 것을 알 수 있었네. "내가 당신에게 감사해야 하나요?" 나는 중얼거렸지. "내 안에서 날개를 달고 높이 솟구친 열정을 지탱할 수 있을 천상의 감로를 요구했는데, 당신은 찐 고구마와 구운 호박고지, 그리고 볶은 옥수수 한 줌을 주는군요! 리마! 리마! 내 숲의 요정, 내 사랑스런 구원자여, 여전히 나를 두려워하는 건가요? 사랑이 당신 마음속에서 반감과 싸우고 있는 건가요? 당신의 맑고 영적인 눈으로 내 안의 더러운 것들을 알아보고 혐오스러워하는 건가요? 아니면 어떤 잘못된 상상 때문에 내가 음침하고 사악하게 보이지만, 이미 달콤한 사랑의 열병에 감염되어 평정을 되찾기엔 너무 늦어버린 건가요?"

그러나 대답해 줄 그녀는 그 곳에 없었고, 잠시 후 나는 다시 밖으로 나와 집에서 얼마 떨어진 고목의 뿌리에 힘없이 걸터앉았네. 꼬박 한 시간을 앉아 있노라니, 갑자기 리마가 내 곁에 나타났지. 그녀는 몸을 굽혀 내 손을 건드렸지만 내 얼굴은 바라보지 않았고, "나랑 같이 가요"라고 말하더니 뒤돌아서 숲의 북쪽 경계를 향해 빠르게 걸어가더군. 그녀는 당연히 내가 따라올 거라고 여기는 듯, 한 번도 뒤돌아보거나 잰걸음을 멈추지 않았지. 나는 너무 기쁜 나머지 기꺼이 그녀의 말대로 일어나서 그녀를 따라갔네. 그녀는 자신에게 편안하고 친숙한 길로 나를 이끌어 갔고, 종종 덤불을 피해 돌아가는 길을 택했지. 울창한 숲에서 벗어날 때까지 그녀는 한 번도 말하거나 걸음을 멈추지 않았고, 마침내 나는 처음으로 거대한 이타이오아 언덕 – 산이라고 해야 할지 – 의 기슭에 이르렀다네. 그녀는 잠시 뒤를 돌아보며 꼭대기를 향해 손짓해 보이고는 즉시 비탈을 오르기 시작했네. 그 곳 역시 그녀에겐 친숙한 모양이더군. 아래에서 보니 경사면은 퍽이나 험하게 보였지. 커다랗고 모난 데다 온통 들쭉날쭉한 바위들이 다양한 종류의 나무들과 뒤엉켜 있었거든. 그러나 그녀를 따라 돌아가는 길로 오르니 꽤 쉽더군. 그래도 그녀를 쫓아 빨리 올라가려니 몹시 피곤했지. 언덕은 원뿔 모양이었지만 꼭대기는 납작했고 장방형 내지는 배 모양이었네. 거의 평평하고, 부드럽고 까슬까슬한 사암 하나로 이루어졌지만 군데군데 더 단단하고 둥근 돌덩어리들이 튀어나와 있었지. 식물이라고는 잿빛 산이끼와 그을린 듯한 난쟁이 관목 몇 그루뿐이었네.

그 곳에서 리마는 몇 야드 떨어진 곳에 잠시 가만히 서 있었는데, 내게 숨돌릴 시간을 주는 듯했기에 나는 기꺼이 돌에 주저앉아서 쉬었지. 마침내 그녀는 천천히 두 에이커 넓이쯤 되는 평평한 사암의 가운데로 걸어가더군. 나는 일어서서 그녀를 따라 커다란 바위 위로 올라갔고, 앞에 펼쳐진 광활한 풍경을 응시했지. 바람 없이 청명한 날이었고, 아주 높은 곳에 흰 구름 몇 조각만이 떠다니며 거칠고 메마른 땅 위에 그림자를 드리우고 있더군. 숲과 늪, 초원은 지도 위에 그려진 회색과 녹색과 노란색의 점들처럼 단지 색깔로 구분될 뿐이었지. 저 멀리 시야에 들어오는 수평선은 군데군데 산들로 가려져 있었지만, 근방의 구릉들은 모두 우리의 발 밑에 있었네.

한동안 주위를 살펴본 뒤, 나는 뛰어내려 바위에 기대어 서서는 그녀를 바라보며 입을 열기를 기다렸네. 리마가 뭔가 매우 중요한 얘기 – 그녀 자신에게 – 를 하려고 한다는 걸 느꼈고, 누플로가 아닌 다른 친구가 절실히 필요할 때만 그녀는 나에 대한 수줍음을 극복할 수 있다는 것도 깨달았네. 그리고 나는 그녀가 원할 때 원하는 방식대로 말하게 해 주자고 마음먹었지. 그녀는 여전히 말없이 고개를 돌리고 있었지만, 미세한 움직임이나 손가락을 깍지꼈다 풀었다 하는 것을 보면 초조하게 생각에 잠겨 있음을 알 수 있었네. 갑자기 그녀는 내게로 반쯤 돌아서더니 열정적으로 빠르게 말하기 시작하더군.

"아시겠어요?" 그녀는 말하면서 손을 휙 돌려 아래에 보이는 시야 전체를 가리켰지. "얼마나 거대한지 봐요!" 이제 그녀는 서쪽의 산들을 가리켰네. "저건 바아나의 산들이에요. 하나, 둘, 셋, 세 번째가 가장 높은 산이지요. 이름도 말해 드릴 수 있어요. 바아나-차라, 추미, 아라노아지요. 저 물이 보여요? 저건 과이페로라는 강이에요. 저 강이 흘러나오는 구릉의 이름은 이나루나인데, 저기 남쪽에 보이지요? 아주 멀어요." 이런 식으로 그녀는 눈에 들어오는 모든 산과 강들을 가리키며 이름을 말해 나갔네. 그러다가 갑자기 손을 늘어뜨리더니 덧붙이더군. "이게 전부예요. 더 이상은 볼 수 없으니까요. 하지만 세상은 이보다 크지요! 다른 산과 다른 강들이 있어요. 보아에 대해 말한 적이 있지요? 아주, 아주 오래 전에 내가 태어나고 어머니가 돌아가셨던, 그리고 신부님이 나를 가르치시던 곳이에요. 보이지 않는 그 모든 것이 저 멀리 있어요. 너무도 멀리."

　　나는 그녀의 단순함에 웃지 않았고, 심지어 미소조차 짓지 않았네. 반대로 나는 너무도 강렬하여 고통스러울 정도의 동정만을 느끼며, 다채롭게 변화하지만 모든 표정에 우울함이 깃들어 있는 그 어두운 얼굴을 바라보았네. 내게 무슨 말을 전하거나 혹은 일깨워 주려는 것인지 전혀 알 수 없었지만, 그녀가 뭔가 대답을 기다리고 있는 것을 알았기에 나는 이렇게 대답했지. "세계는 무척 크기 때문에, 리마, 어디서 보든 우리는 매우 작은 한 부분만을 볼 수 있는 거예요. 이걸 봐요." 나는 올라오면서 짚었던 막대로 부드러운 돌 위에 둘레가 육칠 인치 가량 되는 원을 그리고 그 한복판에는 조약돌을 놓았네. "이것은 우리가 서 있는 산이에요." 나는 말하면서 조약돌을 건드렸지. "그리고 그것을 둘러싼 이 선은 우리가 산꼭대기에서 볼 수 있는 모든 것을 에워싼 선이지요. 알겠어요? 내가 그은 선은 우리가 그 너머를 볼 수 없는 푸른 수평선인 거예요. 이 작은 원 밖에 있는 이타이오아의 납작한 꼭대기 전체는 세계를 상징하지요. 그렇다면 생각해 봐요, 우리가 여기서 볼 수 있는 것이 얼마나 보잘것없는 세계의 한 부분인지를!"

　　"그러면 당신은 그 전체를 아나요?" 그녀는 열렬히 대답했네.

"세계의 전부 말이에요." 그녀는 손을 움직여 작은 사암의 평야를 가리켰지. "모든 산과 강과 숲과 세계의 모든 사람들을?"

"그건 불가능해요, 리마. 세계가 얼마나 큰지 생각해 봐요."

"상관없어요. 자, 우리 두 사람과 할아버지가 함께 가서 세계 전체를 보는 거예요. 모든 산과 숲을 보고, 모든 사람을 만나봐요."

"당신은 자신이 무슨 말을 하는지 모르고 있어요, 리마. 그건 이렇게 말하는 거나 마찬가지예요. '자, 우리 태양에 가서 거기 있는 모든 것을 찾아봐요.'"

"당신이야말로 내가 무슨 말을 하는지 모르고 있어요." 그녀는 대꾸했고, 그 반짝이는 눈이 순간 내 눈을 똑바로 들여다보더군. "우리에게는 태양까지 날아갈 새의 날개가 없어요. 하지만 나는 땅 위를 걷고 달릴 수 있잖아요? 헤엄도 칠 수 있고요. 모든 산을 올라갈 수도 있다고요."

"아니, 그럴 순 없어요. 지구 전체를 당신 눈앞의 한 조각과 마찬가지로 생각하는군요. 헤엄쳐서 건널 수 없는 거대한 강들이 있어요. 오를 수 없는 산, 위험한 야수들이 있어 지나갈 수 없으며 지금 당신 눈앞에 보이는 모든 풍경도 흙 한 덩이에 지나지 않는 참으로 어둡고 광대한 숲이 있다고요."

그녀는 열심히 귀를 기울였네. "아, 그 곳들을 모두 아세요?" 그녀는 기묘할 정도로 밝은 표정으로 외쳤네. 그러더니 갑자기 시무룩해지며 내게서 반쯤 돌아서서 덧붙였지. "하지만 방금 전에 당신은 세계에 대해 아무것도 모른다고 하셨죠, 세계는 너무 크기 때문에! 그렇게 앞뒤가 맞지 않는 말을 하는 사람과 얘기해 봤자 무슨 소용이 있을까요?"

나는 앞뒤가 맞지 않는 게 아니라 그녀가 내 말을 제대로 이해하지 못한 것이라고 설명했네. "나는 세계의 다양한 지역들에 대해 대강 알고 있을 뿐이에요, 예를 들어 가장 큰 산이나 강, 도시 같은 것 말이에요"라고. 그리고 세계의 야만족들에 대해서도 어느 정도, 사실은 아주 조금은 알고 있다고 말했네. 그녀는 초조하게 내 말을 들었고, 그 표정에 고무된 나는 얼른얼른 대략적으로 넘어갔으며, 이야기를 간단히 하기 위해 세계를 우리가 있는 대륙으로 축소시켰지. 그녀가 아무리 열성적이라고 해도 더 이상은 소용없을 테니까.

"당신이 아는 걸 전부 말해 줘요." 내가 말을 멈추자마자 그녀가 말했네. "저기, 그리고 저기, 그리고 저기엔 무엇이 있지요?" 그녀는 사방을 가리키며 물었네. "강과 숲들은 중요하지 않아요. 마을과 부족들, 어느 곳에나 살고 있는 사람들에 대해 말해 주세요. 나는 전부 알아야 해요."

"말하기엔 너무 길어요, 리마."

"당신이 느리니까 그렇지요. 해는 아직 중천에 있는 걸요! 말해 줘요, 말해 줘요! 저기엔 뭐가 있죠?" 그녀는 북쪽을 가리켰네.

"저 땅 전부가 기아나예요." 나는 동쪽에서 서쪽까지를 손으로 죽 가리키며 말했네. "그 곳은 매우 광대하여 이쪽으로, 아니면 저쪽으로 몇 개월을 여행하더라도 끝을 볼 수 없을 정도지요. 여전히 기아나이니까. 강, 강, 또 강들. 그 사이에 숲이 있고, 그 곳을 지나가면 또 다른 숲과 강이 있어요. 그리고 다양한 야만인들과 국가와 부족들이 있지요. 과이보, 아구아리코토, 아야노, 마코, 피아로아, 키리키리포, 투파리토⋯⋯. 수백 개쯤 더 대 볼까요? 그래 봤자 소용없어요, 리마. 그들은 모두 야만인들이고, 숲 여기저기 흩어져서 살며, 활과 화살과 화살총을 가지고 사냥하지요. 그렇다면 기아나가 얼마나 큰지 알 만하잖아요!"

"기아나, 기아나! 이 모두가 기아나라는 걸 내가 모르는 줄 아세요? 하지만 그 너머, 또 그 너머에는요? 기아나에는 끝이 없나요?"

"있어요. 북쪽으로 기아나가 끝나는 곳에 오리노코 대하가 있고 그 강은, 너무 거대하여 이타이오아 산이 지금 우리가 앉아 쉬고 있는 땅 위의 돌 하나로 보일 정도로 엄청 큰 산들에서 흘러 내려오지요. 기아나는 베네수엘라의 한 부분, 그 절반에 지나지 않는다는 걸 알아야 해요. 봐요." 나는 손을 어깨 뒤로 넘겨 등 한가운데를 가리키며 말을 이었네. "내 등뼈를 따라서 몸을 대칭으로 가르는 선이 있지요. 오리노코 대하도 그와 같이 베네수엘라를 가르고 있고, 그 한쪽이 기아나 전체예요. 건너쪽에는 쿠마나, 마투린, 바르셀로나, 볼리바르,

과리코, 아푸레, 그리고 그 외의 다양한 도시와 촌락들이 있지요." 그런 다음 나는 베네수엘라의 북쪽 절반을 대강 설명해 주었네. 가축 떼로 뒤덮이고, 커피와 쌀과 사탕수수의 플랜테이션이 있는 거대한 평원, 그리고 그 곳의 주요 도시들을. 마지막으로 환락과 부가 넘치는 미 대륙의 '작은 파리' 카라카스를 말일세.

그녀는 동요하는 것 같았네. 그러나 내가 말을 멈추고 미처 마른 입술을 축이기도 전에 그녀는 카라카스를 벗어나면, 베네수엘라를 벗어나면 무엇이 있는지 알려 달라고 했지.

"대양이 있어요. 물, 온통 물뿐이지요." 나는 대답했네.

"물에는 사람이 없어요. 물고기만 있을 뿐이죠." 그녀는 말했고, 갑자기 덧붙였네. "왜 입을 다물지요? 그렇다면 베네수엘라가 세상의 전부인가요?"

내가 떠맡은 임무는 이제 시작에 불과했지. 어떻게 이야기를 해 나갈지 생각하면서 우리가 서 있는 평평한 땅 위로 눈길을 돌린 순간, 이 좁고 불규칙적인 평지가 한쪽 끝은 넓고 다른 쪽은 뾰족하여 남미 대륙의 형태와 얼추 비슷하다는 생각이 떠오르더군.

"봐요, 리마." 나는 입을 열었네. "우리는 여기 이 작은 조약돌, 이타이오아 위에 있어요. 그 주위의 선이 우리를 가두고 있고, 그 너머는 볼 수가 없지요. 이제 그 너머를 볼 수 있다고 상상해 봐요. 이 평평한 산꼭대기 전체를, 즉 세계를 전부 볼 수 있다고 말이에요. 그리고 내가 이야기하는 세계의 모든 지역과 주요 산, 강, 도시들에 대해서도 잘 들어 봐요."

금방 내가 세운 계획대로 하자면, 오랫동안 걸어 다녀야 할 뿐 아니라 돌들을 들어 옮겨 놓고 경계선을 그리는 등 힘든 일들을 한바탕 해야 했지. 그러나 나는 즐거웠네. 리마가 항상 곁에 붙어 있었고, 움직일 때마다 따라오며 내가 말하는 모든 것에 말없이 그러나 매우 흥미롭게 귀를 기울이고 있었으니까. 평평한 산꼭대기에 나는 베네수엘라를 표시했고, 길다란 선을 그어 베네수엘라를 반으로 가르는 오리노코 강을 표시했으며, 그 곳으로 흘러드는 여러 개의 거대한 지류들도 표시했네. 카라카스를 비롯한 여러 대도시들의 위치에 돌을 갖다 놓자니 돌이 어찌나 무겁던지, 우리나라 사람들이 유럽인처럼 많은 도시를 건설하지 않은 것이 다행이라는 생각이 들더군. 그 다음엔 서쪽으로 콜롬비아와 에콰도르가 뒤따랐고, 볼리비아, 페루, 칠레에 이어 마지막으로 건냉한 기후의 황량하고 고립된 지역인 남쪽의 파타고니아를 표시했지. 해안도시들을 표시하면서 남쪽으로 나아가자 마침내 대륙이 끝났고, 무한히 넓은 태평양이 시작되었네.

그때 갑자기 영감이 떠올라 나는 그녀에게 대 산맥에 대해 얘기하기 시작했네. 세계를 관통하는 그 웅대한 사슬과 티티카카 해, 그리고 테베보다도 오래된 티아와나코의 잔해가 있는 춥고 외딴 파라모 섬에 대해서 말일세. 그처럼 장대한 몸 위에 마치 곪아서 염증이 난

뾰루지처럼 생겨 더욱 주목을 끄는 주요 도시들의 이름을 열거했지.
그 곳에 살았던 사람들이 비꼬아서가 아니라 진정으로 그렇게 불렀던
'영화와 장엄의 도시' 키토는 땅에서 너무도 높이 있는 나머지 조금
만 더 가면 천상에 이른다고 전해졌네. '천상의 키토'라는 속담 그대
로였지. 그러나 그 장엄한 역사, 왕과 계승자들, 아이마르 카팍 대제
와 와스칼, 그리고 불행한 아타왈파에 대해서는 한 마디도 얘기하지
않았네. 대신 만년설로 하얗게 덮인 키토의 산꼭대기, 육지와 대양과
어두운 폭풍과 비상하는 콘도르 위로 높이 솟은 세계의 배꼽에 대해
한참 동안 – 하지만 얼마나 불충분한지! – 얘기했지. 용암이 숨쉬듯
들끓고 그 분노에 찬 신음소리가 이백 리그 밖에서도 들리는 코토팍
시, 그리고 침보라소, 안티사나, 사라타, 일리마니, 아콩카구아 같은
산들의 이름은 마치 불멸의 화강암 옥좌에 도사리고 앉은 앙심 깊은
파차카멕과 비라코차 신들의 이름처럼 느껴지더군. 마지막으로 나는
그녀에게 쿠스코, 지구상에서 가장 높이 있는 거주지역을 이야기해
주었지.

　　나 자신도 그토록 장엄한 주제에 완전히 압도되어 비판적으로 들
을 사람이 없다는 것을 구실로 마음껏 상상의 나래를 폈으며, 그녀가
생소한 사상이나 감정들에 대해 의아해하지 않을까 하는 생각도 잊어
버리고 있었네. 산들에 대해 이야기하는 동안, 그녀는 열심히 귀기울
이며 내 곁에 바짝 붙어 걸음을 옮겼네. 그녀는 환하게 빛나는 얼굴로

온몸을 흥분에 떨고 있었지.

　그러나 아직 안데스 산맥 동쪽의 상상할 수도 없이 장대한 공간이 남아 있었네. 우선 강들이 있었지만, 그 얼마나 거대한 강들인지! 바다처럼 펼쳐진 녹색의 평원, 땅이 보이지 않는 곳에서 낭비되고 있는 무한한 양의 물들, 그리고 거기엔 우림 지대가 있었지. 아마존의 우림에 대해 생각하는 것만으로도 현기증을 느낄 지경이었네. 그녀를 데려다가 침보라소의 둥근 꼭대기에 내려놓을 수만 있다면, 그 높이에 이르러야만 한눈에 들어오는 일만 평방 마일에 이르는 땅과 장대한 수평선을 보여 줄 수 있으련만. 그러면 그녀는 상상력을 동원해 그 수평선에 의해 끊이지 않고 이어지는 숲을 펼쳐 볼 수 있으련만. 하지만 그것도 유럽 대륙과 맞먹는 우림 지대 전체의 크기에 비하면 얼마나 사소한 부분인지! 모든 아름다움, 우아함, 장엄함이 그 곳에 있다네. 그러나 우리는 그것을 볼 수도 없고, 감히 생각조차 할 수 없지 …… 진정할지어다! 그 드넓은 무대야말로 가까운 미래에 현재 지구를 점유한 모든 인종과 그들이 세운 문명이 마치 옛날 티아와나코의 돌들을 조각한 이들처럼 완전히 사라진 뒤 수백 만의 무수한 생명체들 즉, 우리와 같이 똑바로 직립한 생명체들이 새로운 국가들을 세울 곳일진대. 그 곳 야자수들의 극장이야말로 유한한 자들이 일찍이 목격하지 못한 연극을 위해 준비되어 있었으니 …… 나는 서둘러 그 곳을 벗어났고, 천천히 그녀를 대서양의 해변으로 이끌고 가서는 높은 파도의 천둥 같은 소리를 들려주었고, 중간중간 멈추어 해변 도시들을 둘러보았네.

옛 족장 노아가 아들들에게 땅을 나누어 준 이후로 그처럼 방대한 지리 강의는 없었을 걸세. 마침내 끝나자, 나는 기운이 빠져 주저앉은 채 눈썹에 고인 땀을 훔쳐냈지만 막중한 임무를 완수한 것이 기뻤고, 온 세상을 직접 보고 싶다는 소망이 얼마나 헛된 것인지 그녀도 충분히 이해했으리라고 생각했네.

그녀는 이미 흥분이 가라앉았는지 내게서 약간 떨어진 곳에 서서 눈을 내리깔고 생각에 잠겨 있었네. 마침내 그녀는 다가와서 사방에 손을 휘둘러 보이며 말하더군. "저 산들을 지나고, 그 건너편의 도시들도 지나면 무엇이 있죠? 세계의 밖에 말이에요."

"물, 그저 물뿐이에요. 말해 주었잖아요." 나는 딱 잘라 대답했네. 물론 파나마의 이츠무스 섬은 바다에 가라앉혀 버리고 슬쩍 넘어갔지.

"물이라고요! 사방에 말인가요?" 그녀는 끈질겼네.

"그래요."

"물 너머로는 아무것도 없나요? 그저 물만, 영원히 물만 있는 건가요?"

나는 더 이상 비열한 거짓말을 고집할 수 없었네. 그녀는 너무 똑똑했고, 나는 그녀를 너무도 사랑했으니까. 나는 일어나서 저 멀리 산들과 홀로 떨어져 있는 봉우리들을 가리켰네.

"저 봉우리들을 봐요." 나는 말했지. "저것은 세계와 같아요. 우리가 있는 이 세계 말이에요. 세계를 에워싸고 흐르는 거대한 물 뒤로 멀리, 너무 멀어서 큰 배로도 수개월이 걸려야 도착할 수 있는 섬들이 있어요. 작은 섬도 있지만, 이 세계만큼 큰 섬도 있지요. 하지만 리마, 그 섬들은 너무 멀어서 갈 수가 없고, 따라서 얘기하거나 생각해 봤자 헛일이에요. 그 곳들은 우리에겐 다가갈 수 없는 해와 달과 별과 마찬가지인 셈이에요. 그러니 이제 내 곁에 앉아 쉬어요. 당신은 전부 알았으니까."

그녀는 당황한 눈초리로 나를 바라보았네. "나는 아무것도 몰라요. 당신은 내게 아무것도 말해 주지 않았어요. 산이나 강, 숲 같은 것은 중요하지 않다고 내가 말하지 않았나요? 세상에 살고 있는 사람들에 대해 말해 줘요. 봐요! 저 멀리 쿠스코, 세상 어느 곳과도 다른 도시가 있지요. 당신이 그렇게 말했었지요? 하지만 그 곳의 사람들에 대해서는 전혀 말해 주지 않았어요. 그 곳의 사람들 역시 세상 사람들과 다른가요?"

"내가 대답하기 전에 당신부터 우선 한 가지 질문에 대답해 줘요, 리마."

그녀는 조금 더 가까이 다가와 궁금한 표정으로 귀를 기울였지만, 아무 말도 하지 않았네.

"대답하겠다고 약속해 줘요." 나는 고집했고, 그녀가 계속 말이 없자 덧붙였네. "물어도 되겠어요, 이제?"

"그래요." 그녀는 중얼거렸네.

"왜 쿠스코의 사람들에 대해 알고 싶어하는 거예요?"

그녀는 재빨리 내 얼굴을 바라보았고, 다음 순간 고개를 수그렸네. 한동안 그녀는 주저하며 서 있다가, 더 가까이 와서 내 어깨에 손을 대고 부드럽게 말했지. "돌아서요, 나를 보지 말아요."

내가 그녀의 말대로 하자 그녀는 따뜻한 숨결이 느껴질 정도로 바짝 고개를 숙인 채 속삭였네. "쿠스코에 있는 사람들도 나와 같나요? 나를 이해해 줄까요, 당신이 이해하지 못하는 것들을? 혹시 알고 있나요?"

그녀의 떨리는 목소리에서는 불안이 묻어났고, 그 말을 듣고서야 나는 왜 그녀가 나를 이타이오아의 꼭대기로 데려왔으며, 세상에 사는 다양한 사람들을 전부 만나길 원하는지 알게 되었지. 그녀는 나를 알게 된 이후로 자신이 고립되어 있고 특이하다는 것을 인식하기 시작했고, 동시에 모든 인간이 자신과 다르지는 않을 것이며 어딘가 자신의 언어를 이해하고 생각과 감정을 나눌 수 있는 인간이 분명히 있을 거라고 여겼던 걸세.

"그것에 대해선 대답할 수 있어요, 리마." 나는 말했네. "아, 가엾은 리마. 그 곳엔 당신 같은 인간은 없어요. 한 사람도. 모든 인간형에는 성직자와 군인과 상인과 노동자, 백인과 흑인과 인디오와 혼혈인, 남자와 여자, 노인과 어린이, 빈자와 부자, 미인과 추한 사람이 있지만 당신의 사랑스런 언어를 이해할 수 있는 이는 아무도 없답니다."

그녀는 말없이 주위를 둘러보더니 반대쪽으로 걸어가기 시작했네. 손가락을 앞에 모아 깍지끼고 눈을 내리깐 그녀의 표정은 완전히 절망에 빠져 있었지. "잠깐!" 나는 일어나서 서둘러 그녀를 쫓아갔네. "당신의 언어를 이해하는 사람들이 세계 어딘가에 있는 것은 분명한가요?"

"아, 물론이지요! 그래요, 어머니께서 있다고 하셨어요. 아, 어머니, 당신이 돌아가실 때 내가 어리긴 했지만 왜 좀더 자세히 말해 주지 않으셨나요?"

"하지만 어디에?"

"내가 안다면 그들에게로 가리라는 걸 모르겠어요? 그럼 당신에게 물어 보지도 않았을 거예요."

"누플로는 알고 있나요?"

그녀는 고개를 젓더니 머리를 수그리고 계속 걸어갔네.

"하지만 물어 보긴 했어요?" 나는 끈질기게 물었지.

"물어 보긴 했냐고요? 한 번이 아니라 수백 번은 물었을 거예요." 갑자기 그녀는 멈춰 섰네. "보세요." 그녀는 말했지. "이제 우리는 다시 기아나에 있어요. 저기는 브라질이고, 저 위쪽으로는 미지의 땅인 대 산맥이 있지요. 그 곳에도 사람들이 있어요. 자, 우리 그 곳으로 가서 어머니의 친족들을 찾아봐요. 할아버지도 함께. 하지만 개는 데려가면 안 돼요. 동물들이 놀랄 거고, 짖어대기라도 하면 사나운 남자들이 우리를 독화살로 쏘아 죽일 테니까요."

"아, 리마 아직도 모르겠어요? 너무 먼 곳이에요. 당신의 할아버지, 그 가없은 노인은 어느 낯선 숲 속에서 지치고 굶주려 죽고 말 거예요."

"죽는다고요, 할아버지가? 그러면 우리는 숲 속의 야자잎으로 할아버지의 몸을 덮어 드린 뒤 떠나는 거예요. 그건 할아버지가 아니에요. 몸만이 남아 먼지로 돌아갈 뿐이지요. 할아버지는 별들이 있는 곳으로 떠나가시겠지요. 하지만 우리는 죽지 않고 나아가고, 나아가고, 또 나아갈 거예요."

더 이상 말다툼해 봤자 소용없을 것 같았네. 나는 입을 다물고 금방 들은 말에 대해 생각해 보았지. 아직도 백인들의 발이 닿지 않은 이 거대한 녹색의 세계 어딘가에 그녀와 같은 사람들이 있을 거라는 사실을 말이야. 그러한 종족이 발견되었다는 소식이 전혀 전해지지 않았다는 것은 분명 이상했네. 그러나 내 곁에 있는 리마 자체가 그러한 종족이 존재했다는 산 증거였지. 누플로는 아마도 우리에게 말해 준 것보다 더 많은 것을 알고 있을 터였네. 이미 말했듯이, 나는 그에게서 정정당당하게 비밀을 밝혀 내는 데 실패했고, 그를 괴롭게 하여 비밀을 짜낼 수단, 예를 들어 고문대나 손가락 비트는 도구 같은 것들도 갖고 있지 않았네. 인디오들에게 그녀는 단지 미신적인 공포의 대상, 디디의 딸일 뿐이었고 그녀의 출생에 대해서는 아무것도 알려져 있지 않았지. 그리고 이 가엾은 소녀 자신은 어린 시절 어머니에게서 들은 몇 마디를 희미하게 기억할 뿐이었고, 아마 제대로 이해하지도 못했을 것이었네.

그런 생각들이 머릿속을 스쳐 가는 동안 리마는 조용히 옆에 서 있었고, 그녀의 마지막 말에 내가 대답해 주길 기다리는 듯했네. 그러더니 몸을 굽혀 작은 조약돌을 주워 올린 뒤 몇 야드 밖으로 내던져 버렸지.

"어디 떨어졌는지 보셨어요?" 그녀는 외치며 내게로 돌아섰네. "기아나의 경계선이군요. 안 그래요? 우선 그리로 가요."

"리마, 정말 나를 괴롭히는군요! 우리는 거기 갈 수 없다고 했잖아요. 인적이라고는 전혀 찾을 수 없는 거친 황야가 전부인, 지도에도 표시되지 않은 지역이라고요."

"지도라고요? 내가 이해하지 못하는 말은 하지 말아요."

나는 매우 짤막하게 그 의미를 설명했네. 더 짧게 말해도 충분했을 걸세. 그녀는 매우 영민한 이해력을 갖고 있었으니까.

내 말을 들은 그녀가 재빨리 대답했지. "그 곳이 공백이라면 우리를 가로막을 것은 전혀 없다는 얘기로군요. 헤엄쳐서 건널 수 없는 강이나 키토가 있는 곳처럼 큰 산도 없다는 뜻이죠."

"하지만 내가 듣기론 말이에요, 리마. 늙은 인디오들의 말에 따르면 그 곳이야말로 가장 접근하기 어려운 장소라고 해요. 강이 있지만 지도에는 나와 있지 않고, 아마도 오리노코 대하나 아마존보다 더욱 건너기 힘든 강일 거예요. 강가에는 말라리아 모기가 서식하는 거대한 늪이 있고, 지나치게 울창한 숲과, 설상가상으로 야만인과 인디오들조차 감히 가까이 가지 않는 맹독을 가진 동물들도 있어요. 그리고 강가에 닿기도 전에 강과 같은 이름으로 불리는 험준한 산봉우리들과 맞닥뜨리게 될 거예요. 금방 당신이 조약돌을 떨어뜨린 곳, 리오라마의 산들 말이에요."

그 이름이 내 입에서 나오자마자 그녀의 표정은 번개가 치듯 순식간에 바뀌었네. 항상 그 정도만 변하면서 서로를 그림자처럼 쫓아다니던 모든 의심, 불안, 울화, 희망, 그리고 절망은 얼굴에서 사라지고, 그녀는 본능적으로 영혼에서 번져 나오는 새롭고 강렬한 감격으로 열광했지.

"리오라마! 리오라마" 그녀는 머리가 아플 정도로 빠르고 날카로운 어조로 되풀이했네. "그 곳이 내가 찾던 곳이에요! 어머니는 그 곳에서 발견되셨어요. 그 곳에 어머니와 나의 친족들이 있어요! 그래서 내가 리오라마라고 불리게 된 거예요. 그게 내 이름이라고요!"

"리마!" 나는 그녀의 말에 경악하여 외쳤네.

"아니에요, 그게 아니에요, 리오라마라고요. 신부님이 아기였던 내게 세례를 주며 리오라마라고 이름지어 주셨죠. 내 어머니가 발견된 곳의 이름을 따서 말이에요. 그러나 부르기에 너무 긴 이름이라서 다들 리마라고 불렀어요." 그녀는 갑자기 조용해지더니 쨍쨍 울리는 목소리로 외쳤네. "그리고 그는 전부 알고 있었던 거예요. 할아버지는 리오라마가 가까이 있다는 걸 알고 있었다고요. 조약돌이 떨어질 정도로 가까이. 우리는 그리로 갈 수 있어요!"

그녀는 돌아서서 자신의 고향 쪽을 손으로 가리켰네. 그녀의 모습 전체가 이제 뱀이 나를 물었던 그 날의 첫 만남을 떠올리게 하더군. 홍채의 부드러운 붉은빛은 불처럼 타올랐고, 섬세한 피부는 격렬한 장밋빛으로 이글거렸으며, 온몸은 느슨한 머리채가 바람에 흩날리는 것처럼 초조하게 마구 나부꼈네.

"배신자! 배신자!" 그녀는 외쳤고, 여전히 고향을 바라보며 빠르고 열정적인 몸짓을 해댔네. "할아버지는 전부 알고 있으면서도 내내 나를 속였던 거예요. 나 리마에게까지 할아버지는 그 입으로 거짓말을 해 왔다고요! 아, 구역질나요! 기아나에 일찍이 이토록 수치스런 사건이 있었던가요? 자, 이리 와요, 지금 당장 리오라마로 가는 거예요." 그리고 그녀는 내가 따라오는지 한 번 뒤돌아보지도 않은 채 서둘러 가 버렸고, 몇 분만에 평평한 산꼭대기를 내려가 사라졌네.

"리마! 리마! 돌아와서 내 말 좀 들어 봐요! 아, 당신 미쳤군요! 돌아와요! 돌아오라니까요!"

그러나 그녀는 돌아오지도, 멈춰서 내 말을 듣지도 않았네. 멀리 바라보니, 탄탄한 발굽과 고집스러운 본능밖에 없는 날렵한 야생 동물처럼 험준한 비탈을 뛰어내려가는 그녀의 모습이 보이더군. 얼마 되지 않아 그녀는 기암괴석과 비탈에 선 나무들 사이로 완전히 사라져 버렸네.

"누플로 영감." 나는 그의 오두막 쪽을 바라보며 말했지. "당신의 노쇠한 뼈마디에, 이제 머리 위로 밀어닥치려 하는 폭풍을 경고하는 신경통이 느껴지지 않나요?"

그리고 나는 앉아서 생각에 잠겼지.

CHAPTER 12

　　새처럼 빠르게 언덕을 내려가는 리마를 따라잡는 것은 불가능할 듯했고, 누플로 영감이 된통 당하는 꼴을 보고 싶은 마음도 전혀 없었지. 그들끼리의 다툼은 그들에게 맡겨 놓는 게 나을 것 같아서 나는 주저앉아 방금 밝혀진 사실들이 지난 이삼 주 동안 내가 짜맞춰 온 추론의 뼈대와 얼마나 맞아떨어지는지 곱씹어 보았네. 그러나 곧 시간이 늦어졌으며 몇 시간 안에 해가 지리라는 생각이 뇌리를 스치더군. 즉시 나는 산을 내려가기 시작했지. 온몸에 적잖이 멍이 들고 긁히면서 말일세. 물이 솟아나는 검은 바위 아래 입술을 갖다 대고 시원하게 목을 축인 뒤 나는 집을 향해 걷기 시작했고, 길을 잃을까 걱정하면서 시종일관 숲의 서쪽 경계를 따라갔네. 산기슭에서부터 누플로의 오두막까지 반정도 왔을 때 해가 저 버렸지. 왼쪽에서 짖는 원숭이들의 포효가 터져 나오더니 삼사 분 후에 멈추었네. 그 후로는 적막이 이어졌지만 이따금씩 멀리 숲 속에 둥지를 틀려는 새들의 외침과, 손에 닿을 듯 가까이에서 작은 새와 개구리와 벌레들의 자질구레한 소리가 들려왔네. 서쪽 하늘은 이제 호박색 불꽃 같았고, 무한히 먼 곳까지 빛나는 그 배경으로 인해 가까이 있는 나뭇가지와 무성한 잎사귀가 까맣게 도드라졌네. 그러나 왼편의 식물들은 여전히 한 덩어리의 침침한 녹색이었지. 금새 밤이 모든 색채를 거두어 갔고 날아다니는 반딧불 외에는 빛이라곤 전혀 없더군. 그 빛은 도깨비불처럼 시력과 방향 감각을 혼돈스럽게 만들어, 날이 저문 후 외딴 곳을 걷는 사람에게는 그리 반갑지 않은 불빛이라네.

점점 불안해져서 빨리 걷기 시작했는데, 갑자기 몇 야드 앞의 덤불에서 낮게 으르렁거리는 소리가 들려 깜짝 놀라 멈춰 섰지. 다음 순간 개들이, 수지오와 골로소가 어딘가 숨어 있던 곳에서 튀어나왔지만 금새 나를 알아보고 뒤로 물러섰네. 나는 안도의 숨을 내쉬며 얼마간 더 걸어갔지. 그 순간 분명 노인이 이 가까이에 있으리라는 생각이 떠올랐네. 개들은 좀처럼 그의 곁을 떠나는 법이 없었으니까. 나는 뒤돌아서 개들이 나타났던 장소로 돌아갔지. 그러자 얼마 후 흐릿하게 누런 형체가 보이더군. 두 놈 중 한 마리가 나를 보고 일어난 것이었네. 그 놈이 드러누운 곁에는 말라죽은 덤불이 널따랗게 퍼져 있었고, 그 위로 덩굴 식물이 무성히 자라 마치 식탁 위로 드리워진 태피스트리처럼 그 평평하고 넓은 꼭대기를 완전히 덮고 있었네. 줄기의 가느다란 끝 부분과 잎사귀가 덤불 가장자리에 길다란 술 장식처럼 늘어져 있었지. 하지만 그 술 장식은 땅바닥에는 닿지 않아서 덤불 아래의 어두운 안쪽으로 다른 개의 모습이 보였네. 그 놈을 한동안 바라보던 나는 마침내 누워 있는 시커먼 형체를 발견했고, 그것이 누플로임을 알아보았지.

"거기서 뭘 하세요, 노인장?" 나는 외쳤네. "리마는 어디 있지요, 혹시 못 보셨어요? 이리 나와요."

그러자 그는 몸을 일으키더니 천천히 기어 나오더군. 몸에 붙은 죽은 가지와 잎사귀들을 털어내고 난 뒤 마침내 그는 똑바로 일어서서 나를 마주보았네. 기괴하고 거친 표정에, 흰 턱수염은 마구 헝클어져 나방과 낙엽이 매달려 있었고, 눈은 올빼미처럼 퀭했으며, 입을 열었다 닫았다 하는 바람에 이가 맞부딪쳐 화난 멧돼지처럼 딱딱 소리가 나더군. 그렇게 미친 듯한 얼굴로 한참 동안 나를 노려보다가 그는 외쳤지. "당신을 처음 만난 날에 저주가 있기를! 당신을 죽일 정도의 강한 독도 없이 당신을 물었던 뱀에게 저주가 있기를! 하, 당신은 이 타이오아에서 리마와 얘기하고 왔군 그래? 그러고는 새끼를 잃어버린 위험한 동물을 비웃으려고 호랑이 굴로 돌아온 게로군. 멍청이 같으니, 저 개들이 당신의 살을 뜯어먹지 않으리라고 생각했다면, 다른 쪽으로 저녁 산책을 나와야 했을 거야."

그처럼 분노에 찬 말들은 전혀 나를 두렵게 하지 않았고, 별로 놀라게 하지도 못했네. 노인이 지금까지 항상 점잖고 친절한 태도를 취했다는 사실만 생각하지 않는다면 말일세. 그의 공격은 퍽이나 부자연스러웠고, 광포한 태도와 거친 언사에도 불구하고 마치 이전에 연습했던 역할을 연기하는 것처럼 보였지. 나는 단지 화가 났고, 그래서 앞으로 나가 그의 가슴에 주먹으로 날카롭게 한 방 날렸네. "말조심해요, 노인장." 나는 말했지. "월등한 자에게 말하고 있다는 걸 기억해요."

"무슨 말이오?" 그는 새되고 갈라진 목소리로 외치며 방어하듯 강경한 자세를 취했네. "당신이 카라카스의 보도 위에 있는 줄 아시오? 여기엔 당신을 보호해 줄 경찰은 없소. 우리는 이 사막에 고립되어, 학위나 계급 따위는 버리고 남자 대 남자로서 마주서 있는 거요."

"늙은 남자 대 젊은 남자지요." 나는 대꾸했지. "젊기 때문에 내가 월등하다는 거예요. 내가 당신 멱살을 쥐고 그 거만한 태도가 사라질 때까지 흔들어 주기를 바라는 거예요?"

"뭐요, 폭력으로 나를 위협하겠다고?" 그는 이제 완전히 적대적인 태도로 소리쳤네. "당신이, 내가 구해 주고 집과 먹을 것을 주었으며 아들처럼 대해 준 당신이! 내 평화를 파괴한 자여, 이제 나를 충분히 괴롭히지 않았소? 당신은 내게서 손녀의 애정을 빼앗아갔소. 허황된 무수한 이야기들로 그 애를 미치게 했소! 내 손녀, 내 천사, 리마,

내 구세주를! 당신의 거짓된 혀로 인해 그 애는 나를 괴롭히는 악마로 변했소! 그런데도 당신은 만족하지 못하고, 내 노쇠한 몸을 거칠게 구타하며 그 사악한 과업을 완수하려 하는군! 나는 모든 걸 잃었소! 바란다면 내 목숨을 가져 가시오. 이제 아무 의미도 없는 목숨을 더 부지하고 싶지도 않소!" 그리고 그는 바닥에 풀썩 무릎을 꿇은 뒤 낡아 누덕누덕해진 외투를 잡아 찢어, 맨 가슴을 드러냈네. "쏘게! 쏘라고!" 그는 절규했지. "총을 갖고 있지 않다면 내 칼을 가져 가서 이 슬픈 심장에 꽂으시오, 나를 죽게 해 주시오!" 그는 칼을 칼집에서 뽑아 내 발치에 던지더군.

그런 연기는 나의 분노와 경멸을 더욱 굳힐 뿐이었네. 하지만 뭐라고 대답하기도 전에 나는 어느 정도 떨어진 곳에서 이쪽으로 다가오는 흐릿한 형체를 보았지. 흐릿하고 불분명한 모양의 무언가가 나무들 사이로 낮게 나는 커다란 올빼미처럼 민첩하고 소리 없이 미끄러져 오고 있었네. 그것은 리마였고, 내가 그녀를 보았는가 싶었는데 어느새 그녀는 우리 곁에서 누플로 영감을 마주보고 있었지. 몸 전체가 흥분에 떨고 있었고, 커다랗게 뜬 눈은 흐릿한 빛 속에서 불꽃처럼 빛나고 있더군.

"여기 계셨군요!" 그녀는 귀가 아플 정도로 조급하고 쨍쨍한 목소리로 외쳤네. "나를 피하려고 생각했다니! 숲 속에서 내 눈을 피해 숨을 수 있다고? 역겨워요! 내가 할아버지를 찾아 다녔다는 걸 모르세요? 아직 얘기가 끝나지 않았어요. 가시투성이의 잔가지에 찢기면서, 아니면 턱수염을 붙잡힌 채 리오라마까지 끌려 가기를 바라시는 건가요?"

그는 입을 딱 벌리고 그녀를 쳐다보았네. 여전히 무릎을 꿇고 여윈 손으로 외투자락을 젖힌 채 말일세. "리마! 리마야! 나를 불쌍히 여기렴!" 그는 비참하게 외쳤지. "아, 얘야. 나는 리오라마까지 갈 수 없단다. 너무 멀어, 너무 멀어. 나는 늙었으니 도중에 죽고 말 거야. 아, 리마야, 내가 네 어머니의 목숨을 죽음에서 구해 주었는데 너는 동정심도 없니? 내가 죽어야지, 내가 죽어야지!"

"돌아가신다고요? 리오라마까지 저를 안내해 주기 전까지는 안 돼요. 내 눈으로 리오라마를 보게 되면, 그 다음에 돌아가세요. 기꺼이 돌아가시게 해 드릴 테니. 할아버지가 잡아먹은 모든 동물들의 자식과 손자와 사촌과 친구들 모두 할아버지가 죽었다는 걸 알면 기뻐할 거예요. 할아버지는 그 동안 내내 거짓말로 나를, 나조차도 속여왔으니 살아 있을 자격이 없어요! 지금 리오라마로 가요. 당장 일어나세요. 명령이에요!"

일어나는 대신 그는 갑자기 손을 내밀어 땅에 떨어진 칼을 움켜쥐었네. "그러면 너는 내가 죽길 바라는 거니?" 그는 울부짖었네. "내가 숙으면 기뻐할 거라고? 봐라, 그렇다면 네 눈앞에서 죽어 보이지. 내 손으로 말이다, 리마야. 이 칼을 내 심장에 찌르기만 하면……, 봐라, 나는 끝이다!"

이렇게 말하면서 그는 비극적으로 자신의 머리 위에 칼을 휘둘렀지만, 나는 가만히 있었네. 그가 실제로 목숨을 끊을 생각이 전혀 없으며, 여전히 연기를 하고 있는 것이 분명했으니까. 그런 것을 이해하지 못하는 리마는 금새 태도가 변했지.

"자살하시려는 거군요!" 그녀는 외쳤네. "아, 치사한 인간 같으니, 돌아가신 뒤에 어떻게 되나 두고 봐요. 지금 당장 어머니께 모조리 말씀드릴 거예요. 내 말을 들은 다음에 자살하든지 하세요."

이제는 그녀도 땅에 무릎을 꿇었고, 깍지낀 손을 높이 들어올리고는 분노에 번쩍이는 눈으로 나무 꼭대기 위로 보이는 한 조각 흐리고 푸른 하늘을 응시하며, 맑고 떨리는 목소리로 빠르게 말하기 시작했네. 천국에 계신 어머니께 기도하는 것이었지. 누플로는 입을 벌리고 그녀에게서 눈을 떼지 못한 채 열심히 귀기울이고 있었네. 나 역시 크나큰 경이와 감탄을 느끼며 귀기울였지. 수줍고 말이 없던 그녀가 지금은 내가 거기 없는 것처럼 마음 깊은 곳의 비밀을 큰소리로 말하고 있었으니까.

"아 어머니, 어머니, 제 말을 들어주세요. 당신의 사랑스런 아이 리마의 말을!" 그녀는 이렇게 시작했네. "지금까지 저는 잔인하게도 할아버지에게 속아왔답니다. 당신을 찾아낸 노인, 누플로 말이에요. 종종 어머니와 어머니의 친족들이 살았다는 리오라마 얘기를 했지만 그는 그런 곳은 전혀 모른다고만 말했지요. 이따금 그 곳은 아주 아주 멀리 거대한 황야에 있고, 거목의 줄기보다도 굵은 독사와 악령 그리고 이방인은 모조리 죽여 버리는 야만인들로 가득하다고 말하기도 했어요. 그런가 하면 그런 장소가 실제로 존재하지 않는다고 단언하기도 했지요. 인디오들이 꾸며낸 이야기에 불과하다고요. 그런 거짓말을 제게, 당신의 아이 리마에게 했다니……. 이처럼 치사한 일이 또 있을까요?

그런데 어느 이방인, 베네수엘라 출신의 백인이 우리의 숲으로 왔어요. 독사에게 물렸던 바로 그 남자죠. 그의 이름은 아벨이지만, 저는 그를 전에 말씀드렸던 다른 이름들로 부르지요. 하지만 어쩌면 못 들으셨을지도 모르겠군요. 저는 부드럽게 속삭였을 뿐 제대로 무릎을 꿇고 말한 게 아니니까요. 말씀드렸겠지만 어머니, 당신이 돌아가신 후 보아의 신부님께서는 몇 번이나 제게 주의를 주셨어요. 어머니나 모든 성자님들, 그리고 성모님께 기도드릴 때는 배운 대로 말해야 그 분들이 제 말을 알아들으신다고요. 정말 이상했어요, 어머니는 다르게 가르쳐 주셨으니까요. 하지만 그때 어머니는 살아서 보아에 계셨고, 지금은 하늘에 계시니 아마도 더 잘 아시겠죠. 그러니 어머니, 이제 제 말을 한 마디도 빼놓지 말고 잘 들어주세요.

그 백인이 우리와 함께 머무른 며칠 동안 이상한 일이 일어났고, 저는 변했어요. 저는 더 이상 리마가 아니었지만, 그럼에도 여전히 리마였지요. 이 얼마나 이상한 일인가요. 저는 종종 웅덩이에 가서 뭔가 달라진 것이 없나 스스로를 비춰 보았지만, 아무것도 달라 보이지 않았어요. 처음에 그것은 그의 눈에서 제 눈으로 들어와, 번개가 해질녘의 구름을 눈부시게 밝히듯 저를 채웠지요. 그 후로 그것은 그의 눈에서만이 아니라 그를 볼 때마다, 그리고 심지어 멀리서 보거나 목소리를 듣거나 무엇보다도 그가 제게 손을 댈 때 제게 흘러 들어왔어요. 그가 제 시야에 들어오지 않으면 저는 그를 다시 볼 때까지 내내 불안했어요. 그러나 그를 보게 되면 기쁘면서도 너무도 두렵고 혼란스러워 그로부터 숨어야 했지요. 아 어머니, 그 감정은 도저히 말로 표현할 수 없어요. 언젠가 한 번은 그가 저를 품에 껴안고 그가 이해하지 못하는 것을 말해 달라고 강요했지요. 그때 저는 우리의 친족들에게는 그것을 말할 수 있을 거라고, 그들은 이해하고 응답해 줄 것이며 이런 때 어떻게 해야 하는지도 알려 줄 거라고 생각했어요.

아 어머니, 이제는 그 다음에 무슨 일이 생겼는지 말씀드릴게요. 저는 할아버지에게 가서 리오라마로 데려가 달라고 처음엔 간청했고, 그래도 안 되자 떼를 썼지요. 하지만 할아버지는 제 말을 들어주지도 신경 쓰지도 않았고, 제가 그 얘기를 할 때마다 일어서서 도망치곤 했어요. 제가 쫓아가면 그는 화를 내며 앞뒤가 맞지 않는 대답을 던졌지요. 리오라마에 간 지 너무 오래 되어 어딘지 기억이 잘 나지 않는다고 한 다음, 곧바로 그런 곳은 아예 존재하지 않는다고 말하는 식이었어요. 그의 말 중 무엇이 맞고 무엇이 거짓인지 저는 몰라요. 그러니 그가 전혀 대답해 주지 않는 편이 나았을지도 모르지요. 어쨌든 할아버지에게서 도움을 얻을 순 없었어요. 그렇게 실패를 거듭한 뒤, 그 이방인 말고는 따로 얘기할 사람이 없었기에 그에게 가서 함께 전세계를 다니며 내 친족들을 찾자고 말하기로 마음먹었지요. 놀라셨지요, 어머니? 그가 있으면 두려워져, 보이지 않는 곳으로 숨어 버린다고 말했으니까요. 하지만 제 소망이 더욱 강한 나머지 잠시 동안은 두려움도 잊을 정도였어요. 그래서 저는 숲에 앉아 저를 보지 못하는 것 때문에 슬퍼하고 있던 그에게 다가가 말을 걸었고, 이타이오아의 정상까지 그를 데려가자 그는 그 곳에서 저에게 전세계를 보여 주었지요. 하지만 어머니가 아셔야 할 것은, 그가 있으면 떠는 이유가 인디오들이나 잔인한 인간들을 두려워하듯 그를 두려워해서는 아니에요. 그는 악한 사람이 아니고, 아름다운 용모를 가진 데다 점잖은 말을 쓰지요. 그는 항상 저와 함께 있고 싶다는 욕망을 갖고 있기에 제가 본 어떤 남자와도 달라요. 사랑하는 어머니, 제가 당신을 제외한 다른 여자들과 다르듯이 말이에요.

산꼭대기에서 그는 세계의 모든 지역을 표시하고 이름을 말해 주었지요. 거대한 산과 강들, 평원과 숲들, 도시들……. 그리고 사람들, 백인과 야만인에 대해서도 얘기해 주었지만 우리의 친족에 대해서는 아무 말도 없었어요. 세계의 끝을 지나면 물, 물, 물뿐이라는 얘기도

해 주었지요. 기아나의 경계에 있는 미지의 땅에 대해 얘기하면서 그는 리오라마의 산들을 언급했고, 그렇게 해서 저는 처음으로 제 친족들이 어디에 있는지 알게 되었어요. 그래서 저는 그를 이타이오아에 남겨둔 채 재빨리 떠났고, 그는 따라오지 않았어요. 저는 할아버지에게 가서 거짓말한 것을 비난했지요. 그리고 할아버지는 제가 전부 알고 있다는 것을 깨닫자 저를 피해 숲 속으로 달아났고, 방금 전 다시 찾아냈을 때는 그 이방인과 얘기하고 있었어요. 그리고, 아 어머니, 자신이 붙잡혀 다시는 도망칠 수 없게 된 걸 안 할아버지는 칼을 꺼내 자살하려고, 그래서 저를 리오라마로 데려가지 않으려고 해요. 지금 그는 제가 어머니께 드리는 말씀을 마칠 때까지 기다리는 중이고, 저는 그가 자신이 죽으면 어떤 일을 당하게 될지 분명히 알기를 원해요. 그러니 어머니, 잘 들으시고 말씀드린 대로 해 주세요. 그가 자살해서 어머니가 계신 곳으로 가면 그가 받아야 마땅한 형벌을 피할 수 없도록 신경 써 주세요. 그가 도착할 때 잘 감시하세요. 교활하고 영악하기 그지없는 사람이라 어머니의 눈을 피해 숨으려고 갖은 애를 쓸 테니까요. 그를 알아보시면 ─ 인디오처럼 갈색 피부지만 흰 턱수염을 기른 노인이지요 ─ 천사들에게 가리켜 보이며 말해 주세요. '이 자가 리마에게 거짓말을 한 악인 누플로예요.' 천사들이 그를 데려가, 날아서 도망갈 수 없게 날개를 불로 지지도록 해 주세요. 그러고 나서 산 아래 어느 어두운 동굴에 밀어 넣고 입구에 남자 백 명이 힘을 써도 움직일 수 없는 커다란 바위를 갖다 놓아 홀로 어둠 속에 영원히 있도록 해 주세요!"

기도가 끝나자 그녀는 재빨리 일어섰고, 동시에 누플로는 칼을 떨어뜨리고 절망하여 그녀의 발치에 몸을 던졌네.

"리마 …… 아가야, 내 손녀야, 그러면 안 된다!" 그는 공포로 갈라진 목소리로 외쳤네. 그는 리마의 발을 붙잡으려고 했지만, 그녀는 몸을 휙 돌려 피했지. 그래도 그는 다리 없는 도마뱀처럼 그녀를 따라가면서 용서해 달라고 비굴하게 간청했고, 지금쯤 그에 대한 적의를 천상의 장부에 기록했을 그 여인을 죽음에서 구해 준 것이 자신임을 잊지 말라고 했으며, 그녀가 요구한다면 무엇이든 들어주고 기꺼이 도우려 애쓰겠다고 맹세했네.

보기에 딱해서, 나는 얼른 그녀 곁으로 다가가 어깨를 살짝 치며 용서해 주라고 부탁했지. 그녀는 즉시 내 말을 따랐고, 다시 그에게로 돌아서서 말했네. "용서해 드리지요, 할아버지. 그러니 이제 일어나서 저를 리오라마로 데려다 주세요."

그는 몸을 일으켰지만 무릎은 여전히 꿇은 채였네. "하지만 그녀에게도 그렇게 말해야지!" 그는 원래의 목소리로 돌아와 있었지만 여전히 불안한 듯 엄지로 어깨 위를 가리키며 말했네.

"생각해 보렴, 애아. 나는 늙었고 분명 여행 중에 죽을 게다. 그렇게 되면 내 영혼은 어찌 되겠니? 지금 네가 어머니에게 말한 그 모든 것은 결코 잊혀지지 않을 텐데."

그녀는 얼마 동안 조용히 그를 바라보다가, 약간 옆으로 가서 다시 무릎을 꿇고 손을 쳐들더니 이미 총총히 별이 박힌 드높은 창공을 응시하며 기도했네.

"아 어머니, 제 말을 들어주세요. 새로 말씀드릴 것이 있어요. 할아버지는 자살하는 대신 용서를 구하고 제 말을 들어주기로 약속하셨어요. 어머니, 저는 그를 용서했고, 그는 이제 저를 리오라마로 데려다 줄 거예요. 그러니까 어머니, 리오라마로 가는 도중에 그가 죽는다면 어떤 해도 입지 않게 해 주시고, 결국엔 제가 그를 용서했다는 것만 기억해 주세요. 당신이 있는 곳에 도착했을 때 환영해 주시고 따뜻하게 대접해 주세요. 그것이 당신의 아이 리마의 소원이에요."

두 번째 기도가 끝나자마자 그녀는 다시 일어나서 누플로와 열띤 의논을 하기 시작했고, 더 이상 지체할 것 없이 자신을 리오라마로 데려가 달라고 재촉했네. 한편 그는 이제 좀 전의 공포를 잊고, 그토록 중요한 행동은 오랜 숙고와 준비를 필요로 한다고 우겼지. 여행은 이십 일이 족히 걸릴 것이고 식량을 충분히 갖고 떠나지 않으면 반도 가기 전에 굶어죽을 거라고. 게다가 자신이 죽으면 그녀는 더욱 힘들어질 거라고. 하지만 칠팔 일 안으로는 출발할 수 있을 거라고 딱 잘라 말했네.

그 동안 나는 열심히 그들의 논쟁에 귀기울였고, 결국 다시 한 번 노인의 편을 들어 말참견을 했네. 가엾게도 리마는 기도하는 중에 본의 아니게 자신에 대한 나의 영향력을 발설해 버렸고, 그 힘을 시험하는 것은 즐거운 일이었지. 다시 그녀의 어깨에 손을 얹으며 나는 그토록 긴 여행을 준비하려면 칠팔 일은 딱 알맞은 기간이라고 맞장구쳤네. 그녀는 즉시 수긍했고, 내 얼굴을 한 번 흘끗 보더니 재빨리 짙은 어둠 속으로 사라지더군. 나는 노인과 단둘이 남았네.

이젠 완전히 깜깜해진 숲을 지나 돌아오는 동안, 나는 리마와 얘기하던 중 어떻게 해서 리오라마에 대한 얘기가 나왔는지를 설명했고, 그러자 그는 나에게 난폭한 언사를 쓴 것을 사과했지. 사적인 문제는 잊어버린 채 그는 앞으로의 긴 여행에 대해 얘기했으며, 말린 훈제 고기를 충분히 준비해서 가방에 싸갈 계획이라고 털어놓았네. 고기 위에 카사바 빵과 말린 호박고지 같은 주전부리들을 쌓아 리마의 날카로운 눈과 예민한 코를 피할 생각이라고 하더군. 마침내 그는 한바탕 두서없는 이야기를 늘어놓았네. 내심 리마의 출생과 그녀의 친족들에 대해 뭔가 나오지 않을까 기대했지만 헛된 일이었지. 그는 단지, 저 애 머릿속에는 구더기가 들어 있는 게 아닐까 의심스럽다며 조심스레 속내를 내비쳤고, 하지만 지금쯤 천상에서 매우 유력한 인물이 되어 있을 어머니의 비호로, 저 애가 지고의 권력과 연결되어 있는 한 무슨 수원이든 들어주는 게 상책이라고 했을 뿐이었네. 그는 나를 돌아보았고 분명 윙크를 던진 것처럼 보였는데 ─ 어두워서 제대로 보지는 못했지만 – 덧붙이기를, 구애해 오는 친구가 있다는 것은 멋진 일이라고 했지. 그는 자꾸 실없이 킬킬거리며, 다른 사람들은 교회의 모든 절차에 따라 교회에 헌금하고 미사에 참석하고 이따금씩 고해도 하고 속죄도 받아야 한다고 말을 이었네. 따라서 교회도, 속죄해 줄 신부도 없는 황야에 있게 된 사람들 역시 영혼을 상실하는 위험을 무릅쓰지 않으려면 그렇게 해야 한다고 말하더군. 그러나 그의 경우는 달랐네. 그는 자신이 결국은 연옥의 불에서 벗어날 수 있을 것이며, 자신의 불결함과 함께 곧바로 천국에 갈 것이라고 믿는다고 했네. 그는 그런 일은 극소수의 사람들에게만 허용되는 것이라고 말했지. 그 자신은 결코 성자가 아니었고, 처음 숲에 살게 된 것도 아주 젊은 시절 저지른 과오에 대한 응징에서 도망치기 위해서였다고.

그 말에 나는 죄 많은 남자에게 천국은 상당히 재미없는 곳이 되지 않겠느냐고 대꾸하고 싶은 충동을 억제하지 못했네. 그는 명랑하게, 그 점에 대해서는 이미 생각해 봤고 내세에 대한 두려움 같은 건 없다고 대답했지. 그는 오래도록 살아오는 동안 천상의 법에 따라 지상의 일을 다스려 온 자들에 입각하여 정치 방법을 관찰해 보았고, 그 결과 천상이 어떤 곳인지 분명히 알게 되었다고 했네. 그리고 자신은 그 무수하고 영광스런 존재들 사이에서도 그들과 충분히 대등하게 여겨질 수 있을 것이며, 따라서 작은 오점 때문에 딱히 나쁘게 여겨지지는 않을 것이라고 말하더군.

어떻게 해서 그가 자신이 죽은 후 리마의 능력으로 만사가 해결되리라는 생각을 갖게 되었는지는 잘 모르겠네. 아마도 그녀의 두드러진 개성과 강렬한 신념이 무지하고 극히 미신적인 사람에게도 깊은 인상을 준 거겠지. 그녀가 천국에 있는 어머니께 기도하는 동안에도 나는 전혀 우스꽝스럽다고 생각하지 않았고, 심지어 노인의 날개를 잘라내어 도망치지 못하게 해 달라고 할 때도 미소조차 띠지 못했네. 그녀의 정열적인 표정, 쩽쩽하고 흥분된 어조에서 울리는 강한 신념, 피 흘리는 것을 그토록 싫어하고 살아 있는 모든 것, 심지어 가장 잔인한 동물조차 온화하게 대하는 그녀가 누플로에게 자살하라고, 다만 그 전에 그의 거짓된 영혼에 대해 자신이 내세에서 어떻게 복수를 이룰지 들어 보라고 했을 때의 신랄한 냉소, 이러저러한 사건들의 진상을 열거하면서 마음속의 가장 깊은 비밀까지 드러내는 솔직함 등이 내게 야릇하고 감동적인 인상을 남겼지. 그녀의 말을 듣고 있으면 나는 더 이상 계몽된 무신론적 인간일 수가 없었네. 그녀 자신이 너무도 초자연적인 존재에 가까웠고, 내 곁에 보내짐으로써 내 안에 숨어 있던 뭔가 형용할 수 없는 감정이 삶에 파고 들어왔으니까. 그리고 머리 위의 푸른 하늘을 응시하는 그녀의 아름답고 눈부신 눈의 움직임을 따라가노라면 그녀와 닮은 또 다른 모습, 성화(聖化)된 리마와 같은 존재가 창백하고 영적인 얼굴을 기울이고서 지상에 있는 자신의 아이가 속삭이는, 날개를 달고 올라오는 리마의 말들을 듣고 있는 것이 보이는 듯했네. 그리고 노인의 말을 들으며 그의 이기적인 망상에 기분 나쁜 표정을 짓고 있는 그때조차도 사실 나 역시 그녀의 기도가 준 미묘한 인상에서 벗어나지 못하고 있었지. 그것은 분명 환각이었네. 리마의 어머니가 정말로 천상에서 그녀의 목소리를 듣고 있지는 않았지. 하지만 뭔가 불가해한 방법으로 리마는 나에게, 그리고 미신적인 누플로 영감에게도 고원(高遠)하고 신성한 존재로 인식되었으며, 그 느낌은 그녀에 대한 나의 정열에 섞여 그것을 순화시키고 무한히 감미롭게 또한 고귀하게 만드는 것 같았네.

우리는 한동안 말없이 걸었고 마침내 내가 입을 열었지. "노인장, 아까 리마와 한참 말다툼하시고 나서 결국 리오라마로 가는 데 동의하신 것 같더군요. 하지만 나도 함께 가도 되는지는 당신들 중 어느 쪽도 일언반구가 없네요."

그는 멈추어 서서 나를 바라보았고, 그의 표정을 보기에는 너무 어두웠음에도 나는 그의 놀라움을 느낄 수 있었지. "선생!" 그는 외쳤네. "우리는 당신 없이는 갈 수 없소. 내 손녀의 말을 못 들었소? 그 애가 이 미친 여행을 떠나려고 하는 것은 바로 당신 때문이라오. 당신이 우리와 함께 여행을 가지 않는다면, 선생, 우리는 여기 그대로 있어야 하오. 하지만 그렇게 되면 리마는 뭐라고 하겠소?"

"잘 알았어요, 나도 가지요. 하지만 한 가지 조건이 있어요."

"뭐지요?" 그는 물었지만, 목소리가 갑자기 변한 것으로 봐서 다시 긴장했다는 사실을 알 수 있었네.

　"리마의 출생에 대한 전말을 내게 얘기해 주세요. 당신이 어떻게 해서 그녀를 데리고 이 외딴 곳까지 와서 지금껏 살게 되었는지, 그리고 그녀가 리오라마에 찾아가서 만나고 싶어하는 그 사람들에 대해서도 말해 주세요."

　"아, 선생, 그건 무척이나 길고 슬픈 얘기라오. 하지만 전부 듣고 싶다는 데야……. 하긴 당신도 알아야 할 거요. 선생도 이제 우리의 일행이니까. 내가 더 이상 그 애를 보호하지 못하게 되면, 그 애는 당신의 것이 될 거라오. 당신이 이 늙은 누플로보다 그 애에게 더 잘 해 줄 수는 없겠지만, 아마 그 애는 더 행복해하겠지. 그리고 선생, 당신은 그 애의 곁에서 신실하게 머무르며 육식을 끊는 것이 좋을 거요. 대신에 당신을 기쁘게 만드는 희귀한 꽃을 언제나 갖고 있게 될 테지. 하지만 그 애에 대한 얘기는 지금 하기엔 너무 길다오. 리오라마로 가는 도중에 들려 드리리다. 그 먼 거리를 걸어가는 동안, 그리고 밤에 불가에 앉아 있는 동안 달리 무슨 할 얘기가 있겠소?"

　"아니, 그럴 순 없어요. 그런 식으로 미뤄 둘 순 없어요. 나는 떠나기 전에 들어야겠습니다."

　하지만 그는 여행이 시작될 때까지는 얘기하지 않겠다고 단호히 말했고, 얼마간 더 옥신각신한 후 결국 나는 그 점에 대해선 물러서야 했네.

CHAPTER 13

그 날 저녁 불가에서 누플로 영감은 좀 전의 비참한 모습과 달리 자신의 망상이 만족스러운 듯 평소보다 더욱 유쾌하고 수다스러웠네. 그는 때 맞춰 벌을 면제받고 풀려난 어린애 같았지. 하지만 그의 마음이 나만큼 가볍지는 않았을 걸세. 앞으로 얘기하게 될 하룻밤을 제외하면, 그 날 저녁은 지금까지 내가 살아오며 겪은 것 중 가장 행복한 추억으로 빛나고 있지. 리마가 내심 나를 사랑하고 있다는 걸 알았으니까. 그녀가 자신이 느낀 감정의 의미에 대해 전혀 무지하였고, 때문에 원수를 피하듯 내게서 달아났었다는 사실은 생각할수록 더욱 순진하고 사랑스럽게만 느껴질 뿐이었지.

그 날은 그녀도 평소처럼 수줍은 생쥐 마냥 자신의 잠자리로 달아나는 대신 그 날 저녁을 특별히 축하하기 위해 불가에서 조금 떨어진 구석에 앉아 있었네. 내가 처음으로 실내에서 그녀를 보고 너무나 다른 모습에 놀랐던 그늘진 그 곳 말일세.

그 구석에서 그녀는 불빛에 환히 드러난 내 얼굴을 볼 수 있었겠지만, 그녀 자신은 그늘에 앉아 있었고 내리깐 속눈썹이 눈을 가리고 있었지. 불가에 앉은 나는 달콤한 포도주로 목을 축이듯 생생한 행복을 느꼈고, 정말로 포도주를 마신 것처럼 분방하고 거리낌없는 상상력을 발휘했네. 누플로 영감은 몇 번이고 박수갈채하며 당신은 진정 시인이라고 외쳤고, 한 번 운을 맞춰서 읊어 보라고 청했지. 나는 그를 기쁘게 하기 위해 그런 것을 할 수는 없었네. 즉흥의 기술, 우리나라에서 누플로와 같은 계급의 사람들이 퍽이나 좋아하는 무의미한 말맞추기식 장난 따윈 익힌 적이 없었으니까. 게다가 그 날 저녁엔 가장 세련된 정신을 지닌 사람들이 영감을 받아 사용했던 성스러운 언어로만 내 감정을 적절히 표현할 수 있을 것 같았네. 그래서 나는 암송을 시작했지만 현대시는 아니오, 지난 세기의 시보다 더욱 위대했던 십칠 세기의 시도 아니었네. 나는 더더욱 오래된 로망스와 발라드만을 죽 읊었지. 기쁜 내용이든 슬픈 내용이든 한결같이 새의 노래처럼 자연스럽고 천진하며 매우 단순하여 어린아이조차 이해할 수 있는.

밤이 깊었지만 나는 여전히 머릿속에 떠오르는 로망스들을 암송하였고, 내 임송이 끝나고 나서야 리마는 그늘진 구석에서 나와 조용히 잠자리로 사라졌네.

나는 그들과 함께 가기로 마음을 굳혔고, 누플로와는 그에 대해 동의한 터였지만, 리마 자신의 입에서 요구를 직접 듣고 싶었네. 다음 날 아침 누플로 영감은 개들을 데리고 살금살금 나갔고, 그러자 그녀와 단둘이 만날 기회가 저절로 생겼지. 그가 떠나자마자 나는 집을 면밀히 감시했네. 관찰하고 싶었던 새가 숨어든 수풀을, 언제든 눈을 뗀 사이에 갑자기 튀어나와 달아나지 않을까 하는 마음으로 지켜보는 사람처럼.

마침내 그녀는 집에서 나왔고 도중에 나를 보더니 다시 들어가 숨으려 했지. 전날에는 그처럼 대담했음에도, 내가 말을 걸었을 때 그녀는 어느 때보다 더 수줍어하고 있었네.

"리마." 나는 말했지. "우리가 처음으로 나무 아래 함께 앉아 이야기 나누던 아침을 기억해요? 당신은 어머니에 대해 말해 주었지요. 그녀가 돌아가셨다고 말이에요."

"네."

"이제 나는 그 나무 밑에 가서 당신을 기다릴 거예요. 그 곳에서 리오라마로의 여행에 대해 다시 얘기해야겠어요." 그녀가 가만히 있었기에 나는 덧붙였지. "거기로 오겠다고 약속해 주겠어요?"

그녀는 고개를 저으며 반쯤 돌아섰네.

"우리의 약속을 잊었나요, 리마?"

"아니에요." 그녀는 대답했고, 갑자기 가까이 오며 나지막하게

말했네. "당신을 기쁘게 하기 위해서 그 곳에 가겠어요. 하지만 당신
도 내 말대로 해 줘요."

"무얼 바라나요, 리마?"

그녀는 더 가까이 다가왔네. "잘 들으세요! 내 눈을 들여다보면
안 돼요. 내게 손을 대서도 안 되고요."

"사랑스런 리마, 당신과 얘기할 때면 나는 당신의 손을 잡아야
해요."

"안 돼요, 안 돼요." 그녀는 중얼거리며 내게서 물러섰네. 그리고
그것이 그녀의 바람임을 알고, 나는 할 수 없이 승낙했지.

오래지 않아 그녀는 밀회 장소에 나타나 내게로 다가왔고, 예전
에 그랬듯 깨끗하고 노란 모래 위에 서서 손가락을 쥐었다 폈다 하며
걱정스런 표정을 짓고 있었네. 단지 그녀가 그때보다 더욱 깊이 괴로
워하고, 그 때문에 더 수줍어하며 말이 없다는 것만이 달랐지.

"리마, 당신의 할아버지가 리오라마로 당신을 데려갈 거예요. 내
가 함께 가기를 원하나요?"

"아, 정말로 모르는 거예요?" 그녀는 대답하며 재빨리 내 얼굴을
바라보았네.

"내가 어찌 알겠어요?"

그녀의 눈이 불안하게 움직였네. "이타이오아에서 당신은 내가
모르는 수백 가지의 것들을 말해 주었지요." 그녀는 모호하게 대답했

고, 아마도 지리에 대한 지식이 그토록 풍부한 내가 모든 것을 알지 못한다는 것이 이상하다는 말을 하는 것 같았네.

"말해 줘요, 왜 리오라마에 가야만 한다는 거지요?"

"당신도 들었잖아요. 나의 친족들과 얘기하고 싶어요."

"그들에게 무슨 말을 할 건가요? 말해 봐요."

"당신이 이해하지 못하는 것을요. 무슨 말이 하고 싶은 거지요?"

"당신이 스페인어로 말한다면 나도 이해할 수 있어요."

"아, 그건 말하는 게 아니에요."

"지난밤 당신은 어머니에게 스페인어로 말했잖아요. 그럼 모든 것을 고백한 것이 아니었나요?"

"아니에요, 그땐 아니었어요. 어머니께 모든 것을 털어놓을 때 나는 다른 방법으로, 나지막하게 말하지요. 무릎을 꿇고 기도하지는 않아요. 밤에 숲 속에서 홀로 있을 때 나는 어머니께 얘기하죠. 하지만 아마 듣지 못하실 거예요. 여기가 아니라 저 높은 곳에 계시니까요, 너무도 멀리! 어머니는 결코 대답해 주시지 않지만, 내 친족들에게 얘기한다면 그들은 대답해 줄 거예요."

그리고 그녀는 더 이상 할 말이 없다는 듯 돌아섰네.

"내게 할 말이 그게 전부인가요, 리마? 고작 그 몇 마디가?" 나는 외쳤네. "당신은 할아버지에게, 그리고 돌아가신 어머니에게 그토록 많은 것을 말하면서 내게는 왜 그리 입을 다무는 거예요?"

그녀는 다시 돌아서서 눈을 내리깔았네. "할아버지는 나를 속였어요. 나는 그에게 그렇게 말해 주어야 했고, 그 다음엔 어머니께 기도해야 했지요. 하지만 이해할 수 없는 당신에게는 뭐라고 말을 해야 하지요? 당신은 할아버지와 다르고, 보아에서 내가 알았던 사람들과도 달라요. 그뿐이에요. 너무도 다르고, 동시에 같지요. 당신은 당신이고, 나는 나예요. 왜 그럴까요, 당신은 아나요?"

"그래요. 알고 있지만, 당신에게 말로 표현할 수는 없어요. 그래서 친족들을 찾는다면 어떻게 할 건데요? 나를 떠나 그들에게 갈 건가요? 내가 당신을 잃기 위해서 그 머나먼 리오라마까지 가야 하는 거예요?"

"내가 있는 곳엔 당신도 있을 거예요."

"무슨 뜻이에요?"

"내가 이걸 못 보는 줄 아세요?" 그녀는 대답하며 재빨리 내 얼굴에 드러난 표정을 가리키더군.

"당신의 눈은 날카롭네요, 리마. 마치 새처럼 날카로워요. 하지만 내 눈은 그렇지 못해요. 당신의 생생하고 아름다운 눈을 한 번만 더 들여다보게 해 줘요. 그러면 당신이 내 얼굴을 읽듯 나도 당신의 마음을 볼 수 있을 거예요."

"안 돼요, 안 돼요, 그럴 순 없어요!" 그녀는 고통스럽게 내뱉으며 내게서 물러섰네. 그러고는 갑자기 신랄한 어조로 외쳤지. "당신은 약속을 잊었나요, 나하고 한 약속을?"

그녀의 말에 나는 부끄러워져 입을 다물었네. 하지만 그 부끄러움은 그녀의 아름다운 몸을 내 품에 껴안고 얼굴에 키스를 퍼붓고 싶은 충동만큼 강하진 못했네. 욕망에 괴로워하며 나는 돌아섰고, 나무뿌리에 앉아 손으로 얼굴을 가렸지.

그녀는 좀더 가까이 다가왔네. 내 손가락 사이로 그녀의 그림자가 보였고, 다시 그녀의 얼굴과 간절하면서도 연민어린 눈이 보였지.

"사랑하는 리마, 나를 용서해 줘요." 그리고 나는 손을 떨구었네. "모든 것에 있어 당신을 기쁘게 하려고 무던히도 노력하고 있답니다. 손으로 내 얼굴을 만져 줘요. 그렇게만 해 주면, 나는 당신과 함께 리오라마로 갈 것이고 언제나 당신의 말을 따르겠어요."

그녀는 잠시 망설이더니 재빨리 옆으로 비켜났고, 나는 그녀의 모습을 볼 수 없었네. 그러나 나는 그녀가 가 버리지 않았으며, 바로 뒤에 서 있다는 것을 알았지. 얼마 더 기다리자 그녀의 손가락이 내 피부에 부드럽게 닿았고, 날개 달린 나방이 날갯짓하듯 뺨 위에서 파르르 떨렸네. 다음 순간 그 가볍고 부드러운 촉감은 사라졌고, 그녀 역시 나방처럼 내 곁에서 사라지고 없었지.

숲 속에 홀로 남은 나는 슬퍼졌다네. 그녀의 손가락이 남긴 떨리는 듯한, 애원하는 듯한 감촉은 내게 그녀의 말과 다르지 않게 느껴졌으며, 말보다도 더 많은 것을 전해 주었지. 하지만 그런 식으로 전해지는 애정 표현만으로는 완전히 만족할 수가 없었다네. 나는 어째서 전날 저녁과 같은 기쁨을 느낄 수 없는지, 모든 것이 잘 풀려 가는데 왜 새삼 슬픔이 느껴지는지 자문해 보았네. 그리고 그 이유가 내 정열이 지난 몇 시간 동안 더욱 커졌기 때문이라는 것을 알았지. 심지어 잠자는 동안에도 정열은 더욱 자라나서, 이제 더 이상 그녀의 마음과 육체의 매력에 대해 생각하거나 이 정열이 언젠가 결실을 맺게 되리라고 꿈꾸는 것만으로는 불충분하게 된 것이지.

나는 리마를 위해서, 그리고 나 자신을 위해서 여행을 떠나기 전 며칠간은 인디오 친구들과 함께 지내는 것이 좋겠다고 생각했네. 그들은 내가 오랫동안 돌아오지 않아 걱정하고 있을 터였으니까. 그래서 다음날 아침 나는 노인에게 작별인사를 하고 삼사 일 안으로 돌아오겠다고 약속한 뒤, 평소보다 일찍 집을 나선 리마도 만나보지 않고 떠났네. 숲을 벗어나자마자 나는 한 번 더 뒤를 돌아보았고, 그때 홀로 떨어져 있는 나무 아래 서서 나를 바라보고 있는 그녀의 모습이 보이더군. 거리를 두고 침침한 그늘 속에서 본 그녀는 언제나 그랬듯 흐릿하고 초록빛 도는 잿빛을 띠고 있었지.

"리마!" 나는 외치며 그녀와 얘기하려고 서둘러 되돌아갔지만, 나무 아래 이르렀을 때 그녀는 사라지고 없었네. 그리고 한동안 기다렸지만 그녀가 가까이 있다는 것을 알려 주는 어떤 조짐도 눈에 띄거나 들려 오지 않자 다시 걷기 시작했지. 스스로 만들어 낸 환상에 속은 것이 아닌지 반신반의하면서.

　나는 인디오 친구들이 돌아온 것을 알았고, 나에 대한 그들의 태도가 현저히 변한 것에 그리 놀라진 않았네. 각오하고 있었으니까. 그들은 내가 어디서 누구와 함께 지냈는지 잘 알고 있었을 테니, 이상한 일은 아니었네. 그 날 아침 초원을 가로지르면서 나는 처음으로 내가 저지르고 있는 일이 얼마나 위험한지 실감했다네. 하지만 그것은 완전히 달라진 상황에 잘 대비해야겠다는 나의 각오를 북돋울 뿐이었지. 지금 돌아가서 다시 리마 앞에 나타난다면 내가 약속을 잘 잊어먹을 뿐 아니라 마음이 약하고 우유부단하기까지 하다는 것을 증명하는 꼴이 될 테니까. 잠시라도 그런 생각은 하고 싶지가 않았네.

　나는 침묵 속에서 받아들여졌네 – 환영받지는 못했어. 아무도 나의 오랜 부재에 대해서 질문하거나 언급하지 않았지. 그들은 이방인이, 전혀 모르는 사람이 침입해 온 것처럼 의심스럽게, 어쩌면 오히려 적의를 가지고 나를 쳐다보았네. 나는 그들의 태도가 변한 것을 눈치 채지 못한 척했고, 아무도 권하지 않는데도 단지에 손가락을 넣어 뻔뻔스레 배를 채웠으며, 담배를 피운 뒤에는 후덥지근한 한낮 내내 해먹에서 졸았네. 그리고 그 날의 나머지 시간은 기타를 붙들고 지냈지. 나는 음을 맞춘 뒤 손가락 끝으로 어찌나 부드럽게 줄을 뜯었는지, 사야드 이상 떨어져 있는 사람은 벌레가 날개를 윙윙거리는 소리라고 여겼을 걸세. 그 들릴락 말락한 반주에 맞춰 나는 단조로우면서도 낮

218

게 새로 지은 노래를 흥얼거렸네.

저녁이 되자 모두 지붕 아래 모였지. 나는 다시 식사를 했고, 또 다시 악기를 집어들고 동물적이면서도 반쯤 감긴 눈들이 수상쩍게 지켜보는 앞에서 큰소리로 줄을 퉁기며 노래를 했네. 내가 부른 것은 그들의 말로 가사를 넣은 오래되고 단순한 스페인 민요였지. 그들의 말은 비일상적인 용어라곤 전혀 없어 특이하고 고귀한 감정을 표현하기가 힘들었네. 내가 오후 내내 낮은 소리로 부르며 지어낸 노래는 일종의 발라드로, 나이 어린 가족들을 데리고 사는 가난한 인디오가 기근을 맞았다는 매우 단순한 얘기였지. 그는 매일매일 적막한 숲을 헤매었고, 저녁마다 마르고 시큼한 열매 약간을 간신히 찾아내어 돌아와 보면, 야위어 눈이 커다래진 그의 아내는 아무 음식도 끓고 있지 않은 화덕을 여전히 들여다보고 있었고, 굶주려 우는 자식들은 날이 갈수록 피골이 상접해져 갔네. 그리고 어떤 놀라운 기적도 없이 갑자기 가뭄은 땅에서 물러났고, 밭에서는 다시 호박과 옥수수와 마니옥이 났으며, 야생 열매들이 익었고, 새들이 돌아와 숲을 울음소리로 가득 채웠네. 그렇게 해서 오래도록 굶주린 그들의 배는 채워졌고, 아이들은 통통하게 살이 올라 햇볕을 받으며 놀거나 웃었지. 더 이상 빈 냄비를 휘젓지 않아도 된 아내는 부드러운 풀로 해먹을 짜고 그것을 마코 앵무새의 푸르고 붉은 깃털로 장식했네. 그리고 새 해먹에서 그 인디오는 노고에서 풀려나 평안히 쉬며 끝없이 담배를 피워댔지.

그린 맨션

마침내 내가 크게 환호성을 지르며 노래를 마치자 무의식중에 새어나온 긴 한숨소리가 어두운 방안에 울려 퍼졌고, 나는 그들이 내 노래를 매우 흥미롭게 들었다는 것을 알아차렸네. 여전히 그들은 아무 말도 없었고 나는 여전히 구름에 가려진 이방인이었지만, 그 시점에서 위험은 사라져 버렸지.

나는 해먹에 누워 잠들었지만 옷은 벗지 않았네. 다음날 아침 일어나 보니, 내 권총은 사라지고 그것이 담겨 있던 총집은 허리띠에서 끌러져 있더군. 칼은 사라지지 않았는데, 아마도 해먹에 누운 내 몸 아래에 있었기 때문일 걸세. 물어 보니 루니가 내 무기를 빌려 숲으로 사냥을 갔으며, 저녁때까지는 돌아오지 않을 것이라고 하더군. 나는 좋게 넘어가는 척했지만 내심 불안한 기분이 들었네. 저녁이 다 되어서, 나는 루니가 나를 죽일 생각을 했었지만 내가 인디오의 이야기를 노래하자 마음이 다소 누그러졌고, 대신 권총을 빼앗아 나를 억류해 두겠다는 생각을 하고 있다는 결론에 이르렀지. 그 후로 일어난 일들이 그런 의심을 더욱 굳혀 주었네. 사냥에서 돌아온 루니는 자신이 숲으로 사냥을 나갔었으며, 혼자서 갔기 때문에 위험으로부터 – 알다시피 초자연적인 위험 말일세 – 몸을 지키기 위해 내 권총을 빌렸다고 해명했네. 그런데 어떤 동물을 쫓다가 불행히도 덤불 속에 권총을 떨어뜨렸다고 하더군. 나는 격렬하게 그가 나를 친구로서 대접해 주지 않는다고 쏘아붙였지. 내게 무기를 빌려 달라고 하면 기꺼이 빌려 줬을 텐데, 허락도 없이 가져 갔으니 그 대가를 치러야 한다고 말일세. 그는 잠시 생각하는 듯하더니, 내가 너무 깊이 잠들어 있어서 그랬다고 변명하더군. 그리고 총을 잃어버린 건 아니니까, 그걸 떨어뜨린 장소로 당신을 데려가 줄 테니 함께 찾아보도록 하자고.

　그는 겉으로는 내게 친근했고, 어제 불렀던 노래를 다시 해 달라고 청하기까지 했으며, 그래서 우리는 다시 노래를 불러 사람들을 만족시켰지. 하지만 아침이 되자 그는 숲에 가려고 하지 않았네. 집에는 식량이 충분히 있고, 권총은 떨어진 곳에 하루쯤 더 있어도 괜찮을 거라고 하면서. 다음날도 똑같은 변명이 반복되었지. 나는 초조감과 그에 대한 의심을 숨기고 기다렸으며, 그 날 저녁에 세 번째로 발라드를 불렀네. 다음날 그는 나를 일 리그 반 정도 떨어진 숲으로 데려갔고 우리는 잃어버린 권총을 찾아 덤불을 헤집고 다녔지. 나는 찾는 것을 거의 포기해야 했네. 그가 새소리에 귀를 곤두세우는가 하면, 무언가 나타날 듯하니 멈추라거나 가만히 엎드려 있으라고 자꾸 성화였으니까.

　그렇게 하루를 낭비한 결과, 가능한 한 빨리 루니에게서 도망쳐야겠다는 결심이 서더군. 그와 앙숙이 되는 위험을 무릅쓰더라도, 사냥칼 이외의 무기 없이 리오라마로의 먼 여행을 떠나야 하는 한이 있더라도 말일세. 집 밖에 나설 때마다 인니오 중 누군가가 드러나지 않게 나를 미행하거나 감시하고 있다는 사실을 알아차렸기에, 매우 용의주도할 필요가 있었지. 다음날 나는 권총을 가지고 다시 루니를 들볶았고, 그럴싸한 모욕적인 어조로 권총이 발견되지 않으면 그 대가를 치러야 할 거라고 말했네. 내가 요구할 물품들의 목록을 대기까지 했지. 활과 화살, 화살총, 창 두 자루, 그리고 특별히 언급할 필요는 없겠지만 기아나의 숲에서 야만인으로 살아가는 데 필요한 것들 일체였네. 나는 아내를 덧붙이려 했지만, 이미 전에 제안 받은 바가 있었으니 그럴 필요는 없을 것 같았지. 그는 총에 대한 나의 대가를 듣고 다소 움찔했는지, 한 번 더 가서 찾아보겠다고 약속하더군. 그러자 나는 시력이 매우 날카로운 쿠아코가 함께 갔으면 좋겠다고 청했네. 그는 동의했고, 하지만 다음날은 사냥을 가야 하기 때문에 안 된다고 하더군. 잘된 일이었네. 그렇다면 다음날은 감시가 줄어들 것이고, 그럼 내게도 기회가 생길 터였으니까. 나는 내 조야한 악기를 집어들고 그들에게 스페인의 옛 노래를 불러 주었네.

하지만 그들은 그런 음악에는 더 이상 흥미를 보이지 않았고, 대신 자기들이 잘 알아들을 수 있는 발라드를 불러 달라고 했지. 들을수록 그 노래가 더욱 좋아지는 모양이었네. 나는 불안감에 사로잡혀 있었지만, 올빼미 같은 눈으로 나를 뚫어지게 바라보며 입 속으로 노래를 따라 부르는 클라클라 할멈을 보는 것은 즐거운 일이었네. 내 노래 이야기에도 경이로운 점이라고는 전혀 없어, 그녀가 사람들을 잠재우기 위해서 하는 옛날 이야기들과 비슷했지. 아마 그녀도 그때쯤은, 내 노래 이야기가 거칠고 흔해빠진 일상의 카사바 빵처럼 입 속에서 감미롭게 느껴지는 것은 미묘한 벌꿀과 같은 곡조 때문임을 눈치챘을 것이었네. 그녀가 연주와 노래를 가르쳐 달라고 한다면 나는 기꺼이 받아들일 준비가 되어 있었고, 유언장에 내 기타를 그녀에게 물려주도록 적어 둘 생각이었지. 무슨 말이냐고 할지도 모르지만, 폰세 데 레온이 끝내 발견하지 못한 영원한 젊음의 샘물을 마신 사람이 있다면 내가 만난 야만인들 중에서는 백발과 무수한 주름살에도 불구하고 그녀가 제일 그럴 듯해 보였으니까. 그녀는 불쌍한 늙은 마녀 같았지!

다음날은 내가 리마를 떠난 지 엿새째 되는 날이었네. 내게는 매우 초조한 하루였지. 초조감을 숨기기 위해 나는 열심히 아이들과 놀아 주었고, 예전처럼 작대기로 우스꽝스러운 칼싸움을 벌이기도 했으며, 시끄럽게 기타를 퉁겨댔지. 오후의 가장 더운 시간이 되고 남자들이 모두 집안에서 자신의 해먹에 누웠을 때 나는 쿠아코에게 시내에 가서 멱이나 감자고 청했네. 예상한 대로 그는 거절했고, 그 대신 늘 가던 웅덩이에서는 멱을 감지 말라고 진지하게 충고하더군. 그 곳에 출몰하는 작은 카리브 물고기들이 나를 공격할지도 모른다는 것이었네. 나는 그의 허술한 거짓말을 비웃어 준 다음 외투를 집어들고 명랑한 곡조를 휘파람으로 불며 문 밖으로 뛰어나갔지. 그는 내가 불 밖으로 나올 때면 항상 햇볕과 콕콕 쏘아대는 날벌레들을 피하기 위해 머리와 어깨 위로 외투를 뒤집어쓴다는 것을 알고 있었기에 내 행동을 의심하지 않았고 나를 따라오지도 않았네. 웅덩이는 집에서 십 분 정도 가면 있었지. 나는 조마조마한 마음으로 시내를 빙 돌아 좁은 끄트머리로 가서 잠시 앉아, 손바닥으로 차가운 물 몇 모금을 마셨네. 얼마 후 나는 일어서서 시내를 건너 달리기 시작했으며, 시냇가를 따라 나 있는 작은 나무들 사이를 지나 마침내 초원을 가로지르며 한참 뻗어 가는 메마른 도랑에 이르렀네. 도랑을 따라가면 상당한 시간이 걸릴 터였지만 지름길로 가면 시선에 노출될 가능성이 커 더 위험했지. 처음부터 너무 속력을 냈기에 나는 얼마 달리지도 못하고 뜨거운 태양과 격렬한 흥분으로 탈진해 버렸다네. 내가 도망치는 것을 아무도 못 보았으리라고 감히 장담할 수 없었지. 무거운 짐이라고는 전혀 없는 인디오들이 이미 내 뒤를 바짝 따라와 그 치명적인 창을 등에 꽂으려 하고 있을지도 모른다는 생각이 들더군. 나는 분노와 절망으로 흐느끼며 마른 시내 바닥에 얼굴을 박은 채 쓰러졌고, 이삼 분 동안 그렇게 지치고 무력한 상태로 있었네. 심장이 어찌나 세게 뛰던지 온몸이 덜덜 떨려 오더군. 적들이 그때 나를 따라 잡았다면 죽이는 것은 간단했을 걸세. 내 목숨이 위태롭다 해도 손 하나 까딱할 수 없을 지경이었으니까. 그러나 한참이 지나도 그들은 오지 않았네. 나는 일어서서 다시 나아갔고, 이제는 뛰는 대신 빠르게 걸었지. 나를 보호해 주던 시내 바닥이 끊어지자 나는 남쪽으로 여기 저기 흩어져 있는 관목 덤불 사이로 몸을 구부리고 걸었네. 기다가 뛰다가를 반복하고 가끔씩 잠시 멈춰 쉬기도 하면서 나는 마침내 초원의 남쪽을 경계 짓는 봉우리에 이르렀네. 나머지 길은 그때까지보다 훨씬 쉬운 내리막길이었지. 그립고 즐거운 녹음이 다시 눈앞에 환히 드러나자 가슴속에서는 점점 희망이 강하게 샘솟았고, 더 이상 무릎도 떨리지 않더군. 나는 다시 뛰기 시작했고, 나를 반겨 주는 그늘에 닿아 정신을 잃을 때까지 한 번도 멈추지 않았지.

CHAPTER 14

그토록 불안했던 하루가 지나고 마침내 리마가 있는 숲으로 돌아 왔을 때 해는 기울어 가면서도 여전히 뜨겁게 빛나고 있었네. 이글거 리는 태양 아래의 녹음이 어찌나 고맙게 느껴지던지! 탁 트인 초원에 서 나를 괴롭혔던 신열과 흥분은 그 서늘함과 안도감으로 인해 일순 간에 사라져 버렸다네. 나는 여유롭게 걸었고, 종종 멈추어 서서는 새 소리에 귀를 기울이거나 그늘 속에서 별처럼 빛나는 기생 식물 또는 희귀한 곤충을 관찰했지. 기이할 정도의 환희가 느껴지더군. 마치 햇 볕을 받으며 놀던 중 무언가를 보고 놀라서 엄마에게 달려가, 두 뺨에 부드러운 엄마의 손길을 느끼며 공포를 잊는 어린아이가 된 기분이라 고나 할까. 사실 그렇게 생각하니 약간 멋쩍고 우습기도 했지만 매우 행복했다네. 그 순간은 자연이 어머니 그 자체로 다가왔으니까. 숲의 남단에 이르자 나무들이 더 듬성해져서, 붉게 이글거리며 지는 해가 머리 위의 짙고 촉촉한 녹음 사이로 이따금씩 엿보이더군. 햇빛이 닿은 모든 물상은 새삼 경이롭고 웅장하게 보였네. 나뭇잎이 적어지는 나무 꼭대기 부분의 죽은 가지에서 가느다란 수풀 줄기와 이끼가 끊어진 줄처럼 늘어져 있었네. 바로 거기서 새 한 마리가 휘황찬란한 빛을 가득 받으며 날갯짓을 하고 있었고, 나는 멈춰 서서 그 놈이 재주 부리는 것을 구경했지. 머리를 아래로 늘어뜨리고 날개와 꼬리를 펼친 채 가는 잔가지에 매달리는가 하면, 몸을 곧추세우고 흔들리는 덩굴에서 덩굴로 날아다니며 점점 낮게 내려오기도 하고, 때로는 갑자기 이십 피트쯤 솟구쳐 가지에 앉더니 다시 이리저리 날아다니고 급강하하는 식이었지. 그 놈은 다른 여러 새들처럼 윤기가 도는 깃털을 가졌고, 여기저기로 움직일 때마다 화려한 깃털이 빛을 받아 순간순간 유리조각이나 광을 낸 금속처럼 빛났네. 그때 갑자기 같은 종류의 새 한 마리가 나타나 하늘에서 그 놈을 향해 돌이 떨어지듯 수직으로 급강하하더군. 그러자 그 놈 역시 솟구쳐 올라 신참을 맞이했고, 두 마리는 잠시 동안 서로를 재빠르게 맴돌다가 날카롭게 우짖는 소리를 내며 함께 날아갔지. 그들의 모습은 금새 보이지 않게 되었지만, 그 환성은 점점 희미해지면서 계속 되울려 왔네.

　나는 그들의 날개를 부러워하지 않았지. 그 순간엔 땅이 발이게 굳건히 고정되어 있는 것처럼 느껴지지도 않았고, 나를 옭아매는 중

력도 의식할 수 없었거든. 떠가는 희미한 구름도, 푸르고 무한히 높은 하늘조차도 나 자신이나 내가 딛고 있는 땅보다 더 가볍고 자유롭게 느껴지진 않았네. 나무 사이로 종종 내 오른편에 있는 낮은 바위 언덕들이 고른 햇살을 받아 푸르고 섬세한 형태를 띠고 있는 것이 보였지. 마치 흘러가는 구름이 굴곡진 땅에 반사되는 것 같았네. 셀 수 없을 정도로 많은 종류의 나무들이 있었지. 커다란 모라 나무, 세크로피아, 녹심목, 덤불과 양치류와 길게 늘어진 리아나 덩굴, 그리고 깃털 같은 잎사귀를 날씬한 줄기 위에 받쳐 든 키 큰 야자수도 있었네. 그 모두가 내가 딛고 선 뜬구름 위에 놓인 환상적인 안개 자수 같았고, 그 구름은 나를 실은 채 해를 비켜 흘러갔네.

목적지에 도착했을 때, 붉은 저녁노을은 나무 꼭대기 사이로 사그라졌고 해는 저물어 숲은 어둑어둑해졌지. 내가 문이 있는 쪽에서 오지 않았는데도 그들은 어떻게 내 모습을 보았는지 서둘러 뛰어나오더군. 리마가 앞서 왔고, 누플로는 팔을 흔들며 그녀 뒤를 따랐지. 하지만 그녀는 내게 가까워지자 뒤로 처졌고, 잠시 뒤 꼼짝하지 않고 서서 나를 응시하더군. 그녀의 얼굴은 창백했고 퍽이나 긴장한 듯했네. 나는 말보다도 더 웅변적이라고 할 수 있는 그 얼굴에서 눈을 뗄 수가 없었지. 그 얼굴은 안도감과 놀라움이 섞인 기쁨, 그리고 알 수 없는 당혹감 같은 것을 드러내고 있었네. 그녀는 내가 갑자기 나타난 것, 자신이 오랫동안 숲에서 기다렸다가 집안에 들어가고 난 뒤 미처 보지 못한 사이에 내가 왔다는 사실에 골이 난 듯했네.

"다시 보게 되어 기쁘오!" 노인이 요란하게 웃으며 소리쳤네.

"나도 리마를 다시 보게 되어 기쁘군요." 나도 대꾸했지. "오래 떠나 있었지요."

"오래라, 당신은 그렇게 말하겠지요." 누플로가 응수하더군. "우리는 당신을 포기했었소. 리오라마로 여행하는 것이 두려워져서 당신이 우리를 버린 것이 분명하다고 얘기했더랬지."

"우리라고요?" 리마는 외쳤고, 그 창백하던 얼굴이 갑자기 상기되었네. "저는 그렇게 말한 적 없어요."

"그래, 알고 있다. 알고 있어!" 누플로는 명랑하게 손을 저으며 말했네. "너는 그가 위험에 처해 있어서 오고 싶어도 오지 못하는 거라고 말했지. 여하튼 그는 지금 여기 있잖니. 얘기를 들어 보자꾸나."

"그녀가 옳아요." 나는 말했네. "아, 누플로 영감, 당신은 오래 살았고 경험도 풍부하지만 통찰력은 별로 없는 것 같네요. 육안보다 멀리 볼 수 있는 내면의 눈 말이에요."

"그래, 없지요. 당신이 무슨 말을 하는지 알겠소." 그는 대답하고는 하늘을 향해 손을 뻗쳐 올리며 덧붙였네. "당신이 말하는 지식은 저 곳으로부터 오지요."

그녀는 매우 열심히 귀기울이며 우리를 번갈아 바라보았네. "뭐라고요?" 그녀는 가만 있을 수 없다는 듯 갑자기 외쳤다네. "그럼 할아버지는 그녀가 내게 말씀해 주신다고 생각하시는 거예요? 언제 위험이 닥치고 언제 비가 멈출 것이며 언제 바람이 불어올지 그런 모든 것을요? 나는 밤이면 눈을 뜬 채 누워 어머니께 질문하고 귀기울이며 기다렸지요. 하지만 그녀는 언제나 말이 없었어요. 별들처럼요." 그러고는 손가락으로 나를 가리키며 일갈했네. "그는 정말 많은 것을 알아요! 누가 그에게 그것들을 얘기해 주었죠?"

"하지만 생각해 봐라, 리마야. 너는 대소를 따질 줄도 모르는구나." 그는 가볍게 대꾸했네. "우리는 수천 가지의 지식을 갖고 있지만, 그것들은 머리가 있는 사람이라면 누구나 배울 수 있는 것들이야. 창공에서 내려오는 지식은 그것과 다르지. 좀더 중요하고 더 기적적인 거란다. 그렇지 않소, 선생?" 그는 나를 돌아보며 덧붙였네.

"그럼, 내가 결론을 내릴까요?" 나는 그녀를 바라보며 말했지.

하지만 나를 향해 얼굴을 들고 있으면서도 그녀는 내 눈을 외면하고 조용히 있더군. 조용했지만 불만족스러운 듯 여전히 고개를 갸우뚱한 채였고, 아마도 내 어조에서 자신의 의심을 뒷받침해 줄 무언가를 발견한 듯했지.

누플로 영감도 그녀의 표정을 알아차렸네. "나 좀 보렴, 리마야." 그는 몸을 일으키며 말했지. "나는 나이가 많고 그는 젊단다. 내가 더 잘 알지 않겠니? 나는 내 생각을 말했고 이미 결론을 내렸다."

그러나 그녀는 여전히 납득이 안 간다는 표정으로 나를 빤히 바라보았네.

"내가 결론을 내릴까요?" 나는 다시 말했지.

"달리 누가 있지요?" 그녀는 마침내 거의 들리지 않는 목소리로 속삭이듯 대답했네. 그러나 그것은 내가 그녀를 난폭하게 떠밀어서 긴 연설을 시키기라도 한 것처럼 못마땅한 어조였지.

"알겠어요. 그럼 내가 결론짓지요." 나는 말했네. "모든 인간, 모든 종류의 동물들, 심지어 작은 새나 곤충이나 식물들에게조차도 무언가 특별한 것이 부여되지요. 냄새라든지, 목소리라든지, 특이한 본능, 예술, 지식 등등 자신에게 고유한 무언가가 말이에요. 리마에게는 영민한 정신과 멀리 있는 것을 식별하는 능력이 주어졌어요. 그것은 그녀의 것이지요. 날렵함과 우아함과 다채로움이 벌새의 것이듯 말이에요. 그러니 그녀가 창공에 있는 누군가에게서 지시를 들을 필요는 없어요."

노인은 얼굴을 찌푸리고 고개를 저었네. 하지만 그녀는 내 얼굴에 흘깃 시선을 던졌고, 미소 같은 것이 그 섬세한 입술에 감돌더군. 그녀는 뒤돌아서 집안으로 들어갔네.

나는 그 표정을 보고 그녀가 나를 이해했으며, 내 말에 어느 정도 위안을 얻었다는 것을 알 수 있었지. 그녀는 초자연적인 것들을 굳게 믿고 있었지만, 기회만 생기면 집안에서 걸치는 부드러운 면 원피스와 거추장스러운 예절을 팽개치듯 그런 것들도 기꺼이 팽개치려 했으니까. 종교와 면 원피스는 그녀가 일찍이 보아의 정착지에 살면서 받은 교육의 잔재로 보였네.

이상한 얘기지만, 누플로 영감은 말보다는 행동거지가 나은 사람이었지. 나는 그가 여행을 연기할 구실을 새로이 지어낼지도 모른다고 생각했지만, 그는 이제 여행 준비가 완전히 끝났으며 출발하기 위해 내가 돌아오기만을 기다리고 있었다고 말하더군.

리마는 언제나처럼 곧 우리를 떠났고, 얼마 후 불가에서 나는 인디오들이 나를 구류했다는 것과 권총을 잃어버렸다는 것을 그에게 심각하게 얘기했네.

"당신은 이 일을 그리 대수롭지 않게 생각하는 모양이네요." 그가 내 말을 아주 냉정하게 받아들이자 나는 놀라서 말했지. "하지만 습격이라도 당한다면 어떻게 내 몸을 지킬 수 있을지 막막하군요."

"나는 습격 따윈 두렵지 않소." 그는 대답했지. "당신이 권총 한 자루를 가졌든, 권총 여러 자루와 카빈총과 검을 가졌든, 권총은커녕 아무 무기도 없든 매한가지요. 이유는 매우 간단하오. 리마가 우리와 함께 있는 한, 우리가 그녀의 일을 돕는 한 우리는 천상의 보호를 받게 되오. 천사들이 밤낮으로 우리를 돌봐 줄 거요, 선생. 그렇다면 무기가 왜 필요하겠소, 식량을 구할 때를 빼고."

"천사들이 우리에게 식량까지 줄 수는 없나요?" 나는 대꾸했네.

"아니, 아니, 그건 다른 문제요." 그는 대답했지. "그건 하찮고 천한 일인 데다, 모든 피조물의 일상적 필요이기에 어떻게 대처해야 하는지는 각자가 잘 알고 있소. 천사가 모기 떼를 몰아내거나 길에서 덤불을 제거해 줄 것을 기대해선 안 되오. 선생, 당신은 천부적 재능에 대해 이야기했고, 리마로 하여금 그 애가 지금의 자신이며 지금 아는 것들을 알게 된 것은 벌새나 특이한 냄새를 지닌 식물이 그렇듯 애초에 그렇게 만들어졌기 때문이라고 믿게 했지요. 그 말은 틀렸소, 선생. 이런 말을 해서 실례지만, 그런 꾸며낸 이야기를 그 애의 머릿속에 집어넣은 것은 당신의 잘못이라오."

나는 미소를 띠며 대답했네. "그녀는 원래부터 당신의 믿음을 미심쩍어 하는 것 같던데요."

"하지만 선생, 리마처럼 무지한 여자아이에게 무얼 기대할 수 있겠소? 그 애는 아무것도 모르오, 적어도 아무것도 모르는 거나 마찬가지지. 그리고 논리적인 말은 들으려 하지 않소. 그 애가 머리를 땋아 내린 채 가만히 집안에 앉아서 기도하고 교리문답이나 읽는다면, 꽃이나 새나 나비 같은 쓸데없는 것들을 쫓아다니는 것보다 우리 두 사람 모두에게 훨씬 좋으련만."

"어째서죠, 노인장?"

"아, 그 애가 자기를 둘러싸고 있는 사람들 - 그러니까 그 애의 성스러운 어머니로부터 보내진 사람들 - 과 좀더 친해지고, 그들이 자신을 위해선 무엇이든 기꺼이 해 주리라는 것을 납득하면 우리가 여기서 좀더 안전하게 지낼 수 있을 게 아니겠소? 예를 들어 루니와 그의 부족 말이오, 왜 그들이 그토록 우리 가까이에 살면서 끊임없는 위험이 되어야 하오? 천연두 같은 열병을 퍼뜨려 손쉽게 그들을 죽여버릴 수도 있을 텐데."

"그런 얘기를 당신 손녀에게 한 적이 있나요?"

그는 내 물음에 흠칫 놀라며 서글픈 표정을 짓더군. "그렇소, 그것도 여러 번." 그는 말했지. "그렇지 않았다면 그야말로 형편없는 기독교인이 아니겠소. 하지만 그런 말을 할 때마다 그 애는 나를 쏘아보고는 나가 버리고, 하루 종일 내 앞에 나타나지도 않지. 그리고 나를 만나면 내 말에 대답조차 않으려 한다오. 무지하기 때문에 그토록 되바라지고 어리석은 거요. 당신도 보셨으니 알겠지만, 그 애는 무엇이 가장 중요한 일인지 생각하지도, 신경 쓰지도 않는다는 점에서 목적도 없이 하루 종일 날아다니는 화려한 색의 작은 날벌레와 마찬가지라오."

CHAPTER 15

     다음날 우리는 일찍부터 준비를 시작했네. 누플로는 이미 밭에서 난 농작물의 대부분을 거두어 말리고 비밀 장소에 날라다 놓았더군. 그는 우리가 없는 동안 야만인 부랑배 패거리가 집에 찾아와 가져 갈지도 모르는 것들을 전혀 남겨 놓지 않기로 결정한 상태였네. 그는 루니의 부족들이 찾아오리라는 걱정은 별로 하지 않았지. "그들은 나와 리마가 숲을 떠났다는 것도 모를 거요"라고 말하더군. 발라낸 옥수수 알맹이, 콩, 햇볕에 말린 호박고지 등이 담긴 커다란 흙항아리 몇 개가 여전히 처분을 기다리며 남아 있었네. 그는 항아리 중 하나를 들더니, 내게 다른 하나를 들고 따라오라며 숲 속으로 향했네. 우리는 오륙백 야드를 걸어간 다음, 숲이 서쪽 경계에 가까우며 매우 가파른 경사를 따라 내려갔지. 아래쪽에 도착한 우리는 둑을 따라 약간 더 갔고, 그 순간 뱀이 문 날 폭풍이 몰아치는 저녁에 절망해서 몸을 던졌던 바로 그 벼랑 밑에 우리가 와 있다는 것을 알았네. 누플로는 묵묵히 내 앞에서 덤불 사이를 유연하게 빠져 나갔는데, 비밀 장소로 가면서 보인 조심성과 비밀스러움은 마치 알을 낳기 위해 숨겨진 둥지로 가는 현명하고 늙은 암탉과 비슷하더군. 그 곳이 그의 둥지, 그의 가장 비밀스러운 보물창고였고, 아마도 그는 마음속으로 심하게 갈등한 후에야 이제 한 배를 타게 된 나에게 그 곳을 보여 주었을 터였네. 둑 아래쪽은 바위로 되어 있었지. 그리고 땅에서 십 내지 십이 피트 높이에 있지만 아래에서는 쉽게 손이 닿는 곳에 저절로 생긴 구멍이 있었는데, 그의 재산을 모두 넣어두기에 충분한 크기였네. 그 곳에 그는 이미 식량 말고도 대량의 말린 담뱃잎, 조야한 무기들, 조리 도구, 밧줄, 돗자리 등등의 물건을 챙겨 두었더군. 우리는 나머지 항아리들을 가지고 그 곳까지 두세 번 더 왔다갔다한 뒤, 다행히도 좁은 편이었던 입구를 사암 덩어리로 막았으며, 빈틈을 진흙으로 메우고 그 위에 이끼를 덮어 인위적으로 손을 댄 흔적을 지웠네.

우리는 저녁이 될 때까지 긴 낮잠으로 피로를 풀었고, 누플로는 또 다른 은닉처로부터 두 개의 자루를 꺼내 왔네. 하나는 이십 파운드 정도의 무게였는데 훈제 고기, 조명을 위한 기름과 수리, 그 외에 몇 가지 잡다한 것들이 들어 있더군. 그것은 그의 짐이었지. 그보다 더 작고 구운 옥수수와 날콩이 들어 있는 다른 자루는 내가 질 짐이었네.

노인은 자신의 일거수일투족에 주의했고, 시종일관 보이지 않는 첩자들에게 둘러싸인 것처럼 굴었으며, 결국 출발을 어두워지고 나서도 한 시간 뒤로 미루었네. 마침내 우리는 오른쪽으로 이타이오아를 끼고 숲을 서쪽으로 빙 둘러 걷기 시작했지. 별빛 외에는 길잡이도 없는 거칠고 험한 땅을 한참 지나 새벽이 되기 직전에야 이지러진 달이 떠올라 왔네. 우리는 처음에 북서쪽 길을 택했지만 얼마 후 동쪽으로 방향을 바꾸었으며, 그때쯤 눈이 닿는 데까지 펼쳐진 넓고 건조한 초원 군데군데에 빈약한 숲들이 보이기 시작하더군. 여행의 첫 밤은 건느라 지쳤고, 다음날에는 덥고 기나긴 낮 시간을 그늘에 앉아 보내는 동안 몸을 물어뜯는 작은 날벌레들 때문에 혼쭐났네. 하지만 낮과 밤이 지날수록 사정은 더욱 안 좋아졌는데, 강렬한 열기에다 종종 거센 소나기가 쏟아지는 등 날씨가 엉망이었기 때문이지. 그 모든 최악의 상황을 이겨내기 위해 내가 원한 보상은 단 하나뿐이었지만, 그것조차 허용되지 않았네. 리마가 내게 오거나 나와 함께 있는 시간은 예전에 숲 속에서 지내던 때보다도 훨씬 줄었고, 덤불과 줄기 그리고 엉긴 덩굴과 양치 잎사귀가 언제나 그녀의 모습을 가렸지. 사실 낮에는 가끔씩 그녀의 모습을 볼 수 있었고, 목소리가 들리는 거리에 있을 때는 몇 마디 말을 건넬 수 있기도 했네. 하지만 그 외에는 전혀 교제가 없어, 우리는 마치 어느 정도 거리를 두고 같은 방향으로 나는, 그래서 가끔씩 서로를 보고 소리를 듣게 되는 두 마리의 새와 같았지. 사막의 순례자들은 가끔 새를 벗삼는데, 더 자유롭게 움직일 수 있는 새는 종종 그를 떠나 일 리그쯤 앞서 사라졌다가 다시 돌아와 그 모습을 보이곤 하지. 새는 지표 위로 느릿느릿 나아가고 있는 여행자의 모습을 놓치거나 잊어버리는 일이 절대 없으니까. 리마가 우리와 동행하는 방식은 꼭 그 새처럼 변덕스럽고 멋대로였다네. 누플로의 말 한 마디, 신호 하나에도 그녀는 어느 길로 가야 하는지 재깍 파악했지. 멀리 떨어져 있는 숲, 혹은 더 멀리 우리가 지나갈 길 옆에 있는 산의 이름 등도 마찬가지였다네. 그녀는 서둘러 가 버려 시야에서 사라지곤 했고, 숲이 있으면 도중에 탐험하거나 그늘에서 쉬면서 스스로 먹을 것을 구하곤 했네. 하지만 그녀는 예정된 휴식장소나 야영지에 언제나 우리를 앞질러 도착해 있었지.

우리는 여행 중에 보이는 인디오 마을들은 항상 피해서 지나갔네. 마찬가지로, 여행 중이거나 야영하는 인디오들이 보이면 즉시 길을 바꾸거나 눈에 띄지 않게 빠져 나갈 수 있도록 위장을 했지. 딱 한 번, 떠난 지 이틀째 되는 날 이방인과 얘기해야 하는 일이 생겼다네. 우리는 언덕을 돌아가다가 갑자기 반대쪽에서 돌아오는 세 사람과 딱 마주쳤지. 남자 둘과 여자 하나였는데, 얄궂게도 때마침 리마도 우리와 함께 있었다네. 우리는 잠시 그들과 얘기했는데, 그들 역시 우리가 나타나서 적잖이 놀란 것 같았으며 우리의 신상을 알고 싶어하더군. 하지만 누플로는 인디오 뺨칠 정도로 그들의 말에 능숙했고, 사실대로 말할 정도로 호락호락한 사람은 아니었지. 그들은 삼 일쯤 더 가면 우리도 보게 될 차나라는 강 근처의 친척을 방문하고, 이제 파라우아리에서 이틀 걸리는 바일라의 고향 마을로 돌아가는 길이라고 하더군. 그들과 헤어진 후 누플로는 하루 종일 기분이 찜찜한 듯했네. 그 사람들은 아마도 파라우아리의 어느 마을에서 쉬어갈 테고, 그럼 분명 우리에 대해 얘기할 것이며, 그러다 보면 마침내 우리의 앙숙인 이웃 루니도 우리가 이타이오아를 떠났다는 사실을 알게 되리라고 말하더군.

그 길고 힘든 여행길에 일어난 다른 사건들은 언급하지 않겠네. 후텁지근한 낮에는, 그리고 말소리가 들리지 않을 만큼 리마가 멀리 있을 때는 그늘진 나무 아래에 앉아, 밤에는 불가에 앉아 노인은 조금씩, 줄곧 삼천포로 빠져 신성한 주제에 대해 한바탕 늘어놓긴 했지만, 리마의 출생에 얽힌 기묘한 이야기를 풀어 놓았지.

대략 십칠 년 전 - 누플로는 시간을 계산하는 방법을 정확히 몰랐네 - 이미 노령에 접어든 그는, 아홉 남자의 일당에 끼여 바로 그때 우리가 여행 중이었던 기아나의 지역들을 방랑하고 있었네. 다른 남자들은 그보다 훨씬 젊었으며 모두 베네수엘라의 법을 위반하고 정의의 심판을 피해 도망친 자들이었지. 누플로는 그 일당의 우두머리였는데, 일생의 대부분을 문명권 밖에서 살아왔고 인디오 말을 유창하게 했으며 기아나 근방을 잘 알고 있었기 때문이라네. 하지만 그의 말에 따르면 자신은 그들과 마음이 잘 맞지 않았다더군. 그들은 뻔뻔하고 구제불능인 데다 죄를 지을 때마다 악에 대한 욕망이 한층 심해지는 족속들이었지. 그러나 그는 이미 사악한 정열에 싫증이 나서 자신의 수많은 악행들을 회상하며 어린 시절 배운 모든 것들이 진실이었다는 것을 뼈저리게 느끼고 있었으며 – 누플로는 종교를 빼면 아무것도 남지 않는 사람이었으니까 – 소심해진 마음으로 천상에서 평화롭게 지낼 수 있기만을 갈구하고 있었지. 이와 같은 입장 차이 때문에 그는 동료들과 사이가 안 좋았고 종종 다투기도 했네. 그의 말로는, 자신이 유용한 존재만 아니었다면 그들은 거리낌없이 자신을 죽여 버렸을 거라더군. 그들이 가장 즐기는 방식은 고립된 작은 마을 근처에서 감시하며 기다리고 있다가, 남자들이 거의 다 나가 버리면 습격해서 마음껏 약탈하는 것이었네. 그런 습격이 있은 지 얼마 안 된 어느 날, 그들은 납치해 온 여자가 짐스러워지자 강 속의 악어들에게 던져 버렸지. 강가로 끌려가던 여자는 하늘을 올려다보며 자신을 죽인 자들에게 꼭 복수를 해 달라고 큰소리로 신에게 간청했네. 누플로는 자신이 그 사악한 행동에 가담하지 않았다는 것을 분명히 했지만, 그럼에도 신을 향한 여자의 마지막 기도는 그의 마음에 걸렸던 모양이더군. 그녀의 말을 들은 '그 분' 께서 결국 복수를 집행하신다면, 늘 그렇듯 한참 지연되겠지만, '당신이 누구와 함께 다니는지 알면 당신이 누구인지도 알 수 있다' 라는 오래된 속담처럼 죄 없는 자 즉, 그 자신을 죄인들과 함께 처벌하실까 봐 두려웠던 거지. 하지만 그는 영혼의 구원 문제로 초조한 만큼이나 아직 동료들을 배신할 준비가 되어 있지 않았네. 그는 타협하는 것이 좋겠다고 생각했고, 위험하니 당분간은 기독교도들의 정착지는 습격하지 말자고 동료들을 설득하는 데 성공했지. 그 동안은 인디오들에게 집중할 것이며, 큰 수확은 없겠지만 때때로 잔재미를 볼 수 있을 터였으니까. 그의 말에 따르면, 이교도들은 신의 근원적인 적이며 기독교도들에겐 합법적인 사냥감이라더군. 각설하고, 누플로가 이끄는 기독교도 일당은 몇 차례의 성공적인 습격 후에 역습을 당해 아홉에서 다섯 명으로 줄었네. 그들은 적에게서 달아나 거주자가 없는 리오라마로 피신했고, 그 곳의 풍부한 사냥감과 야생 열매를 보고 몇 주일은 지낼 수 있겠다고 생각했지.

어느 날 정오, 산꼭대기 너머의 주위 경치를 보기 위해 리오라마 남단의 산을 올라가다가 누플로와 동료들은 동굴 하나를 발견했네. 그 곳은 건조하며 살고 있는 동물도 없고 바닥이 평평하여 그들은 그 곳에서 한철을 보내기로 결정했지. 그래서 가까운 곳에 땔감과 물을 저장해 두었고, 하루인가 이틀 전에 잡은 고기를 훈제해 두었네. 한동안 그 편안하기 그지없는 보금자리에 머무를 생각이었던 거지. 동굴 가까이에서 그들은 바위 위에 불을 지피고 저녁으로 고기 몇 조각을 구웠네. 그런 사이 한 남자가 놀라서 비명을 질렀고, 누플로가 그 쪽을 보니 아주 아름다운 여자가 가까운 곳에 서서 놀라움과 공포로 휘둥그레진 눈으로 그들을 바라보고 있었네. 유일하게 몸에 걸친 가벼운 옷은 거대한 산의 정상에 쌓여 있는 눈처럼 하얗고 매끄러웠지만, 저물어 가는 햇빛을 받은 눈이 그렇듯 불꽃처럼 섬세하게 색깔이 변했지. 그녀의 까만 머리는 그녀의 얼굴이 헤집고 내다보고 있는 구름 같았고, 그녀의 머리는 그림 속의 성자처럼 후광으로 둘러싸여 있었지만 한층 더 아름다웠네. 왜냐하면, 누플로의 말로는, 그림은 그림일 뿐이지만 그녀는 현실이었기에 더 뛰어났던 거지. 그녀를 보자마자 그는 무릎을 꿇고 성호를 그었네. 그 사이 그녀는 여전히 놀란 표정이었지만 감히 쳐다볼 수도 없는 야릇한 광채를 내뿜는 눈으로 다른 사람들이 아닌 바로 그를 응시하고 있었네. 그는 그녀가, 신을 적대시하고 속속들이 썩어 버린 남자들과 같이 있다가 함께 파멸 선고를 받을 위험에 처해 있는 자신의 영혼을 구해 주기 위해 온 것이라고 생각했다네.

하지만 다음 순간 놀라움이 가라앉은 그의 동료들은 벌떡 일어났고, 그 천상의 여인은 사라졌네. 바로 뒤, 그들로부터 십이 야드가 채 안 되는 바위틈에 커다랗게 틈새가 있는 것이 보였고, 그 들쭉날쭉하고 험준한 가장자리는 가시덤불로 덮여 있었지. 그녀가 그 안으로 도망치자, 남자들은 소리를 지르며 황급히 그녀를 쫓아 달려갔다네.

그들의 뒤에서 누플로는 금방 나타난 것은 성인이었으며, 그들이 조금이라도 사악한 생각을 품는다면 무언가 끔찍한 일을 당하게 될 것이라고 외쳐댔지. 하지만 그들은 코방귀를 뀌고는 곧 소리쳐도 들리지 않는 곳까지 가 버렸고, 반면 공포에 사로잡힌 그는 그들 앞에 나타나 그토록 야릇한 눈길로 자신을 바라보았던 여인에게 다른 사람들의 죄 때문에 자신을 벌하진 말아 달라고 기도를 드렸다네.

얼마 지나지 않아 남자들은 실망하여 시무룩한 채 돌아왔지. 여인을 찾지 못한 것이었네. 누플로의 경고가 그들이 추적을 일찌감치 포기한 하나의 계기가 된 것 같았네. 어쨌든 그들은 심기가 불편해 보였으며, 아무래도 꺼림칙하여 동굴을 포기하기로 결정했네. 그들은 곧 그 곳을 떠나 그 날 밤은 산에서 꽤 떨어져 있는 곳에서 야영을 했지. 하지만 그들은 여전히 불만족스러웠네. 그들은 이미 공포를 잊어버렸지만, 사악한 욕정이 준 흥분은 여전히 남아 있었으니까. 의견을 주고받은 끝에, 그들은 겁쟁이 누플로 때문에 엄청난 전리품을 놓쳤다고 생각하기에 이르렀지. 누플로가 그들을 비난하자 그들은 달력에 나온 모든 성인들의 이름을 들먹이며 비난하고, 폭력으로 그를 위협하기까지 했네. 더 이상 그처럼 불경한 남자들과 같이 있는 것이 두려워, 그는 그들이 잠들기만을 기다렸다가 조용히 일어나서 식량의 대부분을 챙겨 달아났네. 안내자를 잃어버린 그 일당이 빠른 시일 내에 흩어지기를 간절히 바라면서 말일세.

이제 홀로 남아 스스로의 행동을 책임져야 한다는 생각을 히자 누플로는 매우 당황했지. 한동안 그는 완전히 겁에 질려 있었지만, 갑자기 산으로 돌아가서 자기 앞에 나타났다가 난폭한 동료들에게 쫓겨간 그 신성한 여인을 다시 찾아야 한다는 생각이 떠올랐네. 그 내면의 목소리에 복종한다면 구원받을 수 있겠지만, 저항한다면 그에게는 희망이 없으며 악어에게 여자를 던져 주었던 자들과 함께 영원히 파멸할 것이 분명했지. 결국 다음날 그는 두려워 떨면서도 되돌아갔고, 그 전날에 앉아서 고기를 굽던 그 돌 위에 다시 앉았네. 그러나 아무리 기다려도 허사였고, 마침내 내면의 목소리는 여인이 사라졌던 골짜기 같은 틈새로 들어가서 그녀를 찾아보라고 그에게 명령했지. 그래서 그는 자리에서 일어나, 깨지고 모난 바위를 타 넘고 무성하게 자란 가시덤불과 덩굴들을 지나 천천히 조심스럽게 아래로 내려가기 시작했네. 틈새의 바닥에는 울퉁불퉁한 하상을 따라 맑은 급류가 거품을 내며 요란하게 흘러가고 있었지. 그러나 거기에 이르려면 아직 이십 야드 정도 더 내려가야 했고, 그때 그는 덤불 속에서 들려 오는 낮은 신음소리를 들었네. 깜짝 놀라 주위를 둘러보던 그는 그 아름다운 여인, 그의 표현을 빌리면 자신의 구원자를 발견했지. 그녀는 이제 서 있지 않았고, 설 수도 없었네. 험한 비탈을 내려오다가 곤두박질을 친 나머지 한쪽 발이 바위 사이에 끼여 꼼짝도 못한 채 거친 바위 사이에 엉거주춤하게 기대어 있는 상태였으니까. 그녀는 전날 정오부터 그처럼 고통스러운 자세로 갇혀 움직이지 못하고 있었던 걸세. 그녀는 눈에 의아한 표정을 담고 말없이 낯선 손님을 응시했네. 한편 그는 절망하여 땅에 몸을 던진 채 용서를 빌며, 그녀 마음에 품은 뜻을 알려 달라고 애원했지. 하지만 그녀는 대답이 없었네. 마침내 그녀가 움직일 힘이 없다는 것을 안 그는 사람들이 숭배하는 성인이라는 존재 역시 지상에 있는 동안에는 육신을 갖고 있으며 사고를 당할 수도 있다는 생각이 떠올랐지. 그리고 그녀가 당한 사고는 아마도 그 자신을 시험해 보기 위해 천상에서 특별히 계획한 것이라고 생각했네. 무척 힘들었고 여인은 매우 고통스러워했지만, 결국 그는 그녀를 거기서 빼낼 수 있었지. 그리고 그녀의 다친 발이 반쯤 으깨지고 시퍼렇게 부어 있는 것을 보고, 그는 그녀를 팔로 안아 올려 냇가로 데려갔네. 거기서 널따란 녹색 이파리로 컵을 만들어 그녀에게 물을 퍼 주었고, 그녀는 열심히 물을 마셨지. 또 그는 그녀의 상처난 발을 흐르는 찬 냇물에 씻어 준 뒤 싱싱하고 촉촉한 잎들로 싸매 주었네. 마지막으로 그는 이끼와 건초로 부드러운 침대를 만들어 그녀를 거기에 눕혔지. 그 날 밤 그는 그녀를 돌보며 지냈고, 염증 부위에서 나는 신열을 식히기 위해 때때로 발에 맨 나뭇잎들을 싱싱하고 젖은 잎들로 갈아 주었네.

그처럼 노력한 결과 그녀가 그를 바라볼 때 갖고 있던 눈 안의 공포는 점차 사그라졌네. 다음날 그녀는 원기를 회복한 듯했고, 그는 비가 오더라도 피할 수 있게 더 높이 있는 동굴로 데려다 주겠다고 했지. 그녀는 그 말을 이해한 듯 순순히 그의 팔에 몸을 맡겼고, 그는 매우 힘겹게 틈새의 입구까지 올랐다네. 동굴 안에 그는 두 번째로 침대를 만들고, 그녀를 부지런히 보살폈네. 바닥에 불을 피우고 밤낮으로 지켰으며, 그녀에게 마실 물이나 발에 붙일 싱싱한 나뭇잎을 가져다 주었지. 더 이상은 할 수 있는 일이 별로 없었네. 구운 고기 중에 가장 맛좋고 기름진 부분을 권해 보아도 그녀는 역겨운 듯 고개를 돌릴 뿐이었네. 그녀는 물에 적신 소량의 카사바 빵만을 먹었지만, 별로 좋아하는 것 같진 않았지. 며칠 후 그는 그녀가 굶어죽을까 걱정한 나머지 야생 열매들과 먹을 수 있는 구근, 수지를 모아 왔고, 그녀는 사막에서 그와 함께 머무르는 내내 이런 자질구레한 식량들로 연명했다네.

여인은 평생 불구가 될 터였지만, 그래도 이제는 부축 없이 돌아다닐 수 있을 정도로 회복되어 매일 몇 시간씩 산 속의 바위와 나무들 사이에 머물곤 했지. 처음에 누플로는 그녀가 자신을 떠날까 봐 걱정했지만, 곧 그녀에게 그럴 생각이 없다는 것을 알게 되었네. 하지만 그녀는 언제나 슬픈 모습이었지. 그는 그녀가 바위에 앉아 뭔가 남모를 슬픔에 잠긴 듯 고개를 숙인 채 지그시 눈을 감고 굵은 눈물방울을 떨구는 모습에 익숙해져 갔네.

처음부터 그는 그녀가 머지않아 아이를 낳으려는 것이 아닌가 하는 느낌이 들었지. 그녀를 신성한 존재로 여기고 잘 보살펴서 자신의 구원을 얻으려 했던 것을 고려해 볼 때 그다지 그럴싸한 생각은 아니었지만 말일세. 하지만 그는 이제 자신의 느낌을 확신하게 되었고, 그녀가 끊임없이 슬퍼하고 초조해하는 것은 그것 때문이 분명하다고 생각했지. 그들은 말 대신 몸짓으로 어느 정도는 얘기를 나눌 수 있었기에, 그는 그녀에게 산에서 멀리 떨어진 곳에 그녀와 같은 여인들, 즉 아이를 갖게 된 어머니들이 편안히 쉬며 보살핌을 받을 수 있는 장소가 있다는 것을 알려 주었네. 그녀는 그의 말을 알아듣고 기뻐하며, 기꺼이 그와 함께 그 곳으로 가겠다고 했지. 그렇게 해서 그들은 바위 속에 있는 은신처와 리오라마의 산들을 등지고 멀리 떠나게 되었네. 하지만 여러 날에 걸쳐 평원을 천천히 가로지르는 도중에도 그녀는 이따금씩 절뚝거리는 걸음을 멈추고 뒤돌아, 푸르른 산꼭대기를 바라보며 하염없이 눈물을 흘리곤 했지.

리오라마에서 가장 가까운 기독교도 정착지는 보아라는 마을로, 같은 이름의 강가에 위치하고 있었네. 다행히도 그는 그 곳을 잘 알고 있었기에 여행의 목적지로 정했지. 젊은 시절 그 곳에서 살기도 했지만, 가장 좋은 것은 그 곳 사람들이 그가 저지른 극악한 범죄에 대해 모른다는 점이었네. 혹은, 그 자신이 넌지시 말한 바에 따르면, 그가 함께 다녔던 일당이 저지른 범죄 말일세. 몇 주의 여행 후 마침내 누플로가 자신의 동반자와 함께 도착했을 때 보아의 주민들은 매우 놀라고 흥미로워했네. 하지만 그는 입을 떡 벌린 하층민 군중들에게는 진상에 대해서 한 마디도 밝히지 않기로 마음먹고 교묘한 거짓말을 늘어놓았지. 그는 신부에게만 사건의 전모를 밝혔고, 자신이 그를 구하고 보호하기 위해 치른 노고에 대해서 특히 상세하게 얘기했네. 그 모든 행위에 대해 신부는 칭찬을 아끼지 않았으며, 여인이 기독교도가 아닐지도 모른다는 생각에 우선 세례부터 주기로 했지. 누플로를 위해, 그가 세례식에 반대했다는 사실을 말해 두어야겠네. 그는 여인이 성자가 아니라면 어떻게 후광을 가질 수 있겠느냐며 그녀가 세례를 받을 필요가 없다고 주장했지. 그 신부라는 자는, ― 악의 섞인 기쁨으로 키득대며 누플로가 덧붙이길 ― 종종 술에 취해 주정을 부렸고, 카드놀이에서 속임수를 썼으며, 이따금 자신의 싸움닭이 이기게 하려고 그 놈의 며느리발톱에 독을 넣는다는 소문도 있었다더군. 물론 신부에게는 단점이 있었지만 적어도 그는 인간미를 지닌 사람이었고, 그 불행한 이방인이 보아에 머문 칠 년 동안 그럭저럭 지낼 수 있도록 힘 닿는 데까지 도움을 아끼지 않았지. 도착하고 몇 주가 지나서 그녀는 여자아이를 낳았고, 신부는 아이의 이름을 리오라마라고 지어 그 곳에서 아이의 어머니를 발견했던 기이한 사연을 잊지 않도록 하자고 주장했네.

리마의 어머니는 스페인어도 인디오의 말도 배울 수가 없었네. 자신의 입에서 흘러나오는 신비롭고 음악적인 언어를 아무도 이해하지 못한다는 것을 알게 되자 그녀는 그 말도 쓰지 않았고, 그 후로 함께 사는 사람들과 한 마디의 말도 나누지 않고 지냈지. 다른 사람들이 있으면 그녀는 역겹거나 두려운 것처럼 위축되었는데, 단 누플로와 신부만이 예외였다네. 그들의 친절한 마음을 이해하고 고맙게 여겼기 때문이지. 그리하여 마을에서의 그녀 생활은 적막하고 음울했네. 그러나 아이와 함께 있을 때는 달랐지. 비나 눈이 올 때만 빼고 매일 그녀는 어린것의 손을 잡고 절뚝절뚝 힘겹게 숲까지 갔고, 거기서 두 사람은 땅바닥에 앉아 자신들의 신비한 언어로 몇 시간이고 서로 이야기를 나누었네.

그녀는 눈에 띌 정도로 창백해졌고 매주, 매일이 다를 정도로 몸이 약해져 갔네. 마침내는 숲에도 갈 수 없어, 답답하고 무더운 방에서 앉거나 누운 채 가쁜 숨을 몰아쉬며 죽음이 자신을 편하게 해 주기만을 기다리게 되었지. 한편 원래부터 연약했던 어린 리마도 어머니의 아픔을 함께 느끼기라도 하듯 하루하루 여위고 안색이 어두워져 어머니보다 더 오래 살지 못하리라는 생각이 들 정도였다네. 여인에게 죽음은 느리게 다가왔지만, 마침내 죽음에 임박하여 누플로와 신부는 그 곁에서 임종을 지키게 되었지. 그때 어머니의 속삭임에 귀기울이고 있던 어린 리마 — 그녀는 유아기부터 스페인어로 말하는 것을 배웠지 — 가 소파에서 일어나 떠듬떠듬 여인의 유언을 전하기 시작했네. 여인이 말하길, 자신의 아이는 이렇게 덥고 습한 지역에서는 오래 살지 못할 터이니 멀리 산이 있고 서늘한 곳으로 데려간다면 다시 원기를 되찾아 튼튼해지리라는 것이었네.

그 말을 듣고 누플로 영감은 아이가 숙어선 안 된다고 단언했지. 그리고 그는 이렇게 말했네. "내가 이 근방에서 산과 건조한 평원, 숲이 있는 파라우아리로 저 애를 데려가겠소. 리오라마에서 저 애의 어머니를 지키고 돌봐 주었듯, 저 애도 내가 지키고 돌봐 줄 것이오."

죽어 가는 여인은 리마를 통해 그 말을 전해 듣더니, 여러 날 동안 꼼짝없이 누워 있던 소파에서 갑자기 일어나 방바닥에 똑바로 섰고, 지친 얼굴에 환한 웃음을 띠었지. 그러자 누플로는 신의 천사들이 그녀에게 찾아왔다는 것을 알고 그녀가 쓰러지지 않도록 팔을 뻗어 붙잡았고, 그러는 동안 그녀의 얼굴에 떠올랐던 찬란한 섬광은 사그라져 마치 다 타 버린 재처럼 창백한 사색(死色)만이 남았네. 그녀는 뭔가 부드럽고 음악적인 말을 중얼거리며 숨을 거두었지.

누플로는 다시 여행길에 올랐지만, 이제는 창백하고 어린 리마와 함께였네. 신성한 어머니의 뒤를 이어 그의 속죄자 역할을 할 신성한 아이! 신부조차 누플로의 미신에 전염되었는지 그들이 보아를 빈손으로 떠나지 않도록, 차후로 오랫동안 인디오들의 환심을 사거나 물물교환을 하는 데 유용할 캘리코 천을 노인에게 잔뜩 안겨 주었네.

마침내 그들은 파라우아리에 안전하게 도착했고, 한동안 그 곳 마을에서 살았지. 하지만 아이는 본능적으로 야만인들을 싫어했네. 아마도 어머니에게서 물려받은 감정인 모양이었는데, 일찍이 보아에서도 아이는 인디오들의 말을 배우기를 거부한 바가 있었지. 결국 누플로는 그 곳을 떠나 인디오들로부터 멀리 떨어진 이타이오아의 숲에 살기로 했고, 스스로 집과 정원을 만들었다네. 하지만 인디오들은 여전히 그에게 친근하게 대했고 종종 그를 방문했지. 하지만 리마가 내가 발견한 대로 신비스러운 숲의 소녀로 자라나자, 그들은 그녀를 두려워하기 시작했고 종국엔 위험스런 적대심마저 품게 되었지. 그녀는 측은하게도, 자신이 사랑하는 야생 동물 친구들을 야만인들이 끊임없이 사냥하기 때문에 그들을 싫어하는 것이었네. 하지만 그들을 두려워하지는 않았지. 그들이 작은 독화살로 자신을 겨누려 한다는 것을 몰랐으니까. 그녀는 숲 속에서 계속 그들의 사냥에 훼방을 놓았고, 동물들도 그녀와 죽이 맞았는지 그녀가 내는 경고음을 알아듣고 위험이 다가오면 숨거나 도망쳤네. 마침내 그들의 증오와 두려움은 그녀를 제거해야겠다는 결론에 이르렀고, 계획이 완성된 어느 날 그들은 숲에서 둘씩 짝지어 흩어졌네. 각 쌍은 서로 만나지 않도록 사십 내지 오십 야드의 거리를 두고 돌아다니거나 숨어 있었지. 그녀를 놓치지 않기 위해서였네. 대롱을 가진 두 야만인이 숲의 경계에서 마을에 가장 가까운 부근에 있었는데, 그 중 한 사람이 나뭇잎 사이에서 뭔가 움직이는 것을 보고 재빨리 조심스레 내달아서 적의 동정을 엿보았지. 그가 본 것은 틀림없이 그녀였고, 그녀 역시 그 곳에서 그와 동료를 엿보고 있었네. 그는 화살을 쏘았지만, 허둥대는 바람에 화살은 거꾸로 그의 심장 부분을 관통했지. 그는 몸에 치명적이고 날카로운 화살촉이 박힌 채 달아나다가 동료와 마주쳤고, 동료를 그녀로 잘못 보고서 화살을 쏘고 말았네. 부상당한 동료는 고꾸라져 죽어 버렸고, 그는 죽어가며 다른 동료에게 이렇게 얘기했네. 그녀가 나무에 앉아 있는 걸 보고 화살을 쏘았지만 그녀는 화살을 손으로 잡더니 즉시 자신에게로 되던졌으며, 그 겨냥은 너무도 힘차고 정확하여 자신의 심장을 꿰뚫었다고. 그는 자신이 똑똑히 보았다고 말했으며, 이 말을 그대로 믿은 동료는 다른 인디오들에게 그렇게 전했지. 리마는 인디오 하나가 다른 인디오를 쏘는 것을 보고 할아버지에게 그것에 대해 물었고, 그는 그건 사고라고 대답했네. 하지만 그는 인디오가 왜 화살을 쏘았는지 알 것 같았지.

그 날부터 인디오들은 더 이상 숲에서 사냥을 하지 않았네. 그리고 어느 날 누플로는 그를 잘 모르는 인디오를 만나 얘기하다가, 화살에 대한 이상한 얘기와 화살로 맞힐 수 없는 그 신비로운 소녀는 어느 노인과 그를 사랑하게 된 디디 사이에 태어난 자식이라는 말을 들었지. 그리고 애인에게 싫증이 난 디디는 자신이 살던 강으로 돌아갔지만, 반은 인간인 자신의 아이를 남겨 두어 숲에서 사악한 장난을 치게 했다는 말도…….

여기까지가 누플로의 이야기였네. 그가 이야기했던 것처럼 끝없이 장황하게 늘어놓지는 않았지만 말일세. 그의 이야기는 감동적이었지만, 나는 그가 한 일을 칭송할 수는 없었네. 그의 이기적인 동기 때문이었으니까.

CHAPTER **16**

　리오라마를 향해 여행한 지 십팔 일이 되었지만 마지막 이틀 동안은 끝없이 쏟아지는 비 때문에 거의 나아가지 못했을 뿐 아니라 말할 수 없이 비참한 상황에 빠졌다네. 다행히 개들이 커다란 개미핥기 한 마리를 찾아내고 누플로가 그 놈을 죽이는 데 성공하여 우리는 맛좋은 고기를 충분히 먹고 원기를 회복할 수 있었지. 마침내 우리는 리오라마의 산들에 들어섰고, 리마는 무언가 대단한 것이 나타나리라고 기대한 듯 계속 우리 곁에 있었네. 그 이유는 곧 말하겠지만, 나는 아무것도 기대하지 않았지. 내가 보기에 우리에게 일어날 수 있는 일이라곤 굶주려 죽는 것뿐이었으니까.

　마지막 날 오후는 매우 길게 뻗은 산자락을 돌아가느라 다 지나갔네. 그 산자락은 길게 웅크린 몸 위에 돌로 된 스핑크스의 머리를 닮은 거대한 바위덩어리가 얹혀져 산의 남쪽 경계를 장식하고 있었고, 가장 높은 부분은 주위의 지면으로부터 천 피트는 되었지. 오후 늦게 다시 비가 쏟아지기 시작했지만, 노인은 평소처럼 오후 햇빛이 스러져 가는 동안 땔감을 모으고 잠자리를 만드는 대신 여전히 나아갈 뿐이었네. 결국 우리는 봉우리 아래에 이르렀고, 그는 올라가기 시작했지. 그 곳은 경사가 완만한 데다 식물들도 거의 다 바위틈에서 자란 가시 관목들이라 우리가 올라가는 데는 방해가 되지 않았네. 그럼에도 누플로는 경사가 가파른 것처럼 조심조심 올라갔고, 종종 멈춰서 숨을 돌리며 주위를 둘러보았네. 얼마 후 우리는 산 옆구리의, 마치 협곡처럼 깊숙한 바위 틈새에 이르렀지. 위쪽은 매우 아득하고 좁았지만, 아래로는 넓어져서 계곡을 이루고 있었네. 그 가파른 면을 내려다보니 가시덤불이 무성했고, 밑바닥으로부터 보이지 않는 급류가 둔중하게 흐르는 소리가 들려 왔네. 그 협곡의 가장자리를 따라 누플로는 위로 기어오르기 시작했고, 마침내 우리는 그를 따라 산등성이의 바위 고원으로 나왔지. 거기서 그는 멈추었고, 눈에 흡족하고 악의 어린 표정을 띠며 우리를 뒤돌아보더니 이 곳이 여행의 목적지라고 말하더군. 그 황량한 산등성이가 지난 십팔 일 동안 우리가 겪은 고난에 대한 보상이 되리라고 믿는 것처럼.

나는 그의 말을 무심하게 넘겼네. 앞서서 그의 정확한 묘사를 들었기에 이미 그 곳이 어딘지 알아차렸고, 이제 내가 보게 되리라고 생각했던 것을 본 셈이었지. 커다랗고 거친 언덕을 말일세. 그런데 리마는 무엇을 기대했기에 그리도 얼굴이 공허해지면서 놀라고 고통스러운 표정을 짓는 것인지. "여기가 어머니의 모습을 보셨던 곳이에요?" 그녀는 갑자기 울부짖었네. "그 곳이 여기, 여기라고요?" 그러더니 그녀는 덧붙였네. "할아버지가 어머니를 치료해 준 동굴은 어디인가요, 어디예요?"

"저기다." 그는 말했고, 관목과 덤불로 부분부분 뒤덮인 고원을 가리켰네. 고원의 끝에는 거의 수직에 가까운 바위 절벽이 대략 사십 피트 높이로 솟아 있었지.

그 절벽에 다다를 때까지 우리는 동굴을 보지 못했지만, 누플로가 얽힌 덤불을 두세 줄기 잘라내니 그 뒤로 보통 가정집 문의 절반 정도 높이에 두 배의 넓이를 가진 입구가 드러나더군.

그 다음 우리는 횃불을 만들고 그 빛으로 간신히 길을 더듬어 나가며 동굴 안을 살펴보았네. 동굴의 길이는 알고 보니 오십 피트 정도였고, 종국에는 단순히 하나의 구멍이 되어 끝나고 있었네. 그러나 앞부분은 장방형의 방을 이루었으며, 매우 높은 데다 바닥엔 물기도 없었지. 우리는 횃불이 계속 탈 수 있게 해 두고, 하룻밤을 충분히 지낼 정도의 땔감을 마련하기 위해 덤불을 잘라내는 일에 착수했네. 가엾은 누플로 영감은 모닥불을 무척이나 좋아했지. 모닥불과 기름진 고기 – 역겨운 냄새가 날수록 더 좋아했지 – 는 그에게 있어 인간에게 주어진 최고의 축복이었네. 나 역시 즐겁게 타오를 불꽃을 생각하자 새로이 원기가 샘솟았고, 비를 맞으면서도 열심히 일했지. 마침내 앞이 보이지 않을 정도로 비가 쏟아지기 시작했을 때쯤엔 나는 마지막 나뭇짐을 동굴 안으로 끌어들였고, 누플로는 모닥불을 훌륭하게 피워 놓은 채 나무를 잔뜩 쌓아 놓고 있었네. "오늘밤엔 잠자리가 타 버릴 염려는 없겠군 그래." 그는 말하면서 킥킥 웃더군. 그 말을 필두로 해서 그는 한참 동안이나 감회를 늘어놓았지.

배를 채운 다음 담배를 한두 개피 피우자 오랜만에 느껴 보는 온기와 건조함 그리고 불빛 때문에 졸음이 몰려왔고, 나는 한동안 꾸벅꾸벅 졸았던 모양이네. 그러나 퍼뜩 소스라치며 눈을 떠 보니 리마가 사라지고 없더군. 노인은 여전히 불가에 바짝 앉아 있었지만 잠이 든 것 같았네. 나는 일어나서 비를 맞지 않기 위해 외투로 온몸을 감싼 채 동굴을 뛰쳐나왔지. 그러나 동굴을 나오니 건조하고 포근한 바람이 얼굴을 간질이고, 보름달의 새하얀 빛 아래 반짝거리는 광대한 사막이 몇 리그에 걸쳐 눈앞에 펼쳐져 있는 게 아닌가! 비는 이미 오래 전에 그친 듯했고, 엷은 흰 구름 몇 조각이 넓고 푸른 창공 위로 빠르게 흘러가고 있을 뿐이었네. 사뭇 유쾌한 변화였지만, 놀랍고 즐거운 기분은 곧 리마를 잃어버린 게 아닌가 하는 섬뜩한 공포에 쫓겨 이내 사라져 버렸네. 아래쪽 어디에도 그녀는 보이지 않았고, 나는 시야를 가로막는 가시나무들을 피해 작은 고원의 끄트머리까지 달려가서 정상을 올려다보았네. 거기, 내게서 좀 떨어진 위쪽에 그녀가 꼼짝 않고 서서 위를 쳐다보고 있는 것이 보이더군. 나는 재빨리 그녀에게 다가 가면서 그녀를 불렀네. 그러나 그녀는 반쯤 돌아서서 나를 흘끗 보았 을 뿐 대답하지 않았지.

"리마." 나는 말했네. "왜 여기에 온 거예요? 정말로 이 한밤중에 산을 올라갈 생각이에요?"

"네. 안 될 게 뭐 있죠?" 그녀는 내게서 한두 걸음 멀어지며 대답 했네.

"리마, 사랑스런 리마, 내 말을 듣고 있나요?"

"지금요? 오 맙소사, 왜 그런 걸 묻지요? 우리가 출발하기 전 숲 속에서 나는 당신이 말하는 것을 들었고, 당신 역시 내가 바라는 대로 하겠다고 약속하지 않았던가요? 보세요, 비는 그쳤고 달이 밝게 빛나 고 있어요. 내가 왜 기다려야 하지요? 아마 정상에서는 내 친족이 사 는 곳이 보이겠지요. 이제 거의 다 오지 않았나요?"

"오, 리마, 뭘 보게 되리라고 생각하는 거예요? 들어 봐요, 들어 야 해요, 내가 잘 알고 있으니까. 저 꼭대기에서는 광막하고 흐린 사 막, 산과 숲, 그리고 또 다른 산과 숲 말고는 아무것도 보이지 않아요. 당신은 몇 년이고 거기서 헤매다가 마침내는 굶주림이나 열병 때문에 주든지, 아니면 야수나 야만인에게 난지 당하고 말 거예요. 단언하건 대 리마, 절대 절대 당신의 친족을 찾아낼 순 없을 거예요. 그들은 존재하기 않으니까. 햇빛이 쨍쨍하고 뜨거울 때 초원에 생기는 물의 신기루를 본 적이 있겠지요. 그 물을 향해 가다 보면 마침내는 쓰러져 죽을 뿐, 메마른 입술을 축일 찬물 한 방울도 발견할 수 없어요. 리마 당신의 꿈 역시, 당신의 친족을 찾기 위해 리오라마까지 오게 한 그 꿈 역시 신기루이고 환상일 뿐, 포기하지 않는다면 당신을 파멸로 이끌 거예요."

그녀는 돌아서서 눈을 번쩍이며 나를 노려보더군. "당신이 잘 안다고요?" 그녀는 외쳤네. "당신은 잘 안다면서 그런 말을 하는군요! 지금 이 순간까지 당신은 한 번도 틀린 말을 한 적이 없지요. 아, 왜 그런 것들을 내게 말해 주었나요? 왜 이 곳의 이름을, 리오라마를 말해 주었나요? 나 역시도 당신이 말한 신기루가 아닌가요? 아름다운 리마, 사랑스런 리마는 어디에 있냔 말이에요? 내 어머니에겐 어머니도 외할머니도 없었다는 건가요? 나는 그녀가 죽기 전 보아에서의 모습을 기억하고 있어요. 내 손은 여기 정말로 존재하고 있어요, 당신의 손처럼. 당신은 그 손을 잡아 달라고 했었지요. 하지만 지금 내게 말하고 있는 것은 그때의 그가 아니에요. 이타이오아에서 내게 전세계를 보여 주었던 그 사람이 아니라고요. 아, 당신은 그에게서 훔친 외투로 몸을 감싸고, 대신 잿빛 턱수염을 거기 놓아두고 왔군요! 동굴로 돌아가서 수염이나 찾아요. 그리고 나 혼자서 내 친족을 찾도록 내버려두세요!"

다시 한 번, 숲 속에서 뱀을 죽이지 못하게 나를 막은 그 날이나 이타이오아에서 함께 있은 후 누플로와 맞선 그때처럼, 그녀는 변신하여 격렬한 분노를 발산하고 있었네. 아름다운 인간의 모습을 한 말벌인 양, 그녀의 한 마디 한 마디는 나를 쏘는 듯했지.

"리마." 나는 외쳤네. "그런 말을 하다니 당신은 너무 부당해요. 내가 한 번도 당신을 속인 적이 없다는 것을 안다면, 지금도 나를 좀 믿어 줘요. 당신은 환상이 아니고, 신기루도 아니며, 세상의 다른 무엇과도 다른 리마예요. 나는 완벽하게 진실하지도 순수하지도 않지만, 거짓된 말로 당신을 오도하느니 차라리 이 바위에서 떨어져 죽고, 당신과 그 사랑스러운 빛을 영원히 잃어버리는 것이 낫겠어요."

나의 이 열정적인 말에 귀를 기울이던 그녀는 이내 창백해져서 두 손을 움켜쥐었네. "무슨 말을 했지요? 내가 무슨 말을 한 거지요?" 그녀는 고통에 짓눌린 목소리로 나지막하게 중얼거리더니, 갑자기 다가와서 작게 흐느끼며 내 발치에 몸을 숙였고, 집 가까이의 숲에서 길 잃은 나를 찾아냈던 그 날 밤처럼 자신의 신비로운 언어로 부드럽고 서글픈 몇 마디를 속삭였네. 그러나 그녀를 내 품에 껴안기도 전에 그녀는 어느새 재빨리 일어나서 내게서 약간 떨어지더군.

"아니에요, 절대. 당신이 잘 알고 있을 리가 없어요!" 그녀는 다시 시작했지. "하지만 당신이 날 속이려 한 적은 없다는 것을 알고 있어요. 그리고 부당하게 당신을 비난했으니, 나는 당신을 놔두고 홀로 저 곳으로 가는 대신 ─ 그녀는 산꼭대기를 가리켰네 ─ 여기 그대로 서서 당신이 하는 말을 전부 들어야 해요."

"알고 있겠지만, 리마. 당신의 할아버지는 내게 당신의 내력을 모두 말해 주었어요. 어떻게 당신의 어머니를 이 곳에서 발견했고, 보아로 데려갔으며, 당신이 태어났는지에 대해서요. 그러나 그는 당신 어머니의 친족들에 대해서는 아무것도 모르고 있어서, 이제 더 이상 당신을 이끌어 줄 수 없어요."

"아, 그렇게 생각하시는군요! 지금이야 그렇게 말하겠지요. 하지만 할아버지가 지금까지 나를 속여 왔고, 리오라마에 대해 아무것도 모른다고 거짓말을 했었다면, 지금도 여전히 내 친족들에 대해서 아무것도 모른다고 거짓말로 잡아뗄 수 있는 거 아닌가요?"

"리마, 그는 거짓도 말하고 진실도 말하겠지만 두 가지는 완전히 구분될 수 없는 거예요. 그는 결국 진실을 밝혔고, 우리를 여기로 데려왔지만, 더 이상은 당신을 도와 줄 수 없어요."

"당신이 옳아요. 나는 혼자 가야 해요."

"그렇지 않아요, 리마. 당신이 가는 곳엔 우리도 가야 해요. 단지 이제부터는 당신이 이끌고 우리가 따라가야 하지요. 우리의 추적이 좌절로, 어쩌면 죽음으로 끝날 거라는 걸 알면서도 말이에요."

"그걸 알면서 따라온다고요? 맙소사! 그렇다면 왜 할아버지는 나를 따라 여기까지 오겠다고 하신 거지요?"

"당신이 그에게 강요한 것을 잊어버렸나요? 그가 무엇을 믿는지 알고 있잖아요. 그는 늙었고 죽음에 공포를 갖고 있는 데다 예전의 죄과들을 기억하고 있지요. 그래서 당신과 당신 어머니의 중재가 자신을 파멸에서 구할 유일한 길이라고 믿고 있는 거예요. 생각해 봐요, 리마. 그는 당신을 화나게 만들면 그 유일한 희망이 사라지게 될까 봐 거절할 수 없었던 거예요."

　　그녀는 내 말에 잠시 괴로운 것 같았지만, 이내 원기를 되찾고 말했네. "정말로 내 친족들이 존재한다면, 좌절과 죽음의 가능성만 있는 이유가 뭐지요? 그가 아무것도 모르더라도, 그녀는 여기서 그에게로 왔어요. 그렇잖아요? 친족들은 여기 없지만, 아마도 멀리 있진 않을 거예요. 자, 함께 꼭대기에 올라가서 아래편의 사막을 잘 살펴봐요. 산과 숲, 또 다른 산과 숲일 뿐이라도 거기 어딘가 그들이 있을 거예요! 당신도 내가 멀리 떨어진 것들을 잘 본다고 그랬잖아요. 내가 어느 산인지, 어느 숲인지 찾아내지 못할 게 뭐예요?"

　　"아아, 리마! 당신의 시력에도 한계가 있어요. 설사 그 능력이 당신이 생각하는 것만큼 뛰어나다고 해도 아무것도 볼 수 없을 거예요. 저 아래에는 산도 없고 숲도 없으며, 당신의 친족들이 숨어 살 만한 그늘진 곳 또한 전혀 없답니다."

　　잠시 그녀는 아무 말도 없었지만, 그녀의 눈과 꽉 쥔 손가락을 통해 그녀의 불안과 초조를 읽을 수 있겠더군. 그녀는 내 단언을 반박할

만한 말을 찾아 열심히 생각에 빠진 것 같았지. 그러다가 거의 풀이
죽어 나지막한 목소리로 말했네. "우리가 그냥 돌아가기 위해서 여기
까지 온 건가요? 당신은 누플로처럼 내 중재가 필요하지 않은데도 따
라왔잖아요."

"당신이 있는 곳에는 항상 내가 있어야 해요. 당신 스스로 그렇
게 말했잖아요? 게다가 출발할 때는 당신의 친족들을 찾아낼 희망이
있다고 생각했었어요. 하지만 지금은 누플로의 이야기를 듣고 사정을
더 잘 알게 되었지요. 이제는 당신의 바람이 헛될 뿐이라는 것을 잘
알아요."

"왜? 왜지요? 어머니는 여기서 발견되지 않았나요? 그렇다면 다
른 사람들은 어디에 있지요?"

"그래요, 그녀는 여기서 발견되었지요. 그것도 홀로. 어머니가
죽기 전에 당신에게 해 주었던 얘기들을 잘 기억해 봐요. 그녀가 당신
에게 친족들에 대해 말한 적이 있나요? 그들이 살아 있고, 언젠가는
당신을 기꺼이 받아 주리라고 말한 적이 있나요?"

"아니오. 왜 그런 말을 안 하셨을까요? 당신은 알고 있나요? 내
게 말해 주겠어요?"

"추측은 할 수 있어요, 리마. 매우 슬픈 얘기지만, 말하기 어려울
정도로 슬픈 얘기지만 말이에요. 누플로가 동굴에서 그녀를 돌보고
기꺼이 섬기며 그녀가 바라는 모든 것을 해 주려 했을 때, 몸짓으로

애기를 나눌 수 있었는데도 그녀는 친족들에게 돌아가고 싶다는 생각을 한 번도 비춘 적이 없었어요. 그리고 그가 멀리 이방인들, 자신과 같은 사람들 사이로 가자는 뜻을 전했을 때도 그녀는 기꺼이 동의했고, 고난을 무릅쓰고 보아를 향한 먼 여행길에 올랐지요. 리마, 당신 같으면 그렇게 했겠어요? 사랑하는 사람들에게서 멀리 떠나 다시는 돌아오지 않고, 그들에게 말하지도 그들의 말을 듣지도 못할 그런 길을 택했겠냐고요? 아니오, 그렇지 않을 거예요. 친족들이 살아 있었다면 그녀 역시 그렇게 하지는 않았을 거예요. 그러나 그녀는, 커다란 재앙이 덮쳐 모두가 죽었으며 자신만이 살아 남았다는 것을 알고 있었어요. 그들은 아마 수가 적었고, 적대적인 부족들에게 사방이 둘러싸인 채 무기와 전쟁도 없이 살아갔을 거예요. 그들이 살아 남을 수 있었던 것은 고립된 장소, 아마도 깊은 골짜기 같은 곳에서 높다란 산과 관통하기 힘든 숲 그리고 늪으로부터 보호받았기 때문일 거예요. 그러나 마침내 잔인한 부족들이 이 피난처로 쳐들어와 그들을 학살했고, 도망칠 수 있었던 몇 명을 빼곤 모두 죽였을 겁니다. 도망친 사람들은 당신의 어머니처럼 뿔뿔이 흩어졌으며, 멀리 고립된 장소까지 와서 숨어 살았겠지요.”

　이 고통스럽고 절망적인 이야기를 듣는 동안 그녀의 초조한 표정은 점점 어두워지더군. 그리고 내가 말을 끝맺으려 할 때 그녀는 갑자기 머리에 손을 대고 낮게 흐느끼며 바위 위로 쓰러질 뻔했지만, 나는 얼른 그녀를 붙잡았지. 다시 한 번 그녀는 내 품안에 있었네. 내 가슴 속, 바로 그녀가 있어야 할 곳에! 그러나 이제 그녀는 생기를 완전히 잃어버린 듯했네. 그녀의 머리는 내 어깨 위로 떨구어졌고, 이따금씩 가볍게 온몸을 떨며 작게 숨죽여 울먹이는 것 외에는 꼼짝하지 않았으니까. 잠시 후 울먹임이 멎고 눈이 스르르 감기자 그녀의 얼굴은 죽은 것처럼 창백해졌고, 나는 마음속에 끔찍한 불안감을 품은 채 그녀를 안고 서둘러 동굴로 돌아왔네.

CHAPTER 17

그녀를 품에 안고 동굴로 돌아오자 누플로는 잠에서 깨어 깜짝 놀란 눈으로 나를 바라보았네. 나는 외투를 벗어 던지고 그녀를 그 위에 눕힌 다음 무슨 일이 일어났는지 간단히 말해 주었지.

그는 그녀에게 다가가서 상태를 살펴보더니 그녀의 가슴 위에 손을 올려놓았네. 그러고는 "죽었군! 이 애는 죽었어!"라고 소리쳤지.

그의 말을 듣자 안 그래도 초조하던 차에 갑자기 울화가 솟구치더군. "멍청한 영감! 그녀는 기절했을 뿐이에요. 물 좀 갖다 주세요, 빨리!"

그러나 물을 끼얹어도 그녀는 깨어나지 않았고, 그 창백하고 움직임이 없는 얼굴을 바라보면서 나는 점점 초조해질 뿐이었네. 맙소사, 왜 마음의 준비도 없이 그녀에게 내가 상상해 낸 슬픈 이야기를

그린 맨션

지껄였단 말인가? 아아! 내 목적은 지나치게 성공했구나. 그녀의 헛된 희망을 죽였을 뿐 아니라 동시에 그녀까지 죽이다니!

여전히 그녀를 들여다보던 누플로가 다시 입을 열었네. "그녀는 아직 죽지 않았소. 그러나 선생, 죽지는 않았더라도 죽어 가고 있는 것은 분명하오."

그 말에 나는 그를 한방 갈기고 싶었지. "그렇다면 죽어도 내 품안에서 죽을 거예요." 나는 외치며 그를 거칠게 밀쳐낸 뒤 아래에 깔린 외투와 함께 그녀의 몸을 안아 올렸네.

나는 그렇게 그녀를 끌어안은 채 내 팔에 기댄 그녀의 끔찍하도록 창백한 얼굴을 말할 수 없는 고뇌로 들여다보며, 미친 듯이 그녀를 돌려 달라고 하늘에 기도했지. 한편 누플로는 그녀 앞에 무릎을 꿇고 고개를 숙인 채 손을 비틀며 간절히 외치기 시작했네.

"리마! 애야!" 그는 불안에 떨리는 목소리로 기도했지. "아직은 죽지 말아라. 죽으면 안 돼. 네게 할 말이 있으니, 그걸 듣기도 전에 완전히 죽어 버리진 말렴. 말로 대답할 필요는 없다. 이미 그럴 힘은 없을 테고, 나도 못 알아들을 테니. 그저 내 말이 끝나면 신호를 해 주렴. 한숨을 쉬던, 눈꺼풀을 깜박이던, 입술을 비쭉거리던, 단지 입 한 구석만 움직여도 좋단다. 더 이상은 원하지 않으니, 그저 네가 내 말을 알아들었다는 것만 보여 주렴. 그럼 난 만족할 게다. 그 동안 내가 너를 보호해 주었다는 것, 네 뜻에 따라 이 기나긴 여행길에 올랐다는

266

것, 그리고 너의 성스러운 어머니가 보아에서 돌아가시기 전에 내가 해 준 모든 것들을 기억해 다오. 그녀는 지금 천국의 여왕을 둘러싼 가장 중요한 성인 가운데 하나일 게고, 그녀가 바라는 것은 반도 말하기 전에 이루어질 게야. 내가 결국엔 너의 소원을 받아들여 너를 안전하게 리오라마까지 데려온 것을 잊지 말렴. 사소한 점에서 너를 속인 것은 사실이다. 하지만 중요하게 생각하지는 말아라. 언급할 가치도 없는 사소한 일들인 데다 내가 너에게 해 준 일들에 비하면 아무것도 아니니까. 리마야, 네 손에 나는 모든 것을 맡기고 네가 했던 약속과 내가 한 선행들만을 믿고 있으마. 한 마디 주의만 더 하마. 네가 이제 들어갈 그 곳의 휘황찬란함, 새로운 풍광과 색채, 외침 소리와 나팔을 비롯한 여러 악기들의 소리에 마음을 빼앗기지 말아라. 성인들과 천사들에게 둘러싸여도 절대 수줍어하거나 쩔쩔매지 말아라. 처음에는 그들이 입고 있다는 해처럼 눈부시게 빛나는 의상 때문에 주눅들지 몰라도, 너는 그들보다 못할 게 하나도 없단다. 손가락에 실을 매 놓으라고 하는 건 아니다. 나는 가장 작은 것도 항상 훌륭하게 기억했던 네 능력을 믿을 뿐이란다. 누가 바라는 것을 말해 보라고 한다면, 분명 그러겠지만, 네 할아버지와 그가 너에게 해 준 일들에 대해 말하기 전에, 너를 보고 분명 미미하게나마 나를 떠올릴 너의 천사 같은 어머니에게 한 일도 기억해 주려무나."

다른 때라면 우스웠겠지만 지금은 단지 화를 돋울 뿐인 탄원을 그가 계속하는 동안, 죽어 가는 듯이 보이던 그녀의 몸에 일어난 몇 가지 변화에 나는 희망이 솟았네. 내가 잡은 그녀의 작은 손이 더 이상 얼음처럼 차갑지 않았고, 얼굴에는 여전히 핏기 하나 없었지만 밀랍 같은 죽은 자의 창백함은 아니었네. 꾹 다문 입술은 약간 긴장이 풀린 듯 벌어지려 했지. 그녀의 심장에 손가락 끝을 대보자 가벼운 떨림이 느껴지더군. 느꼈다고 생각했을 뿐인지도 모르지만 말일세. 마침내 나는 그녀의 심장이 정말로 뛰고 있다는 걸 알았네.

나는 눈을 돌려, 여전히 몸을 구부린 채 자신이 부탁한 것을 알아들었다는 신호를 기다리는 노인을 바라보았네. 그의 천박한 이기주의에 느꼈던 분노와 역겨움은 어느새 사라졌지. "신에게 감사합시다, 노인장." 나는 말했지만, 기쁨의 눈물 때문에 목구멍이 막히더군. "그녀는 살아 있어요. 기절에서 깨어나고 있다고요."

그는 물러서더니, 이내 무릎을 꿇고 고개를 숙인 채 하늘에 감사하는 기도를 웅얼거렸네.

우리는 반시간 동안 그녀의 얼굴을 들여다보았지. 나는 여전히 그녀를 품에 안고, 이 사랑스런 짐의 무게 따윈 전혀 느끼지 못한 채 의식이 돌아오는 좀더 확실한 신호를 기다리고 있었네. 그녀는 이제 죽음처럼 깊은 잠, 결국 죽음으로 끝나는 그런 잠에 빠진 사람처럼 보였지. 그러나 한 시간 전 그녀의 얼굴이 어떻게 보였는지 떠올려 보면, 이상하게 느리긴 하지만 회복되고 있는 것은 확실했네. 죽음에서

삶으로 건너오는 속도가 너무도 느리고 지지부진한 나머지 그녀의 입술이 벌어지고 – 아니면 벌어질 듯 말 듯하고 – 더 이상 새하얗지 않게 되었을 때, 그리고 투명하게 비쳐 보이던 그녀의 피부에 희미하고 푸르스름한 장밋빛이 감돌기 시작했을 때도 우리는 여전히 공포에 사로잡혀 있었네. 마침내 모든 위험이 지나가고 그녀가 회복되어 가는 것을 본 누플로 영감은 다시 불가로 물러나서 모래 투성이 땅에 몸을 길게 뻗은 채 깊은 잠에 빠져 들었지.

반짝이는 잉걸불과 타닥타닥 흔들리는 불꽃들에 비추이는 누플로의 존재에도 불구하고, 나는 그때만큼 리마와 단둘이 있다고 느껴 본 적이 없었네. 그 외딴 산중의 숨겨진 동굴 속에, 회색 천장에서 춤을 추는 빛과 그림자들 속에 우리만이 있었지. 완벽한 적막과 고독 속에서 나는 움직이지 않는 그녀의 신비스럽고 아름다운 얼굴을 응시하며 무언가 묘사하기 힘든, 아니 아마도 불가능한 묘한 감정을 느꼈네.

언젠가 케네베타 산맥에서 빽빽한 숲이 있는 험준한 바위 벼랑을 기어오르다가 이전에 한 번도 본 적이 없는 하얀 꽃을 한 송이 발견한 적이 있지. 나는 오랫동안 그것을 들여다본 뒤 지나갔지만 그 완벽한 꽃의 이미지가 마음속 깊이 남아, 혹시나 시들지 않았으면 다시 볼 수 있으리라는 생각에 다음날 그 곳으로 다시 가 보았네. 꽃은 그대로 있었지. 그 날은 더욱 오래오래 꽃을 들여다보며 다른 꽃들과는 비교도

안 되는 그 독특하고 아름다운 모양에 감탄했다네. 처음에는 꽃잎이 두꺼워서 신성한 영감을 받은 어느 예술가가 만들어 낸 꽃처럼 보였지. 커다란 오렌지만한 크기에 우유보다 새하얗고 불투명하면서도 표면에 수정 같은 광채를 지닌 어느 미지의 보석을 다듬어서 만든 꽃. 다음날 나는 다시 갔지만, 꽃이 아직 시들지 않았을 거란 기대는 거의 하지 않았다네. 그러나 꽃은 갓 핀 것처럼 생생했지. 그 이후로 나는 종종, 때로는 며칠씩 간격을 두고 꽃을 보러 갔지만 여전히 변화를 발견할 수 없었네. 섬세하고 또렷한 윤곽도, 그 순백색과 광택도 처음 보았을 때 그대로였지. 나는 종종 자문했네. 왜 이 기묘한 숲 속의 꽃은 다른 꽃들처럼 시들어 죽지 않는 걸까? 인공적이라고 느꼈던 꽃의 첫 인상은 금새 사라져 버리더군. 그것은 정말로 꽃이었고, 다른 꽃들처럼 생명을 갖고 성장했으며, 다만 유별난 아름다움 때문에 다른 종류의 생명을 지닌 것처럼 보일 뿐이었지. 스스로 의식하지 못할지라도, 그 꽃은 다른 꽃들보다 월등한 존재였네. 아마 불멸의 존재였을지도 모르지. 내가 마지막으로 보았을 때도 꽃은 계속 피어 있었네. 바람과 비와 햇볕에도 그 신성한 순백색은 얼룩지거나 심지어 변색되지 않았지. 꽃에 대해 별 관심이 없던 야만적인 인디오조차도 그 꽃을 보면 얼굴을 가리며 돌아섰네. 숲을 짓밟고 지나가며 풀을 뜯어먹는 짐승들조차도 그 기묘한 아름다움에 놀라서 꽃이 망가지지 않게 옆으로 비켜 가곤 했지. 이후 인디오들에게 그 이야기를 했더니 내가 본 꽃은 하타라고 불린다고 말해 주더군. 그들은 그 꽃에 대한 미신을 가지고 있었지, 아주 기묘한 믿음을. 그들은 하타는 세계에 단 한 송이만이 존재한다고 믿었네. 그 꽃이 핀 장소는 달을 위한 장소이며, 달이 하늘에서 사라지면 하타도 그 장소에서 사라지지만, 언젠가 멀리 다른 숲속에 다시 피어난다고 하더군. 그들은 또한 숲에서 하타 꽃을 발견하는 자는 모든 적을 물리치고 바라는 모든 것을 이룰 수 있으며, 마침내는 다른 사람들에 비해 훨씬 오래 살 것이라고 말했네. 그러나 앞서 말한 그 꽃에 대한 반쯤은 초자연적인 나의 느낌은 이후에 듣게 된 이 모든 이야기와 동떨어진 채 가슴속에서 자라났지. 그때의 느낌이, 움직이지 않는 그녀의 얼굴을 바라볼 때 느낀 것과 똑같았네. 의식은 없지만 자신의 생명을 갖고 있으며, 그 생명은 너무도 고귀하고 순결하여 초월적인 외양조차 뛰어넘는 것이었지. 나는 그녀가 그 꽃처럼 영원히 그 상태로 머물 것이라고 믿을 지경이었네. 영원히 그렇게 머물면서 주위의 모든 것에 유한성을 부여할 것이라고 믿었지. 그녀를 품에 안은 채 비단결 같은 짙은 머리칼 속에 자리잡은 창백한 얼굴을 뚫어지게 바라보는 나에게, 탁탁 튀어 오르며 동굴의 흐릿한 바위벽에 다채로운 빛을 던지는 불꽃에게, 그리고 바닥에 몸을 뻗은 채 영원히 깨지 않을 듯 잠에 빠진 누플로 영감과 그의 두 마리 개에게……

　　그런 느낌이 마음을 무척 강하게 사로잡아 나는 잠시 동안 내 품에 안겨 있는 형상과 마찬가지로 꼼짝 않고 있었지. 그녀의 얼굴에 또 다른 변화가 생긴 것을 알아차리고서야 나는 제정신이 들었네. 그녀는 분명히 삶을 향해 걸음을 내딛고 있었지. 색을 띤 듯 만 듯했던 창백한 얼굴빛은 눈에 띄게 짙어졌고, 눈꺼풀을 들어올리자 그 아래로 수정구슬 같은 동공이 선명하게 빛났으며, 입술은 살짝 벌어져 있었네.

그리고 그녀가 숨을 쉬는지 살피기 위해 고개를 수그리고 있던 나는 마침내 그 입술의 아름다움과 사랑스러움에 더 이상 저항하지 못하고 내 입술을 지그시 갖다 대었네. 한 번 그 달콤함과 향기를 맛보고 나니 자꾸자꾸 입을 맞추지 않을 수가 없더군. 그녀는 여전히 의식이 없었네. 의식이 있었다면 어찌 내 애무를 피하지 않았겠는가? 그러나 한줄기 의심이 스쳐, 나는 뒤로 물러나 그녀의 얼굴을 응시했네. 전에 없던 기묘한 광채가 그녀의 얼굴에서 빛나고 있었지. 아니면 붉은빛이 그녀의 피부에 반사되어 나타난 색채의 환각이 아니었을까? 나는 손을 펴서 그녀의 얼굴에서 빛을 차단해 보고서야, 그녀의 창백함이 정말로 사라졌으며 뺨에 발그스레하게 피어 오른 홍조는 그녀 자신의 생기 때문이라는 것을 알았다네. 그 순간 그녀의 찬란한 눈이 반쯤 떠지더니 내 눈을 들여다보았네. 아, 정말로 그녀는 의식을 되찾았구나! 그녀가 좀 전의 도둑 키스를 느꼈을까? 지금 다시 애무한다면 그녀는 도망칠까? 나는 떨면서 몸을 숙여 다시 가볍지만 길게 입을 맞추었고, 그리고 또 다시 입맞추었네. 고개를 들고 그녀의 얼굴을 바라보니 홍조는 더욱 선명해졌고, 더 크게 떠진 눈은 내 눈을 들여다보고 있더군. 나는 또렷하게 떠진 그녀의 눈을 응시했으며, 마침내 우리 사이에 드리워져 있던 그늘이 사라졌다는 것, 우리가 완벽한 사랑과 신뢰로 연결되어 있다는 것을 깨달았다네. 그 순간 내 입에서는 홍수처럼 말이 흘러나왔지. 그러나 말들을 쏟아내면서도 나는 의구심과 주저를 느꼈다네. 좀 전의 고요한 순간들이 너무도 완벽했기에, 말을 한다는 것은 그 완벽함을 흐리게 할 뿐이었으니까!

　"내 사랑, 내 생명, 사랑스런 리마, 이제는 당신이 내 마음을 이해하리라는 걸 알고 있어요. 예전의 그 날 밤을 기억해요, 리마? 숲속에서 내가 당신을 끌어안았을 때 당신은 이해하지 못했었지요. 오늘 밤 산에서 내가 그토록 냉정하게 말했던 사실이 내 심장을 어찌나 아프게 찌르던지! 당신을 지탱해 주고, 집을 떠나 멀리 여기까지 오게 했던 유일한 꿈을 죽여 버리다니! 그러나 이제 고통은 끝났어요. 나를 보는 당신의 눈은 이미 그늘 한 점 없이 맑군요. 그것은 당신이 나를 사랑하기에, 이제 사랑이 무엇인지 알기에, 그리고 내가 얼마나 당신을 사랑하는지 알기에, 더 이상 이 세상의 피조물들을 향해 그렇다고 외칠 필요가 없기 때문이지요. 말하고 보여 주는 것은 이제 충분해요. 그렇지 않나요, 리마? 처음에는 당신이 나를 두려워하며 피하는 것이 얼마나 이상하게 느껴지던지! 하지만 이후에 당신이 어머니에게 큰소리로 기도하며 마음속의 비밀을 모두 드러냈을 때, 나는 당신의 마음을 이해했어요. 숲 속에서 외롭고 고립된 생활을 하며 당신은 사랑에 대해 아무것도 듣지 못했고, 그것이 얼마나 마음을 격렬하게 움켜잡는지, 얼마나 달콤한지도 몰랐던 거예요. 마침내 사랑을 하게 되었을 때 그것은 낯설고 설명할 수 없는 느낌이었고, 당신에게 오해와 혼란스러운 생각들만을 안겨 주었지요. 그래서 당신은 사랑을 두려워했고 도망쳐 숨으려 한 거예요. 사랑의 전율은 언제나 밤인 것처럼, 별빛과 창백한 달빛 말고는 깜깜한 밤인 것처럼 느껴지게 하지요. 좀 전에 우리가 산에서 본 것처럼 말이에요. 하지만 마침내 동이 터 왔고, 기묘하고 낯선 장밋빛과 보랏빛의 불꽃이 동녘 하늘을 밝히며 해가 떠오를 것을 예고했어요. 그 모습은 밤이 당신에게 보여 준 그 어떤 것보다도 아름다웠지만, 그럼에도 당신은 여전히 떨었을 테고, 그 이상한 풍경을 보자 심장이 두근거렸을 거예요. 당신은 그런 감정의 의미를 말해 줄 수 있는 누군가에게로 도망치고 싶었고, 그것이 예고해 준 감미로운 무언가가 정말로 나타날 것인지 알고 싶어했지요. 그래서 당신은 친족들을 찾으려 했고, 리오라마까지 오게 된 거예요. 그리고 당신이 나의 잔인한 말을 통해 그들을 결코 찾을 수 없다는 사실을 알았을 때, 당신은 가슴속의 야릇한 감정이 영원히 비밀로 남아야 한다고 생각하고 외로운 마음을 참을 수가 없었을 거예요. 당신이 그렇게 빨리 기절해 버리지만 않았다면, 나는 지금 말하려 하는 것을 그때 이미 당신에게 말했을 거예요. 그들은 사라졌어요, 리마. 당신의 친족들은 없어요. 그러나 나는 당신 곁에 있고, 당신이 무엇을 느끼는지 알고 있어요. 설사 그것을 표현할 말이 없더라도 말이에요. 말이 무슨 소용이에요? 사랑은 당신의 눈에서 빛나고, 당신의 얼굴에서 불꽃처럼 타오르고 있어요. 당신의 손을 잡으면 그것을 느낄 수 있지요. 당신도 내 얼굴에서 보고 있지 않나요, 내가 당신에게 느끼는 그 모든 것을, 나를 행복하게 만드는 사랑의 감정을? 이것이 사랑이에요, 리마. 꽃과 생의 노래, 가장 감미로운 것, 우리의 두 영혼을 하나로 만드는 아름다운 기적이란 말이에요."

그렇게 쉬고 있는 것이 기쁜 듯 그녀는 여전히 내 팔에 기대어 내 얼굴을 응시하고 있었지만, 내 말을 한 마디도 빠짐없이 이해한 것이 분명했네. 그래서 나는 이제 걱정도 두려움도 없이 다시 내 입술이 그녀의 입술에 닿을 때까지 고개를 숙였지. 마침내 고개를 들자 – 나는 그녀의 섬세한 입술에 키스하는 것과 그녀의 얼굴을 들여다보는 것 중 어느 쪽이 더 행복한지 알 수가 없을 지경이었지 – 그녀는 즉시 내 목에 팔을 두르고는 몸을 일으켜 내 무릎에 앉았네.

"아벨 …… 이제 당신을 아벨이라고 부를까요? 앞으로도 항상?" 그녀는 여전히 팔로 내 목을 감싸 안고 말했네. "아, 당신은 왜 내가 리오라마로 오게 내버려두었나요? 물론 나는 왔을 거예요! 저기에서 주무시는 늙은 힐아버지도 역시 오게 했을 거구요. 그 분은 별로 중요하지 않아요. 하지만 당신은, 당신은! 나에 대해 듣고, 아무것도 기대할 수 없다는 것을 깨닫고 나서도 따라왔지요! 내가 바랐던 모든 것은 거기 당신 안에 있었던 거예요. 아, 얼마나 행복한 일인가요! 그러나 조금 전만 해도, 얼마나 고통스러웠는지! 당신이 산 위에서 내게 말했을 때 나는 당신이 옳다는 것을 알았지만, 모르는 척하려고 애쓰고 또 애썼어요. 하지만 마침내는 모르는 척할 수가 없었지요. 그들은 모두 어머니처럼 죽었어요. 나는 초원의 신기루를 쫓아왔던 거예요. '아, 차라리 나도 죽게 해 주세요.' 괴로움을 참을 수 없어 나는 이렇게 기도했지요. 그리고 얼마 후 여기 동굴 안에서 잠든 사람처럼 깨어났을 때도 정말로 깬 것인지 알 수가 없었어요. 아침 햇살이 눈을 떠 보라고 나를 간지럽히는 것 같았지요. 아직은 싫어, 사랑스런 햇살아. 조금만 더, 가만히 누워 있는 것은 너무 달콤하거든. 그러나 햇살은 사라지지 않았고, 초록빛의 작은 파리처럼 내 눈앞에서 끈질기게 윙윙거렸어요. 마침내 나는 못 이겨 살짝 눈을 떴지요. 그것은 아침 햇살이 아니라 모닥불이었고, 나는 작은 침대가 아니라 당신의 품안에 있더군요. 당신의 눈이 내 눈을 들여다보고 있었어요. 그러나 내게는 당신의 눈이 더 잘 보였지요. 그때 지금까지의 모든 일들이 떠올랐고, 언젠가 당신이 내게 당신의 눈을 들여다보라고 했던 일도 생각났지요. 너무도 많은 것들이 기억나요. 아, 너무도 많아요!"

"얼마나 많은 것들을 기억하는 건데요, 리마?"

"들어 봐요, 아벨. 당신은 마른 이끼 위에 누워서 나무를 똑바로 올려다보며 잎사귀를 천 개까지 센 적이 있나요?"

"아니오, 내 사랑. 그건 불가능해요. 헤아리기엔 너무나 많은 숫자잖아요. 천 개가 얼마나 되는지 알고 있어요?"

"내가 모를 거라고 생각하세요? 벌새가 얼굴 가까이 날아와 잠시 공중에 멈추어 벌처럼 윙윙대다가 사라지는 그 동안, 나는 그 놈의 목덜미에 난 작고 둥그스름하고 밝은 깃털을 백 개는 셀 수 있어요. 하지만 그것은 백일뿐이죠. 천은 훨씬, 열 배나 많은 숫자예요. 나는 올려다보며 천 개의 잎사귀를 세어요. 그러고 나선 세기를 멈추지요. 왜냐하면 첫 번째 잎 뒤에 또 천 개가 더 있고, 그 잎들 뒤에는 또 각각 천 개가 있고, 그렇게 수없이 무성하여 그 모두를 셀 수는 없으니까요. 당신의 품안에 누워서 당신의 얼굴을 쳐다보는 것은 그와 똑같아요. 머릿속에 떠오르는 것을 일일이 셀 수가 없지요. 숲 속에서 당신과 함께 있었을 때, 그리고 그 전, 아주 오래 전에 보아에서 아이였던 내가 어머니와 함께 있었을 때도 생각나요."

"내게 기억나는 것들을 얘기해 줘요, 리마."

"네. 하지만 하나만, 지금 당장은 하나만 얘기할게요. 보아에서 내가 아직 어렸을 때 어머니는 심하게 절뚝거리셨어요. 왜 그런지는 아시지요? 우리가 집을 나와 숲 속에 갈 때마다, 내가 뛰어다니며 노는 동안 어머니는 느릿느릿 나무 아래로 걸어가 줄곧 앉아 계셨지요. 내가 돌아올 때마다 어머니는 무척 창백하고, 너무도 슬픈 얼굴로 울고 또 울었어요. 그러면 나는 숨어 있다가 어머니가 내 발소리를 못 들도록 다시 조용히 다가가 물었지요. '아, 어머니, 왜 울고 계세요? 발이 아프신가요?' 그리고 어느 날 어머니는 나를 껴안고 왜 울었는지 이유를 말해 주었어요."

그녀는 말을 멈추더니 낯설고 기묘한 눈빛으로 나를 바라보았네.

"그녀는 왜 울었나요, 내 사랑?"

"아벨, 당신도 이제는 이해할 수 있겠지요, 마침내!" 그리고 그녀는 내 귓가에 입술을 갖다 대고 부드럽고 달콤한 소리로 중얼거리기 시작했지만, 나는 전혀 알아들을 수 없었네. 마침내 그녀가 뒤로 물러나 나를 바라보았을 때 눈은 눈물로 반짝거렸고, 입술은 부드럽고 사려 깊은 미소로 반쯤 벌어져 있었지.

아, 가엾은 소녀여! 그 모든 말과 사건들을 겪고서도, 그녀는 내가 그녀의 언어를 이해해야 한다는 오랜 환상을 버리지 못한 것이었네. 나는 서글프고 묵묵하게 그녀의 표정을 되돌려 줄 수 있을 뿐이었지.

그녀의 얼굴은 실망으로 어두워졌지만, 그녀는 다시 입을 열고 애원하는 목소리로 말했네. "자, 우리는 이제 동떨어져 있지 않아요. 나는 숲 속에 숨어 있고 당신은 찾고 있지만, 두 사람 모두 같은 것을 말하고 있지요, 당신의 언어로 말이에요. 그러나 이제는 나의 언어이기도 해요. 하지만 당신이 오기 전엔 나는 아무것도, 아무것도 몰랐어요. 할아버지밖에 얘기할 사람이 없었으니까요. 매일매일 판에 박힌 몇 마디만 할 뿐이었지요. 만약 당신의 언어가 내 것이기도 하다면, 나의 언어도 당신의 것이어야 해요. 아, 나의 언어가 더 낫다는 것을 당신은 모르나요?"

"그래요, 더 나아요. 하지만 리마, 나는 당신의 감미로운 언어를 절대로 이해할 수 없을 것이고, 그 언어로 말하는 것은 더욱 불가능할 거예요. 쩍쩍대거나 깍깍대기만 하는 새들은 절대 꾀꼬리처럼 노래할 수 없답니다."

그녀는 내 목에 얼굴을 묻고 흐느꼈고, 흐느낌 사이에 중얼거렸네. "그럴 수가, 그럴 수가!"

얼마나 이상한 일인가, 그토록 기쁜 순간에 격렬한 눈물과 절망적인 말들이 끼여들다니!

한동안 나는 슬프게 침묵을 지켰고, 처음으로 내가 그녀만의 내밀한 언어를 이해할 수 없다는 것이 어떤 의미인지 알 것 같았네. 적어도 가능한 정도까지는 말일세. 그녀를 기민하게 스쳐 가는 생각들과 생생한 감정들을 표현하는 데 그 이상의 언어는 없었던 것이지. 내게는 그녀가 나의 언어로도 쉽게 생각을 표현할 수 있는 것처럼 보였지만, 사실 그녀 자신에게 그 말들은 더듬거림에 지나지 않았던 거야. 언젠가 내가 그녀에게 스페인어로 얘기하라고 청했을 때 대답했듯이, '그것은 말이 아니'었네. 그녀의 마음속에 있는 더 나은 언어로 나와 대화할 수 없는 한, 그것은 그녀가 그토록 갈망하는 완벽한 영혼의 결합이라고 할 수 없었던 거지.

마침내 그녀의 흐느낌이 가라앉자 나는 우리 둘 모두를 위로해 줄 말을 열심히 생각해 보았네. "사랑하는 리마." 나는 말했지. "슬프게도 나는 당신의 언어로 당신과 대화할 수 없을 거예요. 하지만 지금 우리가 느끼는 것보다 더 큰 사랑은 앞으로 결코 찾아오지 않을 것이고, 그 한 가지 아쉬움만 제외하면 사랑은 우리를 행복하게, 말할 수 없이 행복하게 해 줄 거예요. 그리고 아마도, 얼마 후엔 당신은 말하고 싶은 모든 것을 나의 언어로 표현할 수 있게 될 거구요. 그것은 좀 전에 당신 스스로 말했듯 당신의 언어이기도 하니까요. 우리의 사랑하는 숲으로 돌아가면, 우리가 처음 이야기를 나누었던 나무 아래에서, 당신이 숨어서 내게 나뭇잎을 던졌던 모라 고목 아래에서, 그리고 당신이 작은 거미를 잡아 어떻게 자신의 옷을 만들었는지 보여 주었던 그 곳에서, 다시 이야기를 나누어요. 우선 당신의 감미로운 언어로 내게 말한 다음, 다시 나의 언어로 같은 것을 말하려고 해 봐요. 그러다 보면 아마, 그렇게 어려운 일도 아니라는 것을 알게 될 거예요."

그녀는 나를 바라보았고, 눈물 사이로 미소를 지어 보이면서도 고개를 살짝 저었네.

"내가 들은 바로는, 당신 어머니가 돌아가시기 전에 당신이 그녀가 바라는 것을 누플로와 신부에게 전했다면서요. 그와 마찬가지로, 그녀가 왜 울었는지 내게 말해 줄 수는 없나요?"

"말할 수는 있어요. 하지만 말해지지 않을 거예요."

"나는 이해할 거예요. 당신은 그저 사실만을 말하면 돼요. 나는 얼마간 상상으로 살을 붙일 수 있겠지만, 그 나머지는 놓쳐 버리겠지요. 말해 줘요, 리마."

그녀는 고통스런 표정을 지었네. 그녀의 눈은 멀리 향했다가 모닥불로 흐릿해진 동굴 안을 떠돌았고, 그러고선 다시 한 번 내 눈을 들여다보았지.

"봐요." 그녀는 말했네. "할아버지는 불가에 누워 주무시고 계세요. 우리에게서 멀리 떨어져 있지요, 너무도 멀리! 하지만 우리가 동굴 밖으로 나가서 거대한 산을 오르고 또 올라 태양의 도시에 이른다 해도, 마침내 거기서 우리를 바라보며 떠드는 거대한 군중 가운데 서 있게 된다 해도 마찬가지일 거예요. 그들은 나무와 바위와 동물과 다를 게 없어요, 너무도 멀리 있으니까요! 그들은 우리 곁에 없고 우리도 그들 곁에 없지요. 어디를 가든 우리는 따로 또 같이 둘이서만 떨어져 있을 거예요. 그것이 사랑이지요. 나는 이제 그것을 알지만, 그녀가 내게 말해 준 것이 기억날 때까지는 몰랐어요. '어머니 왜 우세요'라고 물었을 때 그녀가 해 준 대답을 내가 당신에게 전할 수 있다고 생각하세요? 천만에요! 단지 이것뿐이에요, 그녀와 누군가도 하나가 되어 다른 이들과 떨어져 있었다는 것. 그러다 무슨 일이 생겼어요. 어떤 재앙이! 아아 아벨, 그게 당신이 산에서 내게 말하려 했던 것인가요? 그리고 상대방은 영원히 사라져, 그녀는 온세상의 숲과 산 속에 홀로 남겨졌죠. 아, 우리는 왜 잃어버린 것 때문에 우는 거지요? 왜 빨리 잊어버리고 새로이 기뻐하지 못하는 거지요? 사랑하는 어머니, 이제야 겨우 당신이 느꼈던 것을 알겠어요. 당신이 가만히 앉아서 우는 동안 나는 뛰어다니며 놀고 웃어댔는데! 아 가엾은 어머니, 얼마나 고통스러웠을까!" 그리고 그녀는 다시 내 목에 얼굴을 묻고 흐느껴 울었네.

내 눈에도 사랑과 연민의 눈물이 솟구쳐 올랐네. 그러나 얼마 동안 다정하게 위로하며 애무하자 그녀는 슬픈 과거에서 현재로 돌아왔지. 그리고 좀 전처럼, 가지런히 접은 내 외투를 베고 감싸 안은 내 팔과 우리 두 사람이 기댄 바위에 몸을 의지한 채 똑바로 누웠네. 그녀의 반쯤 감긴 눈에서 나는 부드럽지만 확고한 행복을 볼 수 있었지. 비 온 후의 햇빛과 같은 정련된 기쁨을, 반쯤은 정열적이고 반쯤은 승화된 감미로운 나른함을.

"말해 줘요, 리마." 나는 그녀의 귀에 대고 속삭였네. "숲 속에서 나와 함께 보냈던 그 힘든 나날들 가운데 즐거웠던 적은 한 번도 없었나요? 당신이 나를 사랑한다는 것을 깨닫기 이전에, 당신 내면의 무언가가 사랑이 얼마나 즐거운 것인지 말해 주지 않았나요?"

"네, 한 번이요. 아벨, 그 날 밤을 기억해요? 당신이 이타이오아에서 돌아온 뒤, 밤늦게까지 불가에서 할아버지와 이야기를 하며 앉아 있었고, 나는 그늘에 숨어 움직이지 않은 채 가만히 귀기울이고 또 귀기울였던 것. 당신은 불빛을 받아 환한 얼굴로 내겐 생소한 것들에 대해 참으로 많은 이야기를 했어요. 그때 참 행복했답니다. 얼마나 행복했었는지! 깜깜하고 비가 내리던 그 날 밤, 나는 어둠 속에서 달콤한 빗방울이 잎사귀 위로 떨어지는 것을 느끼는 식물과 같았지요. 아, 이제 아침이 되면 해가 떠올라 내 젖은 잎사귀들 위에서 찬란히 빛나겠지. 나는 그런 생각을 하며 전율을 느낄 정도로 기뻤어요. 그러나 그때 갑자기 번개가 친다면, 너무도 선명한 그 불빛에 두려워 다시 어두워지기를 바랐겠지요. 그때 당신은 그늘에 앉아 있는 나를 바라보았고, 나는 두려움에 떨면서 얼른 시선을 돌려 당신의 눈을 피했어요."

"그러나 이제 두려울 게 없어요. 그늘에 숨을 필요도 없고. 이제는 당신도 완벽하게 행복하잖아요."

"아, 행복하구 말고요! 숲으로 돌아가는 길이 한 열 배쯤 더 길다고 해도, 꼭대기에 흰 눈이 쌓인 거대한 산과 껌껌하고 넓은 숲과 오리노코 강보다 더 큰 강이 도중에 있다 해도, 나는 홀로 두려움 없이 갈 수 있을 거예요. 왜냐하면 당신이 나를 따라올 테고, 숲에서 나와 만나 마침내는 영원히 함께 지낼 테니까요."

"하지만 나는 당신이 홀로 가게 하지는 않을 거예요, 리마. 당신의 외로운 날들은 이제 끝났어요."

그녀는 눈을 크게 뜨고 내 얼굴을 진지하게 응시했네. "나는 혼자 돌아가야 해요, 아벨." 그녀는 말했네. "해가 뜨기 전에 나는 떠날 거예요. 당신은 여기서 할아버지와 함께 며칠 밤낮을 쉰 다음, 나를 쫓아오세요."

나는 그녀의 말에 경악했네. "그럴 순 없어요, 리마." 나는 외쳤지. "나더러 당신을 보내란 말이에요? 그 먼 길을, 험난한 지역들을 당신 홀로 가다가 길을 잃고 죽어 버리도록 내버려두란 거예요? 아, 그런 생각은 하지도 말아요!"

내 말에 그녀는 당황스러운 눈빛으로 나를 바라보았지만, 동시에 살짝 미소를 짓더군. 그녀의 작은 손이 내 팔 위로 올라오더니 뺨을 어루만졌네. 그리고 그녀는 내 얼굴을 자신에게로 끌어당겨 입을 맞추었지. 그러나 나는 그녀의 눈을 바라보고 그녀가 내 말을 듣지 않으리라는 것을 분명히 알았네. "나는 이제 길을 잘 알고 있어요." 그녀는 말했지. "모든 산과 강과 숲들을 말이에요. 왜 내가 길을 잃겠어요? 그리고 나는 빨리 돌아가야 해요. 중간중간 멈춘다거나 걷다 쉬다 걷다 쉬다하진 않을 거예요. 요리하고 먹고, 땔감을 모으고, 잠자리를 만드느라 어영부영 하지도 않을 거구요. 자질구레한 일들에 시간을 낭비하다니! 나는 올 때 걸린 시간의 반이면 도착할 거예요. 가서 할 일이 무척 많은 걸요."

"뭘 해야 한단 말이에요? 우리가 함께 숲 속에 도착하면 모든 일은 저절로 해결될 텐데."

짓궂은 귀여운 미소를 띠며 그녀는 대답했네. "아, 당신이 할 수 없는 일들이 있다고 내가 꼭 말로 해야 하나요? 봐요, 아벨." 그리고 그녀는 입고 있던 예의 가벼운 옷을 가리켰지. 처음 보았을 때보다 많이 닳았고 햇빛과 바람과 비를 오랫동안 맞아 빛을 잃은 상태였네.

나는 그녀에게 명령할 수 없었고, 그녀를 설득할 수조차 없을 것 같았네. 하지만 나는 아직 포기하지 않았고, 그녀에게 솔깃할 것 같은 구실들을 생각나는 대로 주워섬겼지. 내 말이 끝나자 그녀는 내 목을 팔로 감싸 안으며 다시 한 번 키스했네. "아, 아벨, 나는 정말로 행복해질 거예요!" 그녀는 내가 말한 것들은 아랑곳하지 않고 외치더군. "생각해 봐요, 나는 홀로 하루하루 숲 속에서 당신을 기다리며 열심히 일하고 있을 거예요. 이렇게 말하면서요. '빨리 와요, 아벨. 아니 천천히 와요, 아벨. 아, 아벨, 왜 이렇게 오래 걸리나요! 아, 내 일이 다 끝날 때까진 오지 말아요!' 그리고 모든 것이 끝나면 당신이 도착하여 나를 찾겠지만, 한 번에 발견할 순 없겠지요. 먼저 당신은 집안을 찾아다니다가, 다음엔 숲으로 와서 부를 거예요. '리마! 리마!' 그리고 그녀는 나무 뒤에 숨어서 엿들으며 당신의 품에 안기는 것을, 당신의 입맞춤을 갈망하겠지요. 아, 그녀는 너무도 행복하면서도, 한편으로는 모습을 보이기가 왠지 두려운 거예요. 왜 그런지 아세요? 그가 당신에게 말해 주지 않았나요? 이니라고요? 그가 온통 새하얀 옷차림으로 앞에 서 있는 그녀를 처음 봤을 때, 그 옷은 산꼭대기에 쌓인 눈에 석양이 비출 때처럼 장밋빛과 보랏빛이 어른거렸지요. 나는 그렇게 할 것이고, 나무 사이에 숨어 기다리면서 속삭일 거예요. '내가 달라져서 리마로 보이지 않는 게 아닐까? 그가 나를 알아볼까, 예전과 같이 나를 사랑하고 있을까?' 아, 하지만 분명 당신은 기뻐할 테고 나를 사랑한다고, 아름답다고 말해 주겠지요? 잠깐, 잠깐만요!" 그녀는 갑자기 외치며 고개를 쳐들었네.

동굴 입구에서 얼마 떨어지지 않은 수풀에서 작은 새가 노래를 시작했지만, 그 맑고 부드러운 노래는 곧 멀리 다른 새들의 소리에 묻혀 버렸네.

"곧 아침이 돼요." 그녀는 말했고, 다시 한 번 내 몸에 팔을 두르더니 오랫동안 열정적으로 포옹했지. 그러고는 내 품에서 빠져 나가 잠든 노인에게 잠시 작별의 눈길을 던진 뒤, 동굴을 뛰쳐나가더군.

한동안 나는 가만히 앉은 채 그녀가 내게서 떠났다는 것도 깨닫지 못하고 있었지. 너무도 갑작스럽고 재빨리 내 품에서, 내 눈앞에서 사라져 버려 도저히 실감이 나지 않았네. 그러나 정신이 들자 나는 벌떡 일어나 그녀를 따라잡기 위해 뛰쳐나갔지.

아직 동은 트지 않았지만, 산 뒤 편 어딘가로 기울어 가는 보름달이 여전히 빛을 발하고 있더군. 나는 수풀이 무성한 고원의 가장자리까지 뛰어가 험준한 비탈을 따라 내려갔지만, 그녀의 모습이 보이지 않자 큰소리로 불렀네. "리마! 리마!"

새가 내는 소리와는 분명 다른 부드러운 지저귐이 아래쪽의 그늘
진 수풀로부터 까마득히 들려 왔네. 나는 그 쪽으로 달려갔고, 다시
멈춰서 그녀를 불렀지. 그 감미로운 목소리가 다시 한 번 들려 왔지
만, 이제는 너무 나지막하고 희미하여 거의 들리지 않았네. 더 내려가
서 부르고 또 불렀지만 더 이상 대답은 없었고, 그때서야 나는 그녀가
정말로 혼자서 그 긴 여행길에 올랐다는 것을 깨달았지.

CHAPTER 18

마침내 누플로는 눈을 떴고, 추적하다 허탕친 채 돌아와 홀로 절
망하여 불가에 앉아 있던 나를 보았네. 나는 산등성이에서 짙은 안개
를 만나 흠씬 젖은 데다가, 어제 오래도록 강행군하고서 지난밤을 꼬
박 새웠기에 무척 피곤하고 졸린 상태였지. 그러나 감히 쉴 수가 없
었네. 그녀가 가 버렸고, 나는 그것을 막지 못했으니까. 하지만 그녀
가 내 품에서 빠져 나가 그 길고 위험한 여행을 홀로 떠나도록 내버
려두었다는 생각은 내가 그것에 동의했다는 생각만큼이나 참을 수
없는 것이었네.

누플로는 그녀가 갑자기 혼자 떠났다는 얘기를 듣고 처음에는 놀
란 것 같았네. 그러나 그는 나의 두려움을 웃어넘기며 일단 땅 위로
내려가면 그녀는 절대 길을 잃지 않는다고 단언했지. 게다가 그녀는

인디오들을 염려할 필요도 없는데, 언제나 멀리서부터 그들을 알아보고 피해가기 때문이라더군. 야수나 독사 같은 위험한 동물들도 그녀에게는 해를 입히지 않았지. 그녀가 필요로 하는 음식은 아주 소량이었고, 어디서든 구할 수 있었네. 게다가 그녀는 비나 열기에 영향을 받지도 않으니, 악천후 때문에 여행이 지체되는 일도 없을 것이었네. 결과적으로 그는 그녀가 홀로 떠난 것이 기쁜 듯했고, 리마가 숲에 있으면 인디오들이 감히 오지 않을 테니 집과 농작물과 숨겨 놓은 식량과 가재도구 모두가 안전할 것이라고 말했지. 그의 확신에 안심한 나는 동굴의 모랫바닥에 몸을 던지고 깊은 잠에 빠져 들어 저녁까지 깨지 않았네. 나는 노인과 식사를 하기 위해 잠시 일어났을 뿐, 다시 누워 다음날까지 꼬박 잠을 잤지.

누플로는 아직 떠날 준비가 되어 있지 않더군. 그는 건조한 잠자리와 바람이나 빗방울의 영향을 받지 않아 절대 꺼지지 않는 모닥불의 안락함에 흠뻑 빠져 있었지. 그가 돌아갈 채비를 꾸리는 데 동의한 것은 이틀도 더 지난 후였고, 나를 설득할 수 있었다면 리오라마에서의 체류는 일주일 정도 길어졌을 걸세.

출발할 때는 날씨가 좋았지. 그러나 얼마 안 되어 구름이 몰려왔고, 이 주일이 넘도록 비가 쏟아지고 폭풍이 불어 우리는 죽도록 고생을 했네. 올 때 십팔 일 걸렸던 것이 돌아길 때는 이십삼 일이나 걸렸지 뭔가. 그 강행군 중 우리가 맞닥뜨린 위험과 고난에 대해서는 굳이 말하지 않겠네. 우리는 비 때문에 비참하기도 했지만 다른 무엇보다도 굶주림에 시달렸고, 아사 직전까지 간 적도 몇 번 있었다네. 두 번이나 인디오들의 마을로 음식을 구걸하러 가야 했고, 그나마 교환할 물건이 아무것도 없었기에 매우 조금밖에 얻지 못했지. 낚시바늘이나 못, 캘리코 천 따위가 없어도 야만인들의 환심을 살 수는 있네. 하지만 처음 파라우아리로 떠났을 때 큰 도움이 되었던 그런 난해한 방법들을 이번 여행에서는 전혀 써먹을 수가 없었네. 나는 허약해지고 비참해져 교활한 꾀를 짜낼 상태가 아니었거든. 우리는 개 두 마리를 카사바 빵이나 옥수수와 교환할 수도 있었겠지. 하지만 그랬다간 사정이 더 나빠졌을 걸세. 결국 종종 짐승을 잡아서 우리를 구한 것은 그들이었으니까. 공터로 쫓겨 나와 얼떨떨한 상태로 미처 진흙에 머리를 묻고 숨기 전에 잡힌 아르마딜로가 있었고, 이구아나, 오포섬, 라바 등도 그들의 날카로운 후각에 의해 은신처에서 쫓겨 나왔네. 그러면 누플로는 신이 나서 포식을 했고, 개들에겐 껍데기와 뼈와 내장을 던져주는 것으로 보답했지. 그러나 마침내 개 한 마리가 다리를 절기 시작했고, 배 고팠던 누플로는 구실이 생기자 양심의 가책도 전혀 없이 얼른 그 놈을 도살해 버렸네. 그는 고기를 잘라내 훈제했고, 나도 굶주림의 사나운 공격을 견디지 못하고 어쩔 수 없이 그 역겨운 음식을 나누어 먹었지. 내가 보기에 우리는 이제 구질구질할 뿐 아니라 우리에게 고기를 갖다 주었던 충실한 하인을 잡아먹은 식인종이나 마찬가지였네. '하지만 무슨 상관인가?' 나는 자문했지. '모든 고기는 깨끗하든 불결하든 내겐 혐오스러운 음식이고, 혐오스러워야 한다. 동물을 죽이는 것도 살인과 다를 게 없다. 하지만 지금은 차후의 선을 위해서 악행을 저질러야 하는 상황이다. 살기 위해 먹는 것뿐이다. 이 혐오스러운 음식물이 나를 리마에게, 더욱 순결하고 선한 삶에 이르게 해 줄 테니까.'

침묵 속에서 일 리그 일 리그를 나아가는 동안, 그리고 밤이 되어 불가에 말없이 앉아 있는 동안 나는 많은 것들을 생각했네. 그러나 완전히 손을 끊은 지난날의 일들은 거의 생각하지 않았지. 리마가 내 모든 생각의 원천이고 중심이었으니까. 생각들은 그녀로부터 솟아올랐고, 다시 그녀에게로 되돌아가곤 했네. 괴롭고 배고픈 음울한 낮과 밤 동안 나를 지탱해 주었던 것은 바로 생각하고, 바라고, 꿈꾸는 일이었다네. 공상은 내게 힘을 주는 빵이었고, 원기를 돋우는 포도주였지. 누플로 영감의 마음을 지탱해 준 것이 무엇이었는지는 모르겠네. 아마도 그 나날들은 그에게 번데기처럼 음식을 섭취하지 않아도 되는 일종의 잠복기였을 테지. 언젠가 천사장들의 장엄한 외침과 악기들의 소리에 깨어 새로운 삶을 얻을, 어쩌면 눈부신 날개를 단 나비의 이미지가 그의 둔감하고 천한 마음속에서 고이 잠들어 있었을 테지.

그립고 사랑스러운 숲이 다시 보이기 시작했네! 기나긴 출전 끝에 전쟁터에서 찌들어 돌아온 스위스 용병이 바라본 고향마을의 산

골짜기도 수평선에 아득히 보이는 푸르른 구름과 나의 아름다운 신부 리마가 있는 그 숲만큼 아름답지는 않았을 걸세. 그 숲 위로 이타이오아의 새까만 봉우리가 나의 굶주린 눈앞에 드러났네! 얼마나 가까이 왔는가, 얼마나 가까이! 그러나 아직 남은 이삼 리그를 가는 데 어찌나 오래 걸리던지, 한 걸음 한 걸음이 어찌나 멀게 느껴지던지! 그 먼 리오라마에서 출발했을 때도 내 사랑이 그토록 멀리 있다고 느껴지지는 않았네. 미칠 듯한 초조함이 얼마 남지 않은 기력을 앗아갔고, 내 걸음을 힘겹게 했지. 나는 뛸 수도 심지어 빨리 걸을 수도 없었고, 결국엔 굼뜨고 시무룩하지만 마음속을 갉아먹는 불꽃 따위는 없는 누플로 영감에게 뒤처졌으며, 그를 따라잡는 것이 내가 할 수 있는 전부였다네.

막바지에 이르자 그는 입을 다물고 조심스럽게 숲 남쪽 경계의 낮은 구릉 지대로 이어지는, 띠 모양으로 늘어선 나무 사이에 발을 디뎠네. 일 마일 이상을 우리는 그늘 속에서 나아갔지. 그러자 친숙한 마당과 그 아래에서 산책하거나 앉아 있곤 했던 고목들이 나타났고, 그로부터 백 야드 앞에 마침내 낯익은 야자잎 지붕이 흘낏 눈에 들어왔네. 나는 모든 피곤을 잊었고, 애타는 갈망과 기쁨에 나지막한 함성을 지르며 앞으로 내달았다네. 내 눈은 사랑스런 보금자리의 모습을 찾아 헤매었지만 아무것도 볼 수 없었네! 빛 바랜 노란 지붕의 모습은, 언제나처럼 푸르른 수풀과 덩굴과 나무들 사이 어디에도 보이지 않더군. 나무들 뒤로, 위로 솟아오른 나무들뿐이었지.

한동안 나는 어떻게 된 건지 모르고 있었네. 아냐, 내가 분명 실수를 한 거야. 집은 여기 있지 않았던 거야. 좀더 가 보면 눈앞에 나타나겠지. 나는 머뭇거리며 몇 걸음 내딛고 다시 멈춰 섰네. 머리가 빙빙 돌았고, 숨은 턱까지 차 올라 금방이라도 심장이 고통스럽게 터질 것만 같았지. 누플로가 나를 따라잡았을 때 나는 여전히 꼼짝 않고 선 채 손으로 가슴을 누르고 있었네. "어디 있지요 …… 집은?" 나는 더듬거리며 손으로 앞을 가리켰지. 그의 퉁한 태도는 순식간에 사라졌고, 그 역시 벌벌 떨며 입술만 달싹거릴 뿐이었네. 마침내 그가 말하더군. "그들이 온 거야. 그 지옥의 자식들이 여기 와서, 모든 것을 파괴한 거야!"

"리마! 리마는 어찌 되었을까요?" 나는 외쳤네. 그러나 그는 대답 없이 걸어가 버렸고, 나는 그를 쫓아갔지.

우리는 곧 집이 타 버린 것을 알았네. 작대기 하나도 남아 있지 않았지. 검은 재가 한 무더기 땅을 덮고 있을 뿐, 그 외엔 아무것도 없었어. 그러나 둘러보니 최근에는 아무도 그 주변에 온 것 같지 않더군. 무성히 자라난 잡풀과 약초가 한때는 말끔했던 집 주위 공터를 뒤덮고 있었고, 잿더미는 적어도 한 달 이상 거기 있었던 듯했네. 리마가 어찌 되었을지에 대해서는 노인 역시 아무 말도 할 수 없었지. 그는 재앙에 압도된 나머지 땅에 털썩 주저앉았네. 그로서는 루니의 부족들이 거기 왔었다는 사실을 의심할 여지가 없었고, 분명 그들은 다시 올 것이었으며, 붙잡힌다면 바랄 수 있는 것은 죽음뿐이었으니까. 리마가 사라졌다는 생각, 그녀를 잃었다는 생각은 참을 수 없이 괴로운 것이었네. "그럴 순 없어요. 분명 우리가 없는 동안 인디오들이 와서 집을 파괴한 거예요. 하지만 그녀가 돌아왔으니 그들은 더 이상 이리로 올 수 없었을 거예요. 그녀는 숲 속 어딘가, 아마 멀지 않은 곳에서 초조하게 우리가 돌아오기를 기다리고 있을 겁니다." 노인은 이렇게 말하는 나를 빤히 쳐다보았네. 그는 일종의 혼수상태에 빠진 것처럼 아무 대답도 하지 않았지. 마침내 나는 땅에 주저앉은 그를 내버려두고 리마를 찾아 숲 속으로 갔다네.

나는 숲 속을 걷다가 종종 멈추어 그늘진 소택지나 공터를 들여다보거나 주위에 귀기울였지. 그녀의 이름을 크게 부르고 싶은 충동을 강하게 느꼈지만, 그러다가 숨어 있는 위험한 무언가가 나를, 어쩌면 그녀를 덮칠지 모른다는 두려움에 입을 다물었네. 숲에는 기묘한 우수가, 멀리서 외치는 새의 소리에도 깨지지 않는 적막함이 감돌고 있더군. 나는 자문했지. '이렇게 조심스레 아무 소리도 없이 다녀야 한다면, 이 넓은 숲에서 그녀를 찾아낼 수나 있을까?' 나의 유일한 희망은 그녀 쪽에서 나를 찾아내는 것이었네. 그 순간, 그녀가 있을 법한 곳은 우리 두 사람 모두가 아는 예전의 은신처들이 아닐까 하는 생각이 들었네. 제일 먼저 떠오른 것은 그녀가 나로부터 몸을 숨겼던 모라 나무였고, 나는 그리로 걸음을 옮겼네. 나무 주위를 빙빙 돌다가 그늘에 앉았다가 하며 한 시간 이상 그 곳을 맴돌았지. 그러다가 나는 거대한 구름처럼 무성한 녹색과 자주색의 잎사귀들 사이를 쳐다보며 나직하게 불렀네. "리마, 리마. 나를 보았다면, 그리고 거기 은신처에 숨어 있는 거라면 제발 대답해 줘요. 제발 이리 내려와요!" 그러나 리마의 대답은 없었고, 장난스럽게 아래로 떨어지는 붉고 반짝이는 잎사귀도 없었네. 나뭇잎 사이로 바람이 서글프게 속삭일 뿐이었지. 나는 뒤돌아서 짙은 나무 그늘을 하릴없이 헤매었네.

갑자기 야조(野鳥)의 길고 날카로운 울음이 그 고요를 뚫고 기묘하게 울려 퍼져 나를 놀라게 했네. 주위가 다시 조용해지자마자 그것이 새 울음소리가 아니라는 생각이 뇌리를 스쳤지. 인디오들은 동물 소리를 기막히게 잘 흉내냈지만, 나는 여러 번 들어 본 탓에 진짜 새 소리와 가짜 소리를 구분할 수 있었다네. 일순간 나는 당황하여 돌처럼 굳어 버렸지만, 다시 더욱 조심스럽게 움직이기 시작했고, 숨죽인 채 눈에 힘을 주고 껌껌한 그림자 속을 들여다보았네. 그러다 나는 놀라서 펄쩍 뛸 뻔했는데, 바로 앞의 나무 그늘 속 튀어나온 뿌리 위에 검고 움직이지 않는 사람의 형체가 앉아 있었기 때문이었네. 나는 멈춰 서서 한동안 그것을 바라보았고, 그 쪽에서도 나를 보았는지 알 수 없었지만, 그 형체가 일어나서 분명히 내게로 다가오는 것이 보이자 의심의 여지가 없어졌지. 그것은 화살총을 손에 든 벌거벗은 인디오였네. 그가 어두운 그늘을 벗어나자, 내 친구 쿠아코의 무뚝뚝한 형 피아케의 얼굴을 알아볼 수 있었지.

그를 숲 속에서 만난 것은 매우 충격적이었지만, 그때는 그런 생각을 할 여유가 없었네. 나는 단지 내가 그와 부족 사람들을 매우 화나게 했으며, 그들은 아마도 나를 적으로 여기고 있어 살려 둘 생각은 거의 없으리라는 것만을 떠올릴 수 있었지. 달아날 궁리를 하기는 이미 늦은 상태였네. 나는 긴 여행과 빈번한 굶주림을 겪어 지친 상태였고, 그는 손에 치명적인 무기를 든 채 기세 등등하게 서 있었으니까.

뻔뻔스런 표정으로 그에게 친근하게 인사하고, 몰래 마을을 떠난 것을 변명할 수 있는 그럴싸한 이야기를 꾸며내는 것밖에 도리가 없었네. 그는 이제 멈춰 서서 조용히 나를 응시했으며, 나는 주위를 둘러보고 그가 혼자가 아니라는 것을 알았지. 내 오른편으로 사십 야드쯤 떨어진 짙은 그늘 속에 나를 감시하고 있는 두 흐릿한 형체가 보였으니까.

"피아케!" 나는 외치며 서너 걸음 다가섰네.

"돌아왔군." 그는 대답했지만, 움직이지는 않았지. "어디 갔다 왔나?"

"리오라마에 갔었어."

그는 고개를 젓고는, 그 곳이 어디냐고 묻더군.

"해가 지는 쪽으로 이십 일을 가면 있어." 나는 대답했지. 그가 아무 말도 하지 않자, 나는 덧붙였네. "그 곳 산에 금이 있다는 말을 들었거든. 노인이 내게 그렇게 말해 줘서, 우리는 함께 금을 찾으러 갔었지."

"뭘 찾았나?"

"전혀."

"아!"

그렇게 우리의 대화는 끝나는 것 같았네. 그러나 잠시 뒤 나는 그 야만인들이 리마에 대해 전혀 모르는지 확인하고 싶은 욕망을 이기지 못하고 스스로 무덤을 파 버렸지.

"자네는 이제 이 숲에 사는 건가?" 나는 물었네.

그는 고개를 젓고 잠시 있다가 대답했지. "우리는 사냥을 하러 왔어."

"자네도 이제 나와 같군 그래." 나는 재빨리 대답했네. "아무것도 두려워하지 않는군."

그는 의심스럽게 나를 바라보더니, 좀더 가까이 와서 말하더군.

"자네는 꽤나 용감하군. 나 같으면 이십 일이나 걸리는 여행을 무기도 없이 노인 하나만 데리고 떠나지는 않을 텐데. 무슨 무기를 갖고 있나?"

나는 그가 나를 두려워한다는 것을 알았고, **수중**에 그에게 해를 끼칠 무기가 전혀 없다는 것을 분명히 하고 싶었네. "내 칼 말고는 없어." 나는 일부러 무신경한 투로 대꾸했지. 그러면서 내 외투를 쳐들어 그 스스로 보게 했고, 한 바퀴 빙글 돌아 보이기까지 했네. "내 권총은 찾았나?" 나는 덧붙였지.

그는 고개를 젓더군. 그러나 그는 이제 의심을 덜 하는 것 같았고 내게 가까이 다가왔네. "식량은 어떻게 구하지? 어디 가는 중인가?" 그가 물었네.

나는 뻔뻔스럽게 대답했지. "식량이라고? 굶어죽을 지경이야. 나는 여자들에게서 단지 안에 든 고기를 좀 얻어먹을 수 있을까 해서 마을로 가는 길이었어. 루니에게 내가 떠난 이후로 했던 일들에 대해서도 얘기할 겸해서 말이야."

그는 나를 날카롭게 바라보았고, 내가 보여 준 신뢰감에 다소 놀란 듯이 자신도 돌아가는 길이니 같이 가자고 하더군. 뒤에 있던 사람들 중 하나가 손에 화살총을 든 채 나와서는 앞장을 섰고, 우리는 숲을 떠나 초원을 가로지르기 시작했네.

다시 초원을 건너가고, 리마를 찾아낼 수도 있었을 숲의 그늘을 떠나야 한다는 것은 정말 끔찍한 일이었네. 나는 다시 죄수가, 그것도 용서받기도 전에 탈주했다가 다시 붙잡혀 이젠 영원히 용서받지 못할지도 모르는 죄수가 된 것이었지. 나의 교활한 꾀 말고는 풀려 날 길이 없었고, 가엾은 누플로 영감은 스스로 자기 일을 돌봐야 할 터였네.

우리는 끝없이 황량한 평지를 저벅저벅 걸어갔고, 봉우리에 올라간 후 나는 잠시 멈춰서 숨을 돌려야 했네. 피아케에게는 밤낮으로 여행을 한 데다가 지난 삼 일간 전혀 고기를 먹지 못해서 지쳤다고 말해 두었지. 과장이었지만, 걷는 도중에 기절한 이유를 어떤 식으로든 설명해야 했으니까. 사실 기절한 것은 피곤과 식량부족보다는 마음속의 절망 때문이었지.

종종 나는 그에게 말을 걸었고, 부족의 다른 사람들 이름을 일일이 대며 안부를 물었네. 리마에 대한 생각에서 벗어날 수가 없어서, 나는 마침내 그에게 다른 부족 사람들이 지금 이 숲 속에 살거나 전에 살았냐고 물어 보았지. 그는 아니라고 하더군.

"예전엔," 나는 말했네. "디디의 딸이라고, 자네들 모두가 두려워했던 소녀가 살지 않았나? 그녀는 지금도 있나?"

그는 나를 미심쩍게 바라보더니 고개를 저었네. 더 이상 질문을 해선 안 되겠다는 생각이 들더군. 그러나 얼마 후에 그는 딱 잘라 말했지. "그녀는 지금 거기 없어."

나는 그를 믿을 수밖에 없었네. 리마가 숲에 있었다면 그들은 거기 나타나지 않았을 테니까. 내가 살펴본 바에 의하면, 그녀는 거기 없었네. 그렇다면 그녀는 리오라마에서 돌아오는 오랜 여정 중에 길을 잃고 죽어 버린 것일까? 아니면 돌아오자마자 잔인한 적들의 손아귀에 들어간 것일까? 내 마음은 천근만근 무거웠네. 그러나 이 인간의 탈을 쓴 악마들이 내게 말해 준 것보다 더 많이 알고 있다면, 나는 기필코 초조한 마음을 숨기고 참을성 있게 기다려 그것을 알아내야 했지. 그들이 내 목숨을 살려 준다면 말이었지만. 그리고 만약 그들이 내 목숨만 살려 주고 나와 하나로 얽혀 있는 신성한 생명을 앗아갔다면, 그때 그들은 자신들보다 더 끔찍한 악마를 품에 맞아들였다는 사실을 뒤늦게나마 알게 될 것이었네.

CHAPTER 19

　　나의 귀환은 마을에 약간의 소란을 일으켰지. 그러나 내가 더 이상 친구로도 가족의 일원으로도 여겨지지 않는 것은 확실했네. 루니는 외출 중이었고, 나는 그가 돌아오기를 거의 무심한 마음으로 기다렸지. 분명 그가 나의 운명을 결정할 테니까. 쿠아코 역시 나가고 없었네. 다른 사람들은 큰방에 앉거나 서거나 모여서 말없이 나를 바라보고 있었지. 나는 신경 쓰지 않고 그저 음식을 청했으며, 얼마 후엔 해먹을 달라고 하여 예전의 장소에 걸고 드러누워 잠을 잤네. 해가 질 때쯤에 루니가 나타났지. 나는 일어나서 인사했지만, 그는 아무 말 없이 자기 해먹에 가서 무뚝뚝하게 앉았을 뿐 내 존재를 완전히 무시했네.

　　다음날 올 것이 왔네. 모두들 다시 방안에 모였지. 쿠아코와 다른 한 사람을 빼고는 전부 말일세. 탐험인가를 가서 아직 돌아오지 않았다더군. 그 후로 반시간 동안 아무도 말이 없었네. 분위기가 심상치 않았지. 어린아이들조차 이상하게 조용했고, 열려진 문가에 서성이는 애완용 새들은 짧고 분명한 소리로 우짖을 때마다 소리도 없이 멀리 쫓겨났네. 마침내 루니가 앉은자리에서 몸을 곧게 펴고 나를 똑바로 바라보았네. 그러고는 기침을 하더니 큰 목소리로 길게 연설을 하기 시작했지. 나도 익히 알고 있는 그 진부하고 단조로운 웅얼거림을 들으니 매우 심각한 상황이라는 것을 알 수 있었네. 그런 연설은 언제나 한결 같은 사고와 표현을 지루하다 못해 짜증스러울 정도로 반복하고 또 반복하는 법이었지. 기아나에서 인상적인 연설을 하려면 하려는 말이 아무리 적더라도 길게 늘려야 했으니까. 이상하게 들릴지도 모르지만, 나는 그의 연설을 냉정하게 들었고 그의 낮은 지적 수준을 내심 비웃기도 했네. 하지만 기분은 한결 홀가분하더군. 그가 나에게 직접 연설을 했다는 사실 자체가 그는 나를 죽이고 싶지 않으며, 나 스스로 그들을 배반했다는 의혹을 풀 수 있다면 죽이지 않겠다는 것을 의미했으니까.

　루니는 이렇게 말했지. "그는 백인이고, 우리는 인디오이다. 그럼에도 우리는 그를 잘 대접해 주었다. 우리는 그에게 먹을 것과 잠자리를 주었다. 그에게 아주 많은 것을 해 주었다. 우리는 그에게 화살총 쓰는 법을 일러주었으며, 하나 만들어 주기도 했고, 그에 대해 답례를 요구하지도 않았다. 게다가 아내를 주겠다는 약속도 했다. 그런

데 그는 우리를 어떻게 대했나? 그는 우리를 버리고 남몰래 먼 곳으로 떠나서 우리로 하여금 그의 의도를 의심하게 하였다. 그가 어디로, 왜 갔는지 우리가 어찌 알겠는가? 우리는 적이 있다. 적의 이름은 마나다. 마나가와 그 친족들은 우리를 증오한다. 그는 마나가가 우리에게 사악한 마음을 품고 있다는 것을 안다. 그는 어디로 가야 마나가를 만날 수 있는지 안다. 우리가 말해 주었으니까. 그래서 우리는 그가 갑자기 떠났을 때 마나가의 일을 떠올렸다. 이제 그는 우리에게 돌아와서는 리오라마에 갔다왔다고 한다. 나는 리오라마가 어딘지는 알지만 가 본 적은 없다. 너무 멀기 때문에. 그는 왜 리오라마로 갔을까? 그 곳은 위험하다. 인디오들이 조금 있긴 하지만, 파라우아리의 인디오들처럼 선한 사람들이 아니며, 백인을 보면 죽일 것이다. 정말로 그가 거기에 갔다온 것일까? 그렇다면 왜 간 것일까?"

루니는 마침내 말을 끝냈고, 이제 내가 말할 차례였네. 그는 내게 충분한 시간을 주었고, 나는 대답할 준비가 되어 있었지. "당신의 얘기는 잘 들었어요." 나는 말했네. "당신의 연설은 감동적이었습니다. 진정 우정어린 말들이었어요. 당신은 말했지요. '나는 백인의 친구이지만, 그는 내 친구일까? 그는 몰래 사라지면서 한 마디 말도 하지 않는데. 왜 그는 그토록 잘 대해 준 친구들에게 얘기도 하지 않고 가 버렸을까? 내 원수 마나가에게 간 것일까? 어쩌면 그는 내 원수의 친구가 아닐까? 그는 어디 있는 걸까?' 나는 이 의문들에 대답해야 하고, 내 친구에게 진실만을 말할 것입니다. 당신은 인디오이고, 나는 백인이에요. 당신은 모든 백인들이 무슨 생각을 갖고 있는지 모르지요. 나는 그것을 당신에게 말해 주고 싶어요. 백인의 나라에는 두 종류의 사람들이 있지요. 부유한 사람들은 인간이 가질 수 있는 모든 것을 갖고 있어요. 돌로 만든 집에는 멋진 물건들과 옷, 무기, 장신구가 가득하지요. 그들은 말, 가축, 양, 개 등 원하는 것이면 무엇이든 가질 수 있답니다. 왜냐하면 그들은 금을 갖고 있고, 백인은 그것으로 무엇이든 살 수 있기 때문이지요. 또 다른 백인들은 바로 가난한 사람들이에요. 그들은 금이 없어 아무것도 사거나 소유하지 못해요. 그들은 고되게 일해야 부자들에게서 약간의 음식과 알몸을 덮을 누더기를 얻을 수 있지요. 부자가 잠자리를 주어야 그들은 그것을 가질 수 있는 거예요. 비를 맞으며 문 밖에 누워 있지 않으려면 말이에요. 여기에서 백일쯤 가면 내가 태어난 나라가 있는데, 나는 거기에서 많은 금을 지닌 높은 우두머리의 아들이었으며, 그가 죽자 그 모두를 물려받아 부자가 되었지요. 그러나 내겐 적이 있었으며 그는 부유하고 많은 사람을 거느리고 있었기에 마나가보다 더 악질이었어요. 전쟁 중 그의 사람들이 내 쪽을 이겼고, 그가 금과 내가 가진 모든 것들을 빼앗아 가서 나는 가난해졌답니다.

인디오들은 적을 죽이지만 백인은 적의 금을 빼앗는데, 이는 죽음보다 더한 것이랍니다. 그때 나는 말했지요. '나는 부자였지만 지금은 가난하고, 어느 부자를 위해 개처럼 일해야 한다. 매일매일이 끝날 때 그가 던져 주는 약간의 음식을 위해서. 하지만, 그럴 순 없어! 나는 도망쳐서 인디오들과 살 것이고, 따라서 부자일 때 나를 보았던 사람들은 내가 주인을 위해 개처럼 일하는 꼴을 보고 소리치며 비웃지 못할 것이다. 인디오들은 백인과 다르다. 금이 없고 부자도 빈자도 없다. 모두가 동등하다. 비와 햇빛을 막는 지붕 하나면 그들에겐 족하다. 모두 스스로 만든 무기를 지니고 숲 속에서 새를 잡거나 강에서 물고기를 잡는다. 여자들은 고기를 요리하고, 모두들 단지 하나에서 음식을 떠먹는다. 인디오들과 함께 한다면 나도 인디오가 되어 숲에서 사냥하고 그들과 함께 먹고 마실 수 있을 것이다.' 그래서 나는 조국을 떠나 이리로 왔고, 당신 루니와 함께 살았으며, 좋은 대접을 받았어요. 그렇다면, 내가 왜 가 버렸냐고요? 그 이유를 이제 말해야겠습니다. 한동안 이 곳에서 지낸 뒤, 나는 저기 숲에 갔어요. 당신은 그 곳에 디디의 딸이라는 사악한 존재가 산다며 가지 말라고 했지만, 나는 아무것도 두렵지 않았기에 숲으로 갔지요. 거기서 나는 어느 노인을 만났고, 그는 내게 백인들의 말로 얘기했어요. 그는 떠돌아다니며 많은 것을 보았고, 내게 한 가지 이상한 얘기를 해 주었지요. 리오라마의 산에서 남자 하나가 간신히 나를 정도로 큰 금덩이를 보았다고. 그 이야기를 듣고 나는 말했지요. '그 금을 갖고 고국에 돌아가면, 니와 내 동료들은 무기를 사서 적과 싸울 수 있을 것이다. 그의 소유물을 모조리 뺏고 그가 내게 한 것처럼 그에게도 해 주리라.' 나는 노인에게 리오라마로 안내해 달라고 청했지요. 그는 동의했고, 나는 혹시나 당신들이 막을까 봐 전혀 말하지 않고 갔던 겁니다. 리오라마로 가는 길은 멀었고, 나는 무기가 없었어요. 하지만 전혀 두렵지 않았지요. 나는 이렇게 말했습니다. '싸워야 한다면 싸우고, 죽어야 한다면 죽어야지.' 하지만 리오라마에 도착했을 때 금은 없었어요. 노인이 금으로 착각한 노란 돌뿐이었지요. 그것은 금처럼 노란색이었지만 아무 가치도 없는 것이었지요. 그래서 나는 다시 파라우아리로, 내친구에게로 돌아온 겁니다. 그리고 만약 내가 말하지 않고 가 버린 것 때문에 여전히 그가 화나 있다면, 이런 말을 듣더라도 나는 할 말이 없어요. '다른 곳으로 가서 새 친구를 찾으시오. 나는 더 이상 당신의 친구가 아니오.'"

이처럼 대담하게 끝맺은 것은 그가 뭔가 불길한 계획을 품고 있는 게 아닐까 하는 내 의심을 눈치채고 싶지 않아서였고, 내가 우리의 다툼을 매우 심각하게 여기고 있다는 사실을 모르게 하기 위해서였지. 내가 말을 마치자 그는 찬성도 반대도 아닌, 단지 내 말을 들었다는 것만을 표시하는 소리를 내었네. 하지만 나는 만족했지. 덜 찌푸렸다는 것뿐이었지만, 여하튼 그의 표정이 다소 우호적으로 바뀌었으니까. 얼마 후 그는 금방이라도 미소를 지을 것처럼 입가를 비죽대면서 말했네. "백인들은 금을 얻기 위해서는 무엇이라도 할거요. 당신은 아무 가치도 없는 노란 돌이나 보려고 이십 일을 걸어갔다 왔군."
내 이야기가 그에게 백인의 어리석음을 드러내어 인디오들을 칭찬하
는 것으로 받아들여졌고, 또한 그의 유머 감각을 자극한 듯해서 다행
이었네. 어쨌든 그는 내 이야기를 못 믿겠다는 투로 말하진 않았고,
다른 사람들도 무척 재미있다는 듯이 귀를 기울이고 있었지.

그때부터는 암묵적으로 지나간 일은 지나간 일이라는 분위기가
되는 듯했네. 내 목숨을 위협했던 험악한 적대감도 한때 자신들을 퍽
이나 즐겁게 해 주었던 친구가 돌아온 것에 대한 반가움에 밀려 사라
지는 듯했지. 하지만 그들에 대한 나의 감정은 변함이 없었고, 그럴
수도 없었네. 리마의 거취에 대한 암담하고 끔찍한 의심이 내 가슴속
에 도사리고 있는 한 말일세. 나는 다시 그들과 허물없이 대화를 나누
었고, 예전의 친구 관계는 전혀 손상되지 않은 것처럼 보였네. 그들은
내가 문 밖으로 나갈 때마다 주의 깊게 바라보고 있었지만 나는 그것
을 눈치채지 못한 척했지. 나는 떠나 있는 동안 망가져 버린 볼품없는
기타를 고치는 일에 착수했고, 그들에게 쾌활한 표정을 보이려고 애
썼네. 하지만 홀로 있거나 해먹 안에 누워 내 마음속을 들여다보는 그
들의 눈을 피할 수 있게 되면, 나는 새롭고 기묘한 무언가가 내 삶에
밀려들고 있음을 인식했네. 그 새로운 성격, 음험함과 무자비함은 점
점 예전의 성격을 잠식해 갔지. 때로는 마음 속에 디오르는 분노를 감
추기가 너무도 힘들어서, 인디오 중 한 명에게 호랑이처럼 덤벼들어

내가 알아내고 싶은 비밀이 그의 입에서 나올 때까지 그의 목을 꽉 조르고, 뇌를 꺼내어 돌에 내치고 싶은 충동을 느끼기도 했다네. 하지만 그들은 수가 많았고, 때문에 그들보다 더 뛰어난 간계로 그들을 속일 수 있을 때까지 주의 깊고 참을성 있게 기다리는 수밖에 없었지.

마을에 도착한지 삼 일 후 쿠아코가 동료와 함께 돌아왔네. 나는 친근한 태도를 가장하며 그를 맞이했지만, 실제로 그가 돌아온 것이 기쁘기도 했네. 인디오들이 리마에 대해서 뭔가 알고 있다면 그나마 내게 말해 줄 확률이 가장 큰 사람이었으니까.

쿠아코는 뭔가 중요한 소식을 가져 온 듯, 루니를 비롯한 다른 사람들과 한참 논의를 하더군. 그리고 다음날 나는 준비가 진행되고 있다는 것을 알았지. 창과 활과 화살이 마련되었지만, 화살총은 없었네. 그렇다면 원정의 목적이 사냥은 아니라는 것이었지. 거기까지 알아낸 나는 단지 네 사람만 떠난다는 말을 듣고 쿠아코를 살짝 불러 나도 함께 가게 해 달라고 부탁했네. 그러자 그는 기쁜 듯이 당장 루니에게 내 말을 전했고, 루니는 잠시 생각하더니 허락했지.

얼마 후 그가 자신의 활을 만지며 말했네. "당신은 우리의 무기로는 싸울 수 없잖아? 적을 만나면 어떻게 할 건데?"

나는 미소지으며 달아나지는 않을 거라고 대답했네. 내가 그에게 알리고 싶은 것은 그의 적이 곧 나의 적이며, 나는 내 친구를 위해 싸울 준비가 되어 있다는 것뿐이라고.

그는 내 말에 기뻐했고, 더 이상 무기에 대해서 군소리하지 않았지. 하지만 다음날, 동이 트기 전에 출발할 때 나는 그가 자신의 허리에 내 권총을 차고 있다는 것을 알아차렸네. 권총은 단순한 단벌 옷 아래 조심스레 숨겨져 있었지만, 약간 튀어나와서 존재를 드러내고 있었지. 나는 그가 적과 맞닥뜨리게 되는 순간 내 손에 그것을 넘겨줄 생각이라는 것을 알았네.

우리는 북서쪽을 향해 출발했고, 정오가 되기 전에 관목숲에서 여장을 풀었네. 거기서 해가 낮아질 때까지 기다린 뒤 다시 꽤나 황량한 땅을 가로질러 걸음을 재촉했지. 밤에 우리는 깊이가 몇 인치밖에 되지 않는 작은 시냇가에서 야영을 했고, 훈제 고기와 구운 옥수수로 식사를 한 뒤 다음날 새벽까지 잠자기 위해 누웠네.

나는 불가에 앉아서 쿠아코가 리마에 대해 아는 것이 있는지 한번 알아내 보기로 마음먹었지. 나는 다른 사람들처럼 드러눕는 대신 계속 앉아 있었고, 내 감시자인 쿠아코도 그러했네. 내가 먼저 눕기를 기다리는 것이었지. 나는 그에게 가까이 다가가 다른 사람들의 주의를 끌지 않으려고 조심조심 낮은 목소리로 말을 걸었네.

"언젠가 자네는 울라바를 내게 아내로 주겠다고 했지." 나는 서두를 뗐네. "언젠가는 나도 아내를 원하게 될 거야."

그는 동의하듯 고개를 끄덕였고, 모든 남자는 아내를 갖고 싶어하기 마련이라고 한 마디로 대답하더군.

"하지만 내게 무엇이 남아 있지?" 나는 절망적으로 손을 내뻗으며 말했네. "내 권총도 없어졌고, 부싯깃 상자는 루니에게 주었고, 수탉 그림이 있는 작은 상자는 자네에게 주지 않았나? 나는 답례로 아무것도 받지 못했어. 화살총도 못 받았잖아? 그런데 어떻게 내가 아내를 얻을 수 있지?"

다른 야만인들과 마찬가지로 그도 영리하지 못했기에, 내가 자기들처럼 교활하고 뻔뻔스럽게 행동하는 것은 불가능하다고 믿고 있었네. 나는 그들처럼 선천적으로 시력이 예리하지 못했기 때문에 녹색 나뭇잎 사이에 꼼짝하지 않고 조용히 앉아 있는 녹색 앵무새를 볼 수가 없었지. 마찬가지로, 거짓말과 위장은 그들의 능력이었지 나와는 거리가 멀다는 것이 그의 생각이었네. 그는 손쉽게 덫에 걸려 들었다네. 내가 현실적인 화제로 돌아가자 그는 기꺼워했지. 그는 내가 가난하더라도 울라바와 결혼할 수 있을 것이라고 하더군. 아내를 얻는 데 반드시 재산이 필요한 것은 아니며, 먹여 살릴 수 있으면 충분하다고 말이지. "언젠가는 자네도 우리와 마찬가지로 짐승을 사냥하고 물고기를 잡을 수 있게 될 테니까. 게다가 루니는 다른 이유로도 자네가 우리와 함께 머무르기를 원하고 있지 않나? 하지만 그는 아내도 주지 않고 자네를 잡아둘 순 없을 거야. 자네는 여러 모로 쓸모가 있어. 노래도 부르고 연주도 하며, 용감해서 아무것도 두려워하지 않는 데다, 아이들에게 싸우는 법을 가르쳐 줄 수도 있지." 하지만 그는 내가 그와 같은 기술을 지닌 동년배들에게 무언가 가르쳐 줄 수 있으리라는 말은 하지 않았네.

나는 지나친 칭찬이라고 반박했고, 그들도 나만큼이나 용감하다고 했지. "매일 디디의 딸이 사는 숲에 가서 사냥을 하는 자네들이 나와 똑같이 용감하지 않단 말이야?" 드디어 그 화제를 꺼내면서 나는 두려움에 몸이 떨렸지만, 그의 반응은 담담했네. 그는 고개를 저으며 갑자기 내게 그들이 처음 그 곳으로 어떻게 사냥을 가게 되었는지에 대해 이야기하기 시작하더군. 내가 말없이 사라지고 며칠 뒤 두 남자와 한 여자가 먼 곳에 사는 친척을 방문하고 집으로 돌아오던 중 그들의 마을에 들렀다더군. 그 여행자들은 이타이오아를 지나 이틀째 날에 자기들과 반대방향으로 가는 세 사람을 보았다고 했네. 개 두 마리를 거느리고 흰 턱수염을 기른 노인, 큰 외투를 걸친 젊은 남자, 그리고 묘하게 생긴 소녀였다고. 그래서 그들은 내가 노인과 디디의 딸과 함께 숲을 떠났다는 것을 알게 되었다더군. 그들에게는 반가운 소식이었지. 우리가 돌아올 생각이 전혀 없는 모양이라고 여겼으니까. 그래서 그들은 즉시 숲으로 사냥을 떠났고, 매일매일 숲에서 새와 원숭이와 그 외에도 수많은 다른 동물들을 잡았다고 했네.

그의 이야기에 나는 매우 흥분했지만 무덤덤한 척하려고 애썼고, 그저 그에게서 얘기를 더 끌어낼 수 있을 정도로 직딩히만 흥미를 보였지.

"그러나 우리는 돌아왔지." 나는 마침내 말했네. "하지만 두 사람 뿐이었고, 그것도 따로따로였네. 나는 도중에 노인을 떠났고, 그녀는 리오라마에서 우리를 떠났지. 그녀는 우리와 헤어져 산 속으로 갔어. 어디에 있는지 누가 알겠나!"

"하지만 그녀도 돌아왔어!" 그는 대답했고, 순간 그의 눈에 악마적인 만족감이 반짝여 내 피는 혈관 안에서 그대로 얼어붙는 듯하더군.

이제는 무관심한 척하기가 힘들었지. 나를 미치게 만들 말을 듣기 위해 그를 부추겨야 한다니! '안 돼, 안 돼!' 나는 그의 말을 곰곰이 씹어 보고서 대답했네. "그녀는 돌아오기를 두려워했어. 그녀는 달아나서 리오라마 너머의 거대한 산들 속에 몸을 숨기려고 했었지. 그녀가 돌아왔을 리가 없는데."

"하지만 돌아왔다니까!" 그는 우겼고, 다시금 그의 눈 속에는 승리감이 번쩍거렸네. 외투 아래서 내 손은 칼의 손잡이를 움켜쥐었지만, 그 칼을 그의 저주받을 모가지에 번개처럼 빠르게 꽂아 깊이 쑤셔 박고 싶은 충동을 나는 간신히 억눌렀네.

그는 말을 이었지. "자네가 돌아오기 이레 전 우리는 숲에서 그녀를 봤어. 안 그래도 항상 노심초사 살피던 일이었으니까. 사냥할 때 꼭 서넛이 함께 갔던 것도 그 때문이었지. 그 날은 나와 다른 사람 셋이서 그녀를 봤지. 그 곳은 탁 트인 장소였고 큰 나무들이 널찍널찍 떨어져 서 있었어. 우리는 일어나서 달아나는 그녀를 쫓아갔지만 화살을 쏘기가 두려웠지. 어느 순간 그녀는 원숭이처럼 작은 나무에 기어올라 가서 가장 높은 가지로부터 큰 나무로 건너가더군. 우리는 더이상 그녀를 볼 수 없었지만, 그녀가 큰 나무에 있는 것은 분명했지. 근처에 다른 나무가 없었으니까 달아날 길은 없었어. 세 명은 나무 아래 앉아 지켜보았고, 한 명은 사람들에게 알리려고 마을로 돌아갔지. 그는 오랫동안 돌아오지 않았어. 그녀에게서 무슨 해를 입지 않을까 두려워져 나무를 막 떠나려는 참에, 그가 돌아왔지. 그리고 남녀노소 할 것 없이 마을 사람들 전부 같이 왔어. 그들은 도끼와 칼을 가져 왔더군. 그러자 루니가 말했어. '아무도 나무 속으로 화살을 쏘아 그녀를 맞히려 들지는 마라. 화살은 그녀의 손에 잡혀 쏜 사람을 향해 도로 던져질 테니. 우리는 나무째로 그녀를 태워야 한다. 불태우지 않고서는 그녀를 죽일 방법이 없다.' 우리는 나무를 빙빙 돌며 위를 쳐다보았지만 아무것도 볼 수 없었어. 그러자 누군가가 그녀는 달아났다, 새처럼 나무에서 날아가 버렸다고 말했지. 하지만 루니는 불을 피워 보면 알게 되리라고 대답했어. 그래서 우리는 작은 나무들을 베어 내고 가지를 잘라서 큰 나무 주위에 쌓아 올렸어. 그리고 더 멀리 가서 열 그루를 잘랐고, 또 더 멀리 가서 열 그루를 잘랐지. 그렇게 계속 잘라 낸 나무들을 차곡차곡 큰 나무 주위에 쌓아 올리자 나뭇더미는 어느새 큰 나무줄기로부터 한참 멀리까지 이르렀지." 그러고서 그는 우리가 앉은 곳에서 사오십 야드 떨어진 덤불을 가리켰네.

이 이야기를 듣는 동안 나는 더 이상 마음을 억누를 수 없을 지경이었지. 몸에서 땀이 흘러내렸네. 나는 열병을 앓는 사람처럼 몸을 떨었고, 이가 덜덜 떨리지 않도록 입을 앙 다물어야 했지. 나는 "물 좀 마셔야겠네"라며 그의 말을 끊고 몸을 일으켰네. 그도 일어났지만, 비틀거리며 십 내지 십이 야드 떨어진 냇가로 가는 나를 따라오진 않았네. 나는 납작하게 엎드려 맑고 차가운 물을 오래도록 들이켰고, 흐르는 물 속에 잠시 얼굴을 담그고 있었네. 한기가 몸 속을 지나며 땀에 젖은 피부를 식혀 주었고, 그 끔찍한 이야기의 결말을 들을 수 있도록 힘을 주었지. 나는 느릿느릿 불가로 돌아와 다시 앉았고, 그러자 그도 좀 전처럼 내 곁으로 돌아왔네.

"자네들은 나무를 태워 버렸군." 나는 말했네. "이제 이야기를 끝내고 나 좀 자게 해 줘. 눈꺼풀이 무거워."

"그러지. 남자들이 나무를 베어서 나르는 동안 여자와 아이들은 숲에서 마른 나뭇가지를 모아 팔에 안고 와서는 그 자리에 쌓았어. 그러고 나서 우리는 사방에 불을 붙였고, 웃으면서 외쳤지. '타라, 타버려라. 디디의 딸아!' 마침내 큰 나무의 낮은 가지들에 불이 붙었고, 나무줄기도 타기 시작했지. 하지만 위쪽은 여전히 푸르렀고 아무것도 보이지 않았어. 하지만 불꽃은 무시무시한 소리를 내면서 점점 높이 올라갔지. 그러자 마침내 나무 꼭대기의 녹색 잎사귀 안에서 새의 울음 같은 커다란 비명소리가 들려 오는 거야. '아벨! 아벨!' 그리고 우리는 무언가 떨어지는 것을 보았지. 그것은 화살에 맞고 나뭇잎과 연기와 불꽃 사이로 추락하는 크고 하얀 새처럼 떨어졌고, 마침내 아래의 불길 속으로 사라졌지. 그것은 바로 디디의 딸이었고, 그녀는 불꽃에 뛰어든 나방처럼 타서 재가 되었으며, 그 후로 아무도 그녀를 보지도, 소리를 듣지도 못했어."

그가 빠르게 이야기를 마친 것이 내게는 다행이었네. 완전히 이야기가 끝나기도 전에 나는 외투를 얼굴에 뒤집어쓰고 길게 드러누웠지. 아마 그도 나를 따라 즉시 누웠겠지만, 그때 나는 바깥의 일에는 눈멀고 귀먹은 상태가 되어 있었네. 내 심장은 더 이상 격렬하게 뛰지 않았고, 팔딱거리며 점점 힘없이 꺼져 갔지. 귀에는 둔탁한 소리가 웅웅 밀려들었고, 나는 숨을 헐떡거리며 생기가 내 몸에서 썰물처럼 빠져 나가는 것을 느꼈네. 그 끔찍한 감각이 스러진 후에도 나는 반시간 정도 가만히 누워 있었네. 그 동안 그 끔찍스러운 비극의 마지막 장면이 머릿속에 점점 뚜렷하고 생생하게 떠올라, 마침내는 내가 실제로 그 모습을 보고 있는 듯했지. 쉭쉭 탁탁거리며 불이 타오르는 소리와 야만인들의 열광적인 외침, 무엇보다도 불타 오르는 무성한 나뭇잎 속에서 "아벨! 아벨!" 하고 외치는 그녀의 찢어지는 단말마가 내 귓전을 가득 채웠네. 더 이상은 참을 수 없어서 나는 벌떡 일어섰네. 쿠아코는 이삼 야드 떨어진 곳에 누워 있었고, 다른 사람들과 마찬가지로 깊이 잠들어 있었지. 적어도 깊이 잠든 것처럼 보였네. 그는 똑바로 누워 있었고, 불빛에 비친 그의 검은 얼굴은 돌로 깎아낸 것처럼 적막하고 무심하게 보이더군. 지금이야말로 탈출할 기회다. 하지만 탈출하는 것이 내 바람인가? 그렇다. 나는 이제 원하던 것을 알아냈고, 더 이상 불구대천의 원수들과 함께 있어 봤자 좋을 것이 없을 것이다! 그래도 가장 다행스러운 것은 그들이 나를 데리고 마나가 살고 있는 다섯 언덕까지의 길을 거의 다 와 주었다는 점이었네. 마나가! 파라우아리로 돌아갔을 때부터 나는 종종 그의 이름을 떠올리곤 했지. 쿠아코의 묵묵하고 돌 같은 얼굴에서 눈을 돌려, 나는 언젠가 루니에게 그의 적이 아디 사느냐고 물었을 때 그가 가리켜 보인 창백하고 외떨어진 별이 지금 북서쪽 하늘에 낮게 떠 있는 것을 보았네. 우리는 마을에서 출발한 이후로 계속 그 방향으로 왔으니까. 날이 밝을 때까지 밤새 걷는다면 분명 마나가의 사냥터에 도착할 수 있을 것이고, 그러면 금방 들은 이야기와 앞으로 해야 할 일에 대해 안전하게 숙고할 수 있을 것이었네.

나는 가만가만 몇 걸음을 옮겼고, 그러다가 창을 들고 가는 것이 좋겠다는 생각이 들어 뒤돌아섰네. 그 사이에 쿠아코가 움직였다는 것을 알고 나는 소스라치게 놀랐지. 그는 이제 옆으로 누워 있어 얼굴이 곧바로 나를 향하고 있었네. 그는 눈을 감고 있었지만 어쩌면 잠자는 척하고 있을 뿐인지도 몰랐기에 나는 감히 창을 가지러 돌아갈 수 없었네. 한순간 망설인 후 나는 다시 앞으로 나아갔으며, 두 번째로 뒤돌아보고 그가 움직이지 않았다는 사실을 알자 나는 조심스레 시내를 건너 달려가기 시작했네. 이따금 나는 멈춰 서서 주위에 귀를 기울였네. 마침내 뚜벅뚜벅 나를 쫓아오는 재빠른 발소리가 들려 왔지. 나는 곧바로 쿠아코가 줄곧 깬 채 내 움직임을 보고 있었으며 이제 나를 쫓아오고 있다는 것을 알아차렸네. 나는 이제 전속력으로 달렸고, 그렇게 달리는 동안은 아무 소리도 들리지 않더군. 하늘에 별이 총총했음에도 매우 어두웠기 때문에, 그가 내 모습을 놓치는 것만이 나의 유일한 희망이었지. 또 무기라고는 칼밖에 없었기에 그가 나를 따라잡는다면 내가 이길 가능성은 희박했네. 게다가 그는 분명 나를 쫓아오기 전에 다른 사람들도 깨웠을 것이고, 그들도 가까이 쫓아오고 있을 것이었네. 그 곳에는 덤불이 없어 몸을 숨기고 그들을 지나 보낼 수도 없었지. 게다가 설상가상으로 토질이 바뀐 나머지, 나는 어느새 평탄한 진흙땅 위를 달리고 있었고, 땅 위로 스며 나온 새하얀 소금 때문에 움직이는 검은 형체는 멀리서도 뚜렷이 보일 것이었네. 거기서 멈추어 뒤돌아보며 귀를 기울이자 발소리가 분명하게 들려 왔고, 다음 순간 창을 높이 치켜 들고 빠른 속도로 다가오는 인디오의 모습이 흐릿하게 드러났네. 내가 잠시 멈춘 사이 그는 창을 던지면 거의 맞힐 수 있을 정도로 다가왔지. 나는 뒤돌아 다시금 내달았고, 빨리 도망갈 수 있도록 외투를 벗어 던져 버렸네. 다시 돌아보니 여전히 그가 보이더군. 하지만 좀 전처럼 가깝지는 않았네. 그는 이제 자신의 것이 된

내 외투를 챙기느라 멈추었고, 덕분에 나는 약간 여유가 생긴 셈이었지. 나는 발을 재촉하여 오십 야드 정도 계속 뛰어갔으며, 그때 무언가가 나를 스치고 지나가 어깨 가까이 왼쪽 팔이 찢어졌네. 내가 심하게 다치지 않았다는 것도, 추적자가 얼마나 가까이 있는지도 모르는 채 나는 막무가내로 돌아서서 그를 마주했고, 이십오 야드도 떨어지지 않은 거리에서 나를 향해 내닫는 그의 손에 무언가 번쩍이는 것이 있는 걸 볼 수 있었지. 그는 쿠아코였고, 창을 던져 나를 다치게 한 뒤 이제 칼로 목숨을 끊으려고 하더군. 아, 운 좋은 젊은 야만인이여, 여기서 승리를 거두고 그 멋진 푸른 외투를 부상처럼 걸치고 돌아간다면 그대에게 부여될 명성과 행복은 어마어마하겠구나! 갑작스런 열광이 번개처럼 빠르게 나를 엄습해 오더군. 나는 부상을 입었지만 오른손은 멀쩡했고 그와 마찬가지로 칼을 쥐고 있었으니 우리는 대등한 셈이었지. 나는 조용히 그를 기다렸네. 약함, 비탄, 절망, 그 모든 감정들은 사라졌고, 그의 저주스러운 피를 흩뿌리고 싶은 잔혹한 분노와 원망만이 느껴졌지. 머릿속은 명료했고 신경은 철사처럼 팽팽했네. 그때, 우리가 예전에 나무로 만든 칼을 갖고 즐겁게 대련하던 기억이 떠올라 나는 실소를 터뜨릴 뻔했지. '아, 그것은 단지 거짓되고 유치한 유희일 뿐이었다. 지금 이것이 현실이다. 어떤 백인이 치명적이면서도 멀리까지 다다르는 무기도 없이, 낡고 원시적인 무기만 지닌 사나운 야만인과 머리끝부터 발끝까지 동등하게 맞서 싸울 수 있을까?

그가 내게 덤벼들었을 때, 그것은 이미 동등한 싸움이 될 수 없었네. 그는 야만적인 힘과 용기만을 가지고 내 기술에 맞서려 했으니까. 금새 그는 내 발치에 쓰러져서, 자신의 생명이 담긴 피를 희고 메마른 평원에 쏟아내고 있었네. 나는 여전히 다른 사람들이 나를 바짝 추격해 오고 있으리라 생각하고, 죽 뻗은 그의 시체로부터 돌아서서 축축하고 붉게 물든 칼을 쥔 채 그들을 기다렸네. 다른 사람들이 쫓아오고 있지 않았다면, 잃어버릴 염려가 없었다면 그가 왜 굳이 외투를 챙기느라 멈추었겠는가? 나는 그들이 던지는 창을 맞으려고, 그들을 똑바로 마주보고 죽으려고 돌아선 것뿐이었네. 죽음이 끔찍하다는 생각은 전혀 없었지. 첫 공격자를 죽였으니 이제 묵묵히 죽을 수 있었네. 하지만 내가 정말로 그를 죽인 걸까? 나는 그의 입에서 신음소리가 새어 나오는 것을 듣고 자문했네. 나는 재빨리 몸을 굽혀 다시 한 번 칼을 그의 몸에 칼자루까지 밀어 넣었고, 그러자 그는 깊은 한숨을 내쉬며 몸을 떨었지. 그에게서 새로이 피가 솟구쳐 올랐고, 나는 야만적인 기쁨에 빠져 들었다네. 여전히 다급한 발소리는 귓전에 들려 오지 않았고, 어둠 속에서 나타나는 흐릿한 형체들도 없더군. 결국 나는 그가 동료들을 깨우지 않았던지 아니면 그들이 제대로 따라오지 못한 모양이라고 단정지었지. 나는 외투를 집어들고 걷기 시작했고, 그가 내게 던진 창이 몇 야드 앞에 떨어져 있는 것을 보고 그것도 주워 들었으며, 다시금 내 앞에서 나를 인도하는 별을 따라 걸음을 재촉했네.

CHAPTER 20

그 치열한 싸움은 내게 술을 들이킨 것 같은 효과를 자아냈고, 한동안 상실감이나 상처의 아픔도 잊게 해 주더군. 하지만 불꽃과 같은 열광의 감정도 이내 사그라져 갔네. 상처 입은 살이 욱신거렸고, 피를 흘려 힘이 빠진 데다 피곤이 나를 짓눌러 왔지. 적들이 그때 나타났었다면 손쉽게 나를 붙잡을 수 있었을 걸세. 하지만 그들은 오지 않았고, 나는 계속 느리고 고통스럽게 걸어갔으며 종종 멈춰서 쉬어야 했네.

마침내 현기증을 어느 정도 극복하고 습격 당할지 모른다는 공포도 잊어버리자 다시금 비탄이 격렬하게 솟구쳐 올랐고, 회오는 나를 미칠 지경으로까지 몰고 갔네.

아아! 그 눈부신 존재가, 다른 누구와도 비교할 수 없이 신성하고 눈부시며 그토록 긴 세월이 걸려 만들어진 창조물이 이제는 마른 잎 사귀나 티끌 하나와 같이 사라지고 영원히 잊혀지게 되다니⋯⋯. 아, 끔찍하여라! 아, 잔인하여라!

하지만 나도 이미 알고 있지 않았던가? 죽음은 자연의 필연적 법칙이며, 반항은 헛될 뿐임을. 그런 생각은 종종 내 마음을 형언할 수 없는 우수로 채우곤 했지만, 지금에 와서는 잔인하기 그지없을 뿐이구나!

하지만 자연은 도구일 뿐이며, 피 흘리는 세포 조직을 베어 내는 것은 날카로운 칼이 아니라 그 칼을 쥔 손이듯, 보이지 않는 미지의 무엇 혹은 누군가가 그 끔찍한 자연의 법칙을 관장하는 것이 아니던가. 견딜 수 없는 고통 속에서 나는 큰소리로 외쳤네.

"내 사랑, 당신은 깨달았나요? 마지막 순간 그 참을 수 없는 열기와 극도의 절망 속에서, 당신의 어머니는 듣고 있지 않으며 하늘의 별들만큼이나 무력하다는 것을, 그리고 당신의 외침은 어머니를 향한 것이 아니었음을. 당신은 나를 향해 외쳤던 거예요. 하지만 당신의 불쌍하고 힘없는 동료는 거기에 없었고, 당신을 구해 줄 수도, 불꽃 속에 몸을 던져 신을 증오하며 당신과 함께 죽어 가지도 못했답니다."

어둔 밤 외딴 곳에서 홀로 피 흘리는 도망자로서 나는 별들을 쳐다보며 나의 창조자를 저주했고, 삶이라는 이 끔찍한 신물을 도로 가져 가라고 소리쳤지.

하지만 이 모두가 나의 철학에 따르면 얼마나 헛된 일이었는지! 아무리 쓰라리게 증오하고 저항해 봤자, 그것은 공허하고 헛되며 맹목적인 숭배자의 탄원처럼, 그리고 나뭇잎의 속삭임이나 곤충 날개의 가벼운 윙윙거림처럼 전혀 무용한 짓이었네. 내가 모든 것을 관장하는 신에게 무릎을 꿇고 그리도 감미롭고 신비로운 노래 소리를 듣도록 인도해 주신 것을 감사드렸던 때와 마찬가지로 그를 사랑하든, 아니면 지금처럼 그를 증오하고 부정하든, 결국 사랑과 증오와 선과 악 모두가 그에게서 비롯되는 것이었으니까.

하지만 나는 알고 있고, 그때도 알았었네. 한 가지 점에서 내 철학은 그릇되었으며 온전한 진실이 아니라는 것을. 즉 나의 외침은 그에게 닿을 수도 가까이 이르지도 못하며 결국 나 자신만을 해치리라는 것을 말일세. 그리고 죄수가 자신의 불공정한 운명에 발광하여 감방의 벽을 두드리다가 멍이 들고 피 흘리며 바닥에 쓰러지듯, 나 역시 스스로 자신의 영혼에 상처를 입혔고, 그 상처가 아물지 못하리라는 것을 알고 있었지.

그 날 밤에 내 삶의 암흑기가 시작되었네. 더 이상은 말하지 않겠네. 이어지는 사건들은 빨리 건너뛰도록 하지.

아침에 나는 인디오와 결투를 벌인 장소에서 수마일 떨어진 황량한 구릉 지대에 와 있었네. 이따금 초원과 듬성듬성한 숲이 나타났지. 나는 오랫동안 걸어서 거의 쓰러질 지경이었고, 음식을 구하지 않으면 몇 시간 안에 정말로 절망적인 상황에 빠지리라는 것을 느꼈다네.
나는 힘겹게 삼백 피트 정도의 언덕 꼭대기까지 올라가서 주위 풍경
을 둘러보았고, 그 언덕이 무리를 지은 다섯 개의 언덕 중 하나라는
것을 알았네. 그 곳은 우리타이의 다섯 언덕이 분명했고, 그렇다면 나
는 마나가의 마을 근방에 있는 것이었지. 나는 내려와서 더 높은 다음
언덕을 향했네. 언덕에 이르기 전에 언덕 사이를 가르는 좁은 골짜기
와 그 안을 흐르는 시내가 앞을 가로막았고, 시냇가를 따라가며 건너
갈 곳을 찾던 중 목적지인 마을이 정면으로 내 눈에 들어왔지. 가까이
다가가니 사람들이 빠르게 몰려오는 것이 보였네. 내가 느리고 고통
스럽게 걸어 도착할 때쯤에는 일고여덟 명의 남자들이 마을 앞에 서
있었고, 그 중 몇 명은 창을 들고 있었네. 여자와 아이들은 그 뒤에 서
서 나를 호기심 어린 눈빛으로 바라보고 있었지. 가까이 가서 나는 약
해빠진 목소리로 마나가를 찾아왔다고 외쳤네. 그러자 잿빛 머리의
남자가 창을 들고 나와서는 자신이 마나가라고 대답했으며, 왜 자신
을 찾는지 말하라고 하더군. 나는 그에게 내 사연을 일부만, 어떻게
해서 내가 루니와 불구대천의 원수가 되었으며 그의 부족 중 하나를
죽이고 도망쳐 왔는지 정도만 얘기해 주었네.

그들은 나를 받아들이고 음식을 주었으며, 내 상처를 치료하고
붕대를 감아 주었지. 그리고 나서 나는 잠이 들었고, 그 동안 마나가
는 부족 십여 명을 데리고 내가 쿠아코와 싸웠다는 장소로 갔네. 내

이야기를 확인해 보려는 것이었지만, 어느 정도는 루니와 마주치지 않을까 하는 바람 때문이기도 했지. 나는 다음날 아침에야 그를 다시 만날 수 있었고, 그는 내가 습격 받은 장소를 찾아냈지만 시체는 이미 다른 사람들이 찾아내어 파라우아리로 운반된 뒤였다고 말하더군. 그는 한동안 핏자국을 따라갔지만, 루니가 처음으로 순전히 자신을 염탐하기 위해 이 곳까지 왔다는 사실을 알아낸 것에 만족할 수밖에 없었지.

　나의 도착과 내가 가져 온 이상한 소식은 마을에 커다란 소동을 일으켰네. 분명 그때부터 마나가는 자신의 숙적에게 기습을 당하지 않을까 하는 부단한 위협 속에 살게 되었네. 나는 그의 공포를 생생하게 유지하고 그에 덧붙여 적의 은밀하고 잔인한 계획에 대해서 끊임없이 암시를 던지는 데 몰두했지. 마침내 그는 분노가 뒤섞인 일종의 광분 상태에 빠져 들었네. 의심 많고 무척 호전적인 성격이었던 그는, 어느 날 갑자기 자신의 비참한 상황을 내 탓으로 돌리며, 내가 혹시 그를 도구로 이용하려 하는 것이 아니냐고 따져 묻더군. 하지만 그 당시 나는 위험에 대해 이상할 정도로 뻔뻔스럽고 무모했기 때문에, 오히려 그의 분노를 비웃으며 나는 전혀 당신이 두렵지 않노라고 자랑스럽게 말했지. 그와 나의 숙명적인 원수인 루니는 그를 두려워하지만 나는 두려워하지 않는다고 말이지. 루니는 내가 어디로 달아났는지 분명히 알고 있으며, 내가 그의 마을에 있는 한 계획된 공격을 감행하지 못하고 내가 떠나기만을 기다릴 것이라고. "날 죽여요, 마나 가." 나는 그를 마주보고 가슴을 탕탕 치며 외쳤네. "죽여요. 그러면 그가 당신을 불시에 공격하여 당신들 모두를 죽일 겁니다. 그는 어차 피 언젠가 그러기로 마음먹고 있으니까."

이렇게 말하자 그는 가만히 나를 노려보더니, 갑작스런 분노로 치켜 들었던 창을 내던지고 집을 나가 숲으로 갔네. 하지만 곧 다시 돌아와 좀 전의 자리에 앉았고, 암흑처럼 어두운 얼굴로 내 말에 대해 곰곰이 생각하는 것이었네.

내 삶의 그 음험한 부분을 회상하는 것은 고통스러운 일이라네. 도덕 관념이 광기에 빠졌던 시기였으니까. 하지만 나는 위선자가 되 고 싶지는 않네. 고의로든 모르고서든, 광기라는 핑계로 나나 다른 사 람들을 속이고 싶지는 않아. 내 정신은 그때도 매우 또렷했네. 나는 과거와 현재를 선명히 파악하고 있었고, 미래는 그보다도 더욱 선명 했지. 나는 내 행동의 영향력을 측정하고 그것이 가져 올 효과를 따져 볼 수 있었으며, 삶의 어느 때보다 개인의 책임에 대해 분명히 시시비, 비를 가릴 수 있었네. 내가 열정에 눈이 멀었다고 말할 수는 없었을 까? 열정에 이끌렸는지는 몰라도, 분명 눈이 멀지는 않았었네. 왜냐 하면 어떤 반응도, 혹은 굴종도 그 미지의 존재 - 신 - 에 대한 사나 운 반응을 따라오지 않았으니까. 그 존재기 개별적인지 아닌지는 알 수 없었지만, 나는 분명 그것이 자연의 뒤에 있다고 믿었네. 나는 여전히 반동 중이었지. 나는 그를 증오할 것이고, 그를 닮음으로써 즉 자연이라는 거울에 반사된 그의 모습을 닮음으로써 나의 증오를 보여 줄 것이었네. '그가 내게 선한 능력을, 시비 감각과 온화한 인간애를 주었다고? 그가 내 안에 자라나게 한 아름답고 신성한 꽃을 나는 무 자비하게 짓밟을 것이다. 그 아름다움과 향기와 우아함은 영원히 스 러질 것이다. 내 천성에 반하는 모든 사악하고 잔인한 일들로 내 죄목 을 찬란하게 할 것이다.' 그런 생각은 며칠 동안의 변덕이 아니었네. 나는 거의 두 달을 마나가의 마을에서 머물렀고, 인디오들을 꼬드겨 내가 계획한 극도로 야만적인 원정에 끌어들이려는 노력을 한 번도 후회하거나 단념한 적이 없었지.

나는 마침내 성공했네. 그렇지 않았다면 이상한 일이었겠지만. 끔찍한 세부사항에 대해서는 얘기하지 않겠네. 마나가는 자신의 적을 기다리는 대신, 밤이 되고 나서 한 시간 뒤 그 마을을 기습했지. 내가 그 두 달 동안 정말로 미쳤던 거라면, 나를 이끄는 어떤 악마적인 힘 이 구름처럼 나를 덮고 있었던 거라면, 사악한 계획이 완수된 그 순간 구름과 광기는 사라지고 나는 속박에서 벗어났던 것 같네. 맞아서 쓰 러져 있는 늙은 여인을 본 순간, 이글거리며 집을 태우는 불길이 그녀 의 유리처럼 텅 빈 동공과 피에 젖은 흰머리를 비추는 순간 갑자기 기 적처럼 내 머릿속에 변화가 일어났지. 그들은 결국 모두 죽고 말았네. 늙었건 젊었건, 리마가 숨은 커다랗고 푸른 나무 주위에 불을 피우고 빙빙 춤을 추면서 "타라! 타 버려라!"라고 외쳤던 그 모두가.

  그 순간 나는 쓰러져 있는 그녀의 형체를 바라보았고, 멈춰서 움직이지 못한 채, 심장에 갑작스런 통증을 느끼고 자신도 모르는 사이에 마지막 순간을 맞은 사람처럼 벌벌 떨기 시작했네. 얼마 후 나는 타오르는 커다란 불의 원에서 빠져 나와 뒤 편의 짙은 어둠 속으로 들어갔네. 나는 본능적으로 초원 건너편의 숲을 향하고 있었지. 다시 나의 숲으로! 나는 큰소리를 내며 눈부시게 타오르는 불꽃으로부터 달아나서, 숲의 어두운 그늘에 다다를 때까지 절대 발을 멈추지 않았네. 숲 안쪽의 더 짙은 그늘로는 감히 들어갈 수가 없었네. 숲의 경계에서 나는 발을 멈추고 이 밤중에 여기서 홀로 뭘 하는 거냐고 자문했지. 나는 주저앉아 얼굴을 손으로 가렸네. 마치 밤과 숲의 그늘만으로는 그것을 충분히 가릴 수 없는 것처럼. 어떤 참혹한 일이, 생각하는 것만으로도 영혼을 소스라치게 만드는 그 어떤 재앙이 내게 닥쳐온 것일까? 감정은 역류하여 말할 수 없는 공포와 후회가 밀려왔고, 나는 더 이상 참을 수가 없었네. 나는 절망의 울음을 터뜨렸고, 그 순간엔 달아나기 위해 자살이라도 기꺼이 했을 걸세. 하지만 자연은 항상 냉혹하기만 한 것은 아니라서, 그때도 내 편이 되어 주었지. 나는 의식을 잃었고, 다음날 아침 일찍 동쪽에서 빛이 비칠 때까지 깨어나지 않았네. 내가 누워 있던 풀은 방금 전까지 내린 비로 축축했지. 그때는 몸이 너무나 욱신거려서 지난밤에 본 장면들을 생각해 낼 수조차 없었다네. 자연이 다시금 자비를 베풀어 준 셈이었지. 내가 떠올릴 수 있는 것은 인디오들이 여전히 근방에 있어 숲을 찾아올지도 모르니 몸을 숨겨야 한다는 것뿐이었네. 나는 느릿느릿 힘겹게 숲 안쪽으로 기어들어 갔고, 거기 몇 시간이고 앉아서 아무 생각 없이 반쯤 혼수상태에 빠진 채 앉아 있었네. 정오가 되자 해가 나와서 숲의 물기를 말려 주었지. 몸이 희미하게 욱신거릴 뿐 배는 고프지 않았고, 은신처에서 나갔다가 누군가를 만나게 되지 않을까 두려웠네. 그래서 나는 움직이지 않고 가만히 있다가, 해가 진 뒤에야 느릿느릿 숲의 경계로 가서 밤을 보냈네. 밤새 내가 잠이 들었는지 아닌지는 모르겠어. 밤과 낮이 매한가지로 느껴졌으니까. 둔중한 절망감만이 영육을 짓눌러 왔고, 아무것도 명료하게 생각할 수 없었으며, 때로는 논리 감각을 완전히 상실하곤 했네. 내가 주연을 맡은 장면들이 마치 꿈처럼 떠올랐다가 사라져 갔지. 악마처럼 교묘하고 끈질기게 마나가의 내심을 조종하는 내 모습, 감미롭고 신비로운 노래 소리를 들으며 숲에서 꼼짝 하지 않고 서 있는 내 모습, 유리처럼 공허한 눈을 크게 뜨고 흰머리는 피에 젖은 클라클라 할멈의 시체를 멍하니 응시하던 내 모습……, 그리고 갑자기 리오라마의 동굴에서 서서히 생기와 혈색이 돌아오는 리마의 조용한 얼굴을 사랑스럽게 바라보는 내 모습이 떠올랐네.

아침이 다시 밝았을 때 나는 너무도 약해져 있었고, 정신을 잃고 굶주려 죽지 않을까 하는 두려움에 간신히 일어나 음식을 찾으러 나갔네. 내 동작은 굼떴고 시야는 희미했지만, 어디서 자질구레한 먹거리를 구할 수 있는지는 잘 알고 있었지. 먹을 수 있는 작은 구근이나 잎줄기, 열매와 굳어 엉긴 수지 방울들……. 그 풍요로운 숲에서 주린 배를 달랠 만한 것을 찾지 못한다면 오히려 이상한 일이지. 적은 양이었지만 그 날 하루를 보내기엔 충분했네. 다시 한 번 자연이 자비를 베푼 셈이지. 덮여 있는 잎사귀들을 들추며 바지런히 먹거리를 찾아다니는 동안엔 생각할 여유조차 없었으니까. 먹거리를 입에 넣을 때마다 순간적인 쾌락이 엄습해 왔으며, 돌아다닐수록 내 발걸음은 더 분명해지고 시야도 선명해졌다네. 나는 자신을 잊고, 눈앞의 욕구 이상은 생각지도 느끼지도 못하는 야생 동물처럼 열성적으로 걸음을 옮겼지. 마침내 지친 나는 어둠이 내려 더 이상 부산하게 돌아다닐 수 없게 되자 곧 쓰러져 잠들었고, 아침이 밝을 때까지 깨어나지 않았네.

이제 배고픔은 참을 수 없을 지경에 이르렀지. 작은 새 한 쌍이 내 주위를 끈질기게 맴돌며 울다가 내려앉아 부리를 벌리고 초조하게 날개를 떨었고, 그 모습에 나는 지금이 번식기라는 사실을 떠올렸네. 리마가 내게 작은 새들의 둥지를 찾아내는 법을 가르쳐 준 것도 말일세. 그녀는 단지 알을 보고 즐기기 위해 둥지들을 찾아내곤 했지만, 내게는 그것이 음식이었지. 보석처럼 희고 푸르며 붉은 점이 박힌 껍질 속에 든 투명하고 노란 액체가 내 목숨을 부지하게 해 줄 것이었네. 하루 종일 새들의 울음과 외침에 일일이 귀기울이고 그 놈들의 움직임을 지켜본 결과 나는 수시와 과일들 말고도 알이 든 – 대부분 작은 새들의 것인 – 여남은 개의 둥지를 찾아낼 수 있었지. 힘든 일이었고 몸에 상처도 많이 났지만, 나는 결과에 퍽 만족했네.

며칠 후 나는 아이마 수지를 대량으로 발견하고 열심히 나무를 긁어모으기 시작했지. 쓸 수도 없는 상황이었지만, 수지로 피운 눈부신 불에 대한 기억이 너무도 강렬하여 나는 기계적으로 전부를 모았네. 일단 수지를 갖게 되니 밤이 밀려들수록 인공적인 빛과 열을 더욱 열망하게 되더군. 어둠이 그 어느 때보다도 참기 힘들게 느껴졌네. 나는 스스로 빛을 뿜는 반딧불들이 부러워, 어둠 속을 한참 달음박질하며 몇 마리를 잡아 두 손 사이에 들고 그 차갑고 단속적인 빛을 바라보았네. 다음날 나는 마른나무를 써서 원시적으로 불을 피우려고 두세 시간 동안 애썼지만 결국 실패했고, 배만 더욱 고파졌을 뿐이었지. 하지만 불은 모든 것 안에 있더군. 단단한 나무를 내 칼로 칠 때조차 불꽃이 일었지. 놀라운 열기와 빛을 발산하는 이 불꽃을 붙잡을 수만 있다면! 갑자기 내가 어떤 새롭고 놀라운 사실에 불을 켠 것처럼, 내가 가진 강철 사냥칼과 부싯돌 한 조각이면 불을 피울 수 있지 않을까 하는 생각이 떠오르더군. 나는 즉시 마른 이끼와 썩은 나무, 야생 면화로 부싯깃을 준비했지. 얼마 후 그토록 바랐던 불이 피워졌고, 나는 불길을 키우기 위해 마르고 푸릇푸릇한 나무들을 쌓아 올렸네. 나는 불을 세심하게 보살피며 밤새 그 옆에서 지냈다네. 불이 있으니 쓰러진 썩은 나무 줄기에서 찾아낸 크고 흰 유충들을 구워 먹을 수도 있었지. 예전에는 그 커다란 유충들을 보기만 해도 역겨워졌는데, 그때는 그것들이 맛있고 배를 채워 준다는 사실을 알겠더군. 숲의 먹거리로서 그 정도면 충분한 조건이었지.

한동안 나는 무언가 모호한 감정 때문에 누플로의 불탄 오두막 근처에는 가지 않았네. 하지만 결국 갔지. 처음엔 그 숙명적인 장소를 한 바퀴 빙 돌며, 뱀이라도 숨어 있을까 두려운 듯이 무성한 잡풀 속을 조심스레 들여다보았네. 그리고 마침내 새까만 잿더미에서 얼마 떨어진 곳에 사람 해골이 있는 것을 발견했고, 그것이 누플로의 것임을 알 수 있었네. 살아 있을 때 그는 아르마딜로를 아주 잘 잡았었지. 이제 그 기묘한 시체 포식자들은 그가 죽었다는 것, 야만인들이 그를 죽였다는 것을 알고 그의 살을 뜯어먹는 것으로 자신들의 복수를 하고 있는 것이 분명했네.

일단 그 곳에 돌아오고나니 너무도 많은 기억이 떠올라 나는 다시 떠날 수가 없었지. 내가 숲 속에서 야생적인 삶을 살아가는 한 나는 그 곳에 머물러야 했네. 그리고 그 곳에 있으려니 땅 위에 뒹구는 그 슬픈 해골 곁을 뜰 수가 없겠더군. 나는 힘겹게 구덩이를 파서 해골을 묻은 뒤 구덩이를 다시 메우고, 재 위로 길게 뻗은 줄기를 무덤 위로 끌어다 놓았네.

"편히 잠드세요, 노인장." 일이 끝난 뒤 나는 말했지. 그리고 비난도 칭찬도 담기지 않은 그 한 마디로 나는 누플로 영감의 장례식을 마쳤네.

나는 리오라마로 떠나기 전에 노인이 내 도움을 받아서 식량을 감춰 두었던 곳으로 갔고, 인디오들이 그 곳을 발견하지 못한 것을 알고 기뻤다네. 담뱃잎 말고도 옥수수, 호박, 감자, 카사바 빵, 그리고 조리 기구가 있었지. 그 중에는 큰 칼도 있었는데, 그 유용한 습득물로 나는 작은 야자수들과 대나무를 베어 오두막을 지을 수 있을 것이었네.

식량을 충분히 갖게 되니 여유 시간이 많아졌지. 우선 내 건강 상태를 회복해야 했네. 그리고 나면 분명 예전의 생활을 좇아서 덧붙여지는 것이 있겠지. 사치품은 생필품 다음에 오는 법이니까. 생각과 행동이 결합된 건강하고 보람찬 삶을 살다 보면, 마침내는 평화롭고 관조적인 노년이 찾아오리라.

나는 재와 쓰레기들을 치우고 리마가 따로 떨어져 잠자던 그 자리를 표시했네. 그 곳을 내 거처로 만들 생각이었지. 닷새만에 오두막이 완성되었네. 불을 피우고 나서 나는 이끼와 나뭇잎으로 만든 바삭거리는 침상에 누워 승리감에 가까운 감정을 만끽했지. 이제 폭우가 쏟아져 반딧불 등잔을 꺼 버리더라도, 바람과 천둥이 있는 대로 포효하고 번개가 눈을 뜰 수 없는 빛으로 땅을 두드리며 축축한 나뭇잎 집에 머무는 가엾은 원숭이들을 두렵게 만들더라도, 나는 신경 쓰지 않기로 했네. 야자잎 지붕 아래 있는 마른 잠자리에 누워 태고로부터의 적인 어둠으로부터 나를 지켜 주고 동무가 되어 주는 눈부신 불꽃과 함께 있을 터였으니까.

　나는 오두막에서의 첫날밤을 잘 지내고 생기 있게 일어났으며, 이제 굶주림에 쫓겨 젖은 숲으로 갈 필요도 없었지. 바라던 대로 노고에서 풀려나 생각에 잠길 여유가 생긴 것이었네. 그녀가 매일 밤마다 상상 속의 어머니를 품에 안고 상상 속의 귀에 부드럽기 그지없는 말들을 속삭이며 쉬었던 그 곳에서, 나도 이제 그녀를, 상상 속의 리마를 내 품에 안고 쉬고 있었네. 내게 보금자리가 생기기 전, 불을 다시 찾기 전의 밤은 지금과 얼마나 달랐던가! 어떻게 견뎌낼 수 있었을까? 밤의 숲에 유령처럼 도사린 어둠 속에는 기묘한 형체들이 무수히 가득했네. 한결 같은 어둠 속에서도 때때로 그 속에 움직이는 무언가, 마찬가지로 어둡고 흐릿하며 기묘한 무언가를 볼 수 있었지. 아마도 올빼미나 박쥐, 아니면 큰 날개를 가진 나방이나 쏙독새였을 걸세. 그리고 밤이면 더욱 크게 들리는 숲에서 나는 소리들을 나는 꼼짝없이 누워서 들어야만 했지. 희미한 중얼거림과 부드러운 지저귐에서부터 둔탁한 쿵쿵 소리나 귀를 찢는 비명에 이르기까지, 낮에 들리는 소리만큼이나 다양했지만 그 모든 소리들은 유사한 점이 있었으며, 언제나 뭔가 신비스럽고 비현실적이며 밤에 어울리는 음조를 띠었네. 그것들은 유령의 소리, 즉 죽은 동물들의 유령이 내는 소리였지. 수백 가지 다른 소리가 차례로 들려 왔지만, 그 소리들에는 항상 하나의 의미가 있었고, 나는 그것을 알아내려고 애썼지만 헛일이었네. 그것을 해독할 수 있는 것은 무언가 우리 안에 잠들어 있는 능력, 얕게 잠들어 있으며 이제, 이제야 막 깨어나려고 하는 어떤 능력뿐이라네!

그러나 이제 어둠과 신비는 문 밖에 있었지. 이제 나는 한때 즐거움을 주었던 장소에서, 즐거움보다 더한 어떤 것을 느끼고 있었고. 나는 눈을 뜬 채 누워서 비통한 황홀경에 빠져 잠들지도 망각하지도 않기를 소망하며, 아침이 되면 햇빛이 나의 환영들을 압도하여 쫓아내리라는 생각에 괴로워했네. 나는 다시 리마와 함께 있었지. 잃었던 나의 리마가 돌아와서 내 품에, 마침내 내 품에 있었네! 더 이상 예전의 성가신 의문은 없었지. "당신은 당신이고 나는 나예요, 어째서 그런 걸까요?" 그녀는 우리의 영혼이 서로 근접하고 있을 때, 나란히 떨어지는 두 빗방울처럼 저항할 수 없이 자꾸 가까워지고 있을 때 그렇게 물었지. 이제 두 빗방울은 맞닿아 더 이상 둘이 아닌 하나의 물방울이었고, 깨지지 않는 하나의 결정이 되어 시간에도, 죽음의 일격에도 갈라지거나 흩어지지 않으며 어떤 연금술로도 환원될 수 없을 터였네.

내게는 이 생생한 환영 말고 다른 친구도 있었지. 춤추며 밝게 타오르는 불은 고유의 환상적인 언어로 말을 걸어 왔네. 나는 집에 돌아오면 문을 단단히 닫는 습관이 생겼지. 비탄이 내 피를 얼려 버린 듯, 그 당시 나는 열기보다 추위가 더 고통스러웠기에 밤새도록 불이 너무도 고맙게 느껴졌다네. 밤에 돌아다니는 자그마한 날것이나 기는 것들을 전부 몰아내고 싶기도 했고. 하지만 그 놈들을 완전히 몰아낸다는 것은 불가능한 일이었지. 그 놈들은 수십 개의 보이지 않는 틈새에 숨어 있다가 내게로 다가왔으니까. 어떤 놈들은 낮에 들어와서 밤이 될 때까지 가만히 숨어 있기도 했지. 기괴하고 은둔적인 털거미 한 마리는 오두막 지붕 아래의 그늘진 구석에 피신처를 하나 장만했는지, 날마다 하루 종일 그 곳에 앉아 꼼짝도 하지 않았네. 하지만 어두워지면 그 놈은 언제나 사라졌다네. 무슨 흉악한 볼일을 보러 나갔는지 어찌 알겠나! 그 놈은 죽은 나뭇잎 같은 짙은 노란색의 몸에 검은색과 들고양이 같은 잿빛 무늬가 있었지. 또 어찌나 크던지, 납작하고 둥근 몸에서 뻗어 나온 털북숭이 긴 다리를 죽 펴면 남자의 손바닥을 덮을 정도였다네. 내 좁은 거처 안에서 그 놈은 안 보려고 해도 안 볼 수 없었지. 밤이면 종종 내 눈은 그 놈이 머무르는 구석을 살피곤 했지만, 기묘한 털북숭이 형체는 언제나 사라진 뒤였다네. 하지만 날이 밝으면 그 놈은 어김없이 돌아와 있었지. 나는 그 놈이 성가셨네. 하지만 리마를 생각하면 굶주렸을 때 말고는 살아 있는 것을 죽일 수가 없었지. 상처를 입히면 – 다리 하나를 떼어 버린다든지 하는 거 말일세. 다리가 많으니 그렇게 치명적인 부상은 아니겠지만 – 그 놈도 이 곳이 자신에게 적대적이라는 것을 알고 다시 안 돌아오지 않을까 하는 생각도 했다네. 하지만 용기가 없었지. 그 놈이 밤에 몰래 돌아와서는 길고 구부정한 다리를 내 목에 꽂고 피에 독을 풀어서 열병과 섬망증을 일으키고, 마침내 새까맣게 타 죽어 버리게 할지도 모르는 일이었으니까. 그래서 나는 그 놈을 내버려두었고, 슬쩍 두려운 눈길로 바라보며 내 생각을 전혀 눈치채지 못했기만을 바랄 뿐이었네. 그래서 우리는 전혀 교제 없이 지냈지. 거부감이 좀 덜 했지만 여전히 불편했던 것들은 기거나 뛰어다니는 큰 벌레들이었다네. 귀뚜라미, 딱정벌레 등등 말일세. 그 놈들의 몸은 날씬하고 검은색에 광택이 흘렀으며, 말없이 스스로 운전하는 작은 마차처럼 바닥을 이리저리 돌아다녔지. 그러다가 멈춰서는 움직이지 않는 눈으로 나를 빤히 바라보는 모습이 마치 어떤 신비로운 방법으로 내 존재를 파악하고 있는 것 같더군. 위아래로 구부러지는 그 놈들의 유연한 더듬이는 공기를 측정하는 데 쓰는 섬세한 도구처럼 보였네. 다족류도 수십 마리 출몰했는데, 그 놈들은 정말 질색이었지. 그 놈들의 독이 두렵진 않았지만 보는 것만으로도 짜증이 났네. 살아 있는 생물이 아니라, 뱀이나 장어 혹은 길고 가느다란 물고기들이 죽고 부패하여 척추만 남은 어떤 것이, 뭔가 자연의 요술에 의해 기계적으로 벽과 바닥 위를 움직여 다니는 것처럼 보였으니까. 나는 유연하고 푸른 잔가지 두 개로 그 놈들을 집어 올려 어두운 바깥으로 밀어내는 데 능숙해졌다네.

　어느 날 밤, 나방 한 마리가 팔랑대며 날아 들어와 불가에 앉아 있는 내 손에 내려앉았네. 나는 숨을 죽이고 자세히 들여다보았지. 앞

날개는 흐린 잿빛이었고, 온통 빛과 그늘이 교차하였으며, 정묘한 문자로 어둠의 신비 혹은 전설을 기록하고 있더군. 하지만 둥근 뒷날개는 밝은 호박색으로, 붉은색과 자주색의 혈관이 잎맥처럼 뻗어 있었지. 그처럼 순수하고 정묘한 아름다움을 보니 충격에 가까운 기쁨이 나를 엄습해 왔네. 그 놈은 곧 원을 그리며 날아올랐다가 마침내 불바로 위의 야자잎 지붕에 내려앉았네. 열기 때문에 곧 떠나리라고 생각하고, 나는 일어나서 그 놈이 시원하고 어둡고 향기로운 본래의 세계로 무사히 돌아갈 수 있도록 문을 열어 젖혔네. 열린 문가에서 나는 그 놈을 돌아보며 말했지. "창백하고 아름다운 날개를 가진 밤의 방랑자여, 가거라. 그리고 우연히 숲의 그늘진 어딘가에서 옛 보금자리를 배회하는 그녀를 만나거든 내 소식을 전해 주렴……." 여기까지 말했을 때, 그 섬세한 생물은 다리를 죽 펴더니 한 번 팔랑대지도 않은 채 곧고 빠르게 새하얀 불길 속으로 떨어졌네. 나는 비명을 지르며 내달아 불을 들여다보았고, 갑작스럽고 끔찍한 영감에 온몸을 떨었지. 리마도 저렇게 떨어졌겠구나! 그 높은 나무에서, 그녀의 아름다운 몸과 영리한 정신을 순식간에 삼켜 버린 그 불꽃 속으로!

나방은 불꽃 속에서 스러졌네. 불분명하고 희미한 소리, 밤에 꾸는 꿈, 숲의 어두운 그늘 속에서 안개처럼 움직이는 그늘진 형체로 인해 떠오르는 그 무엇……, 이 모두가 갑자기 생생한 기억을, 예전의 절망을 되살려 그 시기의 고요함을 깨뜨리곤 했네. 그것은 폭풍 후의 고요였지. 하지만 내 건강은 점점 시들어 갔다네. 나는 적게 먹고 적게 잤으며, 점점 마르고 허약해져 갔지. 어둡고 맑은 숲 속의 웅덩이 – 더 이상은 리마가 연인의 눈동자 안의 작은 거울보다 자신의 모습을 더 잘 볼 수 없는 – 를 들여다볼 때면, 여위고 초라하며 마구 엉킨 검은 머리칼이 어깨까지 늘어진, 그리고 사색(死色)을 띠고 있는 그을린 피부를 통해 얼굴의 뼈가 다 드러나는 초라한 남자가 눈앞에 나타났네. 그의 움푹 꺼진 눈은 광기 어린 빛을 발했지.

그 모습을 보자 기묘한 괴로움이 느껴지더군. 고문하는 듯한 목소리가 내 귓가에 속삭였네. "그렇다, 너는 분명 미쳐 가고 있다. 좀 있으면 너는 소리치며 숲을 뛰어다니다가 마침내 쓰러져 죽고 말 것이다. 너의 뼈를 거두어 묻어 줄 사람은 아무도 없다. 누플로 영감은 먼저 갔으니 행운이었지."

"거짓말이야!" 나는 분노를 터뜨리며 외쳤네. "내 감각이 지금처럼 예리한 적은 없었어. 익은 과일은 하나도 빠뜨리지 않고 찾아내지. 작은 새가 부리에서 깃털이나 지푸라기 하나라도 물고 날아가면 나는 그 놈을 추적하고, 내가 둥지를 발견하지 못한다면 그 놈은 운이 퍽 좋은 거라고 할 수 있지. 숲에서 태어난 야만인인들 이보다 나을까? 그는 내가 음식을 찾아내는 곳에서 굶어죽을 거야!"

"아, 그래. 놀라운 일이 아니지." 목소리는 대답했네. "추운 지방에서 온 이방인은 제일 더운 날씨에도 다른 풍토를 모르는 인디오보다 열기를 덜 느끼지. 하지만 두고 봐! 이방인은 죽겠지만, 인디오들은 땀을 뻘뻘 흘리고 숨을 헉헉 몰아 쉬면서도 살아 남지. 마찬가지로 지능이 낮고 인간 관계로부터 단절된 야만인은 끝까지 자신의 능력을 유지하겠지만, 너의 세련된 뇌는 너의 파멸을 부를 뿐이야."

나는 나무에서 길고 무디며 고래뼈처럼 단단하고 까만 가시들을 잘라내고, 긴 나무 조각을 불로 태워 한 줄로 구멍을 만든 뒤 그것들을 꽂았네. 그렇게 만든 빗으로 길고 엉킨 머리를 빗질하여 외모를 나아 보이게 하려 했지.

"엉킨 머리가 문제가 아니야." 목소리는 집요했네. "네 눈, 그토록 거칠고 괴상한 표정을 띤 눈은 광기가 임박했음을 보여 주지. 네 머리털을 한껏 매끄럽게 만들고, 네 뒤의 덤불에서 늘어진 진홍빛 별 모양 꽃으로 화관을 만들어 쓴다고 해도, 클라클라 할멈에게 화관을 씌워 주었듯 너 자신에게 화관을 씌워 준다 해도 그 광기 어린 표정은 변함이 없을 거야."

더 이상 대꾸할 말이 없자, 나는 분노와 절망을 못 이겨 그 미운 목소리가 옳은 예언을 했다는 것을 입증할 뿐인 행동을 하고 말았네. 나는 돌을 물 속에 던져 거기 보이는 내 모습을 흐트러뜨려 버렸지. 그것이 내 모습의 실제 반영이 아니라, 어느 심술궂은 적이 나를 놀리기 위해 에나멜 칠한 진흙 같은 것으로 우스꽝스럽고 교활하게 만든 뒤 그 곳에 놔둔 형상이라는 듯이.

CHAPTER 21

오두막을 새로 지은 지 여러 날이 지났네. 막대기에 표시한 것도 매듭을 지은 것도 아니라서 정확히 며칠이 지났는지는 몰랐지만. 그러나 그 동안 숲 속을 배회하면서 나는 불에 까맣게 탄 고립된 잿더미를 한 번도 보지 못했네. 물론 찾아다니지도 않았지. 오히려 나는 그것을 영원히 보지 못하기를 바랐으며, 우연이라도 부닥뜨릴까 두려워 예전의 익숙한 오솔길들은 피해 다녔다네. 하지만 어느 날 밤 리마의 참혹한 죽음에 대해 생각하다가 갑자기, 내가 창백한 초원 위로 피를 쏟게 했던 증오스러운 야만인이 혹시 그의 천부적인 거짓말로 끔찍하기 그지없는 이야기를 지어서 들려준 것은 아닐까 하는 생각이 떠올랐네. 정말로 그렇다면, 그가 내 질문에 대답하기 위해 그녀의 죽음에 대한 이야기를 꾸며낸 것이라면 리마는 여전히 살아 있을 것이었지.

아마도 먼 곳에서 길을 잃고 밤낮으로 위험을 겪으며 다시는 돌아오는 길을 찾지 못하고 있는지도 모르지만, 그러나 여전히 살아 있는 것이었네! 살아 있다고! 그렇다면, 그녀는 나와 재회할 희망에 애를 태우며 조심스럽게 무수한 숲들의 덤불을 헤치고 나아오는 중이리라. 멀리 있는 마을들을 엿보며 자신이 잘 아는 방법대로 사람들로부터 몸을 숨기고, 멀리 보이는 산들의 윤곽을 살피며 마침내 뭔가 익숙한 표지를 찾아내어, 결국 그리운 숲으로 다시 돌아올지도 모른다! 내가 한가롭게 앉아 생각에 잠겨 있는 지금도 그녀는 숲 속 어딘가에, 내 가까이에 있을지도 모른다! 그토록 오랫동안 고난을 겪은 그녀이기에, 조심조심 숨어서 날이 밝을 때까지 기다리는 중이리라!

　나는 벌떡 일어서서 떨리는 손으로 불을 돋우었고, 문을 활짝 열어 따뜻한 불빛이 숲 속으로 흘러가게 했네. 하지만 리마는 그 이상을 했었지. 그 사나운 폭풍 속에서도 깜깜한 숲으로 뛰쳐나와, 나를 찾아서 집으로 데려가지 않았던가. 나라고 그만큼 못할쏘냐! 나는 재빨리 그늘진 숲으로 뛰쳐나갔네. 내 심장을 그토록 거칠게 뛰게 하는 것은 분명 희망만은 아니리라! 그녀가 살아서 가까이 있는 것이 아니라면, 이토록 갑작스레 저항할 수 없는 힘으로 나를 덮쳐 온 느낌을 어찌 설명할 수 있으랴? 정말로, 정말로 우리가 다시 만날 수 있을까? 그대의 신성한 눈을 다시 바라볼 수만 있다면, 다시금 내 품에 그대를 안을 수만 있다면! 나는 변했어요, 너무도 많이 변했어요! 하지만 예전의 사랑은 그대로예요. 그리고 당신이 없는 동안 있었던 그 모든 일은 절대 말하지 않을 겁니다, 한 마디도. 고뇌, 광기, 죄악, 회오, 그 모두가 이제는 잊혀질 거예요! 이제는 아무것도 당신을 괴롭힐 수 없어요. 당신을 매일 괴롭혔던 누플로도 이제는 죽었으니까요 – 하지만 그가 살해당했다는 것만은 당신에게 말하지 않을 거예요. 그리고 나는 그의 죄스러운 뼈를 점잖게 묻어 주었지요. 우리는 이 숲에 단둘이 있는 거예요. 이 곳은 이제 우리의 숲이에요! 예전의 행복한 나날들이 돌아올 겁니다. 당신이 다른 것은 원하지 않는다는 것을 나는 잘 알고 있고, 나 역시 당신과 같답니다.

이렇게 나는 혼잣말을 중얼댔고, 곧 내 것이 될 환희를 생각하며 열광했네. 그리고 이따금 멈춰 서서 숲이 쩌렁쩌렁 울릴 정도로 외쳤지. "리마! 리마!" 나는 몇 번이고 외쳤고, 대답이 있기를 기대했지만 들려 오는 것이라고는 익숙한 밤의 소리들뿐이었네. 곤충과 새들과 짤랑대는 나무 개구리들의 울음소리, 나무 꼭대기의 잎사귀들이 아래쪽에서는 느낄 수 없는 산들바람에 바스락거리는 소리……. 나는 밤이슬에 흠뻑 젖고, 어둠 속에서 넘어지고, 바위와 가시와 거친 나뭇가지에 긁혀 멍들고 피를 흘리면서도 아무것도 느끼지를 못했네. 흥분은 서서히 제 풀에 스러져 갔지. 하도 외친 탓에 목이 쉬어 버렸고, 피곤해서 쓰러지기 직전이었지. 희망은 사라져 버렸고, 마침내 나는 오두막에 기어들어 가 짚자리에 몸을 던진 뒤 낙담한 마음을 안고 무감각하며 비참한 잠에 빠져 들었네.

그러나 다음날 아침 나는 숲을 샅샅이 찾아보기로 마음먹고 다시 오두막을 나섰네. 만일 쿠아코가 얘기해 준 큰 불의 흔적을 찾을 수 없다면, 그가 내게 거짓말을 했으며 리마가 살아 있을 가능성이 여전히 있는 거니까. 나는 하루 종일 찾아 다녔지만 아무것도 발견하지 못했네. 그러나 그 지역은 방대하였고, 완전히 살펴보려면 여러 날이 걸릴 터였지.

셋째 날 나는 그 숙명적인 장소를 발견했고, 그때서야 다시는 살아 있는 리마를 안을 수 없다는 것을, 최후의 희망도 헛된 것이었음을 깨달았네. 착각이었을 가능성은 전혀 없다네. 그 곳은 인디오가 묘사한 대로 널따랗게 트인 데다 커다란 나무들이 띄엄띄엄 서 있더군. 그 중 하나는 불에 까맣게 타서 죽어 있었고, 주위에는 쓰러진 나무줄기들이 거대한 잿더미를 이루며 육십 내지 칠십 야드까지 뻗어 있었네. 이미 가느다란 식물들이 재를 헤치고 여기저기 자라나 있었고, 어디에나 있는 작은 잎사귀의 덩굴이 새까만 나무줄기 위로 흐릿한 녹색의 수를 놓기 시작했더군. 나는 그녀의 장례터가 된 거대한 나무를 오랫동안 쳐다보았네. 줄기 아래쪽의 둘레는 오십 피트를 넘었고, 배의 마스트처럼 곧게 솟은 꼭대기는 땅에서 백십 피트 정도의 높이였네. 그녀는 그치럼 높은 곳에서 불타 오르는 잎사귀와 연기를 헤치고 독화살에 맞은 흰 새처럼 곧바로 타오르는 불길 속으로 떨어졌던 거야!

처참한 잿더미에 수를 놓은 덩굴과 깃털 같은 잎사귀들을 치워 버리고, 포효하며 타오르는 불길의 모습을 떠올리는 것은 얼마나 잔인한 상상인가! 죽은 야만인들이 다시 남녀노소 할 것 없이, 내가 함께 놀았던 어린것들까지도 불 주위에 둘러앉아 나를 향해 외치는 모습을 상상해 보라고! "타라! 타 버려라!" 아, 이 저주받은 장소가 그녀의 마지막 휴식처일 수는 없다! 그녀가 희고 섬세한 날개를 가진 나방처럼 완전히 불타서 재가 되지 않았다면, 그 부드러운 살결만큼이나 소중한 뼈들이 무수한 나무줄기와 잎들의 잿더미 속에 뒤섞여 있겠지. 그렇다면 남은 부분이라도 나와 함께, 마지막에는 내 재와 섞여야 한다고 생각했네.

나는 잿더미 전체를 체로 걸러내듯이 살펴보기로 다짐하고 곧바로 작업에 착수했네. 그녀가 중앙의 가장 높은 가지에 올라가서 곧바로 떨어져 내렸다면 뿌리 가까운 쪽의 불 속으로 떨어졌을 것이었네. 그래서 나는 우선 나무줄기까지 길 하나를 뚫으며 지나갔고, 어둠이 내릴 때까지 나무 주위를 삼사 야드 정도 빙 둘러보았지만 아무것도 발견하지 못했네. 다음날 정오에야 나는 그녀의 해골을, 적어도 큰 뼈들을 찾아냈다네. 그것들은 오래도록 강한 열기를 쪼인 탓에 너무도 약해져 있어서 집어들자마자 곧 부서져 버리더군. 그러나 나는 조심스럽게, 정말로 조심스럽게 마지막 남은 그 성물(聖物)을 다 거두었지. 이제는 그것이 리마가 남긴 전부였으니까! 나는 그 하얀 파편들을 집어 올릴 때마다 입술에 대 보았고, 낡고 해진 외투를 펼쳐 그 안에 남김없이 주워담았네. 그녀의 뼈를 가장 작은 것까지 전부 수습한 뒤 나는 그 보물을 안고 집으로 돌아갔지.

폭풍이 또 한 차례 내 영혼을 흔들어 놓았지만, 이제 시작된 두 번째의 적막은 처음의 그것보다 한결 완벽하고 더욱 영속적일 것이라는 예감이 들더군. 내 머릿속은 그 어느 때보다 활발히 움직였고, 마침내 손을 놀려야 할 일을 찾아냈으며, 그런 역할은 일반적인 숲 속의 은둔자들, 즉 동류를 피해 이 원시의 땅에 숨어든 도망자들과는 다른 것이었네. 내가 가져 온, 그을려 생 석회가 되어 버린 뼈들은 설 구워진 크고 거친 도기에 담겨졌네. 누플로가 곡식이나 그 밖의 식량들을 저장하는 데 쓰던 것이었지. 그가 도기를 만드는 데 쓰던 특이하고 고운 찰흙을 찾을 수가 없어서 — 나는 손수 좀더 세련된 납골 단지를 만들어 보려고 했었지 — 도기의 표면을 장식하는 데 만족하기로 했네.

나는 하루의 일정 시간을 날마다 그 예술적인 노동에 바쳤네. 마침내 도기는 가시덤불, 길게 늘어진 덩굴의 곡선을 따라 자라난 잎사귀와 비비꼬인 덩굴손, 거기 매달린 봉오리와 꽃송이로 덮였고, 나는 거기에 색을 칠했네. 물감이라곤 짙은 색 열매에서 짜낸 자주색과 검은색 즙뿐이었지. 색조나 명암, 선 하나라도 흡족하지 않으면 나는 지우고 다시 칠했네. 그런 일이 너무도 자주 일어나서 도기가 완성될 날은 없을 듯 싶더군. 자랑스러우면서도 겸허한 마음으로 꽃병에 서명을 남기던 고대의 조각가들처럼, 나 역시 이렇게 쓸 수도 있었겠지. '아벨이 이것을 만들었다' 라고.

　나는 그들의 작품과 같은 아름다움을 바랐지만, 내 기술로 불완전한 복사품이나 조야한 베낌 이상이 가능했겠는가? 도기 아래쪽에는 주위를 빙 두른 뱀을 그려 넣고, 그 어두운 색의 몸에는 검은색 얼룩무늬가 불규칙한 사슬 모양을 이루도록 했네. 그리고 만일 누군가가 호기심에 그 얼룩들을 찬찬히 살펴본다면 얼룩 하나하나가 대충 문자 형태를 이루고 있으며, 그 문자들을 적당히 떼어놓으면 다음과 같은 말이 된다는 것을 알아차릴 걸세.

　그대 없이는 신도 나도 존재하지 않도다.

　어떤 이들은 이 구절을 불경하다 할 것이고, 또 어떤 이들은 과장되고 광적이라고 할지도 모르지. 이 구절은 고대의 어느 무명 시인에 의해 완성되고, 이후에는 상사병에 걸린 편력 기사들의 좌우명이 되기도 했겠지만, 그들의 정열도 수세기 전 이미 재가 되어 버렸을 걸세. 하지만 나에게는 이 구절이 불경하지도 광적이지도 않았네. 내가 홀로 살아가는 거대한 바위 평원은 언제나 황혼녘처럼 어둑어둑하며 어떤 움직임이나 소리도 없었고, 모든 것이 심지어 나무와 양치류와 잔디까지도 돌이 되어 있었네. 그 곳에서 나는 수천 년을 가만히 웅크리고 앉아 돌 손가락으로 내 다리를 감싸안고 이마를 무릎에 대고 있었지. 그리고 그 곳에서 나는 움직이지 않고, 움직일 수도 없이 앞으로 수천 년을 가만히 앉아 있을 것이었네. 그녀가 존재하지 않는 우주에서 나는 더 이상 내가 아니었고, 신 역시 존재하지 않았네.

하루하루가 지나갔고, 사람들에 의해 주와 달로 묶여졌네. 나에게는 그것들이 토요일, 일요일, 월요일이 아니라 단지 이름 없는 하루하루일 뿐이었지. 무수한 날들이 거대한 무더기를 이루며 쌓여 갔고, 예전의 삶 즉, 이처럼 홀로 지내기 이전의 시간들은 이제 헤아릴 수 없이 멀리 떨어져 있는 작은 섬처럼 보였으며, 끝없이 밀려오는 절망적이며 이름 없는 하루하루에 묻혀 거의 알아볼 수도 없게 되었네.

저장된 식량은 오래 전에 떨어졌고, 이제 나는 콩과 옥수수와 호박고지와 고구마의 맛을 잊어버릴 정도였지. 누플로가 가꾸어 놓은 밭떼기는 야만인들이 완전히 망가뜨려 줄기 하나, 뿌리 하나 남지 않았네. 나는 슬픔을 되씹으며 고뇌 속에 지내는 남자, 자신의 작품만을 생각하는 예술가였고, 땅에 뿌릴 종자 하나 남기지 않고서 되는 대로 살아갔다네.

음식이라고는 저절로 자라는 것들뿐이었고, 그것도 여기저기 상처를 입으며 한참 동안 찾아 다녀야 아주 조금 구할 수 있었지. 새들은 소리지르며 나를 쪼아댔네. 피부는 나뭇가지에 멍들고 가시에 긁혔고. 게다가 파리만한 크기의 말벌들이 성난 구름처럼 무리지어 대들기도 했다네. 윙윙! 따끔따끔! 독사의 이빨에도 죽지 않은 내가 너희들의 작고 맹렬한 독침에 신경 쓰겠는가. 전리품이 눈앞에 있는데. 유충과 꿀, 나의 흰 빵과 붉은 포도주가! 예전에 내 영혼이 지식에 굶주렸을 때 나는 인쇄된 책들을 주의 깊게 넘기며 세련되게 표현된 훌륭한 사상들 속에서 기쁨을 찾았었지. 그러나 이제는 미친 듯한 육체의 굶주림, 유충과 꿀을 찾아내려는 갈망, 사소한 것들을 두고 벌이는 치사한 아귀다툼이 나의 전부였네!

큰 동물은 잘 잡지 못했지. 새와 야수들은 내가 여러 날 밤을 꼬박 새어 가며 만들어 낸 덫을 아랑곳하지 않았거든. 한 번은 큰 나무 높이 있는 원숭이 무리를 보고 쫓아가서 오랫동안 감시한 적이 있었네. 뭔가 기이한 사고가 일어나서 한 마리라도 땅 위에 떨어져 꼼짝 못한 채 내 손에 들어온다면 얼마나 훌륭하게 포식할 수 있을까 하는 생각만 했지. 하지만 불가능한 일은 일어나지 않는 법이고, 나는 고기를 먹지 못했네. 이따금 둥지에서 잡아죽인 새의 새끼나 도마뱀, 초록색 몸으로 나뭇잎 사이에 숨어 있다가 얼떨결에 붙잡힌 작은 나무개구리 말고 무슨 고기를 먹을 수 있었겠나? 나는 그 작은 녹색의 악사들을 석탄에 구워 먹곤 했지. 안 될 게 있는가? 듣고 찬탄할 귀도 없는데, 그 놈들이 만돌린을 켜고 공중에서 심벌즈를 두드려 봤자 무슨 소용 있겠는가? 한 번은 좀 별나고 이상한 고기를 먹기도 했네. 하지만 굶주린 위장은 구역질도 느끼지 못했지. 작은 오솔길을 올라가던 중 나는 똬리를 튼 뱀을 발견했고, 긴 막대기로 낮잠에 빠진 그 놈을 들어올려 난도질했네. 내 마음에서 분노를 걷어내고 그 놈의 악한 생명을 구할 리라는 더 이상 없었지. 그 놈은 날씬하고 끝이 가느다란 몸에 말벌 같은 밝은 색 줄무늬가 있는 산호뱀이 아니었네. 굵고 뭉툭하며 끔찍한 비늘과 검은 얼룩무늬를 가진 뱀이었지. 넓고 납작하며 흉악한 대가리에 붙어 있는 얼음처럼 냉혹한 희뿌연 푸른 눈이 차가운 시선으로 나를 노려보고 있었네. 일단 그 시선을 받으면 희생자는 혈관 속의 피가 얼어붙고, 꼼짝없이 주저앉아 마치 무슨 돌에 새겨진 커다란 눈의 동물처럼 날카롭고 필연적인 일격을 기다릴 수밖에 없을 테지. 오랫동안 뜸을 들인 후에야 쏜살같이 덮쳐 오는 그 이빨을. "아 지긋지긋한 뱀 대가리여, 그 차갑고 인간을 닮은, 차라리 악마를 닮은 눈을 거두어라. 내가 너를 토막내어 흩뿌리기 전에!" 그러고서 나는 그 놈을 확실히 멀리까지 던져 버렸지. 그러나 나는 집으로 걸어가는 내내 그 머리가 어딘가 검고 축축한 흙 위에 떨어져, 빽빽한 가시투성이 덤불과 무수한 나뭇잎 부스러기 속에서 여전히 그 희고 눈꺼풀 없는 예리한 눈으로 나를 좇고 있는 것이 아닐까, 그리고 앞으로 내가 숲 속에서 오고 가며 거닐 때마다 항상 나를 좇는 것이 아닐까 하는 상상에 근심스러웠다네. 당연한 일 아닌가? 뱀과 나, 우리 둘만이 모든 생물들에게서 따로 떨어지고 저주받아 이 끔찍한 고독 속에서 함께 먼지를 핥고 있으니! 그 놈은 나를 물지 않았을 것이다! 그런데 나는 신익 없이 동류의 살을 먹기 위해 그 놈을 죽인 것이다! 이 같은 잔인한 상상이 끈질기게 내 마음 구석구석으로 기어들었네. 밤이면 잘려진 머리가 자꾸자꾸 커져서 마침내 기괴한 형체가 되었고, 악마처럼 희고 눈꺼풀 없는 눈은 두 개의 보름달만해졌지.

"도살자!" 그 눈들은 말했네. "처음에 너는 같은 인간들을 죽였다. 그것은 사소한 죄였지. 하지만 신은, 우리의 적이며 인간들을 자신의 모습대로 만든 신이라는 자는 너를 저주하였다. 그리하여 우리 둘만이 따로 고립된 것이다. 너와 나는 도살자다! 너와 나는 도살자다!"

나는 다른 것들을 생각하여 그 무서운 환상으로부터 벗어나려고 애썼네. 그리고 이렇게 중얼댔지. "굶어서 피가 부족한 뇌에서 이상한 것들이 떠오르는 건 당연하지." 나는 손에 쥐고 있던 뱀의 어둡고 굵으며 뭉툭한 몸뚱이를 골똘히 바라보았네. 그러다가 납빛의 조야한 얼룩이 있는 비늘 투성이의 피부가 어떤 각도에서 빛을 받으면 프리즘과 같은 아름다운 광채를 발한다는 것을 알았지. 나는 시적 감흥을 느끼며 중얼거렸네. "흐르는 잿빛 구름 위로 날던 무지개가 거친 서풍에 부서져 땅 위로 흩어졌을 때, 그 중 한 조각이 이 파충류에게 섬세한 천상의 빛깔을 부여했음이 분명하다. 자연은 자신의 아이들을 모두 사랑하기에, 각자에게 적든 많은 어느 정도의 아름다움을 준 것이다. 증오스러운 의붓자식인 나에게만 자연은 어떤 아름다움도, 어떤 고귀함도 선사하지 않았다. 하지만 잠깐, 내가 오해하고 있지 않은 가? 모든 피조물들 중 가장 아름다운 리마는 나를 그토록 사랑하지 않았던가? 내가 아름답다고 말해 주지 않았던가?"

"아, 그랬지. 그것은 오래 전 일이야." 웅덩이에서 내가 엉킨 머리를 빗질하고 있을 때 나를 비웃던 그 목소리가 다시 들려 오더군. "오래 전, 너의 눈에서 볼 수 있는 영혼이 지금처럼 저주스럽지 않았을 때 얘기지. 이제는 리마도 네 눈을 보면 소스라칠 거야. 그 광기 어린 표정에 그녀는 두려워 달아나겠지."

"악의 어린 목소리여, 혀가 갈라진 얼룩무늬 고기를 먹으려 하는 나의 이 비참한 욕망마저 망쳐 놓아야겠느냐? 낮에는 네가, 밤에는 리마가 나를 괴롭히는구나. 어쩌란 말이야, 나더라 어쩌란 말이야?"

그때쯤에 나는 매일 밤 잠들어 꿈을 꾸는 것이 아니라 눈을 뜬 채 환각을 보기에 이르렀네. 매일 밤, 건초 침대에 누워 있노라면 누플로가 큰 갈색 발을 하얀 재 가까이 뻗고 노인다운 웅크린 자세로 묵묵히 쓸쓸하게 앉아 있는 것이 보였네. 그가 가엾게 느껴지더군. 그는 내게 퍽 잘해 주었지. 하지만 이제는 그가 거기 있는 것을 참을 수 없었네. 눈을 감는 편이 나았지. 그러면 리마의 팔이 내 목을 껴안고 있었으니까. 매끄러운 그녀의 머리칼이 내 얼굴 위로 구름처럼 드리워졌고, 향기로운 숨결이 내 숨과 뒤섞였네. 그녀의 얼굴은 얼마나 찬란한가! 눈을 감고 있어도 나는 생생히 볼 수 있었네. 반투명한 피부 아래로 환하게 비치는 장밋빛 혈색, 영리하면서도 열정적으로 반짝이는 눈, 짙은 속눈썹 아래 붉은 포도주처럼 진한 색을 띠던 눈동자. 나는 눈을 번쩍 떴고, 그러면 리마는 내 품에 없었지! 대신 불가에서 약간 떨어진 구석, 좀 전에 누플로가 앉아서 생각에 잠겨 있던 곳에 조용하고 창백하며 형언할 수 없이 슬픈 표정으로 서 있었네. 왜 그녀는 어두운 바깥으로부터 내게로 와서는, 그 슬픈 눈으로 내 눈을 한 번 바라봐 주지도 않은 채 저기 서서 얘기하는 걸까? "믿지 말아요, 아벨. 아니에요, 방금 전에 본 것은 당신 머릿속의 허깨비, 당신이 잘 기억하고 있는 과거의 내 모습일 뿐이에요. 내가 들어오니 그녀가 자취도 없이 사라지는 것을 보셨잖아요? 안 돼요, 그런 요구는 하지 말아요. 언젠가 내가 당신의 눈을 들여다보기를 거절한 적이 있었지요. 그 후에 리오라마의 동굴에서 나는 오래도록 당신의 눈을 바라보면서 행복했어요. 말할 수 없이 행복했지요! 하지만 지금은 …… 아, 당신은 자신이 무슨 요구를 하고 있는지 몰라요. 당신은 내가 겪고 있는 비탄을 몰라요. 한 번이라도 내 눈을 바라본다면 당신은 그 비탄을 못 이겨 죽어 버리고 말 거예요. 당신은 살아야 해요. 하지만 내가 인내심을 갖고 기다린다면, 마침내 우리는 함께 있게 되고 서로를 거짓 없이 바라볼 수 있을 거예요. 아무것도 우리를 갈라놓을 수는 없어요. 다만 성급히 죽음을 구하지는 말아요. 죽음이 당신의 고통을 없애 주리라고 생각하지도, 그렇게 바라지도 말아요. 금욕? 선행? 기도? 그것들은 볼 수도 들을 수도 없어요. 아무것도 안 하느니만 못해요. 그리고 중재자 역시 존재하지 않아요. 전에 나는 그것을 몰랐지만, 당신은 알고 있었지요. 당신의 삶은 당신 스스로의 것이었어요. 아무도 당신을 구원할 수도 심판할 수도 없어요. 스스로를 사면하세요. 묶은 자가 푸는 법이에요. 하늘은 아무것도 도와 주지 않고, 아무 말도 해 주지 않으며, 나 역시 마찬가지지요. 하지만 아벨, 당신도 마찬가지예요. 저지른 일은 이미 저질러졌고, 그 대가로 당신이 받을 것은 형벌과 비탄뿐이에요. 당신과 내가 …… 당신과 내가 …… 당신, 그리고 내가…….”

이 역시 환영이었고, 내 마음속에서 회오와 광기의 검은 안개가 끊임없이 모습을 바꾸며 만들어 내는 또 하나의 리마일 뿐이었네. 그리고 그녀의 비탄에 찬 말들도 모두 내 머릿속에서 지어진 것들이었지. 나는 그것을 모를 정도로 미치진 않았었네. 하지만 허깨비와 환상들이 사실보다 더 사실적이었지. 나의 죄와 헛된 후회와 다가오는 죽음만큼이나 사실적이었네. 실제로 리마는 돌아온 것이었네. 그녀가 사랑했던 내가 그녀에게 가장 잔혹한 적들보다도 더 잔혹했다고 말하기 위해서 말일세. 그들은 불로 그녀의 몸을 괴롭히고 파괴했지만, 나는 그녀의 영혼에 그림자를 드리운 것이지. 모든 슬픔을 뛰어넘는 슬픔은 죽음보다 어둡고 완화의 길이 전혀 없는, 영원한 죽음이었네.

서서히 고통 없이 내가 사라져 버릴 수만 있었다면, 몸은 약해지고 감각은 희미해져 마침내 삼 속으로 가라앉을 수만 있었다면! 하지만 그건 불가능했지. 내 머릿속에는 여전히 열이 있었고, 낮에는 비웃는 목소리가 밤에는 허깨비가 나타났으니까. 마침내 나는 숲을 곧 떠나지 않으면 뭔가 끔찍한 형태의 죽음이 나를 찾아오리라는 것을 확신하게 되었지. 하지만 나의 허약한 몸 상태로 식량도 전혀 없이 파라우아리 근방을 떠난다는 것은 불가능했네. 루니와 같은 종족의 인디오들은 내가 백인이며 루니의 손님이었다가 불구대천의 원수가 되었다는 것을 알아챌 것이었고, 그들이 사는 마을들은 피해야 할 것 같았지. 나는 기다려야 했고, 심신이 연약하고 병들어 있었음에도 거친 자연 속에서 얼마 안 되는 생필품을 얻어내려고 부단히 애썼다네.

어느 날 나는 무성하게 자란 덩굴과 양치류에 묻힌 쓰러진 고목 하나를 발견했네. 칼을 찔렀을 때 칼자루까지 깊이 들어가는 것으로 보아 나무는 거의 다 썩었던지, 이미 완전히 썩은 상태 같았지. 그 안에는 유충이 있을 것이 분명했네. 나무를 갉아먹는 큼직하고 하얀 벌레들은 이미 내 식량의 중요한 품목이 되어 있었지. 다음날 나는 큰 칼과 나무를 쪼개는 데 쓸 쐐기 한 다발을 들고 그 장소로 돌아갔지만, 일을 제대로 시작하기도 전에 나무 찍는 소리에 놀란 동물 하나가 몇 야드 떨어진 죽은 나무 아래의 은신처에서 후닥닥 기어 나왔네. 둥글고 커다란 머리에 다리는 짧았고, 초록빛을 띤 갈색의 두툼한 털가죽으로 덮인 몸은 큰 고양이 정도의 크기였네. 주위의 땅은 덩굴로 덮여 있었고, 거기에 양치류와 덤불과 말라죽은 나뭇가지들이 얽혀 있었지. 혼란스럽게 얽힌 식물들 속에서 그 놈은 엄청난 힘으로 왔다갔다하며 날뛰었지만, 거의 움직이지 못하는 상태였네. 그 순간 나는 그 놈이 늘보라는 것을 알아차렸지. 늘보는 흔한 동물이었지만, 근처에 도망칠 나무가 없는 평지에서는 보기 힘들었다네. 이 횡재에 놀라고 기쁜 나머지 나는 멍해져서 얼마 동안 전율하며 숨도 쉬지 못한 채 그 저 서 있을 뿐이었네. 정신이 돌아오자 나는 서둘러 그 놈을 쫓아가서 는 큰 칼로 둥근 머리에 일격을 가해 쓰러뜨렸지.

"가엾은 늘보야!" 나는 그 놈을 굽어보며 말했네. "가엾은 늙다리 게으름뱅이야! 리마가 나무 위에서 가지를 끌어안은 채 편히 잠들어 있는 너를 발견하고 그 작은 손으로 인간처럼 둥근 네 머리통을 쓰다듬어 준 적이 있었니? 네가 놀라서 졸린 눈을 휘둥그레 뜰 때면 리마 는 장난스레 웃으며 네 긴 손톱과 못생긴 외모를 가볍게 놀려댔겠지? 아, 게으름뱅이야, 너의 죽음은 나 역시도 괴롭게 하는구나! 이 숲에 서 벗어날 수만 있다면, 이 신성한 장소를 떠나 어디든 죽임이 살생이 되지 않는 장소로 갈 수만 있다면!"

그러자 이제 내겐 충분한 식량이 있으며 얼마든지 숲을 떠날 수 있다는 생각이 뇌리를 스치더군. 이 얼마나 멋진 포획물인가! 마치 길 을 잃고 헤매던 노새가 숲으로 들어와 나와 마주치고, 나는 그와 마주 친 듯한 기분이었네. 이제 나는 스스로 노새가 되어 참을성 있게, 꾸준히, 악착같이 나아갈 터였지. 태양에 검게 탄 건조하고 쓴 초원의 풀에 의존하지 않도록 여물 한 짐을 등에 지고, 이제는 단단히 굳어

발굽에 가까워진 맨발바닥으로 땅을 밟으며 말일세.

그 날 밤의 몇 시간과 다음날 아침은 파릇파릇한 나무로 불을 피워 고기를 훈제하고 그것을 저장할 거친 자루를 만드는 데 보냈네. 나는 이미 여행을 떠나기로 마음먹고 있었으니까. 리마의 소중한 재를 어떻게 안전하게 운반할 것인가 하는 문제가 걱정과 불안의 근원이 되었네. 내가 그토록 애정과 비탄을 쏟아 힘들게 장식한 진흙 그릇은 나르기엔 너무 크고 무거웠네. 결국 나는 도기를 조각 내서 가벼운 자루에 넣었지. 그리고 도중에 만날 사람들의 의심을 사지 않기 위해 재 위에 뿌리와 구근들을 깔았네. 그것들의 약효는 백인들에게도 알려져 있어, 나는 기독교도 정착지에 도착하면 그것들을 팔아 옷을 사 입고 새롭게 인생을 시작하기로 마음먹었다네.

다음날 나는 그토록 많은 기억이 서린 숲에 마지막 인사를 고할 것이었네. 내 행로는 동쪽으로, 산과 강과 숲들이 있으며 마치 유럽 대륙을 백 개 모아놓은 것처럼 힘들고 거칠며 야만적인 산간 지대를 십여 마일마다 지나게 될 것이었지. 하지만 이방인에게 불친절한 족속들이 사는 곳은 아니었네. 그리고 어쩌다 운이 좋아 동쪽으로 가는 인디오를 만나면 가장 쉬운 길을 알게 될지도 몰랐지. 그리고 이따금 어느 동정심 많은 여행자가 나에게 자신의 키니네 나무껍질을 나눠주리라는 기대도 있었네. 그렇게 해서 수 리그를 그럭저럭 나아가고 나면 영국령 혹은 네덜란드령 기아나를 관통하여 흐르는 대하(大河)

들 중 하나에 다다를 것이었네. 그리고 이런 저런 곳들을 느리거나 빠르게, 아마도 거의 굶다시피 하면서, 작렬하는 태양과 폭풍을 맞으며 엄청난 노고 속에 지나 마침내 대서양에, 기독교도들이 사는 도시에 다다를 것이었네.

그 날 저녁 여행 채비를 끝내고 나는 늘보의 저장하기 힘든 자투리 부분들을 삼켰지. 비계 조각을 석탄에 구웠고, 머리와 뼈들을 끓여 수프를 만들었네. 나는 수프를 삼킨 뒤 뼈를 부수어 마치 굶주린 육식동물처럼 정신없이 골수를 빨아댔지.

땅바닥에 흩어져 있는 잔해들을 보자 누플로 영감이 생각났고, 비밀 장소에 숨어 냄새 나는 코아티문디를 잡아먹던 그를 놀라게 했던 일도 생각나더군. "누플로, 늙은 친구여." 나는 말했네. "당신은 정말로 고요히 잠들어 있네요. 이제는 노란 꽃들로 뒤덮인 푸른 뗏장 아래에서! 노인장, 그건 거짓 잠이 아니라는 걸 알겠어요. 만약 이 얄궂은 일이, 한때 성스러웠던 이 장소에서 내가 고기를 포식하고 있다는 사실이 잠시라도 당신의 둥그렇고 텅 빈 머릿속에 작은 나방이 팔랑거리듯 스쳐 갈 수 있다면, 당신은 즉시 쭈글쭈글한 코를 내밀고 다시 한 번 비계가 구워지는 냄새를 맡으려 했을 테니 말이에요."

그 순간 나는 웃음을 터뜨릴 뻔했네. 그것은 곧 사그라졌지만, 내게 이상한 느낌을 주었지. 유년기 이후로는 한 번도 겪어 본 적이 없는 감정, 익숙하지만 또한 새로운 감정이었네. 늙은 친구에게 밤 인사를 고하고, 나는 내 짚자리 속으로 기어들어 가 짐승처럼 깊은 잠에 빠졌다네. 그 날 밤엔 환영도 허깨비도 나타나지 않았지. 나를 노려보는 눈꺼풀이 없고 하얀 두 눈이 박힌 뱀의 잘린 머리도 없었고, 꿈의 이글거리는 불빛에 드러나는 클라클라 할멈의 주름지고 공허한 얼굴과 피에 젖은 흰 머리칼도 없었네. 누플로 영감은 녹색 뗏장 아래 머물렀고, 나의 비탄에 찬 유령 신부가 나타나 내 심장박동이 희미해지는 일도 없었지.

하지만 다시금 동이 텄을 때, 리마 – 실제의, 그리고 상상의 – 와 자주 얘기했던 장소를 영원히 떠나야 한다는 사실이 너무도 괴롭게 느껴지더군. 하늘엔 구름 한 점 없었고 숲은 비라도 내린 듯 촉촉했네. 하지만 그것은 굵은 이슬방울일 뿐이었고, 나뭇잎들은 아침 햇살을 받아 창백하게 서리가 내린 것처럼 보였네. 숲 속을 걸어가노라니 날이 밝아오고, 속삭이듯 바람이 일렁거렸지. 깃털 같은 양치 잎사귀와 잔디 그리고 무성한 잡풀 위로 빠르게 증발하는 이슬들을 보니 마치 꽃이 피어나는 것 같더군. 하지만 높은 곳의 나뭇잎에 맺힌 이슬들은 희미한 진줏빛 안개, 나무들 위의 후광처럼 보였지. 자연의 영원한 아름다움과 신선함이 사방에 가득했으며, 비탄과 끔찍한 원한이 내 눈을 흐리게 하기 전, 환희와 열광에 넘쳐 바라보았던 것과 조금도 변함이 없더군. 그리고 이제 마지막 작별의 말을 중얼거리며 걸음을 옮기노라니, 내 눈은 다시금 솟구쳐 오르는 눈물로 흐려졌네.

CHAPTER 22

거의 절망적이었던 해안으로의 여행길을 절반도 가기 전에 나는 병에 걸렸지. 병이 너무 심해서 나를 본 사람이면 누구든 저 사람의 순례도 종국에 이르렀구나, 생각할 터였네. 나도 그럴까 봐 두려웠지. 여러 날 동안 나는 극도의 절망 속에 빠져 있었네. 그렇지만 어느 순간, 뱀에 물려 죽음이 피할 수 없이 가까이 와 있는 것처럼 보였을 때 얼마나 미친 듯이 도움을 찾아 숲 속을 뛰어다녔는지, 길을 잃어 몇 시간을 폭풍과 어둠 속에서 헤맸는지, 그리고 그렇게 전력을 다해 결국 죽음의 손아귀를 빠져 나올 수 있었던 사실이 떠오르더군. 그 기억은 내게 새로이 필사적인 용기를 북돋아 주었네. 나는 열병에 걸렸던 장소인 인디오 마을을 떠나 다시 가망성 없어 보이는 여행길에 올랐지. 내 약한 몸 상태로는, 정말로 가망성이 없어 보였네. 걸을 때면 다리가 몸 아래에서 부들부들 떨렸고, 뜨거운 햇볕과 억수 같은 비는 끔찍할 정도로 예민해진 내 피부에 불꽃과 얼음처럼 와 닿았네.

오랫동안 나는 헤아릴 수 없는 괴로움을 겪었고, 종종 기후가 좀 더 온화했던 숲의 연옥으로 돌아가기를 갈망하기도 했지. 그토록 떠나고 싶어했던 그 곳으로 말일세. 지도에서 내 행로를 따라가다 보면 이 부분에서 공백이 생긴다네. 지도 위에 있는 강과 산의 이름들이 마음속에 어떤 영상도 불러일으키지 않는 부분이. 몇 군데, 꿈속에서 괴롭게 뒤척이며 들은 듯한 이름도 있긴 하지만 말일세. 병에 걸린 시기에 보았던 풍경의 인상은 흐릿하던지, 아니면 끊임없이 옥죄어 오는 초조감으로 지나치게 알록달록하고 과장되어 거의 섬망에 가까웠던 밤의 환영들과 뒤섞여 있다네. 그래서 나에게는 그 지방들이 상상할 수 있는 모든 장애물에 맞서 싸워야 했던 지상의 지옥으로 떠오를 뿐이라네. 땀이 흐르지 않으면 얼어붙을 듯 추웠고, 어떤 인간도 겪은 적이 없는 고난을 모조리 겪어야 했지. 뜨거운가 하면 춥고, 추운가 하면 뜨겁고, 그 중간은 없었네. 수정 같은 물, 널따랗고 촉촉한 잎사귀들로 덮인 초록빛 그늘, 이슬 젖은 바람이 부채질하듯 불어오는 밤, 이 모든 것은 내 원기를 북돋우는 것이 아니라 한기만 들게 했다네. 감미롭거나 유쾌한 것이라고는 전혀 없는 지역이었고, 이타 야자수, 산의 야생화, 꽃송이를 늘어뜨려 숲의 그늘을 장식하던 하늘하늘한 기생 식물조차도 그 우미함을 잃었지. 하늘과 땅의 그 모든 화려한 빛깔은 내 눈을 멀게 하고 뇌를 태우는 잔인한 태양과 다를 것이 없더 군. 분명 나는 원주민들에게 많은 도움을 받았고, 그렇지 않았더라면 여행을 계속할 수가 없었을 걸세. 하지만 그 시기의 흐릿한 정신 상태 에서 내 눈에 보인 것은 적대적인 야만인들에게 쉴새없이 끌려 다니 는 내 모습이었지. 그들은 어두운 숲 속에서 유령처럼 나타났다 사라 졌고, 나를 둘러싼 채 모든 퇴각로를 차단하였으며, 마침내 나는 그들 을 밀치고 그들의 손아귀에서 벗어나 넓고 황량한 초원으로 도망쳤다 네. 그들의 날카롭고 집요한 외침이 등뒤에서 들려 왔고, 내 몸에 꽂 히는 독화살의 따끔함이 느껴졌지.

이 모두를 나는 비정상적인 정신 상태와 끝없는 회오, 그리고 귓 전에서 끈질기게 윙윙거리며 작고 맹렬한 침으로 나를 찌르는 독충 떼의 탓으로 돌렸다네.

단순히 환상 속에서 야만인들에게 쫓기고 화살에 찔리는 것뿐 아 니라, 이제는 인디오들이 상상해 낸 생물들이 실제 자연에 존재하는 생물처럼 생생하게 느껴졌지. 아마도 숲의 파수꾼인 듯한, 사람을 잡 아먹는 초인적인 괴물이 나를 쫓았네. 그 놈은 어둡고 적막한 곳에 누 워 나를 기다리고 있었지. 내 느리고 힘없는 발걸음 소리가 들리면 그 놈은 갑자기 일어나 앞을 가로막고, 그 순간 턱수염이 난 짖는 원숭이 들은 숲 속에서 포효해댔지. 나는 온몸이 마비되었고, 혈관 속에서 피 가 엉겨 굳는 듯했네. 그 놈은 내 몸에 거대한 털북숭이 팔을 둘렀고,

역겹고 뜨거운 숨결이 피부에 느껴졌지. 이세는 커다란 녹색 이빨로 내 간을 끄집어내어 굶주린 배를 만족시키리라! 아, 아냐, 그 놈은 나를 해칠 수 없어! 어떤 탐욕스러운 야수, 맹독을 가진 냉혈동물이라도, 심지어 반은 동물이고 반은 악마라고 하는 사나운 쿠루피타조차도 리마와 함께 숲을 공유했고, 그녀를 사랑하고 숭배하지 않았던가. 내가 나르고 있는 이 비극적인 짐, 그녀의 재가 나를 구할 부적이 되어 주리라. 그 순간 반인반수인 그 괴물은 내게서 떨어졌고, 거칠고 애달픈 울음소리를 내면서 한층 깊고 어두운 숲 속으로 사라졌네. 그러자 공포는 어느새 비탄이 되어, 나 역시 처음으로 리마를 위해 울었지. 이미 사라져 버린 그녀의 신비스럽고 불가해한 우아함, 사랑스러움, 기쁨의 추억이 내 마음을 엄습해 왔고, 갑작스러우면서도 격렬한 고통을 이기지 못한 나는 땅에 몸을 던진 채 피처럼 진하고 쓰라린 눈물을 흘렸네.

그 지역은 기아나에서도 가장 야만적이고 알려지지 않은 중심부였고, 상상의 괴물과 그 주위에 가득한 허깨비 군단이 아니더라도 자연적 장애물, 고통, 기갈, 끊임없는 피로만으로도 충분히 끔찍했다네. 내가 진로에서 벗어나 우왕좌왕했는지도 알 수가 없네. 절망의 늪(번연의 『천로역정』에 나오는 장소 – 역주)을 방불케 하는 구렁들과 황무지 그리고 축축한 초원이 번갈아 나타났던 것만 기억할 뿐이지. 게다가 끝없이 뻗어 있어 절대 빠져 나갈 수 없을 것 같던 숲들도 있었네. 칼날 같은 바위들을 감돌아 부글거리며 흐르는 무수한 강들은 약한 나무껍질 카누 정도는 금새 삼키거나 조각 내버릴 기세였고, 지옥의 강물처럼 검어 바라보기도 끔찍했다네. 끝도 없이 이어지는 이름 없는 산들을 돌아가거나 넘어가기도 했지. 그 암담하던 시기에 로라이마를 지났을지도 모르겠네. 단지 멀리까지 뻗은 거대한 바위벽이 앞으로 나갈 길을 온통 막아선 것처럼 보였다는 것만 희미하게 기억할 뿐이니까. 어마어마하게 높이 치솟은 바위 벼랑을 보니, 달빛 아래 거대하고 구불구불한 흰 안개가 꼭대기에서 밧줄처럼 늘어뜨려져 있었네. 산을 수호하는 일 리그 길이의 유령 뱀이 대담한 침입자를 겁주어 쫓아내기 위해 똬리를 풀어 그 웅대한 바위 탁자로부터 죽 늘어뜨린 것 같았지.

달빛 아래의 그 유령 뱀은 나를 괴롭힌 뱀에 관련된 여러 환상들 가운데 하나였네. 그 중 하나는 다른 환상들보다 더욱 강력하게 오랫동안 나를 따라다녔지. 해가 머리 위로 작렬하기 시작할 때 죽 뻗은 초원 지대를 지나가노라면 내 곁의 땅 위에서 무언가 움직이는 것이 보였네. 언제나 나와 보조를 맞추면서 말일세. 그것은 일이 피트 길이의 작은 뱀이었지. 아니, 작은 뱀이 아니었네. 그것은 거대한 뱀, 족히 오륙 야드는 되는 뱀의 머리에 있는 구불구불한 무늬에 불과했고, 그 놈은 일부러 내 곁에 바짝 붙어 기어가고 있었지. 구름이 해를 가리거나 상쾌한 산들바람이 일렁이면 그 끔찍한 머리의 윤곽은 서서히 희미해졌고, 뚜렷한 무늬도 다채로운 색의 지면 속에 녹아 버리곤 했다네. 하지만 한낮이 되어 햇빛이 더욱 뜨겁고 눈부셔지면 그 거대한 뱀의 머리와 번들거리는 비늘, 대칭을 이루는 무늬는 내 눈앞에 한결 더 생생하게 떠오르곤 했지. 나는 그 놈을 밟거나 건드리지 않도록 조심스럽게 걸었고, 뒤를 돌아보면 장대한 꼬리가 초원을 가로질러 끝도 없이 뻗어 있더군. 심지어 높은 언덕의 꼭대기에서 내려다보아도, 그 꼬리가 수 리그에 걸쳐 숲과 강들을 지나고 넓은 평원과 골짜기와 산을 가로질러 마침내 멀리 푸르른 숲 속으로 무한히 뻗쳐 있는 것이 보였네.

그 괴물이 언제 어떻게 나를 떠났는지는 모르겠네. 아마도 차가운 비가 내렸을 때 쓸려간 모양이지. 어쩌면 단지 새로운 모습으로 바뀌었을 수도 있네. 그 긴 꼬리는 언젠가 마주친 기억이 있는 창백한 얼굴을 가진 사람들의 기나긴 행렬로 변했을지도 모르지. 갈팡질팡 헤매는 중에 나는 지도에 없는 거대한 하얀 호수에 이르렀고, 황무지 가운데에 있는 신비로운 도시 마노아의 길고 화려한 거리를 지나갔다네. 그 곳에서의 내 모습이 지금도 선하군. 종교 축제를 위해 치장을 하고 대로 끝에서 끝까지 북적대던 사람들 모두 초라한 순례자를 피해 길에서 비켜났고, 열병과 굶주림에 시달린 내 모습과 이상한 누더기 옷, 그리고 이상한 짐을 빤히 쳐다보았었지.

흡사 새로운 아하수에로 왕과도 같았을 것이네. 속죄할 수 없는 죄로 저주받았으나 고귀한 목적에 의해 목숨을 부지하고 있는……
(아하수에로 왕은 구약의 에스더서에 나오는 페르시아의 다섯 번째 왕이다.
연회의 손님들에게 미모를 보여 주라는 명을 거절했다는 이유로 첫 부인 와
스디를 쫓아내고 에스더를 아내로 간택했으나, 사실 그것은 에스더로 하여
이후의 유대인 학살을 막기 위한 여호와의 계획에 의한 것이었다 – 역주).

그러나 아하수에로는 자신의 죽음을 간절히 바랐고 또 추구한 반
면, 나는 미약한 힘이나마 다 끌어 모아 죽음에 맞서 싸웠네. 이따금
어두운 그림자가 걷히고 안식이 찾아올 때면, 나는 죽음에게 잠시만
더 내 목숨을 부지해 달라고 기도했지. 그러나 다시 그림자가 드리워
져 희망이 암흑 속에서 질식할 지경에 이르면 나는 죽음을 저주하고
그 힘을 거부했다네.

그 당시 나를 지탱해 준 것은 결국 내 의지가 이길 것이며, 목적
을 달성할 때까지는 어떤 거대한 적도 내 지치고 고단한 몸에 범접하
지 못하게 하리라는 믿음이었네. 그러고 나서야 나는 싸우기를 멈추
고 죽음의 앞길에서 비켜 줄 것이었지. 나는 그 믿음만으로 평안할 수
있었을 걸세. 나와 접촉하는 모든 것을 부패시키며 새로이 끔찍한 성
질을 부여한다는 열띤 망상이 아니었다면 말이지. 의지가 승리하리라
는 믿음은 금새 기괴한 무언가로 변질되었고, 또 다른 기괴한 환상들
을 낳았던 걸세. 가장 끔찍한 일은, 실제로 아픈 것이 아니라 단지 심
신이 이루 말할 수 없이 지쳐서 발과 다리에 감각이 없어지고, 내가

밟고 있는 것이 마르고 뜨거운 바위인지 진흙탕인지 알 수 없게 되었을 때, 내가 이미 죽었다는 환상이 엄습해 오는 것이었네. 내 몸은 이미 오랫동안 죽어 있는 상태고, 다만 굴복하지 않는 의지만이 살아남아 임무를 수행하도록 시체를 몰아붙이고 있는 것이라고.

나를 구한 것이 정말로 어떤 나무껍질보다도 효력 있고 의사보다도 신통한 '의지력'이었는지, 아니면 치유력이라고 일컬어지며 의지력이 고갈될 때조차 우리의 허약함을 극복하게 해 준다는 '자연의 힘'이었는지는 알 수 없네. 하지만 내가 서서히 심신의 건강을 회복했으며, 마침내 대체로 좋은 상태로 해안에 도착했다는 것만은 확실하네. 조지타운의 거리를 처음 밟았을 때도 여전히 마음속은 우울하고 절망적이었으며, 누더기 차림에 거의 굶어죽을 지경이었고 땡전한 푼 없었지만 말일세.

내 육체가 살아 있을 뿐 아니라 매우 건강하다는 것을 알고 나서도 한참 동안 순례의 어두운 시기에 떠오른 생각, 내가 죽으리라는 생각은 끈질기게 남아 있더군. 나는 대부분의 사람들을 죽인 것들을 이겨내고 살아남았네. 그것은 내 삶의 마지막 남은 목적을 완수하기 위해서였지. 이제 그 목적은 이루어졌네. 리마의 신성한 재는 끝없는 노고와 수많은 위험을 지나 멀리 이 곳까지 안전하게 도달했고, 종국에는 나의 재와 섞일 것이었네. 내게는 더 이상 삶을 사랑할 이유도 그 지긋지긋한 사슬에 묶여 있을 이유도 없었지. 하지만 이러한 죽음에

의 갈망은 서서히 사라져 갔네. 삶에 대한 애정이 돌아왔고, 자연은 다시 영원한 신선함과 아름다움을 회복했지. 리마의 재에 대한 감정만이 사라지지도 변하지도 않았고, 지금도 그때와 마찬가지로 강렬하게 남아 있다네. 병적이라고 말해도 좋아. 미신이라고 부르고 싶으면 그렇게 하게. 하지만 그것은 내가 겪었던 가장 강렬한 감정으로서 존재하고, 어떤 일이든 나는 그 영향에서 벗어날 수가 없다네. 그것에 맞추어 만들어진 삶의 철학이랄까. 혹은 하나의 상징일 수도 있겠지. 그것이 상징하는 무언가로 만물이 회귀하는……. 숲에서 지냈던 암흑의 시기에 그녀는 나를 찾아왔었네. 내 마음속의 리마가 한 말은 나의 절망을 그대로 반영하고 있었지. 하지만 그때도 나는 희망을 완전히 버리진 않았었네. 그녀가 말하길, 하늘은 내가 저지른 일을 해결해 줄 수 없다고 했지. 내가 스스로를 용서한다면 하늘은 그에 대해 더 이상 할 말이 없을 것이고, 그녀 역시 그럴 것이라고. 나는 지금도 그렇게 생각하네. 기도나 금욕이나 선행은 아무것도 할 수 없으며, 중재자 역시 존재하지 않지. 스스로의 영혼이 아니면 천상에서든 지상에서든 죄를 용서받을 길이 없다네. 하지만 모든 영혼이 스스로 찾아내야 하는 하나의 길은 있네. 가장 반항적이고 죄로 검게 물들어 회오로 괴로워하는 영혼에게조차도 말일세. 그 길을 나는 걸어왔네. 그리고 스스로를 용서하고 사면한 나는, 그녀가 다시 돌아와서 내 앞에, 지금 그녀의 재가 있는 이 곳에 나타난다면 그녀의 신성한 눈이 더 이상 내 눈을 피하지 않을 것이라는 사실을 알고 있지. 영원히 거기 머무를 것 같았던, 그리고 내가 보았다면 죽어 버렸을지도 모를 그 슬픔은 이제 그녀의 눈 속에 존재하지 않을 테니까.

》》The End